いま見てはいけない
デュ・モーリア傑作集

ダフネ・デュ・モーリア

水の都ヴェネチアで不思議な双子の老姉妹に出会ったことに始まる，夫婦の奇妙な体験「いま見てはいけない」，突然亡くなった父の死の謎を解くために父の旧友を訪ねた娘が知った真相「ボーダーライン」，急病に倒れた牧師のかわりにエルサレムへの二十四時間ツアーの引率役を務めることになった聖職者に，次々と降りかかる災難「十字架の道」など，サスペンスあり，日常を歪める不条理あり，意外な結末あり，人間の心理に深く切り込んだ洞察あり，天性の物語の作り手，デュ・モーリアの才能を遺憾なく発揮した作品五編を収める，粒選りの短編集。

いま見てはいけない

デュ・モーリア傑作集

ダフネ・デュ・モーリア
務　台　夏　子　訳

創元推理文庫

DON'T LOOK NOW
AND OTHER STORIES

by

Daphne du Maurier

This book is published in Japan
by TOKYO SOGENSHA Co., Ltd.
Japanese translation rights arranged with
The Chichester Partnership
c/o Curtis Brown Group, Ltd., London
through Tuttle-Mori Agency Inc., Tokyo

目次

いま見てはいけない

デュ・モーリア傑作集

いま見てはいけない

「ねえ、いま見ちゃいけないよ」ジョンは妻に言った。「ふたつ向こうのテーブルにいるふたり連れの老嬢が、いまぼくに催眠術をかけようとしている」

ローラはこれを聞くとすぐさま、大げさにあくびをしてみせ、飛んでもいない飛行機を見あげるように空を仰いだ。

「きみのまうしろだ」ジョンは付け加えた。「だから振り返っちゃいけない。あまりにも露骨だからね」

ローラは世界最古の手を使った。つまりナプキンを落として、手さぐりで足もとから拾いあげ、ふたたび身を起こすとき左の肩越しにちらりとうしろを見やったのだ。ヒステリックな笑いを押し殺している明らかな証拠に、彼女は両の頰をぐっとへこませ、顔を伏せた。

「あの人たち、老嬢なんかじゃないわ。女装した男の双子よ」

ローラの声は不吉にうわずっている。これは制御できない笑いの前兆だ。ジョンは急いで妻のグラスにキャンティを注ぎ足した。

「むせたふりをして。そうすれば気づかれない。わかるだろう？　あのふたりはヨーロッパ見物中の犯罪者なんだ。立ち寄る先ごとに性別を変えているんだよ。ここトルチェロ島では、双子の姉妹。明日のヴェネチアでは、双子の兄弟。いや、もしかすると今夜にも、男同士腕を組んでサン・マルコ広場を歩いているかもしれないぞ。ただ服と鬘《かつら》を変えるだけのことだからね」

「宝石泥棒？　それとも殺人犯？」ローラが訊ねた。

「そりゃあ殺人犯さ。でも、いったいなんだってぼくに目をつけたんだろうな」

そこへウェイターがコーヒーを持って現れ、フルーツの皿を運び去った。そのあいだに、ローラも笑いを抑えつけ、平静を取りもどすことができた。

「不思議よね」彼女は言った。「なぜここに来たとき、あのふたりに気づかなかったのかしら。あんなに目立っているのに。見逃すなんて考えられない」

「アメリカ人の団体のせいで見えなかったんだよ」ジョンは答えた。「連中と、頰髭を生やした一見スパイ風のあの片眼鏡の男のせいだな。ついさっきその全員が席を立ったので、ぼくもやっとあの双子に気づいたんだ。ああ、あの白髪頭のほうがまたぼくを見てるぞ」

ローラはバッグからコンパクトを取り出して、うしろが見えるよう鏡を顔の前にかざした。

「あのふたりが見てるのは、あなたじゃなくわたしだと思うわ」彼女は言った。「ホテルの支配人に真珠をあずけてきてほんとによかった」ここで口をつぐみ、鼻に粉をはたく。「なるほど」ややあって彼女は言った。「わたしたち、誤解してたのよ。あのふたりは殺人犯でも泥棒でもない。休暇旅行中の年とった哀れな元女教師二人組。ヴェネチアに来るために、一生かけてこつこつお金を貯めたのね。きっとオーストラリアのワラバンガとかいうような名前の町から来たんでしょうよ。愛称は、ティリーとタイニーってとこかしら」

旅に出て以来初めて彼女は、ジョンの大好きなあの浮き浮きした声になっていた。憂《うれ》いを表す眉間の皺《しわ》もいまはもう見られない。やっとだ、と彼は思った。やっと彼女があのことを乗り越えようとしている。この調子でいけば――ふたりが旅先や家でいつも楽しんできたおなじみのゲームがまた始まれば、すべてもとどおりになるだろう。他のテーブルの人々、同じホテルの宿泊客、美術館や教会をそぞろ歩く見学者について、荒唐無稽《こうとうむけい》な空想をめぐらすこの遊びで、以前の生活がよみがえり、傷は癒え、彼女は忘れてくれるだろう。

「ねえ」ローラが言った。「ここのランチ、最高だったわね。おいしかった」

ああ、ありがたい。ジョンは思った。ほんとによかった……それから身を乗り出して、陰謀を持ちかけるように低い声でささやいた。「双子の片割れがトイレに行こうとしているよ。彼だか彼女だか知らないが、鬘を変えるつもりかな?」

「黙って見てらっしゃい」ローラはささやき返した。「わたしがあとをつけていって、確かめてくるから。もしかすると、トイレにスーツケースを隠してあって、服を着替えるつもりなのかも」

彼女は低く鼻歌を歌いだした。これは、ジョンの見るところ、上機嫌の証拠だ。亡霊は一時的に制圧された。すべては、長いこと顧《かえり》みられなかった、いつもの休暇のゲームのおかげ。いまちょっとした偶然から、それがめでたく復活したのだ。

「彼女、もう行った?」ローラが訊ねる。

「いまちょうど、ぼくらのテーブルを通り過ぎるところだよ」彼は答えた。

ひとりでいると、その女もさほど目立ちはしなかった。背は高く、角張った体つきで、顔立ちはワシのよう。髪は短く刈りこんでいる。確か、ジョンの母親の時代に、刈りあげ断髪《イートン・クロップ》と呼ばれていたスタイルだ。それに彼女の風采には、あの世代独特の特徴もある。年齢は六十代半ばというところ。カラー付きの男っぽいシャツに、ネクタイに、スポーツジャケット。ふくらはぎの半ばまで届くグレイのツイードのスカート。グレイの長靴下に、黒いひも付き靴。ゴルフ場やドッグショー（連れてくるのは、もちろん、猟犬ではなくパグ）でよく見かけるタイプだ。そして、たまたまパーティーで出くわせば、この手の女は、唯一の男である彼がマッチを取り出すより早くライターを取り出す。彼女らが、もっと女らしいやわらかな感じのお相手役《コンパニオン》を家に置いているという世の噂は、必ずしも本当ではない。実は、この手の女のなかには、ゴルフ好きの夫を自慢にし、慕っている者も多いのだ。いや、この女に関して特に目立っているのは、ふたりいるという点だろう。同じ鋳型《いがた》で造られた一卵性双生児。唯一のちがいは、もう一方のほうが髪がより白いということだけだ。

「仮に、だけど」ローラがささやく。「トイレで隣にいるとき、急に彼女が脱ぎだしたら、どうすればいいの？」

「それは、何が明るみに出るかによるな」ジョンは答えた。「彼女が同性愛者だったら、すたこら逃げ出すことだね。ひょっとすると皮下注射器を隠し持っているかもしれない。ドアにたどり着く前にきみを眠らせようと企むだろうよ」

ローラはふたたび頰をへこませ、体を震わせだした。それからしゃんと背筋を伸ばし、立ちあがった。「とにかく笑わないようにしなきゃ。ねえ、何があろうと、もどってきたときこっちを見ないでね。あの女性と一緒に出てきた場合は、特に気をつけてよ」彼女はバッグを取ると、人目を意識しながらゆっくりテーブルを離れ、獲物を追っていった。

ジョンはキャンティの残りを自分のグラスに注いで、タバコに火をつけた。レストランの小さな庭には、太陽がぎらぎらと照りつけている。アメリカ人たちはすでにいなくなっていた。例の片眼鏡の男も、向こう端にいた家族連れもだ。あたりは平和そのもの。あの双子の片割れは、椅子の背にもたれて、目を閉じている。ああ、ありがたい、と彼は思った。少なくともいまだけは、リラックスできる。ローラが、害のない馬鹿げたゲームに興じているこのひとときだけは。見込みはまだある――この休暇はいまも、妻に必要な癒しとなりうる。たとえ一時的にせよ、子供を失って以来、彼女をとらえているどんよりした絶望感を消し去ってくれるかもしれない。

「奥さんもそのうち乗り越えますよ」医師は言った。「どんな人でもそうです。それに、あなたがたには坊やもいるわけですから」

「ええ、そうなんですが」ジョンは答えた。「しかし妻にとって娘はすべてだったのです。最初からずっとそうでした。理由はわかりませんが。たぶん年のちがいかもしれませんね。息子のほうは、もう学校に行っているし、たくましい子ですから。すでに自立しているわけです。五歳の赤ちゃんとはちがうんですね。ローラは文字どおり、娘に夢中でした。ジョニーとわたしはいないようなものでしたよ」

「時間をあげなさい」医師はまた言った。「時間をあげるのです。それに、おふたりともまだお若いじゃありませんか。これからも子供はできますよ。別の女の子もね」

言うは易し……将来の夢が死んだ愛児の命の代わりになるわけはない。彼はローラの性格をよく知っている。別の子供、別の女の子には、その子の個性、別の人格があるだろう。まさにそのために、その子は敵意を誘発しかねない。クリスティンのものだったゆりかごに入りこむ者。逝ってしまった色の白い黒髪の小さな妖精ではなく、ジョニーそっくりの、ぽっちゃりした亜麻色の髪の子供。

ジョンはワインのグラスから目を上げた。あの女がまたこちらを凝視している。それは、連れがもどるのを待ちながら、隣席の人をなんの気なしに眺めているというより、もっと鋭い強烈なまなざしで、突き刺すようなその薄青い目に、彼は不快感を覚えた。いまいましいババアめ！　まあ、いいさ、そうしたきゃ勝手ににらんでろ。だが、こっちだってやり返せるんだからな。彼はタバコの煙を宙に吐き出すと、本人のつもりとしては嫌味たっぷりに、女に笑いかけた。女は気づかなかった。その青い目が彼の目をとらえたまま動かないので、結局は、彼のほうが視線をそらさざるをえなかった。彼はタバコをもみ消し、ウェイターのほうを振り返って、勘定をたのんだ。料理のすばらしさを軽くほめながら、支払いをしたり、釣り銭をかき集めたりするうちに、落ち着きは取りもどせたものの、頭皮が粟立つような感覚と奇妙な不安感はそのまま残った。とそのとき、生じたときと同じく唐突にそれが消えた。隣のテーブルを盗み見ると、女の目はふたたび閉じられていた。さきほどまでと同様に、眠っている、いや、うとうとしているらしい。ウェイターは立ち去った。あたりは静まり返っていた。

腕時計に目をやって、ジョンは思った。ローラのやつ、いやに手間取っているな。もう十分は経っている。まあ、これも彼女をからかうネタにはなるけれど。彼は話を作りはじめた。あのお婆ちゃんが服を脱いで下着姿になり、ローラにも、そうしたら、とすすめる。そこへ店長が飛びこんできて、驚きあわてて叫びだす。これじゃレストランの評判がガタ落ちだ！　ただではすみませんよ……やがてそれもすべてペテン、ゆすりの手口だとわかり、彼とローラとあの双子たちは、事情聴取のため警察のボートでヴェネチアにもどることになる。もう十五分だぞ……おい、早く出てこいよ……

砂利を踏みしめる音がした。ローラの追っていった双子の片割れが、ゆっくりとそばを通り過ぎていく。自分の席まで行くと、彼女はしばらくジョンの視線をさえぎるかたちで連れの前に立っていた。何か言っているのだが、彼には聞きとれなかった。でも、あれはどこの訛《なまり》だろう──スコットランドか？　やがて彼女は身をかがめ、すわっている片割れに腕を差し伸べた。ふたりは連れ立って庭を横切り、その先の低い生け垣の切れ目へと向かった。ジョンを凝視していたほうの女は、もうひとりの腕にすがっている。ここでもまたちがいが見られた。彼女はさほど長身ではないし、もう一方より猫背だ。たぶん関節炎なのだろう。ふたりは視界から消えた。ジョンはいらいらしだした。ついに立ちあがってホテルのなかへもどろうとしたとき、ようやくローラが出てきた。

「やれやれ、ずいぶん手間取ったもんだな」妻の顔色に気づき、彼は言葉を止めた。「どうした？　何があったの？」

何か異変があったのだということはすぐにわかった。ローラはほとんどショック状態だった。いましがた彼が離れたばかりのテーブルによろよろと歩み寄ると、彼女は椅子にすわりこんだ。彼はそのかたわらに椅子を引き寄せ、妻の手を取った。

「どうしたの、ダーリン？　話してごらん。気分でも悪いの？」

ローラは首を振り、こちらに顔を向けて、彼を見つめた。そこには、最初気づいた茫然たる表情に変わって、芽生えつつある自信、恍惚《こうこつ》感に近いものが浮かんでいた。

「すばらしいことが起こったの」彼女はゆっくりと言った。「考えられるかぎり最高にすばらしいことよ。あの子は死んでなんかいないの。いまもわたしたちと一緒なのよ。あの人たち、さっきの双子の姉妹がずっとこっちを見ていたのは、だからなの。ふたりにはクリスティンが見えたのよ」

ああ、なんてことだ、と彼は思った。これこそ、ぼくがずっと恐れてきたことじゃないか。ローラは頭がおかしくなりかけているんだ。どうしよう？　どう対処すればいいんだろう？

「ねえ、ローラ」無理に笑みを浮かべて、彼は言った。「そろそろ行こうよ。もう支払いはすませたからね。大聖堂を見たり、このへんをぶらついたりしよう。それでちょうど、ヴェネチアにもどるボートの時間になるはずだよ」

ローラは聴いていていなかった。少なくとも、その言葉を理解してはいなかった。

「ねえ、ジョン」彼女は言った。「何があったか聴いてちょうだい。わたし、計画どおり、トイレまであの人のあとをつけていったの。彼女、髪をとかしているところだったわ。わたしは個室に入ってから、外に出て手を洗った。彼女は隣で手を洗っていたんだけど、急に振り返って、強いスコットランド訛でこう言ったの。『もう悲しむのはおよしなさい。姉があなたの小さな娘さんを見たのです。あなたとご主人のあいだにすわって、笑っていたそうですよ』ねえ、ダーリン、わたし、気を失うかと思った。ほんとに危ないところだったの。幸い椅子があったから、そこにすわったら、あの女の人がかがみこんで、頭をなでてくれてね、なんと言ったか正確には覚えてないけど、真実の瞬間とか、歓びが剣のように鋭いこととかについて、いろいろ話していたわ。でも恐れることはない、万事うまくいっているって。とにかくお姉さんの見たものがあまりに鮮明だったので、これはわたしに話さなきゃならない、クリスティンがそう望んでるってわかったんですって。ああ、ジョン、そんな顔をしないで。誓って言うけど、これは作り話じゃない。あの人がそう言ったの。全部、本当のことよ」

その切羽詰まった声色に、ジョンの心は沈んだ。多少なりとも彼女を落ち着かせるためには、同調し、賛同し、なだめすかし、と手を尽くさねばならないようだ。

「もちろん信じるよ、ローラ。ただちょっとショックなだけさ。それに、きみが動転しているから、ぼくのほうも……」

「でもわたし、動転なんかしてないわ」ローラが口をはさむ。「それどころか喜んでいるのよ。うれしすぎて、言葉では言い表せないくらい。この数週間がどんなだったか知っているでしょう？　家にいても、旅先のどこにいても、同じだった。あなたには隠そうとしていたけれどね。それが終わったの。だってわかったんですもの。あの人の言うとおりだって、理屈抜きでわかったのよ。ああ、わたしったらなんて馬鹿なの。おふたりの名前を忘れてしまったわ――ちゃんと教えてもらったのにね。でもとにかく、あの人は引退したお医者様で、おふたりはエジンバラの人なのよ。クリスティンを見たほうのかたは、数年前に視力を失っているの。昔からずっとオカルト研究をしていて、霊感がとっても強いんだけど、霊媒みたいにいろいろ見えるようになったのは、視力を失ってからなんですって。おふたりは、実にすばらしいことを体験なさってきたのよ。それにしても、目の見えないほうのかたが妹さんにお話しになったことといったら！　クリスティンの様子をそれは細々《こまごま》と描写なさったそうよ。あの子がお誕生会のとき着ていた、パフスリーブの青と白のドレスのことまで。あの子は楽しそうににこにこしていたんですって……ああ、ダーリン、わたし、幸せすぎて泣きだしてしまいそう」

これはヒステリーじゃない。おかしくなったわけでもない。彼女はバッグからティッシュを取り出し、彼にほほえみかけながら、はなをかんだ。「わたしは大丈夫。ね、心配しないで。もうわたしたちにはなんにも心配することはないの。タバコをちょうだい」

ジョンはパックから一本出して、火をつけてやった。ローラは声もいたって正常で、いつもの彼女にもどっていた。別に震えてもいない。そして、唐突に生まれたこの信念によって彼女が幸せでいられるのなら、彼にはそれを厭《いと》ういわれもない。でも……でも……やはり、こんなことにならなければよかったのに、と願わずにはいられなかった。読心術、つまり、テレパシーには、なんとなく不気味なところがある。科学者にも誰にも、それを説明することはできない。そしていましがた、ローラとあの双子たちのあいだで起きたのは、その種のことにちがいないのだ。なるほど、ぼくをじっと見ていた女は、目が不自由だったのか。これであの動かぬまなざしのわけもわかる。どういうわけか、あの凝視はそれ自体が不快であり、薄気味悪かった。ああ、くそ。こんなところへランチに来るんじゃなかった。単なる偶然、ここトルチェロ島かパドヴァへのドライブかのコイン投げで、トルチェロ島を選んでしまったなんてな。

「別にあのふたりとまた会う約束はしなかったんだろう？」ジョンはなるべくさりげなく訊ねた。

「ええ、ダーリン。だってそんな必要ないでしょう？　あのおふたりには、もうこれ以上、わたしに教えられることはないんですもの。ご姉妹の一方に、優れた霊視能力がある。ただそれだけのことだわ。どのみち、おふたりは移動の途中だし。おもしろいわね、ちょうどわたしたちが作った話みたいなの。おふたりは本当に世界一周してから、スコットランドに帰るご予定なのよ。でもわたしは、オーストラリアって言ったわよね？　とってもいいかたたち……殺人犯や宝石泥棒であるわけがないわ」

ローラはすっかり元気になっていた。彼女は立ちあがって、あたりを見回した。「さあ、行きましょう。せっかくトルチェロ島へ来たんですもの、大聖堂を見なくちゃね」

ふたりはレストランを出て、スカーフや光り物や絵葉書が露店に並ぶ広場を横切り、サンタ・マリア・アッスンタ聖堂への小径をたどった。ちょうど渡し船のひとつが観光客の一団を吐き出したところで、彼らの多くはすでに聖堂内へと流れこんでいた。ローラは人の波にひるみもせず、ガイドブックを見せて、と言うと、もっと幸せだったころの彼女の流儀で、聖堂内をゆっくりと歩き回り、モザイクや柱や壁を丹念に鑑賞しはじめた。ジョンのほうは、さきほどの出来事が気になってあまり興味も持てないままに、妻について歩きながら、あの双子の姉妹はいないかと絶えず周囲に目を配っていた。ふたりの姿は見当たらなかった。おそらく、この近くのサンタ・フォスカ教会を見に行ったのだろう。いきなり出くわせばきまり悪いだろうし、それより何よりローラがどんな影響を受けるかわからない。しかし、静かにさまようこの名もない文化好きの観光客たちなら、ローラの害にはならない。もっとも彼に言わせれば、こんな人混みで美術を鑑賞するのは不可能なのだが。ジョンは気が散ってしかたなかった。目に映るものの冷厳な美しさは少しも心に響かず、ローラが袖にそっと触れ、十二使徒の小壁《フリーズ》の上に立つ聖母マリアと幼子のモザイク画を指さしたときも、共感をこめてうなずきながら、その実、何も見えてはいなかった。聖母マリアの悲しげな長い顔は、果てしなく遠く思えた。突然、彼はハッとうしろを振り返り、観光客らの頭越しに入口のほうを見つめた。祝福される者と地獄へ堕ちる者が最後の審判を受けているフレスコ画のあるほうを。

あの双子の姉妹がそこに立っていた。目の不自由なほうは、相変わらず妹の腕にすがっている。その見えない目は、彼にしっかり据えられていた。囚われて身動きができないような気がした。破滅が、悲劇が迫っているのが感じとれた。彼の全存在が萎《な》え衰え、いわば、麻痺状態に陥っていた。彼は思った――これで終わりだ。もう逃れられない。未来はないんだ。すると、姉妹が向きを変えて聖堂から出ていき、その感覚が消えた。あとには憤懣《ふんまん》が残った。怒りがこみあげてきた。あのババアども、よくも霊能術なぞ仕掛けてくれたな。こんなのは詐欺的だし、不健全だ。やつらはきっとこうやって暮らしているんだろう。世界中、旅して歩いて、行く先々で出会う人々に不安を与えながら。ちょっとでも隙を見せれば、連中はローラから金をむしりとったろう。なんだってありうる。

彼は、ローラがまた袖を引っ張っているのに気づいた。「美しいと思わない？。幸せと安らぎに満ちているわ」

「誰が？　なんのことだい？」

「聖母様よ。この絵には何か魔力みたいなものがあるわ。心にまっすぐ入ってくる。あなたは感じない？」

「そんな気もするね。よくわからない。とにかく人が多すぎるな」

ローラは驚いて彼を見あげた。「それとこれとはぜんぜん関係ないでしょう？　ほんとにおかしな人ね。まあいいわ。人混みから逃げ出しましょう。ちょうどわたしも、絵葉書を買いたいと思っていたの」

彼が無関心なのを感じとり、がっかりしたようだ。彼女は人混みを縫って扉へと向かった。「ちょっと待った」外に出ると、ジョンは唐突に言った。「絵葉書を見る時間ならたっぷりあるよ。ちょっとそのへんを散策しよう」そのまま進めば、小さな家や露店が立ち並び、人々がそぞろ歩く島の中心部へもどることになる。彼はその道をそれて、空き地を抜ける狭い路地に入った。前方には、堀のような水路が見える。淡い色の澄んだ水の眺めは、頭上に照りつける太陽とは好対照で、心を癒してくれた。

「この先には大したものはないと思うけど」ローラが言った。「ここはちょっと泥濘《ぬかる》んでいるし。これじゃすわれないわ。それに、ガイドブックによれば、見どころはまだ他にもあるらしいわよ」

「そんな本のことなんか忘れろよ」いらだたしげにそう言うと、彼はローラを引っ張り寄せて、一緒に堀の土手にすわり、彼女に両腕を回した。

「この時間帯は観光には向いてないよ。ほら見て、向こう端をドブネズミが泳いでいる」

彼は石を拾って、水のなかへ投げこんだ。たぶん沈んだのだろう、ネズミは姿を消し、あとには泡《あぶく》だけが残った。

「やめて」ローラが言った。「ひどいわ。可哀そうよ」そして突然、彼の膝に手を置いた。「クリスティンだけど、いまもわたしたちの隣にすわっていると思う？」

ジョンはすぐには答えなかった。なんと言えばよいのだろう？　この先ずっとこれがつづくのだろうか？

「いると思うよ」彼は慎重に言った。「きみがそう感じているなら」

ただし、重い髄膜炎《ずいまくえん》を発症する前のクリスティンを思い返すと、あの子なら有頂天で土手を駆けまわり、靴を脱ぎ捨て、堀で泳ぎたがり、ローラにひどく気をもませたにちがいないのだ。

「いい子だから気をつけて。もどってらっしゃい……」

「あの女の人は、クリスティンはとっても幸せそうだと言ったのよ。わたしたちのそばにすわって、にこにこしているって」ローラは立ちあがって、ドレスを払った。気分が変わり、じっとしていられなくなったようだ。「さあ、もどりましょうよ」

ジョンはあとにつづいた。心が沈んでいく。彼にはわかっていた。ローラは、絵葉書を買ったり他のものを見たりしたいわけではない。本当は、もう一度、あの女たちをさがしに行きたいのだ。話をするためというより、ただそばにいるために。露店の並ぶあの広場に出たとき、彼は観光客の姿が減っているのに気づいた。残っているのは何人かのはぐれ者だけで、例の姉妹はそのなかにはいない。ふたりは、フェリーで島に来た団体に合流したのだろう。安堵の波が押し寄せてきた。

「ほら、あの二軒目の売店にたくさん絵葉書があるよ」彼は急いで言った。「それに、きれいなスカーフも。きみに一枚、買ってあげよう」

「スカーフならもう何枚も持ってるわ、ダーリン」ローラは抗議した。「リラの無駄遣いはしないで」

「無駄遣いなもんか。ぼくは買い物をしたい気分なんだよ。バスケットはいらない？　ほら、バスケットっていくらあっても足りないだろう？　それともレースがいいかな。どう、レースは？」

ローラは笑いだし、引っ張られるままに露店の前まで進んだ。目の前に並ぶ品物をかきまわし、笑みをたたえた店番の婦人となれなれしく言葉を交わし、ひどいイタリア語で婦人をさらにほほえませながら、彼はこれが時間稼ぎになることを意識していた。こうしているあいだに、観光客の団体は船の乗り場まで歩いていき、フェリーをつかまえる。あの双子の姉妹も視界から、ふたりの人生からいなくなってくれるだろう。

「前代未聞よ」二十分後、ローラが言った。「あんな小さなバスケットにあれだけたくさんのガラクタが詰めこまれているなんてね」そのはずむような笑い声は、ジョンを安堵させた。万事順調なのだ。もう何も心配はいらない。魔の刻は過ぎた。ヴェネチアからふたりをここまで乗せてきたボートは、ホテル・チプリアーニ前の船乗り場で待っていた。一緒に来た乗客たち、あのアメリカ人の団体や片眼鏡の男は、すでに集合している。島に向かう前、彼は食事代と往復の交通費はどう考えても高すぎると思っていた。でももう、そんなことはどうでもよかった。ただ、トルチェロ島に来たこと自体がこのヴェネチアでの休暇の大失敗だったわけだが。ふたりは段々を下りてボートに乗りこみ、空いた席を見つけた。ボートはバタバタと音を立てて運河を下っていき、潟《ラグーン》へと乗り出した。定期便のフェリーは先に出てしまい、蒸気を上げてムラーノ島へと向かっている。一方、彼らのボートはサン・フランセスコ・デル・デゼルト島を通り過ぎ、そのまままっすぐヴェネチアへと引き返していった。

ジョンはふたたびローラに腕を回し、ぴったりと引き寄せた。今度は彼女もそれに応え、笑顔で彼を見あげて肩に頰を寄せてきた。

「すてきな一日だったわ」彼女は言った。「きっと一生忘れないでしょう。いつまでもよ。ねえ、ダーリン、ようやくわたしもこの休暇が楽しくなってきたわ」

安堵のあまり、ジョンは叫びたくなった。もう大丈夫。ローラにはなんでも好きなように信じさせておこう。別にかまうもんか。彼女はそれで幸せなんだ。まぶしい空を背にくっきりと輪郭を現し、ふたりの前にヴェネチアの美が浮かびあがった。まだまだ見どころはたくさんある。一緒にあの町をぶらつこう。彼女の気分が変わり、翳《かげ》りは消えたのだから、ここからは完璧な時が過ごせるだろう。彼は今夜これからどうするか、声に出して検討しはじめた。食事はどこでしょう。いつも行っているフェニーチェ劇場の近くの店はやめて、どこか別のところ、新しい店にしようか。

「ええ、でも安いところじゃなきゃだめよ」彼の気分に同調して、ローラは言った。「きょうはもう大枚はたいちゃったんですからね」

大運河《カナル・グランデ》にほど近いふたりのホテルは、心安らぐ感じのよい宿だ。キーを手渡すときも、受付係は笑顔だった。寝室はすでに我が家と化しており、ドレッサーにはローラの持ち物が整然と並んでいる。だが同時にそこには、休暇中の寝室だけが持つ非日常性、心はずむちょっとしたお祭りムードもあった。これはぼくたちの部屋だけれど、それはほんの一時《いっとき》のこと。滞在しているあいだ、ぼくたちはここに命を吹きこむ。ぼくたちが去れば、部屋は名もないものとなり、もはや存在しない。彼はバスルームへ行って、両方の蛇口をひねった。浴槽のなかへと湯がほとばしりはじめ、もうもうと湯気が立ちのぼった。「さあ」彼は思った。「ついに、愛し合う時が来たぞ」寝室に引き返すと、彼女もすぐに了解し、両腕を広げてほほえんだ。ああ、なんとすばらしい開放感。彼は何週間も自制していたのだ。

「困ったことにね――」そのあと、鏡の前でイヤリングを直しながら、ローラが言った。「わたし、あんまりお腹がすいてないのよ。今夜は怠《なま》けて、ホテルの食堂ですませることにしない？」

「冗談じゃない！」ジョンは声をあげた。「他のテーブルの退屈きわまるカップルどもに囲まれてかい？　ぼくは腹ぺこだよ。それに浮かれてるしね。酔っ払いたい気分なんだ」

「明るい照明も音楽も抜きで、でしょ？」

「そうとも……どこかこぢんまりした暗い穴ぐらみたいな、いかがわしいところがいいね。人妻を連れた男たちであふれているような」

「ふん」ローラは鼻を鳴らした。「それがどういうことか、わかってるわよ。あなたは十六くらいのカワイ子ちゃんを見つけて、食事のあいだじゅうその子に色目を使う。そしてこっちは、どこかのむさい男でも眺めてるしかなくなるのよね」

ふたりは声をあげて笑いながら、温かく穏やかな夜へと足を踏み入れた。周囲のいたるところに魔法があった。「歩こう」ジョンは言った。「盛大な食事に備え、歩いて食欲をかき立てようよ」やがて、ふたりは桟橋《モーロ》の近くにたどり着いた。水上ではピチャピチャとゴンドラが揺れている。いたるところで光が闇と溶け合っていた。彼らの他にも、同じようにただ散歩を楽しみ、特に目的もなく、同じ方向へ、または、逆方向へ、そぞろ歩くふたり連れの姿が見られた。それに、この町につきものの、身振り手振りをさかんに使うやかましい水夫の集団や、ハイヒールでカツカツ歩き、ひそひそとささやきあう黒い瞳の娘たちも。

「問題はね――」ローラが言った。「ヴェネチアでいったん散歩を始めるとやめられなくなるってことよ。つぎの橋を渡ったらって思うでしょ、そうするとまたつぎの橋が手招きしているの。このへんに食べるところはないと思うわ。この少し先は、ビエンナーレ（奇数年の五～十一月にヴェネチアで開催される国際美術展覧会）が開かれるあの庭園公園だもの。引き返しましょうよ。サン・ザッカリア教会のあたりにレストランがあるの。そこへつづいている小さな路地があるはずよ」

「ちょっと待って」ジョンは言った。「このまま造船所《アルセナーレ》のそばまで行って、橋を渡った先を左に曲がれば、反対側からサン・ザッカリア教会に出られるよ。この前の朝、同じルートを使ったよね」

「ええ、でもあれは昼間だったでしょう。道に迷うかもしれないわよ。このあたりはあまり明るくないし」

「ご心配なく。こっちはこういうことにかけちゃ勘がいいんだ」

ふたりはアルセナーレ通り《フォンダメンタ・デル・アルセナーレ》を行き、アルセナーレの手前で小さな橋を渡ったあと、そのまま進んでサン・マルティーノ教会を通過した。前方にはふたつの水路があった。一方は右へ、もう一方は左へと向かっており、どちらも狭い道にそって走っている。ジョンはためらった。先日自分たちが通ったのは、どちらの道だろう？

「ほらね」ローラが文句を言った。「わたしの言ったとおりじゃない。いまに道に迷うわよ」

「馬鹿言うな」ジョンは断固として答えた。「左の道だよ。あの小さな橋に見覚えがある」

その水路は狭く、両岸の家々がすぐそばまで迫っているようだった。昼間、水面《みなも》が陽光にきらめき、家々の窓が開かれ、バルコニーに鉢植えが並び、籠のなかでカナリアが歌っているときは、そこにも温かな雰囲気、安全な避難所というイメージがあった。ところが、あたりが薄暗く、ほぼ闇に包まれていて、窓に鎧戸《よろいど》が下り、水がじめじめしているいま、その景色が打って変わって、もの淋しく、みすぼらしく見える。地下室の入口のつるつるすべる段々につながれた細長いボートも、まるで柩《ひつぎ》のように思えた。

「こんな橋、わたし、覚えてないわよ」ローラが足を止め、手すりにつかまった。「それにその先の路地、なんだかいやな感じだわ」

「途中に街灯があるじゃないか」ジョンは言った。「ぼくはちゃんと位置を把握している。ここはギリシャ街からそう遠くないところだよ」

ふたりは橋を渡り、路地に入ろうとした。悲鳴が聞こえてきたのは、そのときだ。対岸の家のどれかからであることは確かだが、どの家なのかはわからない。鎧戸が閉ざされた家々はどれも、死んでいるように見えた。ふたりは頭をめぐらせ、声のしたほうをじっと見つめた。

「いまのはなんなの？」ローラがささやいた。

「酔っ払いか何かだろう」ジョンは簡潔に答えた。「さあ、行こう」

酔っ払いというより、誰かが首を絞められ、その苦悶の叫びが喉を締めつけられるうちに鎮まったという感じだが。

「警察に通報すべきよ」ローラが言う。

「ああ、勘弁してくれよ」ジョンは言った。いったいここをどこだと思っているんだ？　ピカデリーか？

「わかった。行くわよ。ここは気味が悪いわ」ローラは曲がりくねった路地を足早に進みだした。ジョンはためらった。そのとき、小さな人影が彼の目をとらえた。それは突然、対岸の家の地下室の入口からそろりと出てきて、すぐ下の細長いボートに飛び乗った。子供だ。幼い女の子——せいぜい五つか六つというところだろう。小さなスカートをはいて短いコートをまとい、頭にはとんがりずきんをかぶっている。水路には、互いにロープでつながれて、四隻のボートが浮かんでいた。女の子は、どうやら逃げることに余念がないらしく、驚くべき敏捷《びんしょう》さでボートからボートへと飛び移っていった。一度、彼女は足をすべらせ、ジョンは思わず息を止めた。バランスがくずれ、その体がいまにも水中に落ちそうになる。それから彼女は体勢を立て直し、いちばん離れたボートへ飛び移ると、身をかがめてロープをぐいと引いた。するとボートの尾部が振れて、水路の反対岸にほとんどくっつきそうになった。ジョンが立って見ている位置から十メートル足らずの、別の地下室の入口があるところだ。子供は再度ジャンプして、その地下室の段々に飛び移り、家のなかへと消えた。あとに残されたボートは揺れ動き、水路の中央へともどっていった。この出来事は、全部で四分もかからなかったろう。とそのとき、パタパタという足音がジョンの耳を打った。ローラがもどってきたのだ。彼女は何ひとつ見ていない。ジョンは言葉にできないくらいこのことに感謝した。危機に瀕《ひん》した子供を、それも幼い女の子を目にしたら、そして、彼がいま目撃したシーンをあの恐ろしい叫びと結びつけて考えたら、そのことは彼女の高ぶった神経に大きなダメージを与えかねない。

「何してるの？」ローラが声をかけた。「ひとりで行く気はしないんだけど。あのいまいましい路地、ふたつに分かれているのよ」

「ごめん、いま行くよ」

ジョンは彼女の腕を取り、ふたりは足早に路地を歩いていった。ジョンはありもしない自信を装っていた。

「悲鳴はあれっきりしなかったわよね？」ローラが訊ねた。

「うん、何も聞こえなかったよ。いいかい、あれは酔っ払いだからね」

路地は、教会の裏のさびれた広場《カンポ》へとつづいていた。なじみのない教会だ。彼は先に立って広場を横切ると、別の通りを進み、その先の橋を渡った。

「ちょっと待って」彼は言った。「ここは右だな。それでギリシャ人街に着くはずだ。その先あたりがサン・ジョルジョ教会だよ」

ローラは答えなかった。不安になりだしているのだ。このあたりはまるで迷路だ。堂々巡りしたあげく、またあの悲鳴を聞いた橋のあたりに逆もどり、などということにもなりかねない。ジョンは妻を連れて辛抱強く歩きつづけた。やがて、前方に思いがけず明るい通りと歩行者たちの姿が現れ、彼はほっと安堵した。教会の尖塔も見え、周囲に見慣れた景色が広がった。

「ほらね」ジョンは言った。「あれがサン・ザッカリア教会、ちゃんと見つかったじゃないか。きみの言うレストランもそう遠くないはずだよ」

いずれにせよ、この界隈ならどこか食べるところがあるだろう。少なくともここには、陽気にきらめく照明や活気がある。人々が両岸を行き交う水路、観光地の雰囲気が。左手の路地の奥では、〝リストランテ〟の青い文字がビーコンさながらに輝いていた。

「これがきみの言う店？」ジョンは訊ねた。

「さあね。どうでもいいでしょ？　とにかくここで食べましょうよ」

暖気とざわめき、パスタのにおい、ワイン、ウェイター、ぎゅうづめのお客たち、笑い声がどっと押し寄せる。「おふたりさまで？　どうぞこちらへ」なぜなんだ、と彼は思う。われわれはどうしてすぐにイギリス人だとわかってしまうんだろう？　狭苦しい小さなテーブルに、藤紫色のボールペンの判読不能な文字で書かれた巨大なメニュー。すぐにオーダーさせようと、そばに立って待つウェイター。

「特大グラスのカンパリ・ソーダをふたつ」ジョンは言った。「そのあとでメニューを見させてもらうよ」

急かされる気はなかった。彼はメニューをローラに渡して、あたりを見回した。お客のほとんどはイタリア人――つまり、料理がうまいということだろう。とそのとき、あのふたりが目に入った。向こう端の席に、あの双子の姉妹がいる。ローラと彼が着いた直後に、入ってきたにちがいない。いままさに、コートを脱いですわろうとしているところで、そばにはウェイターが立っていた。これは偶然なんかじゃない。そんないらだたしい考えがジョンをとらえた。姉妹は外の通りでふたりに気づき、あとを追って入ってきたのだ。ああ、なんだってあのふたりは、ヴェネチア全域のなかで、よりによってこのスポットを選んだんだろう……もしかすると、トルチェロ島でローラがまた会おうと言ったとか？　あるいは、姉妹のほうがそう提案したんだろうか？　サン・ザッカリア教会の近くの小さなレストラン。わたしたち、ときどきそこに食事に行くんです。そう言えば、散歩の途中、サン・ザッカリア教会のことを持ちだしたのはローラだった……

彼女はメニューに目を向けたままで、まだ姉妹には気づいていない。でも、もういまにも食べたいものが決まって、顔を上げ、部屋の向こうに目をやるだろう。ああ、飲み物さえ来てくれたら。ウェイターが飲み物を運んできて、ローラの気をそらしてくれたら。

「ねえ、いま考えていたんだけど」彼は急いで言った。「明日こそは、駐車場に車を取りに行って、パドヴァまでドライブしないとな。ランチはパドヴァでとろう。聖堂を見学して、聖アントニオの墓に触って、ジョットのフレスコ画を見て、帰りは、ブレンダ川ぞいに、ガイドブックがさかんに書きたてている、あの種々雑多な別荘のあるところを通ってこようよ」

だがこんなことをしても無駄だった。ローラは顔を上げて、向こうに目をやろうとしている。やがて彼女はハッと小さく息をのんだ。この驚きは本物だ。彼はそう確信した。

「見て」彼女は言った。「すごい偶然だわ！　ほんとに驚いた！」

「なんだい？」彼は鋭く訊ねた。

「ほら、あそこ。あのすてきな双子のご姉妹よ。しかも、わたしたちに気づいてる。こっちを見てるわ」彼女は顔を輝かせ、大喜びで手を振った。トルチェロ島で彼女と話したほうの女が会釈をして、ほほえんだ。肚黒《はらぐろ》いババアめ、とジョンは思った。ぼくらをつけてきたことはわかってるぞ。

「ああ、ダーリン。わたし、声をかけにいかなきゃ」ローラは夢中で言った。「きょう一日、わたしがどれほど幸せだったかお話しして、お礼を言わなきゃ」

「馬鹿言うなよ！」ジョンは言った。「ほら、飲み物が来た。それにまだオーダーもすんでないじゃないか。もうしばらく待ったっていいだろう？　食べ終わってからにしたら？」

「すぐにすむわよ。それに、クルマエビのフライをもらうことにしたから。前菜はいらない。言ったでしょう、わたし、お腹はすいてないの」

ローラは立ちあがり、飲み物を持ったウェイターをかすめるようにして店内を横切っていった。それはまるで、百年の知己に出会ったかのような挨拶だった。テーブルに向かって身をかがめ、姉妹の両方と握手する妻を、彼はじっと見守っていた。テーブルに空いた椅子がひとつあったので、彼女は笑顔で話しながら、それを引き寄せ、腰を下ろした。姉妹はどちらも驚きの色を見せていない。少なくとも、ローラの知り合いのほうは。彼女はうんうんとうなずき、言葉を返している。一方、目の不自由なほうは無表情のままだった。

「勝手にしろ」ジョンは憤然と思った。「そういうことなら、こっちは酔っ払ってやる」彼はカンパリ・ソーダを飲み干すと、さらにもう一杯、オーダーし、自分の食べるものとして、メニュー上の得体の知れない料理を指さした。それでもさすがに、ローラのエビフライをたのむことだけは覚えていたが。「それからソアヴェをボトルで」彼は付け加えた。「氷もたのむよ」

どのみち夜はもう台なしだった。親密で楽しいお祝いであったはずのものが、いまや霊的映像というお荷物を背負わされている。どうせ、可哀そうな死んだ小さなクリスティンが、一緒にテーブルを囲んでいるとかいうのだろうが、そんなのはまったくのナンセンス。この世にいたなら、あの子はもうとっくに寝かされているはずなのだ。カンパリの苦みは、彼の胸に不意に湧いた自己憐憫《れんびん》にしっくり合っていた。三人のいる向こう側の隅の席を、彼は監視しつづけた。姉妹の活発なほうは長々と弁舌をふるっており、ローラはじっと耳を傾けている。一方、目の不自由なほうは無言ですわって、あの恐るべき見えない目を彼にまっすぐ向けていた。

「あれはイカサマだな」彼は思った。「目はちゃんと見えているんだ。ふたりともペテン師さ。それに、ぼくらがトルチェロ島で作った話みたいに、本当に女装した男なのかもしれない。連中はローラを狙っているんだ」

彼は二杯目のカンパリ・ソーダにかかった。すきっ腹に投入された二杯の酒は、たちまち効き目を現した。周囲のものがぼやけだす。ローラは相変わらずよそのテーブルに着いたままで、ときおり質問をさしはさみながら、姉妹の活発なほうが話すのを聴いている。ウェイターがクルマエビのフライを運んできた。そのかたわらには、ジョンの料理を持ってきた別のウェイターもいる。それは、土色のソースがたっぷりかかった、まったく正体不明の品だった。

「シニョーラはおいでにならないので?」最初のウェイターが訊ねた。ジョンは無愛想に首を振り、震える指で部屋の向こうを指し示した。

「シニョーラに伝えてくれ」彼は慎重に言った。「クルマエビが冷めてしまうとね」

彼は目の前に置かれた料理を見おろし、フォークでそっとつついた。鈍い色のソースが流れ落ち、ガーリックに飾られた、ボイルド・ポークと思《おぼ》しき丸っこい巨大な切り身がふた切れ、姿を現した。彼はそのひと切れをフォークで口に運び、咀嚼《そしゃく》した。そう、やはりポークだ。ほかほかで、こってりしている。香辛料の利いたソースがそれを変に甘くしていた。彼はフォークを置いて、皿を押しやった。ローラがもどってきて、隣にすわった。彼女は何も言わなかった。ちょうどいい、と彼は思った。いまにも吐きそうで、受け答えなど到底無理だったからだ。酒のせいだけではない。これは、悪夢のようなこの一日の反動だ。ローラは相変わらず無言のまま、クルマエビを食べはじめた。彼が食べていないのには気づいていないようだった。ウェイターは心配そうにそばに立っていたが、ジョンが選択を誤ったのに気づいたと見え、そっと皿をさげた。「グリーンサラダを持ってきてくれ」ジョンはつぶやくように言ったが、それでもまだローラは驚きを見せなかった。また、ふだんとちがい、飲みすぎだと言って彼を咎《とが》めることもなかった。やがて彼女はクルマエビを食べ終え、ワインを飲みだした。彼のほうは手を振ってワインをことわり、病気のウサギのようにちびちびとサラダをかじっていた。そのときになってようやく、ローラが口を開いた。

「ねえ、ダーリン。信じてもらえないのはわかっているし、ある意味、とても怖い話なんだけどね、トルチェロ島でレストランを出たあと、あのご姉妹もやっぱり聖堂へ行ったんですって。人がすごくて、こちらは気づかなかったけれど。で、そのとき、目の不自由なほうのかたが、また別のものを見たんですって。クリスティンがあの人に、わたしたちについて何か伝えようとしていたらしいの。このままヴェネチアに留まれば、わたしたちは危険な目に遭うだろうって。クリスティンは、わたしたちにできるだけ早くここを離れてほしがっているの」

なるほど、そういうことか、と彼は思った。あいつらは、ぼくらの人生を支配できると思っているんだな。今後、これがぼくらの頭痛の種になるんだろう。食べようか？　起きようか？　寝ようか？　その都度いちいち、あの双子の姉妹におうかがいを立てなきゃならない。連中がぼくらに指示を与えるわけだ。

「ねえ」ローラが言う。「なぜ黙っているの？」

「なぜなら、まったくきみの言うとおりだからさ」彼は答えた。「ぼくはそんなこと信じない。率直に言って、あの婆さんたちは変人コンビとしか思えないね。どう考えたって、まともじゃないよ。それに、こんな言いかたをしてすまないけど、連中がきみをカモだと思っていることはまちがいないな」

「そんなのひどい。あのかたたちは正直よ。わたしにはわかる。とにかくわかるの。すべて誠意からおっしゃっていることなのよ」

「いいだろう。認めるよ。あのふたりは正直だ。だがだからと言って、まともだってことにはならない。いいかい、ダーリン、きみはあの婆さんとトイレでほんの十分、一緒になり、クリスティンがぼくらのそばにすわっていたと言われた――まあ、テレパシーを持つ人間なら誰しも、きみの無意識の心くらい即座に読みとれるんだろう。それで、向こうは霊能者どものご多分に漏れず自分の成功に気をよくし、またまたいっちゃった感じを発散して、ぼくらをヴェネチアから追い出そうとしているわけだ。まあ、悪いが、勝手にやってろってところだね」

周囲はもうぐるぐる回ってはいなかった。怒りが酔いを醒ましたのだ。ローラに恥をかかさずすむものなら、立ちあがってあの大ボケババアどものテーブルへ行き、とっとと失せろと言ってやったろう。

「そう来ると思っていた」ローラは悲しげに言った。「あのおふたりにも、あなたは信じないだろうと言ったのよ。でも心配しないで、と言われたわ。明日ヴェネチアを離れさえすれば、大丈夫だからって」

「ああ、勘弁してくれよ」ジョンは言い、気を変えて、自分のグラスにワインを注いだ。

「考えてみれば」ローラはつづけた。「ヴェネチアのいちばんいいところはもう見てしまったわけだものね。どこかよそに移ってもいいんじゃないかしら。それに、ここに留まったら——馬鹿みたいに聞こえるのはわかっているけれど、ずっといやな感じにつきまとわれるわ。きっと、可愛いクリスティンが悲しんでいる、立ち去るようわたしたちに言おうしているんだって考えてしまうでしょう」

「わかったよ」ジョンは不気味なまでに穏やかに言った。「それで決まりだ。ぼくらは発つ。即刻ここを出てホテルに帰り、フロントに明日の朝、出発すると伝えよう。もうお腹はいっぱいになった？」

「ああ、あなた」ローラはため息をついた。「そんなふうに取らないで。ねえ、向こうへ行って、おふたりに会ってくれない？　そうすれば、何が見えたか聞けるでしょう？　それで真剣に受け止める気になるかもしれないわ。だって、そのことにいちばん関係が深いのはあなたなんですもの。クリスティンはわたしよりあなたのことを心配しているのよ。何より驚くのは、あの目の見えないほうのかたが、あなたには霊能力があるって言っていることなの。ただ、自分で気づいていないだけなんですって。あなたは未知なるものと共鳴しているけれど、わたしはそうじゃないのよ」

「なるほど、そりゃあ決定的だな」ジョンは言った。「ぼくは霊能者なんだろう？　大いに結構。ぼくの霊感が、いますぐ、ただちにこのレストランを出るよう告げている。ヴェネチアを離れるかどうかは、ホテルに帰ってから決めればいい」

彼はウェイターに合図し、ふたりは黙りこくって勘定書を待った。ローラは悲しげにバッグをいじくっており、ジョンのほうはあの双子たちのテーブルをちらちら盗み見していた。彼女らは皿に山盛りになったスパゲッティをもりもり食べており、そのさまには霊能者らしさのかけらもなかった。支払いがすむと、ジョンは椅子をうしろへ押しやった。

「さあ。いいかな？」

「行く前に、あのかたたちにさよならを言ってくる」ローラは言った。とんがったその口を見るなり、死んだ我が子のことが思い出され、ジョンの胸は疼《うず》いた。

「どうぞお好きに」彼はそう答えると、先に立って歩いていき、振り向きもせず店を出た。

さきほどの散歩のあいだとても心地よかった宵のうちの軽い湿気は、雨に変わっていた。そぞろ歩く観光客らはいつしか姿を消しており、傘を差した人がひとりふたり急ぎ足で通り過ぎていくばかりだ。これが地元の人々の目にしているものなのだと彼は思った。これが真の生活なのだ。夜になって人通りの絶えた街、鎧戸を下ろした家々、その下を走るよどんだ水路のじっとりした静けさ。他はすべて、人に見せるための華やかなうわべ、それが陽光にきらめいていただけだ。

ローラが出てくると、ふたりは無言でその場を離れ、ほどなく総督邸の裏に出て、サン・マルコ広場へと入った。雨脚は激しくなっており、彼らは逃げ遅れた何人かとともに柱廊の下に避難した。楽団は一日の演奏を終え、すでに引きあげている。テーブルはクロスをはがされ、椅子はひっくり返されていた。

通《つう》の連中の言うとおりだと思った。ヴェネチアは沈みつつある。町全体がゆっくり死にかけているのだ。いつの日か、観光客らは小舟でここを旅してまわり、水のなかをのぞきこんで、はるかはるか下にある円柱や大理石を──ヘドロや泥が垣間見せる失われた石の世界を目にするだろう。ふたりの靴音が舗道にこだまし、雨は頭上の樋《とい》からバシャバシャ飛沫《しぶき》を飛び散らせている。何も知らず、希望を持って乗り出した夜のすばらしい結末。

ホテルに着くと、ローラはまっすぐにエレベーターへと向かい、ジョンはフロントに行って、夜のボーイに鍵をもらった。その男は一緒に電報をよこした。ジョンはしばらくそれを眺めていた。ローラはもうエレベーターに乗りこんでいる。彼は封を切って文面に目を通した。ジョニーの寄宿学校の校長からだった。

ジョニー、チュウスイエントミラレ、シリツビョウインニニュウイン。

シンパイナイガ、イシノジョゲンニシタガイ、レンラクス。
チャールズ・ヒル

ジョンは二度それを読み、その後、ゆっくりとローラの待つエレベーターに向かった。彼女に電報を手渡して言った。「出かけたあとで届いたんだ。あまりいい知らせじゃないよ」ローラが電文を読みだすと、彼はエレベーターのボタンを押した。エレベーターは三階で止まり、ふたりは廊下に出た。

「これで決まった。そうじゃない?」ローラは言った。「この電報が何よりの証拠よ。ヴェネチアを発たなくちゃ。家に帰らなきゃならないんですもの。危ないのは、わたしたちじゃない、ジョニーなのよ。これこそ、クリスティンがあの姉妹に言おうとしていたことなんだわ」

翌日、ジョンは朝一番に、寄宿学校の校長に電話をかけ、つづいて、フロントの責任者に出発する旨を伝えた。ふたりは電話がつながるのを待ちながら荷造りをした。彼らはどちらも前日の出来事に触れなかった。その必要もなかったのだ。ジョンには、電報の到着と例の姉妹の予言とが偶然にすぎないこと、しかしそれについて言い合いを始めたところで意味がないことがわかっていた。一方、ローラは別の解釈をしているのだが、その思いは胸にしまっておくのがいちばんだと直感的に悟っていた。朝食のあいだ、ふたりは何に乗ってどういう経路で家に帰るかを話し合った。まだシーズン初めだから、きっと彼らは車ともども、ミラノからカレーまでのカー・トレインに乗れるだろう。いずれにせよ、校長は心配はいらないと言っているのだ。

イギリスからの電話は、ジョンが浴室にいるときに入り、ローラが応答した。しばらくして寝室にもどると、ローラはまだ話し中だった。しかしその目の表情から、彼女が気をもんでいることはわかった。

「ヒル先生の奥様からよ」彼女は言った。「先生ご自身は授業中なの。奥様のお話だと、病院からジョニーが夜じゅう苦しがっていたと連絡があったんですって。手術することになるかもしれないけれど、医者は必要に迫られないかぎりそれは避けるつもりみたい。レントゲンを撮ったら、虫垂が微妙な位置にあったので、そう簡単にはいかないらしいの」

「どれ、ぼくに話をさせて」ジョンは言った。

校長の妻の穏やかな、しかしやや用心深げな声が受話器から聞こえてきた。「ご予定がめちゃめちゃになるかと思うと、本当に申し訳なくて」彼女は言った。「でもチャールズもわたくしも、お知らせすべきだと思いましたの。その場にいらしたほうがご安心でしょう。ジョニーはよくがんばっていますが、もちろんいくらか熱もありますし。お医者様は、病状を考えれば、それは当然のことだとおっしゃっていますわ。虫垂というのはときどき位置がずれることがあるようで、それが事を面倒にするのだとか。手術のことは今夜お決めになるそうです」

「なるほど、よくわかりました」ジョンは言った。

「奥様にあまり心配なさらないようお伝えくださいね」校長の妻はつづけた。「とてもいい病院ですので。職員もとても親切ですし、わたくしたち、そのお医者様に全幅の信頼を置いておりますの」

「そうですか」ジョンは言った。「そうですか」それから、口をつぐんだ。かたわらのローラが手振りで何か伝えようとしていたのだ。

「列車の切符がとれなかったら、わたしは飛行機で行くわ」彼女は言った。「ひとつくらい席はあるでしょう。そうすれば、少なくともひとりは夜までに病院に行ける」

ジョンはうなずいた。「いろいろとありがとうございます、奥さん」彼は言った。「ちゃんと帰るようにしますから。ええ、ジョニーのことは安心してお任せします。ご主人にわれわれの感謝の念をお伝えください。失礼いたします」

彼は受話器を置き、周囲を見回した。くしゃくしゃのベッド、床の上のスーツケース、放り出されたティッシュペーパー、バスケット、地図、本、コート、車に載せてきたありとあらゆるもの。「ああ、くそ」彼は言った。「めちゃめちゃじゃないか。まるでゴミ溜めだ」ふたたび電話が鳴った。それはポーターからで、明日夜の寝台車の座席がふたり分と車一台のスペースが確保できたという連絡だった。

「ねえ」ローラが電話を奪い取って言った。「ヴェネチア発ロンドン行きのお昼の飛行機にひとつ、席がとれないかしら？　今夜までにどちらかひとりでも、どうしても家に帰らなきゃならないの。夫は明日、車と一緒に追いかけてくればいいんだけれど」

「おい、ちょっと待てよ」ジョンはさえぎった。「そうあわてることはないだろう。たかだか二十四時間で、何が変わるって言うんだい？」

心配のあまり、ローラの顔は蒼白になっていた。彼女はすっかり取り乱して、ジョンを振り返った。「あなたにとっては同じことかもしれないけど、わたしにとってはちがうの。わたしはもう、ひとり子供をなくしている。またひとり失うなんてごめんだわ」

「わかったよ、ダーリン、わかった……」ジョンはローラのほうに手を差し伸べたが、彼女はそれをうるさそうに払いのけ、ポーターに指示を与えつづけた。ジョンは荷造りにもどった。何を言っても無駄だ。彼女の好きなようにさせたほうがいい。もちろん、ふたりそろって飛行機で帰ることもできる。そうして、すべてがうまくいき、ジョニーがよくなってから、彼が車を取りにもどり、来たときと同じくフランス経由で家まで運転していけばいいのだ。ただし、骨は折れる。それに費用も馬鹿にならない。ローラが飛行機で、彼自身が車とともにミラノ発の列車で帰るだけでも、かなりの出費なのだ。

「きみがそうしたければ、ふたり一緒に飛行機で帰るという手もあるよ」彼は突然の思いつきをおずおずと説明しだしたが、ローラはとりあわなかった。「それこそ馬鹿げているわよ」彼女はいらだたしげに言った。「今夜、わたしが着いて、あなたがあとから列車で来るなら、何も問題ないでしょう。それに、病院と家を行き来するのに車が必要になるだろうし。第一、荷物。これを全部ここに置きっぱなしにして、ただ発つというわけにはいかないわ」

確かに、彼女の言うとおり。馬鹿な思いつきだ。ただ――そう、彼だってローラと同じくらいジョニーのことが心配なのだ。しかしそれを口に出して言う気はなかった。

「ポーターを監督しに下に行ってくるわ」ローラが言った。「ああいう人たちは、お客がその場にいたほうがよく動くものだから。今夜必要なものはすっかり荷造りした。とりあえず一泊旅行用の鞄だけあればいいでしょう。他のものは全部、車に載せてきてね」彼女が出ていって五分もしないうちに、電話が鳴った。かけてきたのは、ローラだった。「ねえ、あなた、これ以上望めないくらいうまくいったわ。一時間以内にヴェネチアを発つチャーター便に席がとれたの。約十分後に、発動機艇の特別便がサン・マルコを出て、乗客を飛行場まで運ぶんだけれど、そのチャーター便に乗るはずだった誰かがキャンセルしたのよ。この分だと四時間足らずでガトウィック空港に着けるわ」

「すぐ下に行くよ」ジョンは言った。

彼はフロントの前でローラに合流した。彼女はその顔にはもう不安や緊張の色はなく、目的意識があるのみだった。彼女はすでに旅の途上なのだ。ふたり一緒に行けたらと願いつづけた。彼女が去ったあとヴェネチアに留まるなど耐えがたいことだが、ミラノまでの車の旅、新たな宿でひとり過ごすわびしい夜、それにつづく長ったらしい一日、つぎの夜の列車内での長い時間のことを思うと、ジョニーを案ずる気持ちとはまったく別に、暗澹《あんたん》たる思いで胸がいっぱいになった。ふたりはサン・マルコの船着き場、雨上がりのきらめき輝くモーロまで歩いていった。軽いそよ風が吹き、売店では絵葉書やスカーフや観光客向けの土産物がはためいており、観光客は大挙して街に繰り出し、楽しい一日を前に満ち足りた様子であたりをぶらついていた。

「今夜ミラノから電話するよ」ジョンはローラに言った。「たぶんヒル夫妻がきみを泊めてくれるだろう。きみが病院に行っている場合は、あの人たちが状況を教えてくれるだろうしね。あれがチャーター便のご一行だな。どうぞ連中と楽しんでおいで！」

桟橋を下りて船に乗りこむ乗客らは、ユニオン・ジャックの荷札のついた手荷物を持っていた。彼らのほとんどが中年で、引率しているのはメソジスト派の牧師と思しき二人組だった。その一方が手を差し伸べ、真っ白な義歯をずらりと見せてほほえみながら、ローラに歩み寄ってきた。「帰りの便に同乗なさるご婦人ですね」彼は言った。「われわれの機に、そして、〈信者の会〉にようこそ。われわれはみな、あなたとご一緒できるのを大変喜んでおります。旦那さんのお席がなくて、申し訳ありませんが」

ローラはさっと振り向いて、ジョンにキスした。その口の端がこらえきれない笑いに震えている。「あの人たち、いきなり賛美歌を歌いだしたりするのかしらね？」彼女はささやいた。「気をつけてね、旦那さん。今夜、電話をちょうだい」

船の舵手が小さくプーッと警笛を鳴らした。数秒後にはもうローラは段々を下りて船に乗りこみ、大勢の乗客のなかで手を振っていた。彼女の真っ赤なコートが同乗者たちの服の地味な色合いのなかで派手な一点となっている。ふたたび警笛が鳴り、船は桟橋から離れていった。ジョンは大きな喪失感を胸にじっと立ち、船を見送った。それから踵《きびす》を返してその場をあとにし、明るい日射しのなか、わびしく、誰にも顧みられず、ホテルへと引き返した。

空っぽだな。しばらくの後、ホテルの部屋にもどった彼は、あたりを見回して思った。人の去った部屋らしく、ひどく淋しげだ。さきほどまで主《あるじ》のいた証がまだそこここに見られるから、なおのこと。ベッドの上のローラのスーツケース。彼女の置いていったもう一着のコート。化粧台にこぼれた白粉《おしろい》の跡。屑籠に放りこまれた、口紅のついたティッシュ。中身をすっかりしぼりとられ、洗面台のガラス棚に載っている古い歯磨き粉のチューブまでもがもの悲しい。開いた窓からはいつもどおり大運河を無鉄砲に行き交う船の音が聞こえてくるが、それに耳を傾けるローラ、小さなバルコニーからそのさまを眺めるローラはもういない。楽しさは消えた。情緒は消えた。

ジョンは荷造りを終え、あとで下に運ばせるようすべての荷物をそこに残して、支払いのためロビーに下りた。受付係は新たな到着客を迎えているところだった。人々は大運河を見おろすテラスにすわり、来《きた》る楽しい一日を前に新聞を読んでいる。

ジョンは、勝手知ったるこのホテルのテラスで早めの昼食をとり、そのあと、ポーターにたのんで、サン・マルコ－ピアッツァレ・ローマ間の往復便のフェリーまで荷物を運ばせることにした。車はピアッツァレ・ローマに置いてあるのだ。昨夜の悲惨な食事のおかげで、彼は空腹だった。正午近くオードブルのワゴンが現れたときは、いくらでも食べられる状態だった。けれども、ここでもこれまでと同じにはいかなかった。すっかりなじみになっていた給仕長は休みで、彼ら夫婦のいつもの席には新参のお客二名がすわっていた。新婚か――その快活さ、笑顔を見て、ジョンは苦々しく思った。彼自身が案内されたのは、花の平鉢の陰にある小さなひとり用のテーブルだった。

「いまごろローラは空の上だ。もう帰途についているわけだ」ジョンはそう考え、メソジスト派の牧師にはさまれてすわっているローラの姿を思い描こうとした。もちろん、彼女はジョニーの入院の話をしているだろう。他には何をしゃべっていることやら。何はともあれ、あの双子の姉妹は魂の安らぎを得られる。ふたりの願いはかなったわけだ。

昼食がすむと、もうそれ以上、コーヒーのカップを前にテラスでぐずぐずしている意味はなかった。彼の望みは、できるだけ早くここを立ち去り、車を引き取り、ミラノへ向かうことなのだ。ジョンは受付係に別れを告げ、荷物の台車を押すポーターとともに、ふたたびサン・マルコの桟橋へと向かった。蒸気船に乗りこみ、山積みの荷物をかたわらに、人がごったがえすなかに立ったとき、一瞬、彼の胸は疼いた。今度、ヴェネチアを訪れるのはいつのことだろう？　来年か……三年後か……。最初は十年近く前、新婚旅行でちょっと立ち寄ったとき、そして、ここ発の船旅の前に、事のついでに市内観光したのが二度目、それから、唐突に打ち切られたこの無惨な十日間。

水面は陽光にきらめき、建物は輝き、観光客らはサングラス姿で、急速に遠のいていくモーロを行き来している。フェリーは波を蹴立てつつ大運河《カナル・グランデ》を進んでおり、ホテルのテラスはもう見えなくなっていた。目でとらえ、心に留めるべき数々の情景、すでに見慣れたお気に入りのファサード、バルコニー、窓、朽ちゆく宮殿の階段に打ち寄せる水、庭のある小さな赤い家。〝わたしたちのうち〟――ふたりのものだと想像して、ローラはそう呼んでいた。そして、早くもフェリーは左に折れ、ローマ広場に通じる水路に入ろうとしている。だから、大運河の最大の目玉、リアルト橋やその先のいくつもの宮殿はもう見ることができないのだ。

乗客を満載し、下流に向かう別のフェリーが、彼らの船とすれちがおうとしていた。ほんの一瞬、馬鹿げたことだが、ジョンはそちらに乗り換えられたらと思った。ヴェネチアに——自分の残してきたすべてに向かう、幸せな観光客の一員になれたらと。そのとき、ジョンは彼女を目にした。真っ赤なコートを着たローラ、かたわらにはあの双子の姉妹がいる。活発なほうがローラの腕に手をかけて熱心に何か語りかけており、ローラ自身は風に髪をなびかせ、悲痛な表情をたたえ、さかんに身振りを使っていた。ジョンはただ茫然と眺めるばかりだった。驚きのあまり呼びかけることも、手を振ることもできなかった。いずれにせよ、彼の声は届かなかったろうし、姿も見えなかったろう。彼のフェリーはすでに行き過ぎ、反対方向へ向かっていたのだ。

いったい何が起きたのだろう？　例のチャーター機は飛ばなかったにちがいない。しかしもしそうなら、なぜローラはホテルに電話をよこさなかったのだろう？　それに、あのいまいましい姉妹はいったい何をしているのだ？　たまたま空港でローラと出くわしたとでも？　それは偶然なのだろうか？　それに、なぜローラはあんな不安げな顔をしているのだろう？　どう考えてもわからない。おそらく、チャーター便は欠航になったのだ。当然ながら、ローラは彼がまだいるものと思い、まっすぐホテルにもどるつもりなのだろう。こうなったら彼とともにミラノに向かい、明日の夜の列車に乗ろうということだろう。なんて腹立たしい行きちがいだ。フェリーがローマ広場に着いたら、すぐホテルに電話して、待っているよう彼女に言おう。自分が引き返して迎えに行くからと。あのいまいましいお節介姉妹のほうは、どうとでもなれ、だ。

フェリーが桟橋に着くと、例によって人々が先を争って降り口へ向かった。ジョンはまず荷物を下ろすポーターをつかまえねばならず、その後、電話をさがさねばならなかった。もたもたと小銭を取り出し、ホテルの番号をさがしているうちに、さらに時間が経った。ついに電話がつながると、フロントには運よくまだ彼の知っている受付係がいた。

「実は、ひどく面倒なことになってしまってね」ジョンはそう切り出し、ローラがいまホテルに向かっていることを説明した。ついさきほど、妻がふたりの友人とフェリーに乗っているのを見かけた。彼女に事情を話し、そこで待つよう伝えてもらえないだろうか？　なるべく早いフェリーで引き返し、迎えに行くようにするから。「とにかく、妻を引き留めておいてください」彼は言った。「できるだけ急いで行きます」受付係は万事了解し、ジョンは電話を切った。

しかし本当に助かった。もしも電話をかける前にローラがもどっていたら、ホテル側は、ご主人はもうミラノへ向かったと彼女に話してしまったろう。ポーターはまだ荷物とともに待っていた。それがいちばん簡単だと思ったので、ジョンはポーターとともに駐車場へ行き、荷物を全部そこの事務所の係員に託して、一時間ほどあずかってほしい、妻と一緒にもう一度車を取りに来るから、とたのんだ。その後、彼は桟橋に引き返して、ヴェネチアに向かうつぎのフェリーを待った。一分一分がのろのろと過ぎていき、彼はそのあいだずっと、空港でどんな問題があったのだろう、いったいなぜローラは電話をよこさなかったのだろう、と考えつづけた。しかし推測しても意味はない。ホテルに着けば、ローラが一部始終を話してくれるだろう。ひとつだけ確かなことがある。ローラと自分にあの姉妹が負ぶさってくるのを許してはならない。彼女らの問題にかかわってはならないのだ。おふたりも飛行機を逃したのよ。そう言っているローラの姿が目に浮かぶようだった。ミラノまで乗せていってあげたら、どうかしら？

　ついにフェリーが桟橋に横付けになり、ジョンは乗りこんだ。まったく拍子抜けもいいところだった。ついさっき名残りを惜しみ、別れを告げたばかりなのに、またおなじみの名所の前を引き返していくとは！　今回、彼は周囲の景色には見向きもしなかった。ただひたすら目的地に着きたいだけだった。サン・マルコ広場はこれまで以上ににぎわっていた。午後の人出のなか、みんな、何がなんでも楽しむ覚悟で行き交っている。

　ホテルに着いたジョンは、入口左手のラウンジでローラが――ことによるとあの姉妹とともに――待っているものと思い、つかつかとスウィングドアを通り抜けた。ところが彼女はいなかった。彼はフロントに行った。さきほど電話に応対した受付係がそこにいて、支配人と話していた。

「妻は着いていますか？」ジョンは訊ねた。

「いいえ、まだいらしておりませんが」

「それはおかしいな。確かですか？」

「まちがいございません。二時十五分にお電話をいただいてから、わたくしはずっとこちらにおりました。一度もフロントを離れておりませんので」

「どうもわからないなあ。彼女は水上バス《ヴァポレット》でアカデミア美術館の前を通っていったんですよ。

五分後にはサン・マルコに着いて、ここに来たはずなんですが」

受付係は途方に暮れた顔をした。「なんと申しあげればよいのか。シニョーラはお友達とご一緒だったというお話でしたね？」

「ええ。まあ、知り合いですね。きのうトルチェロ島で会ったふたりのご婦人です。その人たちと一緒に妻がヴァポレットに乗っているのを見たときは、ほんとにびっくりしましたよ。もちろん、乗るはずの便が欠航になって、たまたま空港でふたりと会い、一緒にもどってきたということでしょうが。きっとぼくを、ここを出る前につかまえようとしたんでしょうね」

ああ、くそっ、ローラは何をしているんだろう？　もう三時を回っている。サン・マルコの桟橋からホテルまでは、ほんの数分なのに。

「おそらくシニョーラはお友達と一緒にそのかたたちのホテルへいらしたのでしょう。そのおふたりがどちらにお泊まりかご存じですか？」

「いや」ジョンは言った。「まったく見当もつきません。それどころか、ぼくはそのご婦人たちの名前すら知らないんです。ふたりは姉妹でした。実は、双子でね、瓜ふたつなんですよ。それはともかく、なぜ妻がここでなく、その人たちのホテルに行かなきゃならないんです？」

スウィングドアが開いたが、入ってきたのはローラではなかった。ホテルに宿泊中のお客の二名だ。

支配人が突然会話に割りこんできた。「では、こういたしましょう。わたくしが空港に電話を入れ、その便がどうなったのか確認します。それで、何かはつかめるでしょう」彼は申し訳なさそうにほほえんだ。こういう手ちがいは、始終あることではないのだ。

「ええ、そうしてください」ジョンは言った。「とりあえず、向こうで何があったか確認しないとね」

彼はタバコに火をつけ、行きつもどりつロビーを歩き回りはじめた。なんといまいましい行きちがいだろう。それに、こんなのはまるでローラらしくない。彼が昼食後まっすぐミラノに向かうことは、彼女も知っているのだ。いや、それどころか、もっと前に発っていたかもしれない。だがそうとわかっていて、便が欠航となったなら、彼女は空港に着いたときただちに電話をよこすはずではないか。支配人は延々と電話しつづけている。別の回線につないでもらわねばならなかったようだが、彼のイタリア語は速すぎて、話の内容はわからなかった。しかしついに支配人は受話器を置いた。

「こんな不思議なことは初めてです」彼は言った。「例のチャーター便に遅れは出ていません、乗客を全員乗せて、予定どおり離陸しております。空港側の話ですと、何ひとつ支障はなかったそうです。シニョーラはただ気が変わっただけなのでしょう」彼の笑顔は前以上に申し訳なさそうだった。

「気が変わった」ジョンはオウム返しに言った。「でもいったいどうして？　妻はなんとしても今夜じゅうに帰るつもりだったんですよ」

支配人は肩をすくめた。「ご婦人がたが気まぐれなことはご存じでしょう？　奥様は、やはりご主人と一緒に車でミラノに行くほうがいいと思ったのかもしれません。しかし、あのチャーター便の一行はきちんとした人ばかりでしたし、飛行機もカラヴェル機で、まったく安全だったのですよ」

「ええ、わかっています」ジョンはもどかしげに言った。「あなたがたを責める気などみじんもありません。ただ、なぜ妻の気が変わったのか、どうにも理解できなくてね。あのふたりの婦人と出くわしたのが原因かもしれないな」

支配人はなんとも言わなかった。言うべき言葉が見つからなかったのだ。受付係のほうも同様に心配していた。「もしかすると」彼は意を決して言った。「見まちがいということはないでしょうか？　ヴァポレットに乗っていたのは、シニョーラではなかったのでは？」

「まさか」ジョンは答えた。「あれは妻です。まちがいありませんよ。赤いコートを着ていて、帽子はかぶっていなかった。ここを出たときと同じ格好でした。いまあなたを見ているのと同じように、はっきりと見たんです。法廷で誓ってもいいくらいです」

「しかし残念ですね」支配人が言った。「そのご婦人がたのお名前もご宿泊先もわからないとは。確か、おふたりとは昨日、トルチェロ島で会ったということでしたね」

「ええ……でもほんの短時間ですよ。ふたりが泊まっていたのはあの島じゃありません。それだけは確かです。その夜、たまたま、ヴェネチアで夕食をとっているふたりを見かけましたからね」

「すみません……」何人かのお客が荷物とともに現れ、受付係はその相手をしなければならなくなった。ジョンは藁《わら》にもすがる思いで支配人に向き直った。「トルチェロのホテルに電話してみてはどうでしょうかね。向こうにいる誰かが、ふたりの名前か、ヴェネチアでの宿泊先を知っているかもしれません」

「やってみましょう」支配人は答えた。「見込み薄ですが、やってみましょう」

ジョンはふたたびぐるぐると歩き回りだした。そのあいだもずっとスウィングドアからは目を離さず、あの赤いコートが現れないものか、ローラが入ってこないものかと願い、祈りつづけた。支配人とトルチェロ島のホテルの誰かとのあいだに、またしても永遠につづくかと思える電話のやりとりがあった。

「二人姉妹だと言ってください」ジョンは言った。「灰色の服を着たふたりの老婦人で、互いにそっくりなんです。片方は目が見えません」そう付け加えると、支配人はうなずいた。彼が先方に詳しいことを伝えているのは明らかだった。しかし電話を切ると、支配人は首を振った。

「トルチェロのホテルの支配人は、そのおふたりならよく覚えていると言っています」彼はジョンに言った。「ですが、そこでは昼食をとられただけだそうで。お名前まではわからないとのことです」

「そうですか。ではしかたない。あとはただ待つしかないですね」

ジョンは三本目のタバコに火をつけると、テラスに出て、そこでまた行きつもどりつしはじめた。彼は運河にじっと目を向け、通過する船に乗った人々の顔に視線を走らせた。蒸気船やモーターボート、果ては漂うゴンドラのお客たちにまで。腕時計の上で時間がチクタク過ぎていく。しかしローラが現れる気配はない。恐ろしい考えが彼をさいなんだ。これは予定されていたことなのだ。ローラはもともとあの飛行機に乗るつもりなどなかったのだ。昨夜、レストランで、彼女はあの姉妹と何か約束をしたのだろう。ああ、まさか。そんなことはありえない。このままでは頭がおかしくなりそうだ……でも、なぜ？　なぜなんだ？　いや、空港での出会いは、やはり偶然だったのだろう。その後、あの姉妹が何か途方もない理屈をつけて、飛行機に乗ろうとするローラを思いとどまらせたのだ。それどころか、妨害した可能性だってある。きっと、また何か見えたとか言いだしたのだろう。飛行機が墜落する、一緒にヴェネチアに帰るべきだ、とかなんとか。ローラは、神経過敏になっていたから、ふたりが正しいのだと思いこみ、なんの疑問も抱かずにすべてを鵜呑みにしたのだ。

しかし、仮にそうだったとしても、彼女はなぜホテルにもどらなかったのだろう？　いったいどこで何をしているのだろうか。四時、四時半。太陽はもはや川面をまだらに染めてはいない。ジョンはフロントにもどった。

「ここでじっとしてはいられません。もし妻が現れても、今夜ミラノまで行くのはもう無理でしょう。妻はあの人たちと一緒に外を歩いているのかもしれません。サン・マルコ広場《ピアッツァ・サン・マルコ》かどこかを。ぼくが出かけているあいだに彼女が着いたら、事情を話してくれませんか？」

受付係は心を痛めていた。「そうですね、ええ」彼は言った。「さぞご心配でしょう。今夜は、こちらにお部屋をとったほうがよろしいのでは？」

ジョンはなすすべもなく両手を広げた。「ええ、たぶん。どうだろう。わからない……」

彼はスウィングドアから外に出て、サン・マルコ広場に向かった。着いた先では、柱廊に軒を連ねるあらゆる店をのぞきこみ、何十回も広場を横断し、〈フロリアン〉だの〈クワドリ〉だのの前に並んだテーブルのあいだを縫って歩いた。ローラの赤いコートとあの双子の姉妹の独特の外見なら、この雑踏のなかでも、すぐ目につくことはわかっていた。しかし三人の姿はどこにもなかった。彼は、メルチェリエ通りで買い物客の群れと一緒になり、ぶらつく者、強引に進む者、冷やかしのお客らで混み合うなかをさまよった。心のどこかでは、こんなことをしても無駄だとわかっていた。あの三人はここにはいない。こんなところをうろつくために、ローラが飛行機に乗るのをやめ、ヴェネチアにもどってくるわけがないではないか？　仮に彼の想像の及ばない何かの理由で引き返してきたとしても、彼女はまず夫に会いにホテルに行くはずだ。

こうなったら、あの姉妹の所在を突き止める以外、打つ手はなかった。彼女らの宿は、ヴェネチア全域に何百とあるホテルや民宿のどこであってもおかしくない。河向こうのザッテーレや、さらに遠いジューデッカ島かもしれないのだ。もっとも、この最後のふたつは可能性が低そうだ。やはりふたりの宿泊先は、サン・ザッカリア教会近辺の小さなホテルか民宿だろう。あのあたりなら、彼女らが昨夜食事をしていたレストランまですぐに行ける。目の見えないほうが夜に遠出したがるとは思えない。この点にもっと早く気づかなかったとは、なんて迂闊《うかつ》だったのだろう。彼は向きを変えて、煌々《こうこう》と明かりの輝くショッピング街を足早に離れ、昨夜食事をしたもっと狭苦しい地区へと向かった。例のレストランは難なく見つかった。しかし夜の営業はまだ始まっておらず、テーブルの準備をしているウェイターは昨夜、接客してくれた男とは別人だった。ジョンがあるじ《パドローネ》に会いたいのだがと言うと、ウェイターは店の奥へと消え、しばらくの後、店主を連れてもどってきた。ちょっと身なりがだらしない、ワイシャツ姿の男。くだけた格好でくつろいでいたところを引っ張りだされたらしい。

「実は、昨夜こちらで食事をしたんですが。そのとき、あの隅の席にふたり連れのご婦人がおられたんですよ」ジョンはその場所を指さした。

「今夜、あの席を予約したいということですか？」店主が訊ねた。

「いえいえ」ジョンは答えた。「あそこに昨夜ふたり連れのご婦人がいらしたんです。二人姉妹、ドゥーエ・ソレッレ、双子、ジェメッレ」双子に当たる言葉は、正確にはなんだったろう？「覚えていませんか？　ふたりのご婦人。ソレッレ・ヴェッキエ……」

「ああ」店主は言った。「シィ、シィ、シニョーレ、ラ・ポーヴェラ・シニョリーナ」彼は両手で目をふさぎ、盲目を表した。「ええ、覚えています」

「あの人たちの名前を知りませんか？」ジョンは訊ねた。「宿泊先はどこだったんでしょうか？　どうしてもふたりの居所が知りたいんです」

店主は残念そうに両手を広げてみせた。「本当に申し訳ないですが、シニョーレ、あのシニョリーネのお名前は知らないです、一度か二度、ここに来ました、確かディナーに、どこに泊まっているかは言ってないです。今夜また来れば、いるかもしれませんね？　お席を予約しますか？」

店主は、どの席でもどうぞ、とばかりに手振りでぐるりと周囲を示した。食事をする気の人間なら心を惹かれたのだろうが、ジョンは首を振った。

「ありがとう。でも結構です。食事はよそですることになりそうなので。お手間をとらせました。もしもそのシニョリーネがいらしたら――」ジョンはちょっと間を置いた。「いや、やはりあとでもう一度、来るかもしれません。どうかわかりませんが」

店主はお辞儀をし、出口までジョンについてきた。「ヴェネチアでは、全世界が出会うのです」彼は笑顔で言った。「シニョーレのお友達は今夜、見つかるかもしれない。さようなら《アリヴェデルチ》、シニョーレ」

お友達？　ジョンは通りに出た。むしろ誘拐犯じゃないか……不安が恐怖へ、パニックへと変わった。何か恐ろしいことがあったのだ。あの女たちがローラをとらえ、暗示にかけて、ふたりのホテルかどこかに一緒に行く気にさせたのだ。領事館に行くべきだろうか？　それはどこにあるのだろう？　そこに着いたら、なんと言おう？　彼はあてもなく歩きだし、ふと気づくと昨夜と同様、知らない街にいた。と、突然、目の前に〝警察署《クエストゥーラ》〟と表示のある高い建物が現れた。これだ、と思った。かまうもんか、何かあったのは確かだ、なかへ入ろう。制服姿の警官が大勢出入りしており、とにかくそこには動きがあった。彼はガラスの窓越しに警官のひとりに話しかけ、誰か英語を話せる人はいないかと訊ねた。相手が階段を指さしたので、ジョンは上の階にのぼっていき、右手のドアからなかに入った。そこにはひと組の男女がすわって待っていた。それが同郷の徒であることに気づき、彼はほっとした。観光客、明らかに、なんらかの災難に見舞われた夫婦者だ。

「入っておすわんなさい」その男が言った。「わたしらはもう半時間も待っていますが、いくらなんでもこれ以上はかからんでしょう。まったくなんて国だろうな！　我が国の警察なら、こんなふうに人をほったらかしにゃしないんだが」

ジョンは差し出されたタバコを受け取って、彼らの隣の椅子にすわった。

「そちらはどうなさったんですか？」彼は訊ねた。

「メルチェリエ通りの店のなかで家内がハンドバッグを盗まれましてね」男は言った。「何か見ようとして、ちょっと置いただけなんですよ、それがなんと、つぎの瞬間にはもう消えてたんです。わたしはこそ泥だと思うんですが、家内はレジの娘だと言っています。しかし、これぱっかりはなんともねえ。イタ公はみんな似たようなもんですし。いずれにしろ、バッグはもう出てこないでしょうね。お宅は何をなくされたんです？」

「スーツケースを盗まれたんです」ジョンは急いで嘘をついた。「なかに重要書類が入っていたんですが」

妻をなくしたなんて言えるわけがない。どう切り出せばよいのかさえ……

男は気の毒そうにうなずいた。「さっきも言ったとおり、イタ公はみんな似たようなもんですからね。ムッソのやつは連中の扱いを心得てたな。近ごろはどこもかしこもアカだらけだ。問題はね、警察がわたしらのことなんぞかまっちゃいられないってことですよ。だって、例の人殺しがまだつかまってないんですから。やつをさがすんで、みんな出払ってるわけです」

「人殺し？　どんな人殺しです？」ジョンは訊ねた。

「まさか聞いてないなんて言わないでくださいよ」男は驚きの目で彼を見つめた。「ヴェネチアはその話で持ちきりじゃないですか。どの新聞にも出てるし、ラジオでも言ってるし、イギリスの新聞だって載っけてますよ。なんともおぞましい話でね、先週、女の人が喉を切り裂かれて発見されたんです。この人も観光客だったんですよ。それから今朝がた、年寄りの遺体が見つかったんですが、やっぱりおんなじような刃物の傷があったんです。警察は異常者の仕業だと考えてるようです。だって動機が見当たらないんですから。実にいやな事件ですよ。観光シーズンのヴェネチアでこんなことがあるとはねえ」

「妻もわたしも、休暇中は新聞を読まないもので」ジョンは言った。「それに、ふたりともホテルの人たちと雑談などしませんし」

「それが利口ってもんです」男は笑った。「せっかくの休暇が台なしになりかねませんからね。奥さんが神経質なたちならなおさらです。ああ、そうそう、どのみち、わたしらは明日発つんですよ。それでいいだろう、なあ?」彼は妻を振り返った。「ヴェネチアは前に来たときより悪くなってる。でもって、今度はバッグの盗難だ。もう我慢の限界だよ」

奥の部屋のドアが開き、年かさの警察官が夫婦者になかに入るよう言った。

「何もしてもらえないと思いますよ」男はジョンにウィンクしてそうささやき、夫婦は奥の部屋に入っていった。彼らの背後でドアが閉まった。ジョンはタバコをもみ消し、新しいのに火をつけた。奇妙な非現実感が彼をとらえていた。いったいぼくはここで何をしているのだろう? こんなことがなんの役に立つのだろう? 彼はそう自問した。ローラはもうヴェネチアにはいない。あの悪魔のような姉妹とともに消えてしまったのだ。おそらくは永遠に。彼女の行方は絶対にわからないだろう。ちょうど、トルチェロ島で初めてあの双子を見かけたとき、ふたりが作った奇想天外な物語のように。だから、悪夢じみた論理により、あのフィクションは事実に基づいた物語だったことになる。あのふたりの女は本当に、信じやすい人々を悲惨な運命に導く変装したペテン師、犯罪をもくろむ男たちなのだ。いや、それどころか、警察が捜索中の問題の殺人犯かもしれない。どこかの二流の民宿かホテルで静かに過ごす一見まともそうなふたりの老婦人を、いったい誰が疑うだろう？　ジョンは吸いかけのタバコをもみ消した。

「これこそ」彼は思った。「妄想症の始まりなんだ。人はこうしておかしくなるんだ」時計を見やると、六時半だった。こんなこと――警察署でのこんな無意味な探索はやめたほうがいい。とにかく、唯一残された、正気を保つよすがにしがみついていることだ。ホテルにもどり、イギリスの寄宿学校に電話をかけ、ジョニーの容態を訊ねよう。可哀そうに、ヴァポレットに乗ったローラを見て以来、彼はジョニーのことを忘れ果てていた。

しかし、もう遅すぎた。奥のドアが開き、あの夫婦者が送り出されてきた。

「よくあるその場しのぎのごまかし」夫のほうが小声でジョンに報告した。「できるだけのことをしましょうってね。あんまり期待はできない、ヴェネチアには外国人が大勢いるし、その全員が泥棒だから、ですとさ！　地元の人間はみんな完全無欠なんだそうで。お客からかっぱらうのは割に合わないってわけです。お宅のほうはもうちょいうまくいくといいんですが」

男はうなずき、その妻はほほえんで頭を下げた。そしてふたりは行ってしまった。ジョンは警察官のあとから奥の部屋に入った。

手続きが始まった。氏名、住所、パスポート。ヴェネチアでの滞在期間、等々。つづいて、諸々の質問。ジョンは額に汗をにじませながら、長ったらしい話を始めた。例の姉妹との出会い、レストランでの再会、我が子の死によってローラが暗示にかかりやすくなっていること、ジョニーの病気を知らせる電報、チャーター便に乗ろうという決断、ローラの出発、不可解な突然の逆もどり。すべて語り終えたときには、ひどい流感の直後に五百キロ休みなしで車を走らせてきたかのように、消耗しきっていた。彼の尋問者は、強いイタリア訛ながら、流暢《りゅうちょう》に英語をしゃべった。

「あなたのお話ですと」彼は口を切った。「奥さんはまだショックからすっかり立ち直ってはいなかったわけですね。そのことはヴェネチア滞在中も顕著だったのでしょうか?」

「まあ、そうですね」ジョンは答えた。「妻はずっと具合が悪かったんです。この休暇もあまり効果をあげてはいないようでした。ようやく気分が変わったのは、きのうトルチェロ島でそのふたりの女性に出会ってからです。それまでの緊張がとれた様子で。きっと藁にもすがる思いだったんですね。それで、娘が自分を見守っていると信じこみ、一見、正常に見えるところまで回復したわけです」

「それは自然なことです」警察官は言った。「そういう状況であるならば。しかしおふたりとも、昨夜の電報にはまたショックを受けたでしょうね?」

「ええ、とても。家に帰ることにしたのは、そのためなんです」

「おふたりのあいだに言い争いはありませんでしたか？　意見の食いちがいは？」

「いいえ。ぼくらの意見は完全に一致していました。唯一残念なのは、あのチャーター便にぼくの席がとれなかったことです」

警察官はうなずいた。「奥さんが突然、記憶喪失になり、そのふたりのご婦人との出会いに救われ、その人たちをたのみの綱としたということも充分ありえますね。あなたはそのふたりの人相風体を非常に明確に教えてくださった。所在を突き止めるのはそうむずかしくはないでしょう。とりあえず、ホテルにお帰りになってはいかがです？　情報が入り次第、こちらからご連絡を差しあげますから」

何はともあれ、とジョンは思った。警察は話を信じてくれた。ぼくのことを作り話で彼らの時間を無駄にしている偏執狂とはみなしていない。

「どうかご理解ください」彼は言った。「どうにも気がかりでならないんです。その女たちは妻に何かする気かもしれない。そういう話がよくあるでしょう……」

警察官はここで初めて笑みを見せた。「どうかご心配なく。きっとそのうち事情がわかりますよ」

そうなりゃ結構だが。ジョンは思った。でも、いったいぜんたいどんな事情なんだ？

「長々とお時間をとらせて、すみません。警察はいまも野放しの殺人犯をさがすのに手一杯でしょうに」

こう言ったのは、わざとだった。もしかするとローラの失踪と例の醜悪な事件とのあいだには、なんらかのつながりがあるかもしれない。この男にそこを考えさせても害はないはずだ。「ああ、あれですか」警察官はそう言って立ちあがった。「犯人はじきに牢に送りこめるでしょう」

自信ありげなその口調は、たのもしかった。殺人犯、行方不明の妻、なくなったハンドバッグ、すべてがコントロール下にある。彼らは握手を交わした。ジョンは部屋の外に送り出され、そのまま下の階に下りた。おそらくあの男の言うとおりなのだろう。ホテルに向かってゆっくり歩いていきながら、彼は思った。ローラは突然、記憶喪失になったのだ。そして、たまたま空港にいたあの姉妹が彼女をヴェネチアに、さらには自分たちのホテルに連れ帰ったのだ。なぜなら、自分とジョンがどこに泊まっていたかローラには思い出せなかったから。たぶんあの姉妹は、いまこの瞬間も彼のホテルをさがしあてようとしているのだろう。いずれにせよ、これ以上できることは何もない。警察は状況を把握している。ああ、どうか、結果を出してくれますように。目下、彼の望みは、強いウィスキーを手にベッドにへたりこむこと、そして、ジョニーの学校に電話をすることだけだった。

ボーイは彼をエレベーターに乗せ、ホテルの裏手に当たる四階の質素な一室に案内した。がらんとした、温かみのない、鎧戸の閉まった部屋。下の中庭からは、料理のにおいが漂ってくる。

「ダブルのウィスキーを一杯、持ってきてもらえないかな?」彼はボーイに言った。「それと、ジンジャーエールも」ひとりになると、洗面台の蛇口の水を顔に浴びせ、宿泊客用の小さな石鹼からいくばくかのなぐさめを得て、ほっとした。彼は靴を脱ぎ捨て、椅子の背に上着をかけ、ベッドに体を投げ出した。どこかでラジオが古いポピュラーソングをガーガーと流している。もう何シーズンも前の曲、二年前、ローラのお気に入りだった曲だ。「大好きだよ、ベイビー……」彼は電話を取った。交換局にイギリスにつないでほしいとたのみ、それから目を閉じた。執拗《しつよう》な声は、そのあいだもずっと繰り返していた。「大好きだよ、ベイビー……きみを頭から閉め出せない」

まもなく軽いノックの音がした。ウェイターが飲み物を持ってきたのだ。氷が少なすぎる。ちっぽけななぐさめ。しかしぜひとも必要なもの。彼はジンジャーエールで割りもせずにウィスキーをあおった。するとほどなく、間断なくつづいていた苦痛が和らぎ、感覚が鈍磨し、一時的にせよ、安らぎが訪れた。電話が鳴った。いよいよだ。ジョンはそう思い、最悪の事態、とどめの一撃に備えて身構えた。たぶんジョニーは死にかけているか、すでに死んだかだろう。その場合は、もう何も残らない。ヴェネチアよ、水中に沈め……

交換手が電話がつながったと告げ、一瞬後、回線の彼方からヒル夫人の声が聞こえてきた。ヴェネチアからだと聞いていたのだろう、夫人はすぐさま彼が誰かに気づいた。

「もしもし？」夫人は言った。「まあ、お電話をいただけてよかった。こちらはすべて順調です。ジョニーは手術を受けました。担当医がこれ以上待たずに、昼にやってしまおうと決めましたの。大成功でしたのよ。ジョニーはじきによくなります。ですからもうご心配には及びません。安心して夜をお過ごしくださいね」

「ああ、よかった」ジョンは言った。

「本当にね」ヒル夫人は答えた。「こちらでもみんなほっとしております。では、わたくしはこれで。奥様とお話になりたいでしょう」

ジョンは茫然とベッドにすわっていた。いまのはどういう意味なんだ？　そのとき、冷静かつ明瞭なローラの声が聞こえてきた。

「あなた？　ねえ、いるの？」

答えることができなかった。受話器を持つ手が冷たく汗ばむのがわかった。「ああ、いるよ」彼はささやいた。

「回線の具合があまりよくないみたい」ローラは言った。「でもまあいいわ。ヒル先生の奥様が言ったとおり、すべて順調なの。お医者様はとてもいいかただし、ジョニーの階のシスターはそれはお優しいし。こういう結果になって、本当によかったわ。ガトウィック空港に着いたあと、わたし、まっすぐここに来たのよ。そう言えば、例の機はまあまあだったわよ。すごくおかしな集団だったけどね。その話を聞いたら、あなた、笑いころげるでしょうよ。とにかく病院に行ったら、ジョニーはもう意識がもどるところだったの。もちろん薬でぼうっとしていたけれど、わたしに会えてとっても喜んでいたわ。それに、ヒル先生ご夫妻は本当によくしてくださっていてね、わたしはお客様用のお部屋を使わせていただいているの。ここから町の病院までは、タクシーですぐなのよ。今夜は夕食をいただいたらすぐに寝るわ。飛行機の旅と気をもんだのとで、ちょっと疲れているから。ミラノまでの車の旅はどうだった？　どこに泊まっているの？」

それに答えた声は、自分自身のものとは思えなかった。それは、コンピューターの自動の応答だった。

「ここはミラノじゃない。ぼくはまだヴェネチアにいるんだよ」

「まだヴェネチアに？　いったいどうして？　車のエンジンがかからないの？」

「どう説明すればいいのか」ジョンは言った。「馬鹿な行きちがいがあって……」

急にひどい疲労を覚え、彼は受話器を取り落としそうになった。さらにみっともないことに、目の奥から涙がこみあげてくるのが感じられた。

「どんな行きちがい？」ローラの声は疑わしげで、敵意さえこもっていた。「もしかして事故に遭ったとか？」

「いや……ちがうよ……そんなことじゃない」

しばらく沈黙があり、それからローラは言った。「呂律《ろれつ》が回ってないみたい。まさか酔っ払っているんじゃないでしょうね」

ああ、くそっ……この状況をわかってもらえたら！　彼はいまにも気を失いそうだった。でもそれは飲んだせいじゃない。

「勘ちがいしたんだ」彼はゆっくりと言った。「きみを見かけた気がしたんだよ。あの双子の姉妹と一緒に、ヴァポレットに乗っている姿を」

こんな話をしてなんになる？　説明したところで、わかってはもらえないだろう。

「あの姉妹と一緒のわたしを見たってどういうこと?」ローラは言った。「わたしが空港に向かったのは、あなただって知っているじゃないの。ねえ、ダーリン、あなたってほんとに馬鹿ね。なんだかあのふたりのお年寄りにとりつかれてるみたい。ヒル先生の奥様には、何も言ってないでしょうね?」

「うん」

「そう。それでこれからどうするつもり? 明日、ミラノから列車に乗るんでしょう?」

「もちろんだよ」

「あなたがなぜまだヴェネチアにいるのか、わたしにはやっぱり理解できないわ」彼女は言った。「さっきの話、なんだか変だもの。でもまあ……ジョニーはよくなりそうだし、わたしはここに着いたわけだし、本当によかった」

「うん、そうだね」

ヒル校長宅の玄関ホールから時計の音がボーンボーンとかすかに聞こえてきた。

「もう切ったほうがいいな」ジョンは言った。「先生夫妻によろしく。ジョニーに愛していると伝えておくれ」

「わかった。気をつけてね、あなた。それと、くれぐれも明日の列車は逃さないで。運転は慎重にね」

電話がカチリと鳴り、彼女は行ってしまった。ジョンは残っていた数滴のウィスキーを空のグラスに垂らし、そこにジンジャーエールをどぼどぼ注いで、一気に飲み干した。それから立ちあがって窓辺に行き、鎧戸をさっと開くと、窓から身を乗り出した。頭がくらくらした。胸いっぱいに広がる大きな安堵感は、どうしたことか奇妙な非現実感に損なわれていた。まるで、イギリスからのあの声はやはりローラのものではなく、彼女はいまもヴェネチアにいて、あの姉妹の監視のもと、人目につかないどこかの宿に囚われているような気がするのだ。

　問題は、彼がヴァポレットに乗ったあの三人を見たということだ。あれは、赤いコートの別の女性などではなかった。あの女たちも、ローラと一緒にまちがいなくあそこにいた。となると、これはどういうことだろう？　彼の頭がおかしくなりかけているのか？　あるいは、もっと恐ろしい何かだろうか？　侮《あなど》りがたい霊能力を持つあの姉妹が、二隻のフェリーがすれちがうときこちらの姿を認め、なんらかの不可解な方法でローラもその船上にいると彼に思いこませたとか。でもいったいなぜ、なんのために？　いや、これではすじが通らない。やはり、彼が勘ちがいした、すべて妄想だったとしか考えられない。その場合、ジョニーに外科医が必要だったように、彼には精神科医が必要となる。

　しかし、これからどうしたものだろう？　ロビーに行って、ホテル側に、あれはまちがいだった、たったいま妻と話したが、彼女は例のチャーター便で無事イギリスに着いていた、と告げるわけか。ジョンは靴をはき、手櫛で髪を整えた。腕時計を見ると、八時十分前だった。バーにちょっと寄って一杯ひっかければ、支配人と顔を合わせ、事の次第を話すのも、いくらか楽になりそうだ。そのあとは、おそらくホテル側が警察に連絡を入れるだろう。みなさんに多大なご迷惑をおかけしたことを、深くお詫びいたします。

彼は一階に下り、バーに直行した。注目の男として、人目を意識しながら。きっと誰もがぼくを見て、こう思うだろう――ああ、妻が行方不明になった男だ。幸いバーはいっぱいで、知った顔はいなかった。カウンターの男も、彼の給仕はしたことのない下っ端だった。彼はウィスキーを飲み干し、肩越しにロビーを振り返った。フロントはそのひとときだけ無人だった。奥の部屋のドア枠に囲われて、支配人の背中が見える。どうやらなかの誰かと話しているようだ。意気地のない話だが、彼は咄嗟《とっさ》にロビーを突っ切っていき、スウィングドアから外の道に出た。

「まず、どこかで食事をし、そのあともどってきて、ホテルの人たちと話をしよう。腹に何か入れれば、きっとその気になるだろう」

彼は、ローラと一緒に一度か二度、食事をしたことのある近くのレストランに行った。もう何もかもどうでもいい。ローラは無事なのだから。悪夢は終わった。たとえローラがいなくても、夕食を楽しみ、彼女を想うことはできる。ヒル夫妻とともに退屈で静かな夜を過ごし、早めに床に就き、つぎの朝、病院に行ってジョニーの枕元に付き添うローラ。ジョニーのほうも大丈夫。もう何も心配はない。ただホテルの支配人に事情を話し、詫びを入れるのがきまり悪いというだけのことだ。

小さなレストランで、子牛肉のマルサラ・ソース《ヴィテッロ・アラ・マルサラ》添えとメルローのハーフボトルを注文し、誰にも知られずひとり隅の席にいるのは、心地よかった。彼はゆっくり時間をかけて食事を楽しんだが、非現実感はまだ消えず、一種、朦朧《もうろう》とした状態で食べていた。店に流れている音楽と同様、近くの席の人々の会話にも心を鎮める効果があった。

その人たちが席を立ち、行ってしまったとき、彼は壁の時計を見て、もう九時半になることに気づいた。これ以上、やるべきことを先延ばしにしてもしかたない。彼はコーヒーを飲み、タバコに火をつけ、支払いをすませた。考えてみれば――ホテルへの道をたどりながら彼は思った。何も問題なかったと知れば、支配人は大いにほっとするはずだ。

スウィングドアを通り抜けたとき、まず目に入ったのは、フロントで支配人と立ち話をしている警官の制服を着た男だった。受付係もそこにいた。ジョンが近づいていくと彼らは振り返り、支配人の顔が安堵で明るくなった。

「ほら、いらした！《エッコロ》」彼は叫んだ。「遠くにお出かけのはずはないと思っておりましたよ。いろいろと動きがあったのです、シニョーレ。あのご婦人がたの居所がわかりましてね。ご親切にもおふたりは、ポリスと一緒に警察署《クエストゥーラ》まで行くことに同意してくださったのです。いますぐそちらに向かわれるのなら、この警察官《アジェンテ・ディ・ポリツィア》がご案内役を務めるでしょう」

ジョンは顔を赤らめた。「みなさんには本当にお手数をおかけしました。食事に出かける前にお話しするつもりだったんですが、ちょうどフロントに人がいなかったもので……。実は、妻と連絡がとれたんです。結局、彼女はあの便でロンドンに行っていたんですよ。本人と電話で話もしました。すべて、とんでもないまちがいだったわけです」

支配人は当惑の色を見せた。「シニョーラがロンドンに？」彼は急に口をつぐみ、それから、早口のイタリア語でひとしきり警官と話をした。「どうやらそのご婦人がたは、午前中ちょっと買い物に出たことをのぞけば、きょうは一日外出していないとおっしゃっているようです」

支配人はジョンのほうを向いて言った。「すると、シニョーレの見た、ヴァポレットに乗っていた人物とは誰だったのでしょうね?」

ジョンは首を振った。「ぼくがひどい勘ちがいをしたんです。どういうことなのか、いまだにわかりませんが。ぼくは妻もそのふたりのご婦人も見ていなかったわけですよ。本当に申し訳ありません」

さらにイタリア語で早口のやりとりがあった。受付係が好奇の眼《まなこ》で自分を見ていることに、ジョンは気づいた。支配人がジョンの代わりに警官にあやまっているのは、明らかだった。警官は怒っている様子で、言葉でもそれを表していた。その声はぐんぐん大きくなり、支配人をびくつかせている。疑問の余地なく、この一件は大勢の人間に、とりわけあのふたりの不運な姉妹に、多大な迷惑をかけたのだ。

「すみません」ジョンは会話をさえぎって言った。「そのアジェンテに、ぼくが一緒に警察署に行って、担当の警官とご婦人がたに直接謝罪します、と言ってもらえませんか」

支配人はほっとした顔になった。「もしそうしていただけるなら」彼は言った。「当然ながら、ホテルで警官に事情を訊かれたとき、そのご婦人がたは非常に心配しておられたそうです。クエストゥーラまで同行しようとおっしゃったのも、シニョーラのことを心配なさってのことですし」

気まずさは増すばかりだった。このことは絶対にローラに知られてはならない。彼女は怒り狂うだろう。第三者を巻きこむ誤った情報を警察に与えることに対し、何か罰則はあるのだろうか？　振り返ってみるうちに、自分の過《あやま》ちが犯罪に等しい悪事に思えてきた。

ジョンは、食後の散歩を楽しむ人々やカフェにすわる人々でごったがえすサン・マルコ広場を進んでいった。三つの楽団はみな、仲よく競い合い、総力をあげて演奏している。そんななか、ジョンの連れは、二歩分の距離をとり、彼の左を黙々と歩いていた。

警察署に着くと、彼らは階段をのぼって、ジョンが前に訪れたあの奥の部屋に入った。彼はすぐに気づいたが、デスクに向かっていたのは、前に会った警察官ではなく別の男――渋い表情をたたえた血色の悪い人物だった。例の姉妹は――活発なほうは特に――動揺の色もあらわに、そのそばの椅子にすわっており、姉妹の背後には制服の下級警官が立っていた。ジョンの案内係はすぐさま上司のところへ行き、早口のイタリア語で何か話しだした。ジョン自身はしばしためらった後、姉妹のほうに歩み寄った。

「ひどいまちがいがあったんです」彼は言った。「おふたりには、お詫びのしようもありません。すべてぼくの責任、完全にぼくのせいです。警察は少しも悪くありません」

姉妹の活発なほうが神経質に口もとをぴくつかせ、立ちあがろうと腰を浮かせたが、ジョンは彼女を押しとどめた。

「どういうことなのでしょうか」強いスコットランド訛で彼女は言った。「わたしたちは、きのうの夜、夕食の席でさよならを言ったきり、奥様にはお目にかかっておりません。ところが、もう一時間以上前ですか、警察が宿に来て、奥様の行方がわからず、あなたがわたしたちを訴えていると言うではありませんか。姉はあまり体が丈夫ではないのです。なのにこのことで、かなりのショックを受けましたのよ」

「まちがいだったんです。とても考えられないような」ジョンは繰り返した。

彼はデスクのほうに向き直った。警察官が彼に話しかけている。その英語は、前の聴取者よりかなり下手だった。警察官はジョンの供述書を自分の目の前に置いており、それを鉛筆でトントンたたいた。

「それで？」彼は問いただした。「この供述、全部嘘だったか？　あなた、本当のこと、話してなかったか？」

「そのときは本当だと思っていたんです」ジョンは答えた。「妻とこのふたりのご婦人がきょうの午後、大運河を行くヴァポレットに乗っているのを見たと法廷で誓えるくらいでした。いまでは、まちがいだったとわかっていますが」

「きょうは一日、大運河には近づいてもいませんのに」双子の片割れが抗議した。「徒歩でも行っておりません。今朝はメルチェリエ通りで少し買い物をしましたが、午後はずっと宿におりましたわ。姉の加減が少し悪かったもので。このことは何度もあの警官に言いましたし、宿の人たちもわたしたちの話を裏付けてくださいました。なのに彼は耳を貸そうとしなかったのです」

「それで、シニョーラは？」警察官が腹立たしげに言った。「シニョーラはどうなったか？」

「シニョーラは、ぼくの妻は無事で、イギリスにいます」ジョンは辛抱強く説明した。「七時ちょっと過ぎに本人と電話で話しました。彼女は空港で予定どおりチャーター便に乗っていたんです。いまは友人宅に泊まっています」

「では、あなた見たヴァポレットの赤いコート、誰だったか？」警察官は憤然と訊ねた。「それに、ここにいるシニョリーネでないなら、どのシニョリーネだったか？」

「目がおかしかったから」ジョンは言った。相手につられ、自分の英語が不自然になっているのを意識しつつ。「妻とこのご婦人たちを見たと思った。でもそうではなかった。妻は飛行機で、このご婦人たちはずっと宿だったから」

　これではまるで、舞台劇の中国語だ。この分だと、彼はじきにお辞儀をしたり左右の袖に手を差し入れたりしだすだろう。

　警察官は天を仰ぎ、ドンとデスクをたたいた。「では、やったこと全部無駄。シニョリーネと行方不明のシニョーラ・イングレーゼ、ホテルと民宿、いろいろさがした。他にたくさんたくさん仕事あるのに。あなた、まちがえた。たぶん、真昼《メッツォジョルノ》にヴィーノ飲みすぎたね。だから、百のヴァポレッティ、百の赤いコートのシニョーラ見たね」デスクの上の書類をくしゃくしゃに丸め、警察官は立ちあがった。「それで、シニョリーネ」彼は言った。「この人、訴えますか？」話しかけている相手は、姉妹の活発なほうだった。

「まあ、まさか」彼女は言った。「ほんとに大丈夫ですから。全部まちがいだったことは、よくわかっております。わたしたちはただ、すぐ宿に帰りたいだけですわ」

　警察官はぶつくさと何か言った。それから、ジョンを指さした。「あなた、とても運がいい。このシニョリーネ、訴えることできた――とても大変な問題」

「お約束しますよ」ジョンは言いだした。「お詫びとして、できるかぎりのことを……」

「どうか、そんなことはお考えにならないで」活発なほうが大あわてで叫んだ。「そんなお話、うかがうつもりはありません」今度は彼女が警察官にあやまる番だった。「これ以上わたしたちのために貴重なお時間を割いていただく必要もないかと思いますが」

警察官はもう結構と手を振り、イタリア語で下級警官と話をした。「この男、あなたたち宿まで送ります」警察官は言った。「ごきげんよう《ブォナ・セーラ》、シニョリーネ」ジョンのことは無視し、彼はふたたびデスクの前にすわった。

「ぼくもご一緒します」ジョンは言った。「何があったか、きちんと説明させてください」

一同はぞろぞろと階段を下りていき、警察署を出た。姉妹の盲目のほうは、もうひとりの腕につかまっていた。表に出ると、彼女は見えない目をジョンに向けた。

「あなたはわたしたちを見たのです」彼女は言った。「それに、奥様も。でも、それはきょうのことじゃない。あなたは未来のわたしたちを見たのです」

こちらの女はもう一方より静かにゆっくりとしゃべった。どうも彼女には少し吃音があるようだった。

「どういうことでしょうか」ジョンはまごついて言った。

活発なほうに目をやると、彼女は眉を寄せて首を振り、唇に指を当てた。

「さあ、行きましょう」彼女は姉に言った。「あなたはとても疲れているのよ。宿に帰らないとね」それから小声でジョンにささやいた。「この人は霊能者なのです。きっと奥様からお聞き及びでしょう。でもこんな道ばたで、トランス状態に入らせるわけにはいきませんわ」

そりゃもちろんだ、とジョンは思った。そしてささやかな行列は、警察署をあとにし、運河を左手にゆっくり通りを進みだした。盲目の女がいるため、そのペースはのろかった。また橋もふたつあった。ジョンは最初に道を曲がったあと、自分たちがどこにいるのかまるでわからなくなったが、それはどうでもいいことだった。彼らには警官の護衛がついているのだし、どのみち、姉妹にも道はわかっていた。

「説明しなくては」ジョンは静かに言った。「このままでは、妻が許してくれないでしょう」そして道すがら、彼はもう一度、あの不可解な出来事の一部始終を物語った。前夜受け取った電報のこと、ヒル夫人との会話、ローラは飛行機で、ジョン自身は車と列車を使って、翌日イギリスにもどろうという決断。その話ももはや、彼があの警察官を前に供述したときほどドラマチックには聞こえなかった。あのときは、きっと彼が異常なことが起きたと信じていたためだろう、大運河のまんなかで二隻のヴァポレットがすれちがうくだりは、姉妹による誘拐、ふたりが当惑するローラを虜《とりこ》にしていることを暗示し、いかにもおどろおどろしげだった。いまでは姉妹のどちらも脅威ではなくなったため、彼はもっと自然に、なおかつ、きわめて真摯《しんし》に話をすることができた。ふたりは同情している、きっと理解してくれるだろう。初めてそんな気がした。

「おわかりでしょう」警察に駆けこんだという事実をなんとか取り繕おうとして、ジョンは説明を締めくくった。「ぼくはローラと一緒にいるおふたりを見たと本気で信じていたんです。

それで……」彼はためらった。なぜならこれは自分自身ではなく警察官の思いつきだからだ。「それでこう思ったわけです。おそらくローラは急に記憶を失うか何かしたのだろう、そのとき偶然空港でおふたりに会い、おふたりが彼女をヴェネチアに連れ帰って、ご自分たちの宿泊先に連れていってくださったのだろう」

三人は大きな広場を横切って、その端に立つ、ドアの上に〝ペンシオーネ〟と看板を掲げた一軒家のそばまで来ていた。彼らの護衛が家の入口で足を止めた。

「ここですか?」ジョンは訊ねた。

「ええ」活発なほうが言った。「外から見ると大したことはないでしょう? でも清潔で居心地がいいし、何より友人のおすすめでしたのでね」彼女は護衛に向き直って言った。「グラツィエ。グラツィエ・タント」

警官は軽くうなずき、三人に「おやすみなさい《ブオナ・ノッテ》」と言うと、広場《カンポ》を引き返していった。

「お入りになりませんか?」活発なほうが訊ねた。「コーヒーがあるはずですわ。それとも紅茶のほうがお好きでしょうか?」

「いいえ、おかまいなく」ジョンは謝意を表した。「もうホテルに帰らなくては。明日は朝早く出発するつもりなので。ぼくはただ、おふたりにきちんと事情をお話しし、許していただきたかっただけですから」

「許すも許さないもありません」彼女は答えた。「これは、わたしたちがときおり経験する数々の霊視の一例にすぎないのです。ご許可いただけるなら、ぜひこの件をわたしたちの記録簿に残したいのですが」

「ああ、もちろんかまいませんが」ジョンは言った。「しかしどうも理解できませんよ。ぼくにはこれまでこういうことは一度もなかったんですから」

「たぶん意識していなかっただけでしょう。でも、自分では気づかなくても、わたしたちの身には実にさまざまなことが起きているのですよ。わたしの姉は、あなたには霊能力があると感じ、奥様にそうお話ししました。また、昨夜レストランでは、あなたが面倒に、危険に巻きこまれる、だから、おふたりはヴェネチアを離れなくてはならない、と奥様に警告したのです。いかがでしょう？　例の電報がその証拠だとお思いになりませんか？　お宅の坊やは病気だった、重篤かもしれなかった、だからあなたたちはただちに家に帰らねばならなかったのです。奥様は飛行機で帰り、いまは坊やのそばにいる。なんてありがたいことでしょう」

「まったくです」ジョンは言った。「でも、ぼくがあなたがたとヴァポレットに乗っている妻を見たのはなぜでしょうね？　実際には彼女はイギリスに向かっていたのに？」

「おそらく以心伝心でしょう。奥様がわたしたちのことを考えていたからではないでしょうか。もしわたしたちと連絡をとりたくなったら、うちの住所は奥様にお教えしてありますわ。わたしたちはあと十日ほどこちらにいる予定です。それに、姉が霊界のお嬢ちゃんから何かメッセージを受け取ったら、必ずそれをお伝えすることも、奥様はご存じです」

「なるほど」ジョンはぎこちなく言った。「なるほど、わかりました。どうもご親切に」突然、かなり辛辣《しんらつ》な図が頭に浮かんだ。ふたりの姉妹が寝室でヘッドフォンをつけ、可哀そうなクリスティンからの暗号メッセージに耳を傾けている場面が。「これがぼくたちのロンドンの住所です」ジョンは言った。「お便りをいただければ、ローラが喜ぶでしょう」

　彼は手帳のページを一枚破りとって住所を記し、おまけとして、電話番号まで書き添えて、彼女に渡した。その結果は想像に難くなかった。ある晩、突然、ローラが言いだす。〝あのおふたり〟がスコットランドに帰る途中、ロンドンを通るらしいの、せめてうちにお招きしましょうよ、お客様用の部屋にひと晩お泊めしてもいいわね。そして、どこからかタンバリンが持ち出され、居間で降霊会が始まるのだ。

「さて、そろそろお暇《いとま》しなくては」ジョンは言った。「おやすみなさい。今夜のことは、本当にすみませんでした」彼はまず姉妹の一方と握手し、次いで、その盲目の片割れに向き直った。「あまりお疲れになっていなければいいのですが」

　見えない目が心をかき乱す。彼女はしっかりとジョンの手を握り、放そうとしなかった。「子供」奇妙なとぎれがちの声で、彼女はしゃべりだした。「子供……子供が見える」そして、なんとも恐ろしいことに、その口の端に小さな泡が浮かびあがり、彼女はがくんと頭をのけぞらせて、妹の腕のなかにくずおれた。

「この人をなかに入れなくては」活発なほうが大急ぎで言った。「大丈夫、病気ではありません、ただトランス状態に入りかけているだけですわ」

　ふたりは協力しあって、硬直した女を家のなかに連れこみ、活発なほうが彼女を支えていちばん近くの椅子にすわらせた。どこかの部屋から女がひとり駆け出てきた。スパゲッティの濃厚なにおいが奥のほうから漂ってくる。「どうかご心配なく」双子の活発なほうが言った。「このシニョリーナとわたしとでなんとかなりますから。もうお帰りになったほうがよろしいでしょう。この人はときどき、こういう発作のあと、もどすことがあるのです」

「本当に申し訳ありません……」ジョンは言いかけたが、相手はすでにこちらに背を向け、シニョリーナと一緒に姉の上に身をかがめていた。盲目の女の喉からは、奇妙なむせぶような音が漏れつづけている。彼が邪魔なのは明らかだった。最後に形だけ「何かぼくにできることはありませんか?」と言ってみたが、返事はなかった。そこで彼は、回れ右して外に出ていき、広場を歩きだした。一度振り返ってみると、家のドアはもう閉まっていた。

なんという幕切れだろう! それもこれも全部、彼のせいなのだ。気の毒な老嬢たち。警察署まで引きずっていかれ、尋問という試練にさらされ、あげくの果てに霊的発作だ。いやむしろ、てんかんだろう。活発なほうにしてみれば楽しいことではあるまいが、どうやら彼女は冷静に対処していたようだ。とはいえ、レストランや町なかだったら、もっと大事《おおごと》だったろう。彼とローラの家では、あまり起きてほしくないことだ。仮にあの姉妹が家に来るようなことがあるとしてだが。そうした事態にならないよう彼は祈った。

ところで、いったいここはどこなんだろう? 例によって一方の端に教会が立つその広場には、まったく人気《ひとけ》がなかった。警察署からどうやって来たのか、彼は覚えていなかった。とにかく何度も道を曲がったようだが。

ちょっと待て、あの教会には見覚えがある。多くの場合、教会の名は入口に表示されている。

それを見ようと、彼は建物のそばに近づいた。サン・ジョヴァンニ・イン・ブラゴラ。ああ、あそこか、と思った。ある日の朝、ローラとともになかに入って、チーマ・ダ・コネリアーノの絵を見たっけ。とするとここは、スキアヴォーニの河岸《リヴァ・デッリ・スキアヴォーニ》と、その向こうに開けるサン・マルコの潟から、すぐのところじゃないか。あそこまで行けば、煌々と輝く都会の明かりがあり、そぞろ歩く観光客がいる。あの朝、スキアヴォーニから小さな道に入ってこの教会にたどり着いたことを、彼は思い出した。あれは前方のあの路地だったろうか？　彼はその道を突き進んだが、途中で足を止め、躊躇《ちゅうちょ》した。どうもちがう気がする。だがどういうわけか、あたりの景色にはなじみがあった。

そのとき彼は気づいた。それは教会を訪れた朝にたどった路地ではなく、実は前の晩に歩いた道で、ただ逆方向から入っただけなのだった。そうか、よしよし。それなら、このまままっすぐ行って、例の細い運河にかかる小さな橋を渡ったほうが早い。そのうち左手にアルセナーレが現れ、そこを右に折れればスキアヴォーニの河岸に着く。いま来た道を引き返して、裏通りの迷宮にまたも迷いこむよりは、そのほうが簡単だ。

彼は路地の出口に近づいていた。例の橋はもう見えている。子供の姿が目に入ったのは、そのときだ。それは、前の晩、互いにつながれたボートからボートへと飛び移り、一軒の家の段々をのぼって姿を消したあのとんがりずきんの女の子だった。今回、あの子は反対側の教会のほうから橋をめざして走っていた。それも命がけといった走りかたでだ。ほどなくジョンにもそのわけがわかった。ひとりの男が女の子のあとを追っており、子供が走りながらちらりとうしろを振り返ると、気づかれていないと思ったのか、壁にぴたりと貼りついたのだ。子供は走りつづけ、橋を渡ってくる。このうえ怖がらせてはいけないと思い、ジョンはあとじさりして、開いていた入口から小さな中庭に入った。

前夜、耳にした酔っ払いのどなり声を、彼は思い出した。あれは、いま男が身を潜めている付近の家から聞こえてきたのだ。なるほど、と思った。やつがまたあの子を追いかけているんだな。直感的に、彼はふたつの事柄を結びつけた。二夜つづけて見た子供の恐怖と、各紙が報じたという、異常者の仕業らしき連続殺人とを。偶然かもしれない。子供が酔っ払った身内から逃げているだけかも。でも、やはりこれは……心臓がドクドク鼓動しはじめた。本能が、逃げろと警告している。早く、いますぐに、路地を引き返せ、と。でも子供は？　子供はどうなるんだろう？

そのとき、あの子の走ってくる足音がした。女の子は開いたままの入口から、ジョンのいる中庭に飛びこんできて、彼には気づかぬまま、庭の片側に立つ家の裏手に向かった。そこには、裏口に通じているらしい階段がある。女の子は走りながら、すすり泣いていた。それは、怯えた子供のふつうの泣きかたではなく、追いつめられた無力な生き物のパニックのあえぎだった。あの家のなかには、自分が危険を知らせれば、女の子を護ってくれる親がいるのだろうか？　ジョンはしばしためらってから、女の子のあとを追って階段を下りていった。階段の下のドアは、女の子が突進したとき、その両手で開け放たれており、彼はそこからなかに入った。

「大丈夫だよ」ジョンは呼びかけた。「あの人には何もさせない、大丈夫だ」イタリア語が話せない自分を呪いつつ、しかし、英語でも安心させられるのではないかと。だが無駄だった。女の子はすすり泣きながら、また別の階段を駆けあがっていった。それは、螺旋《らせん》状にくるくると上の階に向かっている。もう引きさがるわけにはいかなかった。背後の中庭から、追っ手の声が聞こえてくる。誰かがイタリア語で何か叫んでおり、犬が吠えている。いいとも、と思った。一蓮托生《いちれんたくしょう》。あの子とぼくの運命はひとつ。上のどこかのドアにかんぬきをかけないかぎり、ふたりともやつにつかまるだろう。

ジョンは女の子を追って、階段を駆けあがった。子供はすでに小さな踊り場の先の一室に飛びこんでいた。あとから部屋に入っていき、バタンとドアを閉めると、なんとありがたいことに、そこにはかんぬきがついていた。彼はそれをガチャンとかけた。女の子は開いた窓のそばにうずくまっていた。大声で助けを求めれば、きっと誰かに聞こえる。あの異常者が体当たりでドアを打ち破る前に、きっと誰かが駆けつけてくれる。なにしろそこには彼ら以外、女の子の親も誰もいないのだ。そして部屋には、マットレスの載った古いベッドと隅っこのボロ布の山以外、何もないのだ。

「大丈夫だよ」彼は息をはずませた。「大丈夫だ」そして手を差し出して、ほほえもうとした。

女の子は身をよじって立ちあがり、彼と向き合った。とんがりずきんがその頭から床へと転がり落ちた。彼はまじまじと彼女を見つめた。まさかという思いが、狼狽《ろうばい》へ、恐怖へと変わっていく。それは子供なんかじゃなかった。九十センチほどの背丈の、ずんぐりした小さな女だった。その頭は体の割に大きすぎる角張った大人の頭で、灰色の髪は肩まで届いている。女はもはや泣いてなどいなかった。にたにたと彼に笑いかけ、うんうんと何度もうなずいていた。

そのとき、外の踊り場で足音がした。つづいてドアを激しくたたく音が。犬が吠え、いくつもの声が叫んでいる。「ここを開けろ！　警察だ！」化け物が袖口をさぐり、ナイフを引っ張りだした。そいつはすさまじい力でそれを投げ、彼は喉を刺し貫かれて、よろよろと倒れた。傷口を押さえたその両手をべっとりしたものが覆い尽くしていく。

そのとき、ローラとあの双子の姉妹を乗せ、大運河を下っていくあのヴァポレットが見えた。それはきょうでも明日でもなく、あさってのことだった。そして彼は悟った。彼女らがなぜ一緒なのか、どんな悲しい理由でやって来たのか。その映像の片隅で、化け物がべらべらと何かしゃべっている。ドアを激しくたたく音、人々の声、犬の咆哮《ほうこう》が、徐々に遠のいていく。「ああ、くそっ」彼は思った。「なんて馬鹿げた死にかたなんだ……」

Don't Look Now

真夜中になる前に

わたしは教師を職業としている。いや、していた、と言うべきか。実は、夏の学期の終わりに校長に辞表を出したのだ。クビは必至だったので、そうなる前に。わたしの挙げた退職の理由は、まあ本当と言える。健康上の問題。クレタ島での休暇中に感染した厄介な病《やまい》により、数週間の入院、および注射やら何やらが必要となりそうなため。その病がどのようなものかについては具体的には述べなかった。しかし校長は承知している。他の教職員たちも。それに、生徒たちもだ。わたしの苦しみはよくあるもので、古今東西変わらない。太古の昔から格好のからかいの的、もの笑いの種だが、それも病が高じて、その人物が社会の脅威となるまでのこと。やがてわれわれは蹴り出される。通行人は目をそむけ、われわれは自力でどぶから這いあがるか、そのままそこで死ぬかなのだ。

悔しいのは、なんだかわけもわからないうちにこうなってしまったことだ。同病の仲間たちは、疾病素因だの、遺伝的欠陥だの、家庭内のもめごとだの、贅沢のしすぎだのを理由にできる。そして、精神分析医のカウチに身を投げ出し、胸に溜まったものをぶちまけ、それで病気は治ってしまう。わたしの場合はそうはいかない。担当医は、何があったのかわたしが懸命に説明するあいだ、尊大な笑みとともに耳を傾け、そのすえに罪の意識の抑圧を伴う情緒破壊的同一化だな、とかなんとかつぶやいて、一定期間、薬を出すことにした。それを服用すれば、よくなったのかもしれない。しかしわたしは、その薬を排水口に流してしまい、全身に回った毒をさらに深く染みこませた。友と信じていた少年たちに自分の状態を気づかれたことも、もちろん、よけい病状を悪化させた。わたしが教室に入っていくと、彼らは肘でつつきあい、笑いを嚙み殺し、あの憎らしい小さな顔を机に伏せ――ついにわたしは、もうこれ以上つづけられないと悟って、校長室のドアをたたくことにしたのだった。

しかし、それももう終わった。すっかりかたづき、けりがついた。わたしは病院に入る。さもなければ、第二の選択肢として、すべての記憶を消し去る。ただしその前に、そもそも何があったのかをはっきりさせておきたい。この身がどうなろうと、この記録が発見され、読む者が自分なりの判断を下せるように。あの医師の示唆したとおり、これはわたしが精神の不均衡ゆえに、いとも簡単に迷信的恐怖の虜《とりこ》となったということなのか、それとも、自分の信じるとおり、わたしの破滅は、その起源が歴史の夜明けのいずこかにある、邪悪で油断のならない、太古からの魔法によってもたらされたものなのか。とりあえず、いまはこれだけ言っておこう。最初にその魔法を使った者は、己《おのれ》を不滅の存在と考え、不浄な喜びをもって他者を冒し、幾世紀にもわたり、世界中の継承者のなかに自己破壊の種をまき散らしたのだ。

現代にもどる。時は四月、イースターの休みだった。わたしはそれまでに二度ギリシャを訪れていたものの、クレタ島には行ったことがなかった。寄宿学校では古典を教えていたが、クレタ島に行くことにしたのは、クノッソスやファイストスといった遺跡を見学するためではなく、自分の趣味を存分に楽しむためだった。わたしには、油絵を描く小才がある。休日であれ、学校の長期休暇中であれ、これほど没頭できることはなかった。わたしの腕前は美術界の二、三の友人に評価されており、ささやかな展覧会が開けるくらい作品を描き溜めたいというのがわたしの夢だった。たとえ一作も売れなくても、個展が開けたというだけで達成感は得られるだろう。

ここで、わたしという人間についてひとこと述べておこう。わたしは独り身だ。年齢は四十九。両親はすでにない。シャーボーン校を卒業後、オックスフォード大学ブレスノーズ・カレッジに進学。職業は、すでにご存じのとおり、教師だ。クリケット、ゴルフ、バドミントン、そして、かなりのへぼだがブリッジをやる。趣味は、教えることと、さきほど述べた、絵を描くことを別にすれば、ときおり余裕のあるときに旅行をすること。悪い習慣は、現在に至るまで、文字どおり皆無。これはひとりよがりではない。実を言えば、これまでのわたしの人生は平々凡々なものだった。また、それを苦にしたこともない。たぶんわたしは、面白味のない男なのだろう。過去に情緒的な問題をかかえたことはない。一度、二十五のときに、近所の綺麗な娘と婚約したが、結局、その娘は別の男と一緒になった。当時はつらかったが、一年足らずでその傷も癒えた。ひとつだけ、わたしには昔から変わらぬ欠点がある——もしそれが欠点であるなら、だが。それは他人とのかかわりを避けたがることだ。友人はいるが、一定の距離を置いている。いったん深入りすれば、面倒がもちあがり、多くの場合、それが大惨事につながるからだ。

イースターの休みに、わたしは完全に解放され、中サイズのスーツケースと画材だけ携えてクレタ島へと向かった。遺跡には興味がなく、絵が描きたいのだと伝えると、旅行業者は東海岸のミラベロ湾を見おろすホテルをすすめた。見せてもらったパンフレットによれば、条件はこちらの希望に合っているようだった。海辺のほどよい場所に立つホテル。各自が眠り、朝食をとる水際のバンガロー。宿泊客は富裕層。自分を俗物だとは思わないが、紙袋の食事や投げ捨てられたオレンジの皮には我慢ならない。前の冬に描いた二枚の絵、雪のセント・ポール寺院の風景画と、ハムステッド・ヒースを題材としたもう一作が、ともに親切な従姉妹に売れ、それで旅費がまかなえそうなので、わたしは自らにさらなる贅沢を許し――と言っても、これは本当に必要なことなのだが――ヘラクリオンの空港に着くと、小さなフォルクスワーゲンを借りた。

途中アテネでの一泊が入る空の旅は快適で特に事もなく、空港から目的地までの七十キロ弱の道のりはいささか退屈だった。というのも、運転に慎重なわたしがゆっくりと車を走らせたからだ。丘陵部に至ると、道は曲がりくねっており、危険なのは明らかだった。他の車はやかましくクラクションを鳴らして、わたしを追い越したり、幅寄せしてきたりした。そのうえ、暑さもひどかった。また、わたしは空腹でもあった。それでも、東に見える青々したミラベロ湾と美しい山々の眺めは、萎《な》えかけた心を浮き立たせ、いざホテルに着いてその構内に快適に収まり、テラスで昼食を出されると――すでに二時だというのに、英国とのこのちがい！

——わたしはもうそこになじんで、すぐにも自分のバンガローを見に行きたくなっていた。ところが、このあとがっかりすることが起こった。若いポーターの案内で、華やかなゼラニウムに縁取られた庭園の小径を行くと、たどり着いた先は、左右のバンガローとひとかたまりになった、小さなバンガローだったのだ。しかも、そこから見渡せるのは海ではなく、庭の一画に作られたミニゴルフ場だった。わたしの隣人は、明らかにイギリス人らしい母親とその子供たちで、バルコニーで歓迎の笑みを見せており、そのバルコニーには太陽の下で乾きつつある水着が散らばっていた。近くでは中年の男がふたり、ミニゴルフに興じている。これでは、メイデンヘッドにいるのと同じようなものだった。

「これじゃだめだな」案内役を振り返って、わたしは言った。「わたしがここに来たのは、絵を描くためなのでね。海の見えるところでないと」

ポーターは肩をすくめ、海側のバンガローは全部予約が入っている、とかなんとかつぶやいた。これはもちろん彼のせいではない。わたしはポーターを従え、はるばるホテルまで引き返して、フロント係と話をした。

「何か手ちがいがあったみたいなんだ。わたしは海の見えるバンガローをたのんだんだよ。それも、プライバシーを第一に、と」

フロント係は笑顔で謝罪し、紙の束をぱらぱらとめくった。それから、お決まりの言い訳が始まった。旅行業者のかたは、特に海の見えるバンガローとはおっしゃっていなかったのです。海側のバンガローは非常に需要が多く、すべて予約が入っておりまして。もしかすると何日かすれば、キャンセルが出るかもしれません。これぱかりはなんとも申せませんが。とりあえず、いまご案内したバンガローでいかがでしょう。きっと気持ちよくお過ごしいただけますよ。家具類はどちらも同じものが入っておりますし、朝のお食事にも必ずご満足いただけるかと……云々、云々。

わたしは頑として譲らなかった。イギリス人一家やミニゴルフでごまかされる気はない。大枚はたいて、遠路はるばる空を飛んできた以上、そうはいかないのだ。わたしはこの災難にげんなりし、うんざりし、かなり腹を立てていた。

「わたしは美術の教授でね。ここにいるあいだに何点か絵を描くよう依頼されているんだよ。だから海の景観と隣人に邪魔されない環境がどうしても必要なんだ」

(パスポートでは、わたしの職業は教授となっている。教師とか教員よりそのほうが聞こえがいいいし、通常フロント係もそれで敬意を払うようになるのだ)

そのフロント係は本気で心配している様子で、謝罪の言葉を繰り返し、もう一度、紙の束を調べはじめた。憤懣《ふんまん》やるかたない思いで、わたしは広いロビーを歩いていき、テラスに出るドアから海を眺めた。

「信じられないな。本当に全部のバンガローがふさがっているの? まだシーズン初めじゃないか。夏ならともかく、いまからそれはないだろう」わたしは湾の西側を手で指し示した。「あそこのあの一群、水際のやつ。あれもひとつ残らず予約ずみだと言うのかい?」

フロント係は首を振って、にっこりした。「あちらは通常、シーズン半ばまで開けないのです。それに、料金も少しお高くなりますし。シャワーだけでなく、お風呂もついておりますので」

「高くなるって、どれくらい？」とりあえず、そこを訊いてみた。

フロント係は料金を言った。わたしはすばやく計算した。他の部分で節約すれば、なんとかなりそうだった。夕食はホテルでとり、昼は抜く。バーでは一切、飲まない。ミネラルウォーターさえもだ。

「それなら問題ない」わたしはえらそうに言った。「プライバシーのためなら、喜んで追加料金を支払うよ。そちらさえかまわなければ、どのバンガローにするか自分で選ばせてもらえないかな。いま見に行って、あとでキーを取りに来よう。荷物はそのときポーターに運んでもらえばいい」

相手に答える暇を与えず、わたしは向きを変えてテラスに出た。大事なのは断固たる姿勢だ。少しでも迷いがあれば、相手はミニゴルフ場を見おろす窮屈なバンガローでごまかそうとしただろう。その結果は想像に難くない。すぐ隣のバルコニーでべちゃくちゃしゃべる子供たち、癇癪《かんしゃく》持ちの母親、ひと勝負しようと誘ってくる中年ゴルファーたち。わたしにはとても耐えられなかったろう。

わたしは庭を通り抜けて海まで下りていった。歩いていくうちに、元気が湧いてきた。これこそ旅行業者のパンフレットが宣伝していたものであり、このためにわたしははるばる飛んできたのだ。そして、宣伝に誇張はなかった。互いに充分な距離をとって建てられた、白壁の小いまそこには誰もいない。仮に侵入者が現れたとしても、バンガローのある区画はずっと左手で、プライバシーが護られている。わたしは階段をのぼってはバルコニーに立ち、各バンガローを見てまわった。シーズンの盛りまでこの一画は貸さないというフロント係の言葉は、どうやら本当らしく、どのバンガローの窓も鎧戸《よろいど》が閉まっていた。ただし一軒だけは別だ。そして、階段をのぼってそのバルコニーに立ったとき、わたしはこれこそ自分の場所だと悟った。それは思い描いていたままの眺望だった。すぐ下の岩棚にひたひたと打ち寄せる波、湾へと広がっていく入江、その向こうの山並。まさに完璧だ。ホテルの東のバンガロー群は、視界に入らないので、無視できる。ひとつだけ、岬の突端に孤立した前哨よろしくぽつんと立つ、桟橋付きのバンガローがあるが、これはむしろわたしの絵に趣《おもむき》を添えてくれるだろう。他のバンガローはどれも、ありがたいことに土地の起伏により隠されている。わたしは向きを変え、開いた窓からなかの寝室をのぞきこんだ。装飾のない白壁に石の床。上掛けのかかった寝心地よさそうな簡易ベッド。枕もとのテーブル。その上の照明具と電話。最後のふたつを別にすれば、部屋は質素そのもので、まるで修道士の独房だった。これ以上は望むべくもなかった。

それにしても、周囲のバンガローは全部閉まっているのに、なぜこのバンガローだけ鎧戸が開いているのだろう？　不思議に思いつつ、なかに足を踏み入れたとき、奥の浴室から水の流れる音が聞こえてきた。まさか、またしても期待はずれ？　結局ここも予約が入っているのだろうか？　開いたドアから浴室をのぞきこむと、小柄なギリシャ人のメイドが床にモップをかけていた。わたしの姿に、彼女はぎょっとしたようだ。わたしは足もとを指さして訊ねた。

「ふさがっているの？」メイドは理解できずに、ギリシャ語で何か答えた。それから雑巾とバケツをつかむと、明らかに怯えた様子で、仕事を途中で放り出し、わたしの脇をかすめて戸口へと向かった。

わたしは浴室を離れ、電話を取った。すぐにフロント係の感じのよい声が応えた。

「グレイですが」わたしは言った。「ティモシー・グレイ。バンガローを替える件で、ついさっききみと話していた」

「はい、グレイ様」彼は答えた。「どちらからかけておいでで？」

「ちょっと待って」受話器を置き、バルコニーに出た。番号は開いたままのドアの上に記されていた。62号室。わたしは電話のところに引き返した。「自分の選んだバンガローからかけているんだ。たまたま開いていてね――メイドが浴室を掃除していたよ。どうもわたしに怯えて逃げてしまったようだが。このバンガローは、わたしの目的にぴったりだ。62号室だよ」

フロント係はしばらく沈黙していた。ようやく答えたとき、その声はおぼつかなげだった。

「62号室？」それから、束の間ためらった後に、「そちらですと、ご使用いただけるかどうか」

「ああ、いい加減にしてくれよ……」わたしは憤然として言いかけた。そのとき、フロント係がそばの誰かとギリシャ語で話しているのが聞こえた。両者のあいだで押し問答がつづいた。どうやら何か問題があるらしい。そのことがわたしの決意をいっそう堅くした。

「もしもし？　どうしたんだ？」

さらにひそひそと早口のやりとりがあり、それからフロント係が電話口で言った。「なんでもございません、グレイ様。ただわたくしどもといたしましては、おそらく57号室のほうが気持ちよくお過ごしになれるのではないか、と思うのですが。そちらのほうがホテルにも少し近くなりますし」

「馬鹿な。わたしはこっちの眺めのほうがいいんだ。62号室ではなぜいけないのかな？　水が出ないとか？」

「いえいえ、水はちゃんと出ます」フロント係は請け合い、またもやひそひそとやりとりが始まった。「何も問題はありません。もうそちらにお決めになったのでしたら、ポーターにお荷物とキーを届けさせましょう」

相手は電話を切った。おそらくは、そばにいるささやき声の主《ぬし》と協議を行うために。連中は料金を釣りあげる気かもしれない。だとしたら、もう一戦、交えることになる。そのバンガローはまわりの他のバンガローとなんの変わりもなかったが、海と山の真正面というその配置はわたしが夢見ていた以上のものだった。バルコニーに立ち、海を眺め渡して、わたしはほほえんだ。なんという景観、なんというロケーションだろう！　まずは荷を解いてひと泳ぎし、それからイーゼルを立ててスケッチをしよう。そして、明日の朝から本格的に仕事にかかるのだ。

人の声がした。見ると、あの小柄なメイドが庭園の小径の半ばから、じっとこちらをうかがっていた。手にはまだ雑巾とバケツを持っている。ちょうど、あの若いポーターがわたしのスーツケースと画材一式を携え、坂を下ってやって来たところで、メイドはそれを見てわたしが

62号室に泊まることに気づいたのだろう、ポーターを引き止め、またしてもひそひそ話が始まった。どうやらわたしは、ホテルの業務のスムーズな流れを妨げているようだった。しばらくすると、ふたりは一緒にバンガローの階段をのぼってきた。ポーターはわたしの荷物を運びこむため、メイドのほうはおそらく浴室のモップがけを再開するために。彼らとの関係をこじらせたくはない。わたしは明るくほほえんで、ふたりの手に硬貨を載せた。

「いい眺めだね」大きな声で言い、海を指さした。「ひと泳ぎしてこないとな」笑顔が返ってくるのを期待しつつ、わたしは平泳ぎの格好をしてみせた。ギリシャの現地民は通常、心づけにすばやく反応するのだ。

ポーターはわたしの視線を避け、それでもチップは受け取ってしかつめらしく一礼した。小柄なメイドはと言えば、顔にはっきり狼狽《ろうばい》の色を表していた。彼女は浴室の床のことも忘れ、大急ぎでポーターのあとを追った。ホテルへと引き返していきながら、ふたりが何か話しているのが聞こえた。

まあ、こっちには関係のないことだ。ホテルの問題は従業員と経営陣とで解決してもらおう。わたしは望みのものを手に入れた。大事なのはそれだけだった。わたしは荷を解いて、くつろいだ。それから海水パンツをはいて、バルコニーの下の岩棚に下り、思い切ってつま先を水に浸けた。丸一日、熱い日射しを浴びていたというのに、水は驚くほど冷たかった。かまうものか。たとえ自分しかいなくても、根性を見せなくては。わたしは飛びこみ、息をのんだ。そして、元来泳ぐ際は慎重なうえ、初めての場所となるとさらに用心深くなるもので、まるで動物園のアシカの子供みたいに一箇所をぐるぐると泳ぎ回った。
気持ちよいのは確かだが、ほんの数分で充分だった。ふたたび岩棚に上がったとき、わたしは、あのポーターと小柄なメイドが小径の途中に立ち、花咲く茂みの向こうからずっとこちらを見ていたことに気づいた。面子《メンツ》が保てたならいいのだが、と思った。いずれにせよ、いったい何がおもしろいのだろう？　他のバンガローの連中だって毎日泳いでいるだろうに。あちこちのバルコニーに干された水着がその証拠だ。わたしはバルコニーで体をふきながら、いまはバンガローの裏手の西の空にある太陽が水面《みなも》をまだらに染めているのを眺めた。釣り船はみな、バタバタと快適なエンジン音を立て、数キロ彼方の小さな波止場にもどろうとしていた。

　毎年、初泳ぎのあとは、かなり体が冷えてしまう。そこでわたしは、用心のため、熱い風呂に入ってから服を着た。それからイーゼルを立て、たちまち作業に没頭した。わたしがここに来たのはこのためなのだ。他のことはどうでもいい。わたしは二時間ほどスケッチをつづけた。やがて光は薄れ、海の色は深まり、山々は淡い青紫へと変わっていった。明日はこの夕映えを木炭でなく絵の具で描き出せるのだ。そう思うと、喜びが湧きあがった。きっと絵が生き生きしてくるだろう。

　そろそろ切りあげる頃合いだった。わたしは道具をしまった。そして、夕食の着替えをする前に、鎧戸を——蚊がいるにちがいないし、刺されるのはごめんなので——閉めようとしたとき、一隻のモーターボートが目に留まった。それは軽いエンジン音とともに、わたしの右手に当たる、東の岬の桟橋に静かに近づきつつあった。乗船者は、大の釣り好きにちがいない三人組、なかに女性もひとりいる。男の一方、おそらくは地元の人間が、ボートを加速させ、その後、桟橋に上がって女性に手を貸した。それから三人はそろってこちらをじっと眺めた。二番目の男、ずっと船尾に立っていたやつは、双眼鏡を持ちあげてわたしに焦点を当てた。男はしばらくそのまま動かなかった。これといって特徴のないわたしの外見をじっくり観察しているのは明らかで、こちらが不意に怒りを覚え、寝室にひっこんでピシャリと鎧戸を閉めなかったら、いつまでもそうしていたにちがいない。なんて無礼なやつなんだ、とわたしは思った。それから、西側のバンガローはどれも空いていて、今シーズン、人が入ったのはここが最初であることを思い出した。たぶんそのためなのだろう、わたしの存在は強い興味をかき立てているらしい。最初はホテルの従業員、今度は近くの宿泊客。しかし興味はじきに失せるはずだ。わたしはポップスターでも億万長者でもないのだから。それに、本人にとっては大いなる喜びであっても、絵を描くというわたしの活動が多くの人を魅了するとは思えない。

きっかり八時に、わたしは庭園の小径をたどってホテルの食堂に出向いた。席はほぼ埋まっており、わたしにあてがわれたのは、連れのないお客に相応の隅のテーブルで、厨房の出入口を隠す衝立《ついたて》がすぐそばに立っていた。別にかまいはしない。まんなかよりこっちのほうがいい。一見してすぐわかったが、このホテルのお客たちは、生前の母の言葉を借りれば、〝気の置けない仲〟のようだから。

バンガローをグレードアップしたうえに、また贅沢してハウスワインのハーフボトルまでたのみ、わたしは食事を楽しんだ。そして最後にオレンジの皮をむいていたときだ。食堂の向こう端ですさまじい衝撃音がし、その場の全員をハッとさせた。南部のド田舎の出にちがいないアメリカ人のだみ声が大きく響き渡った。「おい、たのむぜ。さっさとこいつを始末しろや！」声の主は怒り肩の中年男だった。その顔は日に焼けてひどく腫れあがっているため、まるでハチの大軍に刺されたように見えた。目は深く落ちくぼみ、頭はてっぺんが禿げていて、白髪交じりのぼさぼさの房が両側に残っていた。ピンク色の頭頂部はぴんと突っ張っているようで、いまにもはち切れそうなソーセージを思わせた。蛤《はまぐり》サイズの特大の耳がその容貌の異様さをいや増す一方、垂れ下がった口髭は突き出た下唇を隠す役には立っておらず、その唇がまたクラゲ並みに厚ぼったく、クラゲ並みにぬめぬめしている。まったくこれ以上、醜い人間は見たことがないくらいだった。その隣には、たぶん男の妻なのだろう、女性がひとり、背筋をぴんと伸ばして泰然とすわっていた。割れた瓶と思しき床に散らばった破片のことなど、まるで気にするふうもない。その女もやはり中年で、もじゃもじゃした亜麻色の髪は白くなりだしていた。顔は夫の顔と同じくらい日焼けしていたが、色は赤でなくマホガニー色だった。

「こんなとこは抜け出して、バーに行こうや！」あのだみ声が食堂いっぱいにこだました。他のテーブルのお客らはめいめいの皿に静かに視線をもどしたので、赤っ面とその妻の——彼女の耳には補聴器があった——危なっかしい退場を見ていたのは、わたしだけだったにちがいない。男はわたしの前を文字どおり転がっていった。まっすぐ進んでいく連れの航跡を追う、千鳥足の大型船だ。瞬《また》く間に割れ物をかたづけたホテルの従業員たちの手際のよさを、わたしは心ひそかに讃えた。

食堂が空になった。「バーでコーヒーをどうぞ」ウェイターが小声で言った。騒がしいおしゃべりと混雑を恐れ、バーの入口でわたしは躊躇《ちゅうちょ》した。ホテルのバーで見られがちな仲間意識にはいつもうんざりさせられるのだが、かと言って、食後のコーヒーなしで帰るのもいやだった。しかし案ずるまでもなかった。バーはがらがらで、カウンターの奥に白い服の給仕が立ち、テーブル席にあのアメリカ人が妻とともにすわっているばかりだった。夫婦はどちらもしゃべっていない。男の前にはすでに空いた瓶が三本も並んでいた。ギリシャの音楽がカウンターの奥のどこかから静かに流れてくる。わたしはスツールに腰を下ろし、コーヒーを注文した。

バーテンは英語が堪能で、いい一日でしたか、と訊ねてきた。わたしは、うん、と答えた。空の旅は快適だったよ、ヘラクリオンからの道はずいぶん危険だね、初泳ぎしたが海水はかなり冷たかったな。バーテンは、時期的にまだ早いので、と説明した。「まあいいさ」わたしは言った。「ここに来たのは絵を描くためだからね、海水浴は二の次だ。水辺のバンガロー、62号室に泊まることになったんだが、バルコニーからの眺めが最高なんだよ」

実に奇妙だった。バーテンはグラスを磨いていたのだが、その顔色が変わった。彼は何か言いかけたが、どうやら考え直したと見え、そのまま仕事をつづけた。

「そのくそうるさいレコードを止めろ！」

あのえらそうなだみ声の命令ががらんとした店内に響き渡った。バーテンはすぐさま隅のプレーヤーのところへ行き、スイッチを切った。しばらくすると、またしても命令の声があがった。

「ビールをもう一本！」

仮にわたしがバーテンだったら、男のほうを向いて、子供をしつける親のように「お願いします」と言うよう促していたところだ。しかし現実には、その野蛮人の望みはすぐさまかなえられた。そして、ちょうどわたしがコーヒーを飲み干そうとしていたとき、テーブルからのあの声がふたたび店内にこだました。

「おう、そこの、62号室の人。あんたは迷信深いほうかね？」

わたしはスツールの上で向きを変えた。男はグラスを片手にじっとわたしを見つめていた。妻のほうはまっすぐ前に目を据えたままだ。たぶん補聴器をはずしてしまったのだろう。なんとかと酔っ払いには逆らうな、という格言を思い出し、わたしはせいぜい丁寧に答えた。

「いえ。別に迷信深くはありませんが。どうしてです？」

男は真っ赤な顔を皺《しわ》くちゃにして笑いだした。

「ああ、ちくしょうめ、おれならびびっちまうだろうよ。二週間前、あのバンガローのやつがくたばったばっかりだからな。二日間、行方不明でさ、そのあと地元の漁師の網にひっかかって死体が上がったんだ。それも、タコどもに半分食われてな」

男は膝をピシャピシャたたき、笑いすぎて震えだした。わたしはぞっとして男に背を向け、バーテンの視線をとらえると、問いかけるように眉を上げた。

「不慮の事故でして」彼は小声で言った。「ゴードン様はとてもいいかただったんですよ。考古学に興味をお持ちでね。姿が見えなくなったのはとても暖かな晩でした。きっと夕食後に泳ぎに行ったんでしょう。もちろん警察も呼びました。ホテルの者はみな、大きなショックを受けたものです。ご理解いただけるでしょうが、わたくしどもはその件はあまり口にしません。商売に響きますのでね。しかしどうかご心配なく。こちらでの海水浴はまったく安全ですから。事故が起きたのは今回が初めてなんですよ」

「ああ、そうだろうね」わたしは言った。

とはいえ……気の毒なその男がわたしのバンガローを使った最後のお客だったとなると、やはりいい気持ちはしない。しかしまあ、彼はあのベッドで死んだわけではないし。こっちも迷信深いほうではない。これでようやくわたしにも、従業員たちがあのバンガローを貸すのを渋ったわけがわかった。例の小柄なメイドがなぜあんなに動転したのかも。

「いいことを教えてやるよ」世にも不快なあの声が轟《とどろ》いた。「泳ぐなら真夜中になる前にしな。さもないと、あんたもタコどもに食われちまうぞ」またしても男は笑いを爆発させた。それから彼は言った。「行くぞ、モード。おねんねの時間だ」男は騒々しくテーブルを脇に押しやった。

店内がすっきりし、バーテンとふたりきりになると、呼吸も前より楽になった。

「最低の男だね」わたしは言った。「ホテルのほうで、あいつを追い出すことはできないのかな？」

バーテンは肩をすくめた。「商売は商売ですから。ホテルとしてはどうしようもありません。ストール夫妻にはたんまり金があるんです。あの人たちがここで過ごすのは、今回が二度目なんですよ。三月に、ホテルを開けたとたん来ましてね。どうもこの場所に惚れこんでいるようなんです。ですが、ストール様も前はあんなに飲んじゃいませんでした。あの調子でつづけたら、いずれ死んでしまうでしょうね。毎晩毎晩ずっとあんなふうですから。もっとも昼間の過ごしかたは健康的ですけれど。早朝から日暮れまで、海に出て釣りをしていますのでね」

「釣りあげる魚の数より、海に放りこむ空き瓶の数のほうが多いんじゃないか」

「かもしれません」バーテンは同意した。「ホテルへは魚を持ってこないんですよ。船方がもらって帰るんでしょう」

「あの奥さんも気の毒にね」

バーテンは肩をすくめた。「金を持っているのは、実は奥方のほうなんです」ふたり連れのお客が入ってきたため、彼は声を落とした。「ミスター・ストールの勝手がすべて通るとは思えません。あの奥さんにすれば、耳が聞こえなくて幸いということもあるでしょうね。ですが、あの人は決して旦那のそばを離れないんです。その点は認めざるをえません。毎日、ご主人と一緒に釣りに出かけているんですから。はい、お客様、何にいたしましょう?」

バーテンは新しいお客のほうを向き、わたしはバーを抜け出した。十人十色。そんな陳腐《ちんぷ》な言葉が頭をよぎった。ありがたいことに、あの夫婦の問題はわたしにはなんの関係もない。ストール氏と耳の不自由な奥方は、日がな一日、日射しを浴びて真っ黒になり、夜は毎晩ビール瓶を割っていればいい。彼らは隣人でさえないのだ。62号室には前の宿泊者が溺死したという不幸な因縁はあるものの、おかげでいまの借り手は少なくともプライバシーだけは保証されている。

わたしはバンガローまで庭園の小径を歩いていった。よく晴れた星の輝く夜だった。外気は暖かく、あたりには赤土に密に植えられた灌木の花の甘い香りが漂っていた。わたしはバルコニーに立ち、海とその先の霞《かすみ》のかかった遠い山並や、小さな漁港の明かりを眺め渡した。わたしの右手では、よそのバンガローの灯が瞬《またた》いている。愉しげに、妖精っぽく、よくできた背景幕のように。本当にすばらしい場所だ。わたしはここをすすめてくれた旅行業者を胸の内で讃えた。

それから、鎧戸を開けてなかに入り、ベッド脇の明かりをつけた。室内は温かい雰囲気で、いかにも居心地よさそうだった。これ以上の宿は望めないだろう。わたしは服を脱いだ。ところがベッドに入ろうとしたとき、読みたい本をバルコニーに置いてきたのを思い出し、鎧戸を開けて、デッキチェアに放り出してあったその本を回収した。なかに入る前に、わたしはもう一度、海の広がりを眺めた。妖精っぽい灯のほとんどはもう消えていたが、岬の突端にぽつんと立つあのバンガローではまだバルコニーの明かりが輝いていた。例のボートは桟橋につながれ、停泊灯をつけている。数秒後、わたしは下の岩棚のすぐそばで何かが動くのを認めた。水中を泳ぐ誰かのシュノーケルだ。潜望鏡に似た細いパイプが静かな暗い海面を着実に移動していく。やがてそれは、視界のずっと左のほうに消えた。わたしは鎧戸を閉め、なかに入った。

なぜかはわからないが、シュノーケルが動いていくあの光景は不安を誘った。それは、真夜中に泳いで溺死した不運な男のことを思い出させた。わたしの前の宿泊者。おそらく彼もまた、こういう穏やかな夜に海中探検に出かけ、そのために命を落としたのだ。そうした不慮の事故があれば、他の宿泊客は夜中にひとりで泳ぐ気などなくすのがふつうなのだが。わたしは固く決心した。昼間以外は絶対に海水浴はすまい。それに、意気地のない話かもしれないが、背の立たないところへは絶対に行くまい。

わたしは本を数ページ読み、その後ほどよく眠気を覚えて、明かりを消すべく寝返りを打った。するとその拍子に、不器用にも電話機に手をぶつけ、それはガチャンと床に落ちた。わたしは身をかがめ、電話機を拾いあげた。幸いどこも傷んでいなかった。ただ見ると、台座に付いた小さな引き出しが飛び出している。なかには紙切れが入っていた。いや、紙切れと言うよりカードだ。チャールズ・ゴードンという名前と、ブルームズベリーの所番地が記されている。確か、前の宿泊者の名前はゴードンではなかったろうか？　例の小柄なメイドは、部屋の清掃の際、この引き出しを開けようとは思わなかったわけだ。わたしは名刺をひっくり返した。裏には何か走り書きしてあった。「真夜中になる前に」そのあと、ふと思いついて書き足したのだろう、「38」という数字も。わたしは名刺を引き出しにもどし、明かりを消した。長旅でひどく疲れていたはずなのに、ようやく眠りが訪れたのは二時をだいぶ回ってからだった。それまでわたしは、なんとなく寝つかれないまま、バルコニーの下の岩棚に打ち寄せる波の音に耳を傾けていた。

わたしは、朝のひと泳ぎとホテルでの夕食のとき以外、一歩もバンガローを離れずに、丸三日間ひたすら絵を描きつづけた。邪魔する者はいなかった。朝食は親切なウェイターが運んできてくれた。わたしはそのなかのロールパンを取っておいて昼食にした。例の小柄なメイドは、わたしをわずらわすことなく、ベッドを整え、その他の用事をかたづけた。三日目の午後、印象派風の風景画を仕上げたとき、わたしは確かな感触を得ていた。これは自分の最高傑作のひとつだ。来《きた》る個展では、この絵が目玉となるだろう。すっかり満足し、ようやくひと息ついたわたしは、明日は海岸を探検し、インスピレーションをかき立てる新たな景観を見つけようと心に決めた。天候はすばらしく、イギリスの快適な六月のように暖かかった。そして、その場所の何よりの利点は、周辺に人がまったくいないことだった。他のお客らは同じ区域の自分たちの側で過ごしており、みな、夕食時に隣席の人々と会釈を交わすことはあっても、互いに知り合おうとはしない。あの不愉快なストール氏については、わたしは彼が席を立たないうちにバーにコーヒーを飲みに行くよう、十二分に注意していた。

いまでは、岬に繋留《けいりゅう》されているボートが彼のものであることもわかっていた。夫妻は早朝に出かけていくので、わたしにはその出発は見られない。しかし夕方、彼らが帰ってくるのはよく見かけた。猫背で四角張ったあの男の姿は容易に見分けがついた。また、一行が桟橋に着くと、ボートを操る男に向かってあれこれどなる例のだみ声もときおり聞こえた。夫妻のバンガローもやはり他と離れ、岬にぽつんと立っている。彼は、他の宿泊客の耳目に触れず、意識にものぼらないよう、そこを選んだのだろうか？　まあ、うまくいくよう祈ってやろう。彼があの目障りな姿をわたしの前にさらしさえしなければ。

軽い運動の必要を感じ、わたしは午後の残りをホテルの敷地の東側をぶらついて過ごすことにした。バンガローが密集するその区画から逃れ出た自分を、わたしは改めて祝福した。ミニゴルフとテニスはたけなわ、小さなビーチは混み合い、砂浜のあらゆるところに人が寝そべっていた。しかし、この世の喧噪はたちまち後方となり、気がつけば、花咲く灌木の帳《とばり》に護られて、わたしはあの岬の桟橋の近くまで来ていた。例のボートはまだ繋留されておらず、その姿は湾のどこにも見当たらなかった。

　あの不愉快なストール氏のバンガローをのぞいてみたい——突如、そんな誘惑に襲われた。わたしは下見に来た泥棒の気分で短い小径をそっと進んでいき、鎧戸の閉まった窓を見あげた。他のバンガローとなんの変わりもない。それを言うなら、わたしのバンガローともだ。ただし、バルコニーの片隅には、主《ぬし》の悪癖を物語る空き瓶の山ができていた。あの野蛮人……とそのとき、また別のものがわたしの目をとらえた。一対の足ひれ《フィン》。それにシュノーケル。まさか、あれだけきこしめして、水中に身を投じるわけはないが。そう、たぶん、彼は船方として雇った地元のギリシャ人にカニを取らせているのだろう。わたしは着いた日の晩に見た、岩棚の際《きわ》を進むシュノーケルとボートの停泊灯を思い出した。

　誰かが小径をやって来るのが聞こえた気がした。嗅ぎ回っているところを見つかりたくはなかったので、わたしはその場を離れたが、立ち去る前にバンガローの番号をちらりと見やった。38号室。その番号は、そのときは別に重要とも思えなかった。しかしあとで、夕食の着替えをしていて、ベッド脇のテーブルからネクタイ・ピンを取ったとき、わたしとふと思い立って、電話機の下の引き出しを開け、前の宿泊者の名刺をもう一度見た。ああ、やっぱり。走り書きの数字は38だった。もちろん、単なる偶然だろうが……「真夜中になる前に」その言葉が突然意味を持った。着いた日の晩、ストールは泳ぐときは気をつけろとわたしに警告した。彼はゴードンにも同じことを言ったのではないだろうか？　そしてゴードンはその警告を、ストールのバンガローの番号と一緒に名刺に書き留めたのではないだろうか？　つじつまは合う。だが気の毒なゴードンは、結局、ストールのアドバイスを無視したわけだ。それに、38号室の宿泊者のひとりも。

わたしは着替えを終えた。名刺は引き出しにもどさず、財布に入れた。どういうわけか、それをフロントに引き渡すのが自分の義務だという気がしたのだ。ひょっとすると、この名刺が前の宿泊者の不幸な死の謎を解く鍵になるかもしれない。食事のあいだじゅう、そんなことを考えながら、それでもわたしは決心がつかなかった。問題は、面倒に巻きこまれ、警察にあれこれ訊かれる恐れがあるということだ。それに、どうやら捜査はもう終わっているらしい。おそらくはなんの重要性もない、引き出しに放置されていた名刺を持って、いきなりわたしが出ていっても、あまり意味はないだろう。

食堂では、わたしの右の席の人々がちょうど立ち去ったところらしく、隅のストール夫妻のテーブルがこちらから見える状態になっていた。さりげなくふたりを観察し、ストールがまったく妻に話しかけないという事実に、わたしはひどく驚いた。彼らは奇妙な対照をなしていた。妻のほうは、ぴんと背筋を伸ばし、しかつめらしく、飾り気なく、遠足に出た日曜学校の先生さながらにフォークを口に運んでいる。夫はと言えば、これまで以上に顔が真っ赤で、まるでふくれあがった特大のソーセージ。ウェイターが前に置くもののほとんどはひと口食べただけで脇へ押しやり、太った毛深い手を始終グラスに伸ばしては、中身を空にしている。

わたしは食事を終え、コーヒーを飲むためにバーに移動した。まだ時間が早かったので、そのエリアはわたしひとりのものだった。バーテンと挨拶を交わし、天気の話をしたあと、わたしは食堂のほうを顎で示した。

「我らが友、ストール氏とその奥方は、きょうも一日、海で過ごしたようだね」

バーテンは肩をすくめた。「毎日毎日そうなんですよ。向かう先もたいていおんなじ。入江を出て、湾の西側に行くんです。しけになりそうなときもありますが、気にしていないようですね」

「あの奥さんがどうしてあんなのに我慢できるのか、わからんなあ」わたしは言った。「食事中に見ていたんだがね――あの男はまるで奥さんに話しかけないんだ。他のお客は彼をどう思っているんだろうね」

「みなさん、かかわらないようにしていますよ。お客様もごらんになったでしょう。あの人は口を開けば、無礼なことを言うんですから。従業員もおんなじです。メイドの娘《こ》たちはあの人が出かけるまで、掃除に行こうとしません。それに、あのにおいときたら!」バーテンは顔をしかめ、内緒話をするように身を乗り出した。「メイドたちの話だと、あの人は自分でビールを醸造しているらしいんです。暖炉の火を熾《おこ》して、そこに鍋を置いて。中身は腐りかけの麦なんですが、それがまるで豚の餌なんだとか！　ええ、そうですとも、それをしこたま飲むわけですよ。あの人の肝臓がどうなっているか、想像してみてください。食事の席とこのバーであれだけ飲んだうえ、ですからね！」

「なるほど」わたしは言った。「あの男のバルコニーの明かりがあんなに遅くまでついているのは、たぶんそれでだな。きっと明けがた近くまで、豚の餌を飲んでいるんだろうよ。教えてくれないかな。ホテルのお客で、スキンダイビングをするのは、どの人だい？」

バーテンは驚いた顔をした。「わたくしの知るかぎり、どなたもなさいませんが。あんな事故のあとですしね。お気の毒なゴードン様は、夜中に泳ぐのがお好きでした。少なくとも、わたくしどもの見たかぎりでは。そう言えば、あのかたはストール様と言葉を交わされる数少ないお客様のひとりでしたよ。ある晩など、このバーでずいぶん長いこと話しこんでいましたし」

「そうなの？」

「泳ぎの話ではありませんが。釣りの話でもありませんしね。おふたりは古代の遺物の話をしていたんです。ここの村には、小さいながらなかなかいい博物館があるんですよ。ただ、いまは修理中で閉館になっていますが。ゴードン様はロンドンの大英博物館に関係のあるかただったんです」

「意外だな」わたしは言った。「ストール氏がその種のことに興味を持つとはね」

「ああ」バーテンは言った。「驚かれるでしょう。ストール様は決して馬鹿じゃないんですよ。昨年は奥様と一緒に、車で有名な遺跡を片っ端から訪ね回っていたんですから。クノッソス、マリア、その他、あまり知られていないところまで。それが今年はすっかり変わってしまいましてね。毎日、ボートで釣り三昧です」

「それで、ゴードン氏だけど」わたしは追及した。「あの夫婦と釣りに行ったりもしたのかな?」

「いいえ、それはなかったようです。あのかたは、ちょうどお客様のように車を借りて、この地方をあちこち見学しておられたんです。本を書いているのだとおっしゃっていましたよ。クレタ島東部から出土した遺物と、そのギリシャ神話との関係について」

「神話?」

「ええ、確か、ストール様に神話と言っておられたと思います。ですが、おわかりでしょう、わたくしにはまるで理解できない話でしたし、あまり聞いてもいなかったんです——その晩はバーが忙しかったもので。ゴードン様は物静かなかたでした。失礼ながら、お客様と同じタイプですね。そのときお話になっていた、古い神々に関することに大変興味がおありの様子でしたよ。おふたりは一時間以上もその話をしていました」

ふうむ……財布のなかの名刺のことが頭に浮かんだ。フロント係に渡すべきか、それとも、渡さざるべきか。バーテンにおやすみを言うと、わたしは食堂を通り抜けてロビーに向かった。ストール夫妻がちょうど席を立ったところで、わたしの前を歩いていた。わたしはぐずぐずして道が空くのを待った。彼らがバーに背を向け、ロビーに向かっているのは驚きだった。その場に留まる口実に、わたしは絵はがきのラックのそばで足を止めた。そうして、ふたりに見えないところから、様子をうかがっていると、ストール夫人は入口のそばのフックからコートを取り、不愉快な旦那のほうはクロークへ行った。それからふたりは、駐車場に通じる正面のドアから外に出た。ドライブに行く気にちがいない。だがストールは、あの状態でハンドルを握るのだろうか？

わたしはためらった。フロント係は電話中だ。いまは例の名刺を渡すのにいいタイミングではない。探偵ごっこをする少年のような衝動に駆られ、わたしは自分の車に向かった。ストールの車はメルセデスだった。そのテールライトが視界から消えると、わたしは車を発進し、あとを追った。道は一本しかなく、ストールは村と波止場の明かりをめざし、東へと進んでいた。小さな港に着いたところで、わたしは彼を見失った。それというのも、あの男がそちらに向かうものと決めつけて、直感的に、いちばん大きそうなカフェのあるエリアに行ったからだ。フォルクスワーゲンを止め、わたしはあたりを見回した。メルセデスは影も形もない。わたしのような観光客、それに、地元の人の姿がちらほら見られるばかり。みんなそのへんをぶらついたり、カフェの前で飲んだりしている。

まあ、いいさ。もう忘れよう。腰を下ろして、この場を楽しみ、レモネードを飲もう。〝地方色〟とやらを味わい、通り過ぎる人々を観賞しながら、わたしは一時間半以上そこにすわっていたと思う。外の空気を吸いに出てきたギリシャ人一家、人種隔離を実践しているらしく、仲間内で固まっている若者たち、彼らに秋波を送る自意識過剰の綺麗な娘たち、隣のテーブルでひっきりなしにタバコを吸っている、顎髭を生やした正教会の神父、その神父を相手にサイコロで何かのゲームをしているふたりの大年寄り、そして、もちろん、我が国から来たおなじみのヒッピーの一団。連中は他の誰よりはるかに長い髪を持ち、汚らしいうえ、ひどく騒々しかった。その一団がトランジスタ・ラジオをつけ、すぐうしろの丸石舗装の地べたにすわりこんだとき、わたしはそろそろ移動する頃合いだと悟った。

レモネード代を支払い、埠頭の端までぶらぶらと歩き――ずらりと並ぶ漁船は日中は彩り豊かにちがいなく、描く価値がありそうだと思いつつ――また引き返してきたところで、わたしは気になるものを発見して道を渡った。袋小路らしい脇道の先に、きらめく水が見えたのだ。これこそ、ガイドブックにも載っている見どころ、シーズンの盛りには多くの観光客が訪れ、写真に収める〝底なしの池〟にちがいない。それは想像していたよりも大きく、かなり面積のある湖のようなもので、水面は緑の藻《も》と漂うガラクタに覆い尽くされていた。わたしとしては、昼間、向こう岸の飛び込み台を利用する蛮勇の持ち主をうらやましいとは思わなかった。

とそのとき、あのメルセデスが目に入った。それは、ほのかな明かりの灯る一軒のカフェの向かいに駐めてあった。それに、ビール瓶を何本も前に並べ、猫背でテーブルに向かう人物と、そのかたわらのぴんと背筋を伸ばした婦人が誰かは、見まちがえようがない。しかし驚いたことに――加えて、むかつくことに、と言ってもいい――あの男はひとりで飲んでいるのではなく、隣席の騒々しい漁師の一団とともに食後の大酒盛りを繰り広げているようだった。

あたりにはがなり声と笑いとが響き渡っていた。漁師たちは明らかにストールをまねているのだ。酒の勢いで、ギリシャ人の礼儀正しさは忘れ去られている。若いやつがひとり、いきなり大声で歌いだしたかと思うと、突然、手を伸ばして、自分のテーブルに並んだ空き瓶をテラスの床に払い落とした。当然、衝撃音とともにガラスの破片が飛び散り、仲間たちから歓声があがった。いまにも地元の警察が現れ、この集団を追い散らすのではないか、とわたしは期待した。しかし警官の姿はどこにもなかった。ストールがどうなろうとかまわない——豚箱で一夜過ごせば、彼も目が覚めるかもしれない——が、奥さんのほうはたまらないだろう。とはいえ、それはこっちには関係のないことだ。わたしは埠頭に引き返すべく向きを変えかけた。するとそのとき、漁師たちの喝采を浴びながら、ストールがよろよろと立ちあがり、卓上に残っていた瓶をつかみ取って大きく振りかぶった。そんな状態の人間にしては驚くほど俊敏に、彼は円盤投げの要領で湖めがけて瓶を投げた。あと五、六十センチずれていれば、それはわたしに当たっていただろう。ストールはこっちが身をかわすのをちゃんと見ていた。もう我慢ならない。わたしは怒り心頭に発し、つかつかと彼に歩み寄った。

「おい、いったいどういうつもりだ？」わたしはどなった。

ストールはふらつきながら、わたしの前に立っていた。カフェの笑い声がぴたりとやんだ。ストールの仲間たちは興味津々で成り行きを見守っている。わたしは罵詈《ばり》雑言《ぞうごん》が飛んでくるものと思っていた。ところが、ストールの腫れあがった顔が笑いにくずれた。彼はぐらりと前のめりになり、わたしの腕をポンポンたたいた。

「知ってるか、なあ？」ストールは言った。「あんたが邪魔しなけりゃ、あの小汚い水たまりのどまんなかまで瓶を飛ばしてやれたんだぜ。ここにいるやつらの誰にもまねできねえとこまでな。こんなかにゃ生粋のクレタ人はひとりもいねえんだ。こいつらはみんな、トルコ系のろくでなしどもさ」

振り払おうとしたが、相手は、たったいま生涯の友を見つけた、いや、見つけた気になっている、飲んべえ特有のあふれんばかりの愛情を見せ、わたしにすがりついていた。

「あんた、あのホテルに泊まってるんだろ、なあ？」彼はしゃっくりした。「ちがうなんて言わんでくれよ、相棒。おれは人の顔はよく覚えてるほうなんだ。あんたは、自分とこのポーチで一日じゅう、絵を描いてるあいつだろ。いや、おれは感心してるんだ。美術のことなら、ちったあ知っているんでね。ことによっちゃ、あんたの絵を買ってやるかもしれないぜ」

そのなれなれしさは厭《いと》わしかった。こんなやつに贔屓《ひいき》にされるなど、耐えがたい。

「すみませんが」わたしは堅苦しく言った。「わたしの絵は売り物ではないので」

「馬鹿言うなよ」ストールは言い返した。「あんたら絵描きどもは、みんなおんなじさ。誰かがどえらい値をつけるまでは、高嶺の花を気取るんだよな。たとえば、あのチャーリー・ゴードン……」彼はふと口をつぐみ、わたしの顔をずるそうにのぞきこんだ。「待てよ、あんた、チャーリー・ゴードンにゃ会ってねえよな？」

「会ってませんね」わたしはそっけなく言った。「わたしより前にいた人だから」

「そうだった、そうだった」ストールは言った。「気の毒にそいつは死んだんだ。あの入江で溺れてな、あんたんとこの岩場のすぐ下でだ。とにかく、死体が見つかったのはあそこだよ」

ストールの細い目は、腫れた顔に埋もれ、ほぼふさがっていた。それでもわたしには、彼がこちらの反応をうかがっているのがわかった。

「ええ」わたしは言った。「そう聞いていますよ。でもその人は画家ではなかったんでしょう」

「画家だと？」ストールはオウム返しにそう言って、それから笑いを爆発させた。「ああ、やつは鑑定家だった。つまり、おれみたいな男にとっちゃ、おんなじことさね。鑑定家、チャーリー・ゴードン。まあ、最後にゃそれもさして役には立たなかったわけだよなあ？」

「ええまあ」わたしは言った。「そのようですね」

ストールはしっかり立とうとがんばっていた。なおも体をぐらつかせつつ、彼はあちこちに手をやってタバコの箱とライターをさがした。そして自分用の一本に火をつけると、こちらに箱を差し出した。わたしは首を振って、タバコは吸わないのだと言った。それから意を決して、付け加えた。「それに酒も飲まないし」

「そりゃ結構なこった」驚いたことに、ストールはそう応じた。「おれもなんだよ。ここらで売ってるビールは、どのみち全部、小便だしな。ワインのほうは毒物だし」彼はカフェの連中を肩越しに振り返り、こっそりこちらに目くばせすると、池の縁の壁のほうへわたしを引っ張っていった。

「さっき言ったろ、あの野郎どもはみんなトルコ人だ。つまり、ワイン飲みの、コーヒー飲みのトルコ人ってわけさ。ここじゃもう五千年以上、まともな酒は造っちゃいねえ。その昔はちゃんと造りかたを知ってたもんだがな」

わたしは、バーテンから聞いた、この男がバンガローで造る豚の餌の話を思い出した。「そうなんですか？」

ストールはまた目くばせした。それから細い目を大きくしたので、わたしはそれが本来は丸くふくれた出目《でめ》であることに気づいた。瞳は色褪せた泥色、白目には赤い斑点が散っている。

「なあ、知ってるか?」彼はしゃがれ声でささやいた。「学者どもはまるっきりまちがってる。クレタ人がこの山地で飲んでたのは、ビールだったんだ。トウヒとツタから造ったやつ。ワインよりずっと前のことだぜ。ワインは何世紀もあとになってから、ギリシャ人どもが発明したのさ」

彼は片手を壁につき、もう一方の手でわたしの腕につかまって体を支えた。それから、前にかがみこみ、池に向かって嘔吐《おうと》した。もう少しで、こっちまでつられて吐くところだった。

「ああ、すっきりした」ストールは言った。「毒を出しちまったからな。体んなかに毒を溜めとくのは、よくない。なあおい、もうホテルに帰ろうや。おれんとこにちょっと寄って寝酒を一杯やっていきな。あんたのこと、気に入ったぜ、なんとかさん。なんたって考えがしっかりしてるわ。酒は飲まん、タバコも吸わん、そして絵を描く。あんた、仕事はなんなんだい?」

この男を振り払うのは不可能だった。しかたなくわたしは彼に引っ張られて道路を渡った。幸い、カフェの一団は消えていた。きっと、殴り合いにならなかったので、がっかりしたのだろう。ストール夫人はすでに車に乗りこんで、助手席にすわっていた。

「女房のことは気にするな」ストールは言った。「あいつは、顔に向かってどなり立てでもしないかぎり、なんにも聞こえやしないんだ。うしろにたっぷりスペースがあるぜ」

「ありがとう」わたしは言った。「でも埠頭に車を置いてあるから」

「好きにしな」彼は答えた。「それで？　なあ、教えてくれよ、絵描きさん、あんた、仕事はなんなんだい？　学者さんかい？」

そういうことにしておいてもよかった。しかしわたしのなかのお高い一面が本当のことを言わせた。そうすれば相手は、わたしを退屈なやつと考え、親しくする気をなくすだろうと愚かな望みを抱いたのだ。

「わたしは教師ですよ、男子寄宿学校のね」

ストールは足を止め、濡れた口を大きく広げてさもうれしげに笑みをたたえた。「なんてこった」彼は叫んだ。「そいつはおもしろい、実におもしろいね。先生とはなあ、赤んぼやチビどものお世話係かい。あんた、おれたちの仲間だよ、相棒。正真正銘の仲間。なのに、言ってくれるよな。トウヒとツタで酒を造ったことがないだと！」

こいつは完全にイカレている。それは確かだが、とにかくこの唐突な歓喜の爆発のおかげで、わたしの腕は解放された。ストールはそのまま車までわたしの前を歩いていった。首を振り振り、不格好な体を脚に乗せ、妙に規則正しく、一、二……一、二……と。その歩調は、まるで不器用な馬だった。

わたしは、彼が奥さんの隣に乗りこむのを見守った。それから、さっさとその場を離れて、安全な埠頭のほうへ向かったが、ストールは驚異的なすばやさで車をターンさせ、わたしが道の角にたどり着く前にもう追いついていた。相変わらず笑みをたたえたまま、彼は窓から顔を出した。

「おれたちのバンガローに来てくれよ、先生。そっちの好きなときにな。いつでも歓迎するから。おまえからも言ってやりな、モード。ほら、わかるだろ、引っ込み思案な人なんだからさ」

そのがなり声の命令は、通りじゅうに響き渡った。散歩中の人々がわたしたちのほうに目を向けた。ストール夫人の表情のない硬い顔が、その夫の肩の上に現れた。彼女は平静そのものに見えた。まるで何ひとつ問題がないかのように。泥酔した夫の運転で見知らぬ村を車で走ることが、この世でいちばんあたりまえの気晴らしであるかのように。

「ごきげんよう」まったく抑揚のない声で、彼女は言った。「お目にかかれてうれしゅうございましたわ、先生。どうぞお立ち寄りください。真夜中になる前に。バンガロー38に……」

ストールは手を振り、彼の車は数キロ先のホテルをめざして轟音《ごうおん》とともに走りだした。わたしはそのあとにつづきながら、自分自身に言い聞かせた。たとえ命がかかっていても、あの招待だけは絶対に受けるなよ。


この遭遇が休暇に暗い影を落とし、滞在地にまで嫌気が差したかと言えば、そこまではなかった。半分〝当たり〟というところだろうか。腹は立ったし、嫌悪感も覚えたが、その対象はストール夫妻のみだった。ひと晩ぐっすり眠って目覚めると、そこには新たな輝かしい一日があり、午前のうちは厄介なことなど何もないように思えた。わたしの課題はひとつだけ。つまり、ストールと、旦那と同じく頭のイカレたその奥方を回避することだった。ふたりは日がな一日ボートで出かけているので、これは簡単だ。食堂でも、早めに夕食をとれば、彼らから逃れられる。向こうは決して敷地内を歩き回らないので、庭園でふたりに出くわす恐れはまずない。夕方彼らが釣りから帰ってきたとき、たまたまわたしがバルコニーにいて、ストールが双眼鏡をこちらに向けた場合は、ただちにバンガローのなかへ姿を消すつもりだった。運がよければ、ストールはわたしの存在をもう忘れているかもしれない。それが期待のしすぎだとしても、前夜のわたしとの会話が記憶から消えている可能性はある。あの出来事は不愉快であり、奇妙なことに不吉な感じさえしたが、わたしとしてはそんなことに残された日々を損なわせる気はなかった。

朝食をとるためバルコニーに出たときには、例のボートはすでに桟橋から消えていた。わたしは計画どおり画材を携え、海岸を見て回るつもりだった。いったん趣味に没頭しだせば、彼らのことなどすっかり忘れられるだろう。気の毒なゴードンのあの名刺も、ホテル側に引き渡すのはよそう。何があったのか、わたしにはもう見当がついていた。可哀そうに、バーでの会話がどんな結果を招くかも知らず、ゴードンはストールの語るいい加減な神話や古代クレタ島にまつわるたわごとに興味をそそられ、考古学者として、もっと話を聞けばなんらかの収穫が得られるものと考えたのだ。そして彼はバンガロー38への招待に応じた。（カードに記された言葉とストール夫人の言葉の不気味な一致は、なおもわたしの頭にひっかかっていた。）ただ、若干遠回りとはいえ、なぜ岩場の小径を行く代わりに、入江を泳いで渡ることにしたのかは、いまだ不明だ。ちょっと冒険心を起こしたということか？　これぱかりは誰にもわからない。ストールのバンガローに着くと、ゴードンは——ああ、なんと哀れな！——主《あるじ》のすすめるひどいビールを飲む気になった。それは彼の良識や判断力をすべて吹っ飛ばしたにちがいない。だから、酒盛りが終わり、ふたたび海に入ったとき、彼の身に起きたことは当然の帰結だったのだ。せめて、パニックにも陥らないほど酔っていたならいいのだが。それに、即座に沈んでいけたなら。ストールは自ら進み出て事実を告げはしなかった。そういうことだ。実のところ、わたしの推理は、単なる直感と、手ごろな情報の断片と、偏見に基づいている。そろそろこの件は頭から追いやって、来る一日に集中すべき時だった。

いや、来る日々に、と言うべきか。港とは逆方向の西への海岸探検は、期待以上の成果をもたらした。わたしはホテルの左手の曲がりくねった道をたどり、数キロの登りのあとふたたび丘を下って、海面の高さまで下りた。と突然、右手の土地が平らになり、干上がった沼らしき大きな広がりへと変わった。まばゆいばかりの青い海が、日に焼かれて淡い灰褐色になったその土地の両側に迫り、みごとなコントラストをなしている。さらに近くまで車を走らせていくと、それは沼などではなく塩の平地《ソルトフラッツ》であることがわかった。そこには細い土手道が何本も走っており、各区画は壁に囲われ、その壁が塩を残して海水を排出させる溝と交差していた。また、円い外壁が城の本丸を思わせる風車小屋の廃墟があちこちに見られた。数百メートル彼方には荒れ地の一帯があり、海に近いところに小さな教会が立っていた。わたしには、その屋根の小さな十字架が陽光にきらめいているのが見えた。それから、ソルトフラッツは唐突に終わり、土地はふたたび隆起して、その先で細長いスピナロンガの地峡を形作っていた。

わたしはフォルクスワーゲンを駆り、ソルトフラッツへの道をガタゴト進んでいった。あたりにはまったく人気《ひとけ》がなかった。そう、ここだ。あらゆる角度からその風景を眺めたあと、わたしは結論を下した。これから数日はここに店を出すとしよう。前景に廃墟となった教会、その向こうに打ち捨てられた風車小屋、左手にソルトフラッツ、右手に地峡の浜を洗う青い海。

わたしはイーゼルを立て、使い古しのフェルト帽を頭に載せると、目の前の景色以外のすべてを忘れた。ソルトフラッツでのその三日間は――そこへは三日連続で通ったのだ――わたしの休暇のハイライトだった。純然たる孤独と平和。人間はただのひとりも目にしなかった。ときおり、遠い海ぞいの道を車がくねくねと走っていき、やがて視界から消えた。わたしは途中、持っていったサンドウィッチとレモネードで一服し、暑い盛りには風車小屋の廃墟のあたりで休んだ。ホテルにもどるのは夕方涼しくなってからで、夕食は早めにとり、そのあとはバンガローに引き取って寝るまで読書をした。たとえ隠修士でもあれ以上の隠遁は望めなかったろう。

四日目、それぞれちがうアングルから二点の絵を仕上げ、それでも、いまや自分の根城となったその選ばれたテリトリーを離れる気になれず、わたしは画材を車にしまって、翌日のための新しい場所を選ぼうと徒歩で地峡の隆起部に向かった。高台からは、さらにいい眺めが望めるかもしれない。ひどく暑かったので、帽子で顔をあおぎながら、えっちらおっちら丘を登っていき、ようやく頂に着いたとき、わたしは驚いた。その地峡は本当に狭くて、細長い土地のくびれにすぎず、わたしのすぐ下はもう海だったのだ。それも、背後に残してきたソルトフラッツを洗う穏やかな海ではない。帽子を吹き飛ばさんばかりの北風が、外湾らしい渦巻く高波を起こしている。天才ならば、その変化していく色合いをキャンバスにとらえられたかもしれない。トルコ石の青緑が、深いワイン色の影を底に潜めるエーゲ海の青へと溶けこんでいくさまを。しかしわたしのような素人では無理だ。それに、その場所ではまともに立っていることもできなかった。キャンバスとイーゼルはたちまち吹き飛ばされてしまうだろう。

わたしは、下のほうの、風をよけられそうなエニシダの茂みへと下りていった。そこならば、しばらくのあいだ休憩して、波打つ海を眺めていられる。ボートが目に入ったのは、そのときだった。それは、土地の湾曲部に囲われた、比較的波の穏やかな小さな入江に停泊していた。見まちがえようもない、あの夫婦の船だ。彼らに雇われているギリシャ人の船方は舳先《へさき》にすわって舷側《げんそく》から釣り糸を垂れていたが、そのだらけた姿勢から見て、本気で何か釣るつもりはないようだった。きっとシエスタの最中なのだとわたしは思った。ボートに乗っているのは彼ひとりだった。真下の砂嘴《さし》に目をやると、そこには、粗末な石造りの建物があった。崖を背に建てられていて、半ばくずれかけており、かつては羊や山羊の避難所として使われていたものらしい。入口には雑嚢《ざつのう》とピクニック・バスケット、それにコートが置いてあった。高波のなか岸に近づくのはかなり危険だったはずだが、ストール夫妻は陸に上がったわけだ。いまは風のないところでくつろいでいるのだろう。もしかするとストールは、山羊の糞をたっぷり加えて、特製のトウヒとツタの飲み物を造っているのかもしれない。きっと、スピナロンガの地峡の人里離れたこの場所は、彼の〝醸造所〟なのだ。

突然、ボートの男が身を起こした。釣り糸を巻きあげると、彼は船尾に移動し、そこに立ってじっと海面を見つめた。何かが動いているのが見えた。水面下にひとつの影が。一瞬後、その影が姿を現した。フードも、ゴーグルも、ゴム製のスーツも、アクアラングもすべて。そのあと、ギリシャ人が身をかがめ、フードやマスクをはずすのを手伝いだしたため、ダイバーの姿は見えなくなり、同時にわたしは岸辺のくずれかけた避難小屋に注意を引きもどされた。入口に何かが立っている。〝何か〟と言ったのは、もちろん光のいたずらのせいだろうが、最初それが、うしろ足で立ちあがった毛むくじゃらの子馬みたいに見えたからだ。その四肢と臀部《でんぶ》は毛に覆われていた。やがてわたしは、それがストールその人であることに気づいた。彼は裸で、両腕も胸も他の部分と同様に毛深かった。誰なのかがわかるのは、ひとえにあの腫れあがった真っ赤な顔のおかげだった。禿げた頭の両側からは、皿のように巨大な耳が突き出していた。生まれてこのかた、わたしはそれほどおぞましいものを見たことがなかった。彼は日射しのもとに出てきてボートのほうを眺めた。それから、自分自身にも自らの世界にも大満足といった体《てい》で、意気揚々と前進すると、避難小屋の前の砂嘴を行きつもどりつしはじめた。それは、村で会ったときわたしが気づいた、あの奇妙な足取りだった。酔っ払いの千鳥足ではない。両手を腰にあてがい、尻をぐっと突き出し、規則正しくぎくしゃくと彼は歩いていた。

　ダイバーはすでにゴーグルとアクアラングを脱ぎ捨てており、ゆったりとした大きな泳ぎで浜に向かっていた。足ひれ《フィン》はまだ着けたままで、それが巨大な魚さながらに海面でのたうっている。やがて、フィンを砂地に放り出し、ダイバーは立ちあがった。ゴム製のスーツの覆いにもかかわらず、わたしはその正体に気づいて仰天した。それはストール夫人だった。彼女は首にバッグのようなものをかけており、意気揚々と歩き回る夫のところまで行くと、それを首からはずして彼に渡した。ふたりが言葉を交わすのは聞こえなかった。彼らは一緒に小屋に向かい、なかへと消えた。ギリシャ人のほうはと言えば、ふたたびボートの舳先にもどって、怠惰な釣りを再開していた。

わたしは茂みの陰に横になって待った。二、三十分ほど置いてから、自分の車があるソルトフラッツにもどるつもりだった。ところが実際には、そんなに待つまでもなかった。十分もしないうちに、下の浜で大きく叫ぶ声がしたのだ。茂みのあいだからのぞいてみると、あの夫婦が雑嚢とピクニック・バスケットとフィンを持ち、そろって砂嘴に立っていた。ギリシャ人はすでにエンジンをかけようとしており、その後ただちに錨《いかり》を引きあげにかかった。それから彼はゆっくりと岸のほうにボートを進め、ストール夫妻が待機する岩棚の横に着けた。ふたりは乗りこんだ。一瞬後、ギリシャ人がボートをターンさせ、早くもそれは護られた入江を離れ、湾へと向かっていた。やがてボートは岬を回って、わたしの視界から消えた。

好奇心には抗《あらが》えなかった。わたしは砂嘴まで崖を這いおりていき、廃墟となった小屋にまっすぐに向かった。予想にたがわず、それは山羊のための避難所だった。泥だらけの床はぷんぷんにおい、いたるところに山羊の糞が落ちている。しかし小屋の一隅には、きれいにかたづいた箇所があり、木の板が一種の棚を形作っていた。その下には、例によってビールの瓶が積まれていたが、中身はここの地ビールなのか、ストール特製の毒物なのかわからなかった。棚には、誰かがゴミ捨て場を漁り、家庭で捨てられた割れ物を掘り出してきたかのように、種々雑多な陶器が載っていた。しかしそれらに土はまったくついていない。ただ、どれもフジツボに覆われており、なかのいくつかは湿っていた。すると突然、ある考えが浮かんだ。これが考古学者のいわゆる〝土器片〟というやつで、海底にあったものなのではないだろうか？　ストール夫人は探検をしていた。海中の探検を。さがしていたのが貝なのか、あるいは、もっと興味深い何かなのか、それはわからない。とにかくここに散らばっているのは、ろくでもないガラクタで、だから、ストール夫人もその旦那もわざわざ持っていこうとしなかったわけだ。わたしにはそういうものの価値はわからない。あたりを見回し、それ以上何もおもしろいものがないとわかると、わたしは小屋を出た。

その行動が命取りだった。向きを変えて崖をよじ登りだしたとき、エンジンの鼓動が耳を打った。ボートがふたたびもどってきたのだ。その位置から見て、どうやら岸ぞいを走っていくつもりらしい。ボート上の三人はそろってこちらを向いており、船尾にしゃがんだ人物が例によって例のごとく双眼鏡をのぞいた。わたしは不安を覚えた。いましがた小屋から現れ、崖をよじ登っているのが誰なのかは、難なく見分けがついたろう。

わたしは振り返らずに登りつづけた。無駄と知りつつ、いくらかでもそれで正体をごまかせればと、帽子を目深《まぶか》に下ろして。考えてみれば、これはたまたまその時その場にいたどの観光客であってもおかしくはない。それでもわたしは恐れていた。あの男にはきっとわかってしまうだろう。ソルトフラッツに置いてきた車まで、わたしは足取り重く歩いていった。疲れ果て、息は切れ、ひどくいらだたしい気分だった。半島の反対側の探検を思い立ったことが悔やまれた。ストール夫妻は、わたしがスパイしていたと思うだろう。しかもそれは本当なのだ。楽しかった一日が台なしだった。わたしはもうそこで切りあげて、ホテルに帰ることにした。ところがその日は、どこまでもついていなかった。沼と道路をつなぐ未舗装路に入ったとたん、タイヤのパンクに気づいたのだ。スペアのタイヤをつけ終えたころには――わたしは機械の扱いがとにかく苦手なので――すでに四十分が経過していた。

ようやくホテルにたどり着いても、わたしの気分は上向きはしなかった。ストール夫妻に先を越されたのがわかったからだ。彼らのボートはすでに栈橋につながれており、ストールはバルコニーにすわって、わたしのバンガローに双眼鏡を向けていた。テレビカメラにさらされているような気分で、わたしは階段をのぼっていき、なかに入って鎧戸を閉めた。電話が鳴ったのは、入浴しているときだった。

「はい?」腰にタオルを巻き、両手からぽたぽた水を滴らせながら、わたしは応答した。電話が鳴るのにこれ以上間の悪いときはなかった。

「あれはあんただな、先生さんよ」

その耳障りなだみ声は聞きちがえようがなかった。しかし彼は酔ってはいないようだった。

「ティモシー・グレイですが」わたしは堅苦しく言った。

「グレイだろうがブラックだろうが、こっちにゃおんなじこった」彼は言った。感じの悪い、敵意に満ちた口調だった。「あんた、きょうの午後、スピナロンガに出かけたろ? なあ?」

「半島を散策していましたが」わたしは言った。「いったいそれがどうしたっていうんです」

「おい、なめるんじゃねえぞ」彼は言った。「だまそうたってそうはいかねえ。あんたも他のやつらとおんなじだ。くそいまいましいスパイ野郎さ。いいか、よく聴けよ。あの難破船は何世紀も前にきれいに漁りつくされてるんだからな」

「なんの話かさっぱりわかりませんね。どの難破船のことですか？」

しばらく間があった。彼が小声で何か言っている。ひとりごとなのか、妻と話しているのか、それはわからなかったが、ふたたび話しだしたとき、その口調は和らいでおり、あの偽りの気安さのいくばくかがよみがえっていた。

「わかった……わかったよ、先生さん」彼は言った。「そのことで言い合うのはよそうや。あんたとおれは興味を共有してるってわけだ。学校の教師、大学の教授や講師、おれたちゃみんな、ひと皮むけば似た者同士だ。ときによっちゃ皮の外側もな」彼の忍び笑いは不愉快きわまりなかった。「まあ、あわてなさんな。ばらす気はないからさ」彼はつづけた。「おれはあんたを気に入ってるんだ。こないだの夜もそう言ったろ。あんたは学校の博物館用に何かほしい、そうだよな？　可愛らしい坊主どもや同僚に見せてやれるようなものがさ？　いいとも。それで行こう。ぴったりのものがあるんだ。今夜、ここに来てくれりゃ、そいつをプレゼントするよ。金なんぞいらんさ……」ストールは言葉を切り、またくすくす笑った。それから、ストール夫人が何か言ったのだろう、彼は付け加えた。「ああ、そうだ、そうだよな。こぢんまり宴会をやろう。おれたち三人だけでさ。女房もあんたが大好きなんだ」

腰のタオルがはらりと床に落ち、わたしは裸になった。自分は無防備なのだ——なんの理由もないのに、そんな気がした。そして、恩着せがましい取り入るようなストールの声が、わたしを激高させた。

「ストールさん」わたしは言った。「わたしは学校や大学や博物館のための蒐集家ではないんです。古代の遺物には興味がありませんしね。わたしは休暇でここに来た。絵を描くという趣味を楽しむためにです。率直に言って、あなたであれ、ホテルの他の宿泊客であれ、訪問する気はまったくありませんから。おやすみなさい」

わたしはガチャンと電話を切って、浴室にもどった。なんたる厚顔無恥。実に不愉快な男だ。問題は彼がこれを最後にわたしを放っておいてくれるのか、それとも、双眼鏡でこのバルコニーを見張りつづけ、わたしがホテルに食事に行くのを待ち、それから奥方を引き連れて、食堂まで追いかけてくるのか、だった。もちろんあの男もウェイターや他のお客の前で話をするわけにはいかないだろう。わたしの解釈が正しいなら、彼はなにがしかの賄賂をつかませてわたしの沈黙を買いたいのだ。ああして終日、釣りに出ているのは――難破船の話から察するに――海底を探索するための偽装工作にちがいない。彼はそうやって価値ある品々を見つけようとしているか、すでに見つけたかで、それらをこっそりクレタ島から持ち出す気でいる。前の年、彼がそれに成功しているのは確かだ。あのギリシャ人には、口封じのためたっぷり金をやっているのだろう。

ところが、今シーズンは計画どおりにはいかなかった。バンガロー62の前の借り手、古代遺物の専門家である、不運なチャールズ・ゴードンが、疑いを抱いたからだ。ストールの「あんたも他のやつらとおんなじだ。くそいまいましいスパイ野郎さ」という言葉がこのことをはっきり物語っている。もしもゴードンがバンガロー38への招待に応じたとしたら？　それも偽ビールを飲むためでなく、ストールの蒐集品を鑑定するためで、沈黙を守るよう賄賂を差し出されたとしたら？　もしも彼が賄賂を拒絶し、ストールの所行を暴露すると脅したとしたらどうだろう？　彼が溺れたのは、本当に事故だったのだろうか？　それとも、ストールのあの妻が、ゴムのスーツとマスクとフィンに身を包み、彼のあとをつけて海に入り、水中にもぐって……？

これは想像力の暴走だ。証拠は何ひとつないのだから。わたしにわかっているのは、何があろうと自分は絶対にストールのバンガローへは行かないということ、そして、今度彼に悩まされたら、ホテル側にこの件を洗いざらい話さねばならないということだった。

わたしは夕食のために着替えをした。それから、鎧戸をほんの少しだけ開けて、その陰に立ち、あの男のバンガローのほうを眺めた。もう夕暮れ時なので、バルコニーの明かりが輝いている。しかし彼の姿は消えていた。わたしは外に出て鎧戸を閉め、ホテルに向かって庭園を歩いていった。

ストールとその妻に気づいたのは、テラスからロビーに入ろうとしたときだった。彼らは、いわばラウンジや食堂への通り道を見張るような格好で、ロビーの椅子にすわっていた。食事をしたければ、こちらはふたりの前を通るしかない。いいとも、と思った。ひと晩じゅうああして待っているがいい。わたしはテラスをあともどりすると、ホテルの厨房の外をぐるりと回り、駐車場に行ってフォルクスワーゲンに乗りこんだ。食事は村でしよう。金がかかったってかまうものか。憤《いきどお》りを胸に、わたしは車を走らせていき、波止場からかなり離れたところで人目につかない小料理屋《タヴェルナ》を見つけた。そして、宿泊料に含まれる、楽しみにしていたホテルの三品の料理の代わりに――ソルトフラッツでわずかばかりのサンドウィッチを糧《かて》に一日過ごし、空腹だったというのに――オムレツとオレンジとコーヒー一杯に甘んじる仕儀となったのだ。

ホテルにもどったときは、もう十時を回っていた。わたしは駐車場に車を入れた。それから、ふたたび厨房の外を回ると、自分のバンガローまで庭園の小径をこそこそと進み、鎧戸を開けて泥棒のようになかに入った。ストールのバンガローの明かりはまだ輝いていた。この時間だと彼はもうかなり飲んでいるにちがいない。明日、もしまたあの男に困らされるようなら、そのときは必ずホテルの連中に訴えてやろう。

わたしは寝巻きに着替えて、真夜中過ぎまでベッドで本を読んだ。それから眠気を覚えて明かりを消したが、空気がむっとしていたので、バルコニーのほうに行って鎧戸を開けた。しばらくのあいだ、わたしはそこに立って、入江を眺めていた。バンガローの明かりはどれも消えている。ただひとつだけをのぞいて。もちろんストールのところのやつだ。その明かりは、桟橋の横の水上に一条の黄色いすじを落としていた。水面にさざなみが立った。だが風はそよとも吹いていない。そのとき、それが目に映った。あのシュノーケルが。黄色い光が小さなパイプをとらえたのは一瞬だったが、見失う前に、それがまっすぐこのバンガローの岩棚をめざしていることはわかった。わたしは待った。何事も起こらない。あたりはしんとしており、それ以上水面が揺れることもなかった。おそらく彼女は毎晩同じことをしているのだろう。おそらくこれは日々の習慣で、こちらが外界のことを忘れ、ベッドで読書しているあいだ、彼女は下の岩棚のすぐそばで立ち泳ぎをしていたのだろう。そう思うと、控えめに言っても気味が悪かった。毎日、真夜中過ぎにトウヒとツタの地獄の酒で酔いつぶれた夫を残し、その水面下のパートナーである彼女が、黒いゴム・スーツとマスクとフィンに身を包んで、バンガロー62をスパイしていたとは。今夜は特に、電話であんな会話を交わし、彼らの招待を拒絶したあとだけに、前の宿泊者の運命にまつわる自らの新説も相俟《あいま》って、彼女がすぐそこにいるということが、不気味なばかりか、脅威にさえ感じられた。

突然、右手の静かな暗闇で、バルコニーからの細い光がシュノーケルのパイプをとらえた。今度はわたしのほぼ真下だった。恐怖に駆られたわたしは、回れ右をして室内に飛びこみ、すばやく鎧戸を閉めた。バルコニーの明かりを消すと、寝室と浴室を隔てる壁を背に立って、耳をすませた。すぐ脇の鎧戸からすうっと風が入ってくる。永遠とも思える時が経ったころ、ようやく待ち受け、恐れていた音が耳を打った。バルコニーをシュッシュッと移動する足音、ぎこちない手さぐり、そして荒い息遣い。わたしの立つ壁際からは何も見えないが、音は鎧戸の隙間から流れこんでくる。わたしにはわかった。彼女がそこにいる。掛け金をつかみ、ぴったりしたゴムのスーツから水を滴らせている。そして、仮にわたしが「なんの用だ？」と叫んでも、彼女には聞こえない。水中用の補聴器は存在しない、聞こえない耳のための装置はないのだ。夜間、彼女が何をしているにせよ、その活動は視覚と触覚をたよりに行われているにちがいない。

彼女は鎧戸をガタガタ揺すりはじめた。わたしは黙殺した。彼女はふたたびガタガタやった。それから呼び鈴に気づいたのだろう、鋭いベルの音が神経に触れる歯科医のドリル並みに強烈に頭上の空気を貫いた。彼女は三回、呼び鈴を鳴らした。つづいて静寂が訪れた。鎧戸を揺する音はもうしない。息遣いも聞こえない。しかし、黒いゴム製のスーツから水を滴らせながら、彼女はいまもバルコニーにしゃがみこみ、わたしがこらえきれなくなるのを、外に出ていくのを待っているのかもしれない。

壁際からそろそろ離れ、わたしはベッドに腰を下ろした。バルコニーはしんとしている。鎧戸を揺する音がまた始まるのでは？　あるいは、呼び鈴が鋭く鳴るのでは？　半ばそんな期待をしつつ、思い切ってベッド脇の明かりをつけてみた。しかし何も起こらない。時計に目をやった。十二時半。わたしはそのままベッドの上で背を丸めていた。眠気で鈍っていた精神はいまや恐ろしいほど覚醒し、不吉な予感でいっぱいになっている。あのなめらかな黒い人影に対する恐怖が刻一刻とふくらんでいき、そのために良識も理性もどこかに行ってしまったようだ。ゴム製のスーツのあの人物が女であるがゆえに、わたしの恐れはより激しく、より不合理なものとなっていた。彼女は何がほしいのだろう？

理性がよみがえるまで、わたしは一時間以上そこにすわっていた。彼女はもういないだろう。ベッドから立ちあがり、鎧戸のところに行って、耳をすませた。物音はしない。下の岩棚に波がひたひた打ち寄せているばかりだ。静かに静かに掛け金をはずし、鎧戸の隙間から外をのぞいてみる。そこには誰もいなかった。わたしはさらに大きく鎧戸を開け、バルコニーに出た。

入江のほうに目をやると、バンガロー38のバルコニーにもう明かりは輝いていなかった。鎧戸の下の小さな水たまりは、一時間前そこに人が立っていた確かな証拠だが、階段を下りて岩棚に向かう濡れた足跡は、彼女が来た道を引き返していったことを示していた。わたしはほっと安堵のため息をついた。これで安心して眠れる。

足もとの物が目に入ったのは、そのときだった。それは鎧戸のすぐ前に置かれていた。わたしは身をかがめて拾いあげた。小さな包み。防水布にくるまれている。包みを持ってなかに入り、ベッドにすわって調べてみた。もしやプラスチック爆弾では？ そんな馬鹿げた考えが頭に浮かんだ。しかし水中を運ばれれば、その威力は失われるにちがいない。包みはより糸を使って十字縫いで綴《と》じられていた。持った感じは、ずいぶん軽かった。わたしは古いことわざを思い出した。「ギリシャ人の贈り物には気をつけろ」しかしストール夫妻はギリシャ人ではない。それに、彼らが略奪を働いた〝失われたアトランティス〟がどんなものにせよ、その手の場所の埋蔵物に爆弾は含まれていない。

わたしはより糸を爪切りで切って一本ずつ抜いていき、防水布の包みを開けた。目の細かいネットがなかの品物を覆い隠しており、これを開くと、ついにてのひらの上に包みの中身が現れた。それは、しっかり持てるよう両側に取っ手のついた、赤っぽい色合いの小さな水差しだった。この種の物なら前にも――確か正しい名前は角杯《リュトン》だ――博物館のガラスケースに飾られているのを見たことがある。水差しの胴部は、巧妙に成形され、男の顔になっていた。耳は縦長でホタテ貝に似ており、飛び出た目と丸い鼻が嫌味な笑いに開かれた口の上に突き出している。口髭は垂れ下がって、底部を形作る丸まった頬髭につながっていた。上部の取っ手のあいだには、意気揚々と歩く三人の男の姿が彫刻されていた。彼らの顔はリュトン本体の顔と似ているが、人間との類似点はそこ止まりだった。というのも、彼らには手足の代わりにひづめがあって、毛深い臀部からは馬の尾が伸びていたからだ。

わたしはその物体をくるりと回した。反対側からも同じ顔が笑いかけていた。上部には、やはり意気揚々と歩く三人の像が彫られている。見たかぎりでは、注ぎ口のかすかなしみ以外、ひびや傷はひとつもなかった。杯のなかをのぞくと、底にメモが見えた。手を入れるには口が狭すぎたので、わたしはメモを振り落とした。それは無地の白いカードで、文章がタイプされていた。「シレノス。地上に生まれたサテュロス。半人半馬。真実と偽りを見分けることができない。酩酊の神ディオニュソスをクレタ島の洞窟で女の子として育て、その後、彼の酔いどれの師となり、仲間ともなった」

それで全部だった。他には何も記されていない。わたしは杯のなかにメモをもどし、杯自体は部屋の向こう端のテーブルに置いた。そうしてもなお、あの好色そうなあざけるような顔はわたしを横目で見返しており、意気揚々と歩く三人の像は杯の上部にくっきり浮き出していた。ひどく疲れていて、また包装するのはとても無理だったので、わたしは杯に上着をかぶせ、ベッドにもぐりこんだ。朝になれば、品物を包み直してウェイターに託し、バンガロー38に届けさせるという面倒にも向き合えるだろう。ストールは——どれほどの価値のものかは知らないが——彼のリュトンを持っていればいい。どうぞうまくやってくれ。こっちはあんなものはほしくない。

疲れ果て、わたしは眠りに落ちた。しかし、ああ、すべて忘れてというわけではない。つぎつぎ展開された夢、抜け出そうとあがいたのに抜け出せなかった夢は、どこかよその未知の世界で起きていることであり、それでいながら、わたし自身の世界とおぞましくからみあっていた。新学期が始まっていたが、わたしの教える学校は森に囲まれた山の頂にあり、それでも校舎は同じもので、教室もいつものわたしの教室だった。わたしの生徒たち、あの見慣れた顔ぶれ、わたしのよく知る少年たちは、髪に葡萄の葉を飾っており、魅力的であると同時に退廃的なこの世ならぬ不思議な美しさをそなえていた。彼らは笑顔でわたしに駆け寄ってきた。わたしは少年たちを抱擁した。彼らの与える歓びは、かつて経験したことも想像したこともない、甘く危険なもので、彼らのあいだを歩き回り、ともに遊び戯《たわむ》れる男は、わたし自身ではなく、わたしの知る自分ではなく、リュトンから出現した悪霊の影であり、それがスピナロンガの砂嘴で見たストールのように得々と歩き回っているのだった。

何世紀とも思える時間が過ぎ、ようやくわたしは目を覚ました。なんと、鎧戸の隙間からは昼間の明るい光が射しこんでおり、もう十時十五分前だった。頭はずきずき痛んでいた。吐き気もしたし、消耗もひどかった。わたしは電話でコーヒーをたのみ、それから入江に目をやった。例のボートは桟橋につながれていた。ストール夫妻はまだ釣りに出かけていないらしい。たいてい九時までには出発するのだが。わたしは上着の下からリュトンを取り出すと、ネットと防水布で不器用にくるみはじめた。ひどい出来ながらどうにか作業を終えたとき、ウェイターが朝食の盆を手にバルコニーに現れた。彼はいつもの笑顔で、おはようございます、と言った。

「ちょっとたのまれてくれないかな」わたしは言った。

「いいですとも」ウェイターは答えた。

「ミスター・ストールに関係あることなんだ」わたしはつづけた。「彼は入江の向こうのバンガロー38を借りているんだろう？　毎日釣りに出ておいでだが、きょうはまだボートが桟橋につながれたままだね」

「驚くには当たりません」ウェイターはにっこりした。「ストールご夫妻は今朝、車でここを出られましたので」

「なるほど。おもどりがいつか知っているかい？」

「もうおもどりにはなりません。おふたりはお発ちになったんです。空港まで車で行って、そこからアテネに向かうそうです。あのボートをご利用になりたいなら、きっといまなら空いていますよ」

ウェイターは庭園へと下りていった。防水布に包まれたリュトンは、相変わらず朝食の盆の横に置かれたままだった。

バルコニーには早くも太陽がぎらぎら照りつけていた。ひどく暑い日になりそうだった。絵を描くには暑すぎるくらいに。どのみち、わたしはそんな気分ではなかった。前夜いろいろあったおかげで、疲れ、げんなりし、妙な虚脱感に囚われていた。その原因として大きいのは、鎧戸の向こうにいた侵入者より、延々つづいたあの夢だった。わたしはストール夫妻からは解放されたかもしれないが、彼らの遺したものからは逃れられていないのだった。

　わたしはもう一度包みを開け、例の杯を手のなかでひっくり返した。あざけるようににやついたその顔は、実に不快だった。それが、ストールに似ているというのは、単なる妄想ではなかった。それこそ、あの男がリュトンをわたしに押しつけた強力かつ邪悪な動機なのだ。疑いの余地はない。電話口のあの笑いをわたしは覚えている。もし彼がそのリュトンと同等、もしくは、それ以上の価値のお宝を複数持っているのだとすれば、ひとつくらい人にくれても惜しくはないだろう。しかし税関でそれらを通過させるのは、アテネでは特に、むずかしいのではないか。そういったことに対する罰金は高額なはずだ。あの男に手づるがあること、手法がわかっていることはまちがいない。

　わたしはリュトン上部の踊っている像たちを見つめ、それらとスピナロンガの浜を歩いていたストールとの相似に改めて圧倒された。毛むくじゃらの裸体といい、突き出た尻といい、本当にそっくりだ。半人半馬。サテュロス……「シレノス。神、ディオニュソスの酔いどれの師」

　その杯は醜悪で忌《いま》わしかった。おかしな夢を見たのも無理はない。あれはわたしの本性とは相容れないものだ。だが、ストールの本性とはどうなのだろう？　彼もまた杯の獣性に気づいたが、そのときはもう遅すぎたなどということがあるだろうか？　バーテンは、あの男が身を持ちくずし、深酒するようになったのは、今年からだと言っていた。彼の飲酒と杯の発見とのあいだには因果関係があるにちがいない。ひとつだけはっきりしていることがある。この杯は手放さねばならない。でもどうやって？　ホテルのフロントに持っていけば、あれこれ訊ねられるだろう。昨夜バルコニーで見つけたと言っても、信じてもらえるかどうか。彼らは、わたしがそれをどこかの遺跡から拾ってきて、国外へこっそり持ち出すかこの島のどこかで売りさばくかしようとし、結局、二の足を踏んだものと考えるかもしれない。では、どうする？　海岸ぞいに車を走らせ、放り捨てるのか？　何世紀も前の、おそらくはきわめて貴重なリュトンを？

　わたしはそれを上着のポケットにしまいこみ、庭園を抜けてホテルへと向かった。バーに人《ひと》気《け》はなく、バーテンがカウンターの奥でグラスを磨いていた。わたしは彼の前のスツールに腰を下ろし、ミネラルウォーターをたのんだ。

「きょうは遠出しないんですか？」バーテンは訊ねた。

「とりあえずはね」わたしは答えた。「あとで出かけるかもしれない」

「ひと泳ぎして涼んだあと、バルコニーでお昼寝するといいですよ」彼はすすめた。「それはそうと、お客様にお渡しするものがあるんです」

　バーテンはかがみこんで、ねじ蓋のついた小さな瓶を取り出した。なかには、ビター・レモン（レモン風味の炭酸飲料）のようなものが入っていた。

「昨夜、ストール様があなた様にと置いていかれたんです。こちらで真夜中近くまでお待ちになっていたんですが、お客様がおいでにならなかったものですから。それでわたしが、いらしたときにお渡しするとお約束したわけです」

わたしは疑いの眼で瓶を見つめた。「なんだい、これは？」

バーテンはにっこりした。「あのかたがバンガローで造った飲み物です。なんの害もありませんよ。わたしと家内にも一本くださったんですが。家内が言うには、ただのレモネードだそうです。あのすごいにおいのやつは、捨ててしまったんでしょうね。ちょっと味見してください」止めるまもなく、彼はわたしのミネラルウォーターにそれを少し注いでしまった。

ためらいがちに、用心深く、わたしはグラスに指を入れ、その液をなめてみた。それは子供のころ、母がよく作っていた大麦湯に似ていた。味があまりない点も同じだ。しかし……それは口蓋と舌に一種の後味を残した。ハチミツほど甘くはなく、葡萄ほど酸っぱくなく、でも快い、日射しを浴びた干し葡萄に、熟しかけた麦の穂を混ぜたような不思議な香りを。

「まあいいか。では、ミスター・ストールの健康回復を祝して」そう言って、わたしは男らしく薬を飲んだ。

「ひとつだけ確かなことがあります」バーテンが言った。「わたしは最高のお得意様を失ったわけです。あのご夫妻は今朝早くここを発たれましたのでね」

「うん。ウェイターから聞いた」

「とにかく、ミセス・ストールはご主人を病院に入れることですね」バーテンはつづけた。「あのかたはご病気なんです。飲酒の問題だけじゃなく」

「どういうことだい？」

バーテンは額をたたいた。「ここがおかしいんですよ。あのかたの振る舞い、ごらんになったでしょう？　何かに心を囚われている。ある種の強迫観念ですかね。来年はもうあのおふたりの姿は見られないんじゃないでしょうか」

わたしはミネラルウォーターを口にした。その味は確かに、大麦の風味のおかげでよくなっていた。

「彼の仕事はなんだっけ？」わたしは訊ねた。

「ストール様ですか？　そう、アメリカのどこかの大学で古典文学の教授をしていたとおっしゃっていましたね。本当かどうかはわかりませんが。とにかく、ここの勘定を払うのも、船方を雇うのも、あれこれ手配するのも、全部奥様でね。人前でののしったりしていましたが、奥様がたよりだったんじゃないですか。でもときどき、どうなのかなと思いましたよ……」

彼は急に口をつぐんだ。

「どうなのかなって何が？」わたしは促した。

「そうですね……あの奥様は多くのことに耐えているわけでしょう？　あのかたがご主人を見つめるのをときどき目にしたんですが、あれは愛のまなざしじゃないですよ。あの年ごろの女性は、ある種の充足を求めるものですよね。おそらくあのかたは、どこかよそでそれを見つけたんじゃないでしょうか。ご主人のほうは、古代遺物と酒にのめりこんでいましたし。ストール様はギリシャや周辺の島やこのクレタ島で、かなりの数の遺物を見つけたんですよ。コツさえつかめば、そうむずかしいことじゃないのでね」

バーテンはウィンクした。わたしはうなずいて、もう一杯ミネラルウォーターを注文した。

バーの暖気のせいで喉が渇いていた。

「沿岸にはあまり知られていない遺跡もあるのかい？」わたしは訊ねた。「つまり、ボートで行って上陸できるような場所ということだが」

思い過ごしかもしれないが、バーテンがわたしの視線を避けたような気がした。

「さあ、どうですか」彼は言った。「たぶんあるでしょうが、管理人みたいな者がいるでしょうね。当局の把握していない遺跡があるとは思えません」

「難破船はどうかな？」わたしは追及した。「何世紀も前に沈んだ船で、いまも海底にあるようなやつは？」

バーテンは肩をすくめた。「確かに地元にはいろいろな噂がありますよ」彼はさりげなく言った。「何世代も語り継がれている物語がね。でもそのほとんどは迷信です。わたし自身は信じたことがありませんし、教育のある者は誰も信じちゃいないでしょう」

しばらくのあいだ、彼は黙ってグラスを磨いていた。わたしは、しゃべりすぎただろうかと思った。「ときどき小さな物が見つかっていることは、誰もが知っています」彼はささやいた。「すごい価値の品物が出てくる場合もありますよ。そういう品々は国外に密輸されるか、リスクが大きい場合は、国内の専門家に譲られ、大金が支払われるわけです。村にはわたしの従兄がいて、そいつは地元の博物館にコネがあります。〝底なしの池〟の前にあるカフェの主人ですが。ストール様は、その従兄の得意客でした。パピトスっていう男ですがね。実は、ストール様の借りていたボートは、その従兄のものなんです。彼はこのホテルの宿泊客にボートを貸していんですよ」

「なるほど」

「ですが、あの……お客様は蒐集家ではないんですよね。古代遺物にご興味はないでしょう？」

「そう、わたしは蒐集家ではない」

わたしはスツールから立ちあがり、バーテンにごきげんようと言った。あの小さな包みでポケットが出っ張ってはいないかと気になった。

わたしはバーをあとにし、ふらりとテラスに出た。好奇心がわたしを攻め立て、ストール夫妻のいたあのバンガローの桟橋へと向かわせた。バンガローの清掃とかたづけがすんでいるのは明らかだった。バルコニーはきれいになり、鎧戸は閉まっている。最後の借り手の痕跡はもうどこにもなかった。きっとここはきょうのうちに、どこかのイギリス人一家のために開けられ、その連中があたりを水着で散らかすのだろう。

ボートはいつもの場所に繋留されており、ギリシャ人の船方がその舷側にモップをかけていた。わたしは入江の向こう側に目を向け、初めてストールの視点から自分のバンガローを眺めた。これまで以上に明々白々に思えたが、ここに立って双眼鏡をのぞいていたとき、あの男はわたしを侵入者、スパイとみなしていたにちがいない。いや、それどころか、チャールズ・ゴードンの死の真相をさぐるためイギリスから送りこまれた何者かだと思ったかもしれない。出発前夜に贈られたあの杯は、挑戦状なのか、賄賂なのか、それとも、呪いなのだろうか？

そのときボート上のギリシャ人が立ちあがり、こちらに顔を向けた。それはいつもの船方ではなかった。背を向けているあいだは気づかなかったが、別の人間だ。ストール夫妻にずっと同行していた男は、もっと若く、色黒だった。この男ははるかに年がいっている。わたしは、バーテンがボートは自分の従兄のものだと言っていたのを思い出した。確か、〝底なしの池〟の前のカフェをやっているパピトスというやつだ。

男は桟橋に上がって、わたしの前に立った。

「失礼」わたしは呼びかけた。「あなたがそのボートの持ち主かな?」

「ニコライ・パピトスはわたしの兄だ」彼は言った。「入江をひとまわりしないか? 外にたくさんいい魚いる。きょう風ない。海とても静か」

「釣りをしたいわけじゃないが」わたしは言った。「一時間かそこら出かけてもいいね。それでいくらになる?」

男はドラクマで料金を告げ、わたしはすばやく計算した。一時間なら二ポンド以内に収まる。しかし岬を回って、海岸ぞいにスピナロンガの地峡のあの砂嘴まで行くなら、確実にその二倍はかかるはずだった。紙幣は充分あるだろうか。それとも、フロントにもどってトラベラーズ・チェックを換金しなければならないだろうか。確認のため、わたしは財布を取り出した。

「ホテルにつければいい」こちらの考えを読みとったと見え、男が急いで言った。「費用は勘定につく」

それで決心がついた。かまうものか。これまでのところ、余分な支出はわずかなのだ。

「いいだろう」わたしは言った。「二時間たのむよ」

バタバタというエンジン音とともに入江を渡っていくのは、なんとも奇妙な感じだった。これはストール夫妻が何度もしてきたことなのだ。背後にはバンガローの列が、右手後方には波止場があり、前方には青く大きく湾が広がっていた。わたしには明確なプランなどなかった。理由はわからないが、とにかくわたしは、前日ボートが停泊していたあの沿岸の入江に引き寄せられていた。「あの難破船は何世紀も前にきれいに漁りつくされてる……」ストールはそう言っていた。あれは本当なのだろうか？　実は、過去数週間、あの場所は来る日も来る日もストールの狩り場となっていて、ダイバー役の妻が海底から水の滴る宝物を持ち帰っては、彼の手に渡していたのではないだろうか？　やがてボートは岬を回り、それまでわれわれを護っていた入江のふところを離れていった。そよ風はより新鮮に感じられ、小さく波打つ海をかき分けて進むにつれ、ボートもさらに活気づいた。

スピナロンガの長い地峡は左手前方に横たわっていた。船方への説明にはちょっと苦労した。わたしは、塩の平地《ソルトフラッツ》に接する比較的穏やかな水域に入るのではなく、そのまま、大海原に面した地峡の岸にそって進んでほしいのだと告げた。

「釣りしたいね？」エンジンの轟きに負けじと船方は声を張りあげた。「あそこにいい魚いる」彼は、前日のあのソルトフラッツを指さした。

「いやいや」わたしは叫び返した。「このまま岸ぞいに進んでくれ」

船方は肩をすくめた。わたしに釣りをする気がないのが信じられないのだ。わたしは思案に暮れた。目的地に着いたら、ボートを岸に寄せて停泊させるのに、どんな口実を設ければいいだろう？　船の揺れで気分が悪くなってきた、とでも言おうか――これならまあ、説得力がありそうだ。

　突然、前日わたしの登った丘が舳先の向こうに現れた。つづいて、細長く伸びた陸地を回ると、あの入江と、岸辺の小屋が。

「あそこに」わたしは指さした。「岸に寄せて停泊してくれないか」

　船方は当惑顔でまじまじとわたしを見つめ、それから首を振った。「だめだ」彼は叫んだ。「岩、多すぎる」

「馬鹿な」わたしはどなった。「きのう、ホテルから来た人たちがここに停泊しているのを見たぞ」

　船方はいきなり減速し、おかげでわたしの声は馬鹿みたいに大きく響き渡った。ボートは小さな波の谷間をぷかぷかと上下した。

「場所が悪い」彼は頑強に繰り返した。「難破船がある。海底、危ない」

　やはり難破船があるのだ……わたしは気持ちが高ぶるのを感じた。邪魔されてなるものか。

「そんなことは知らない」わたしは負けず劣らずきっぱりと答えた。「とにかく、このボートはここに停泊していたんだ。あの入江のすぐそばに。この目で見たんだからな」

　船方はぶつぶつと何かつぶやき、十字を切った。

「錨なくしたら、どうする？」彼は言った。「兄のニコライになんと言う？」

　静かに、ゆっくりゆっくりと、彼はボートを入江に向けた。それから、小声で悪態をつきながら舳先へと移動し、外に錨を放り出した。錨が定着するまで待つと、またもどってきて、エンジンを切った。

「岸のそば、行きたいなら、ゴム・ボートで行ってもらう」彼はむっつりと言った。「ふくらませてあげよう」

船方はふたたび前に行き、航空海上救難隊の船舶で使われる、あの空気でふくらますゴム製のやつを引っ張りだした。

「いいだろう」わたしは言った。「ゴム・ボートで行くよ」

実はそのほうがこっちも好都合だった。岸の近くを漕ぎまわれるし、ずっとそばで見られている鬱陶《うっとう》しさもない。それでもわたしは、チクリと言わずにはいられなかった。「きのうこのボートを操っていた男は、なんの問題もなく、岸のもっと近くに停泊させていたがなあ」

船方は、ゴム・ボートをふくらませる作業を中断した。

「そいつが兄のボート危なくしたいなら、それはそいつの勝手だ」彼はそっけなく言った。

「きょうはわたしがボート見てる。もうひとりは、今朝、仕事に来なかった。だからやつは仕事なくした。わたしは仕事なくしたくない」

わたしは返事をしなかった。もうひとりの男が仕事をなくしたとすれば、それはおそらく、その男がストールの渡したチップをくすねすぎたためだろう。

ゴム・ボートがふくらみ、海に浮かぶと、わたしはそろそろと乗り移って、岸のほうへと漕ぎはじめた。幸い、砂嘴には水の流れがなかったので、うまく上陸してボートを引きあげることができた。あの船方は安全な停泊地から興味深げにこちらを見つめていた。ゴム・ボートに被害が出そうにないとわかると、彼は文句ありげに反対を向き、舳先にうずくまって、物思いにふけりはじめた。もちろん、イギリス人観光客というものの愚かさについて考えているのだろう。

わたしが砂嘴に上がったのは、昨日ボートの停泊していた正確な位置を岸から確かめたかったからだ。思っていたとおり、それは、きょうわたしたちが停泊したところから百メートルほど左の、もっと岸寄りのあたりだった。海はまあ穏やかだから、ゴム・ボートでもちゃんとたどり着けるだろう。わたしは山羊飼いの小屋のほうに目を向けた。昨日の自分の足跡が見える。しかし足跡は他にもあった。新しいやつだ。小屋の前の砂地はかき乱されていた。まるで、何かがそこに置いてあって、その後、わたしのいまいる水際まで引きずられてきたかのように。おそらく、山羊飼いが朝、山羊の群れを連れてここに来たのだろう。

わたしは小屋まで歩いていき、なかをのぞきこんだ。不思議だ……ガラクタの小山、あの雑多な陶器は消えていた。奥の隅には相変わらず空き瓶が並んでいる。その数は三本増え、うち一本はまだ半分中身が残っていた。小屋のなかは暑く、わたしは汗をかいていた。無帽の頭は――予定外の遠出だったため、帽子は愚かにもバンガローに置いてきてしまったのだ――もう一時間近く強い日射しを浴びっぱなしで、喉の渇きは耐えがたいほどだった。わたしは衝動的に行動し、いまその報いを受けているわけだ。考えてみると、馬鹿なことをしたものだ。このままでは脱水症状を起こすかもしれないし、熱射病で倒れるかもしれない。瓶に半分のビールでも何もないよりましだろう。

とはいえ、それが本当に山羊飼いの持ちこんだものならば、そいつが口をつけた瓶から直接飲む気はしなかった。ああいう連中はあまり清潔とは言えない。そのときわたしはポケットの杯のことを思い出した。ふむ、あれにもひとつは取り柄があるわけだ。そう思って、包みから杯を引っ張りだし、そこにビールを注いだ。それがビールとはまったく別物であることに気づいたのは、ひと口ごくりとやってからだった。それは大麦湯だった。ストールがわたし用にバーに置いていった、あの自家製のやつと同じものだ。すると、地元の連中もこれを飲むのだろうか？　害はまったくない。それはわかっていた。バーテン自身も彼の妻も飲んでみたというのだから。

瓶が空になったところで、わたしはもう一度、杯を眺めた。するとどうしたことだろう、あの笑い顔はもうさほどいやらしそうには見えなかった。そこには、前にわたしが見逃していた、ある種の威厳があった。たとえば、顎髭。杯の底部にめぐらされたその顎髭は、完璧な形を成していた。誰とも知れないが、これを創った人物は、その道の達人だったわけだ。わたしは、ソクラテスも、弟子たちとアテネの広場《アゴラ》をぶらつきながら人生を語ったとき、こんな顔をしていたのではないかと思った。そう、ありうることだ。それに彼の弟子たちも、実はプラトンの言うような若者ではなく、わたしの教え子たちのような――昨夜、夢のなかでにこにことわたしを見あげていた十一、二歳の少年たちのような――もっと幼い子供だったのかもしれない。

わたしは、教師シレノスの扇形の耳、丸い鼻、やわらかそうな豊かな唇を手でさぐった。その目はもはや飛び出てはおらず、探求心に満ち、魅力的だった。杯の上部の裸の半人半馬までもが優美さを増していた。それはもう、得々と歩いている姿には見えなかった。彼らは奔放に浮かれ、自由気ままに、歓びに満ちあふれ、手をつないで踊っているようだった。わたしがあれほどこの杯に嫌悪感を抱いたのは、真夜中の侵入者に対する恐怖のせいだったにちがいない。

わたしはもとのポケットに杯をしまい、小屋を出て、砂嘴の上をゴム・ボートまで歩いていった。もしもわたしが、地元の博物館にコネがあるパピトスとやらを訪ね、この杯の値踏みをたのんだら、どうなるだろう？　もしも杯に何百、いや、何千ポンドという価値があり、その男がそれを売りさばけるとしたら？　あるいは、ロンドンの買い手をわたしに教えられるとしたら？　ストールは始終こういうことをやり、まんまと成功しているにちがいない。少なくともあのバーテンは、そうほのめかしていた……わたしはゴム・ボートに乗りこみ、岸辺から漕ぎ出した。そうしながら頭のなかでは、ストールのようにたっぷり金を持つ男と自分自身との差について考えていた。彼はあのとおり、槍で突いても貫けない分厚い皮膚のケダモノで、合衆国の自宅にもどれば、その棚には略奪品がところ狭しと並んでいる。一方わたしはと言えば……薄給に甘んじて小さな男の子たちを教えているわけだが、それはいったいなんのためだ？　モラリストどもは、幸せは金では買えないと言うが、連中はまちがっている。もしストールの四分の一でも財産があれば、わたしは引退し、外国で暮らせるのだ。たぶんギリシャのどこかの島で、そして冬はアテネかローマのアトリエで。きっとまったく別の人生が開けるだろう。それもちょうどいい時期、中年に差しかかる前にだ。

わたしは岸辺を離れ、前日のボートの停泊場所と見られる位置へと向かった。それから、ボートを止めて、櫂《かい》を引きこみ、海中をのぞきこんだ。水は薄い緑色で、透き通っていたが、何尋もの深さがあることは確かだった。というのも、金色の砂地を見おろすと、その海底はわたしの知る世界とはかけ離れた別世界の静謐《せいひつ》さをたたえていたからだ。きらきら輝く冴えた銀色の魚の群れが、アフロディーテを飾るにふさわしい珊瑚《さんご》色の髪のほうへ身をくねらせて泳いでいったが、実はそれは、岸へと寄せる潮流に従って静かにたゆたう海草なのだった。陸地ならばただの丸い石にすぎなかったであろう小石が、ここでは宝石さながらにまばゆくきらめいている。錨を下ろしたボートの彼方でさざなみを立てるそよ風もこの深みには届かず、海面をなでるばかりだった。凪にも潮にも流されず、ゆっくりと輪を描き、漂いつづけるボートの上で、わたしは思った。耳の聞こえないストール夫人を海中遊泳に引きつけたのは、この動きそのものなのではないだろうか。埋蔵物は単なる口実、夫の欲を満たすためであり、この深い海の底で、彼女は耐えがたいものであったにちがいない日常から解放されていたのだろう。

わたしは遠のいていく砂嘴の上の丘を見あげた。すると、何かがきらりと光るのが見えた。それはガラスに反射した一条の光だった。そのガラスが動いた。誰かが双眼鏡でわたしを見ているのだ。わたしは櫂にもたれて目を凝らした。ふたつの人影がこっそりと崖っぷちから離れていったが、それが誰なのかはすぐにわかった。ひとりはストール夫人、もうひとりは、ストール夫妻の船方を務めていたあのギリシャ人の男だ。わたしは停泊しているボートをちらりと振り返った。わたしの船方は相変わらず海を眺めている。彼は何も気づいていなかった。

これで小屋の外に足跡があったわけがわかった。ストール夫人は、あの船方を連れて、最後にもう一度小屋を訪れ、ガラクタを始末したのだ。そしていま、彼らは任務を完了し、ふたたび車に乗りこんで空港に向かおうとしている。海岸ぞいの道を来たことで何キロか遠回りになるが、アテネ行きの午後の便に乗るつもりだろう。しかし肝心のストールは？　眠っているにちがいない。ソルトフラッツに駐めた車の後部座席で、ふたりがもどるのを待ちながら。

あの女をまた見たせいで、この遠征に対する深い嫌悪感がこみあげてきた。こんなところまで来なければよかったと思った。それにわたしの船方が言っていたことは本当だった。ゴム・ボートはいま岩の上を漂っている。隠れ岩の海嶺が岸からここまでずっとつづいているにちがいない。海底の砂は質感が変わり、黒っぽくなっていた。わたしは両手で目を囲い、水面に顔を寄せて海中をのぞきこんだ。と突然、分厚い殻をかぶった巨大な錨が目に映った。そのアームは、何世紀分もの貝やフジツボにびっしりと覆われていた。そしてゴム・ボートが漂ううちに、長く埋もれていた船本体の骨格も姿を現した。それは砕け、帆柱を失い、甲板は仮にかつてあったとしても、とうの昔に崩壊するか破壊されるかしていた。

ストールの言葉に嘘はなかった。船の骨格はきれいに漁りつくされていた。その骸骨に価値あるものが残されているわけはない。水差しも、壺も、きらめくコインも。束の間、風が水面にさざなみを立てた。そしてふたたび水が澄みわたり、すべてが静かになったとき、わたしは、骸骨と化した舳先のそばの第二の錨を目にした。そして死体を。その両腕は大きく開かれ、脚は錨の牙《きば》に囚われていた。揺れ動く水が死体に命を与え、それはまるで自由になろうと必死にあがいているように見えた。しかしそうして囚われていては、脱出など永遠に望めない。数多の昼と夜が過ぎ、何カ月、何年もの時が流れ、その肉はゆっくりと溶け去って、あとには錨に刺し貫かれた骸骨だけが残るのだろう。

それはストールの死体だった。頭も、胴も、四肢も、潮の流れのままにゆらゆらと揺れており、グロテスクで、とても人のものとは思えなかった。

もう一度、丘の頂を見あげたが、あのふたつの人影はとうの昔に消えていた。そのとき、恐ろしい閃《ひらめ》きとともに、ここで起きたことが鮮やかな映像となった。意気揚々と砂嘴を歩き回り、半パイント瓶を口もとに運ぶストール。彼を殴り倒し、水際へと引きずっていくふたり。そして、溺れるストールを、海中の最後の休息所、わたしの真下のあの場所へと曳行し、分厚い殻をかぶった錨で釘付けにしたのは、彼の妻だった。ストールの運命を知る者はわたし以外誰もいない。しかし、彼女が夫の失踪についてどんな嘘をつこうとも、口は固く閉ざしておこう。わたしにはなんの責任もないのだから。罪悪感が次第にふくらみ、わたしをさいなむかもしれないが、それでも絶対にかかわりあってはならない。

すぐそばで喉をつまらせたような音がした。いま思えば、それはショックと恐怖に駆られたわたし自身の声だったのだが。わたしは櫂で水をかき、難破船のそばを離れて、ボートへと向かった。するとそのとき、腕がポケットの杯をかすめた。突然、パニックに襲われ、わたしは杯を引っ張りだして海に放りこんだ。そのさなかにも、そうしたところで無駄なことはわかっていた。杯はすぐには沈まず、海面にぷかぷかと浮いていたが、やがて、トウヒとツタの風味のあの大麦湯のように淡い、透き通った緑の海水に少しずつ満たされていった。無害ではなく邪悪な、良心を殺し、知力を鈍らせる、笑顔の神ディオニュソスの安酒——彼に従う者たちを飲んだくれにしたあの酒は、遠からず新たな犠牲者をとらえるだろう。腫れた顔のなかの目がじっとわたしを見あげている。それは、半人半馬の教師、シレノスの目であると同時に、溺れ死んだストールの目でもあり、また、わたしがまもなく鏡で見ることになる、わたし自身の目でもあった。その目は奥底にあらゆる知識を、そして絶望感を、秘めているようだった。

Not After Midnight

ボーダーライン

彼はここ十分ほど眠っている。そう、まだせいぜい十分だろう。その少し前、シーラは父のなぐさみに古い写真のアルバムを何冊か書斎から持ち出し、ふたりは一緒にそれを見ながら笑い合った。彼はずいぶんよくなったように見えた。看護婦も、これならばと気をゆるめ、午後いっぱい患者の世話はその娘に任せて散歩に出かけた。患者の妻、マネー夫人はこっそり抜け出して、車で村の美容院に行っている。医者がもう峠は越えたと言って、みんなを安心させたのだ。あとは、あせらずゆっくり静養するだけです、と。

　シーラは窓辺に立って、庭を見おろしていた。もちろん、父が望むかぎり、彼女はずっと家にいるつもりだ。いや、病状に少しでも不安があるなら、父を置いていくなんて耐えられない。ただ、問題は、今度のシェイクスピア劇の連続公演で主役をやらないか、と〈シアター・グループ〉が言ってきていることだ。この話をことわったら、そんなチャンスはもう二度とめぐってこないかもしれない。ロザリンド……ポーシャ……ヴァイオラ——ヴァイオラ役は、とりわけ楽しいだろう。偽装のマントに隠した切ない恋心、役者魂をそそる欺瞞《ぎまん》に満ちた世界（シェイクスピアの『十二夜』のこと。ヴァイオラという娘が男装してシザーリオと名乗ることと、彼女の双子の兄が現れることから、混乱が起こるラヴ・コメディ）。

覚えずほほえんだ彼女は、髪をかきあげ、小首をかしげ、一方の手を腰に当てて、シザーリオのしぐさをまねた。と突然、ベッドのほうで音がし、父が起きあがろうともがいているのが目に入った。恐れと驚きの色を浮かべ、父はシーラを凝視していた。そして彼は叫んだ。「ああ、まさか……ああ、ジニー……なんてことだ！」シーラはベッドに駆け寄った。「どうしたの、パパ、どうしたの？」父は首を振り、彼女を払いのけようとした。それから、あおむけに枕に倒れ、シーラは父が死んだことを知った。

部屋を飛び出し、看護婦の名を呼び立てて、やがて思い出した。看護婦は散歩に行ったのだ。もしかすると、野原の彼方まで行ってしまったかもしれない。シーラは階下に駆けおり、母親をさがした。ところが家のなかは空っぽで、ガレージのドアが大きく開け放たれていた。母は車でどこかに行ったにちがいない。でもどうして？　何をしに？　出かけるなんて言っていなかったのに。シーラは玄関ホールの電話を震える手で取り、医者の番号を回した。だがカチリと音がしたとき、応答したのは医者自身ではなく、録音された彼の声だった。抑揚なく、機械的に、その声が言う。「はい、ドクター・ドレイです。五時まで電話に出られません。あなたのメッセージは録音されます。それでは、どうぞお話しください……」それから、チクタクと音がした。ちょうど電話の時報で案内の声が言うときのように――「二時四十二分二十秒をお知らせします……」

シーラは受話器をたたきつけ、電話帳を必死でめくってドクター・ドレイのパートナーの番号をさがしはじめた。それは最近、診療所に来た若い医師で、シーラはその男をろくに知りもしない。今度は生の声が応答した。女の声だ。どこかで子供が泣いており、ラジオがガーガー鳴っている。女がいらだたしげに、静かになさいと子供を叱るのが聞こえた。「あの、シーラ・マネーです。グレート・マーズデン、ホワイトゲーツの。先生にすぐ来てくださるよう伝えてください。いま父が亡くなったようなので。看護婦さんは出かけていて、家にはわたししかいないんです。ドレイ先生とは連絡がつかないし」

自分の声がうわずるのがわかった。女が即座に、同情をこめて、答える。「すぐ主人に連絡をとりますわ」そう言われてしまえば、もう何を説明する余地もない。口をきくことができず、彼女はただ電話に背を向け、ふたたび階段を駆けあがって寝室にもどった。父はなおも驚愕の表情を浮かべたまま、さきほどと同じ格好で横たわっていた。シーラはそのかたわらに行ってひざまずき、彼の手にキスした。涙が頬を伝っていく。「どうして?」彼女は自問した。「何があったの? わたしが何をしたっていうの?」大声をあげ、〝ジニー〟と愛称で彼女を呼んだ、あのときの父。あれは目覚めたとたん痛みに襲われたという感じではない。そう、ぜんぜんちがう。あの叫びはむしろ非難の叫びであり、彼女が何か信じがたい恐ろしいことをしでかしたと言っているようだった。「ああ、まさか……ああ、ジニー……なんてことだ!」そして彼は、駆け寄った彼女を払いのけようとし、その直後に死んだ。

耐えられない、とても耐えられないわ。シーラは思った。わたしはどうすればいいの? 涙で目を曇らせたまま、彼女は立ちあがって開いた窓の前に行き、肩越しにベッドを振り返ってみた。しかし同じものはもう見えなかった。父はもう彼女を凝視してはいない。彼はひっそりしている。すでに逝ってしまったのだ。真実の瞬間は永遠に消え、彼女がそれを知ることは決してない。事が起きたのは〝あのとき〟であり、すでに過去に、別次元の時になっている。一方、現在は〝いま〟、父が共有できない未来の一部だ。この現在、この未来は、父にとってはまったくの空白、ベッド脇のアルバムの、埋められる時を待つ白紙の部分のようなものだ。彼女は思う。たとえ、いつものようにわたしの心を読んだとしても、パパがショックを受けたわけはない。わたしが〈シアター・グループ〉であういう役をやりたがっていることは、パパだって知っていたのだ。パパはわたしを励ましてくれたし、喜んでいた。何もいますぐパパを置いて出ていこうと思っていたわけじゃなし……ではあの恐怖、あの驚愕は、なんなのだろう？どうして？　どうしてなの？

彼女は窓の外をじっと見つめた。芝生に散った秋の葉の絨毯《じゅうたん》が、突風にあおられ、鳥の群れさながらに舞い上がって四散したすえ、吹き流され、宙返りし、落下した。かつて親である樹にくっついて芽をふき、夏のあいだ青くつややかに生い茂っていた葉にも、もはや命はない。樹は自らの葉と縁を切り、彼らは気まぐれに吹く風のなぐさみものとなっている。日射しに映える金色の輝きも、ひとたび日が落ちれば失われ、闇のなか、彼らはしなび、乾き、かさかさになる。

車が私道に入ってくる音がした。シーラは部屋を出て、階段の上で待った。だがそれは医者ではなく母だった。母は玄関に入ってきて、手袋を脱いだ。その髪は頭上に高く盛りあげられ、ドライヤーでつややかにぱりっと整えられていた。娘の視線に気づかずに、彼女はしばらく鏡の前でこぼれた巻き毛をなでつけていた。それからバッグから口紅を取り出して唇を塗った。キッチンのほうでドアがバタンと音を立てると、彼女は顔をそちらに向けた。

「あなたなの、看護婦さん？」母は呼びかけた。「お茶でもいかが？　みんなで二階でいただきましょうよ」

そしてふたたび鏡をのぞきこむと、ちょっと首をかしげ、つきすぎた口紅をティッシュで押さえてぬぐった。

看護婦がキッチンから現れた。制服を脱いでいるので、いつもと感じがちがっている。彼女はまだ散歩用に借りたシーラのダッフルコートを着ており、ふだん完璧に整えられている髪もいまはくしゃくしゃだった。

「本当にいいお天気ですね」彼女は言った。「野原をずっと歩いてきたんですよ。おかげで気分がすっきりしました。頭のもやもやが吹っ飛びましたわ。ええ、ぜひお茶にいたしましょう。患者さんはどんな具合です？」

ふたりは過去を生きているのだ、とシーラは思った。もはや存在しない時を。散歩からもどり、頬を上気させている看護婦は、楽しみにしているバターつきスコーンを食べることはないだろうし、シーラの母は、あとで鏡をのぞくとき、高く盛りあげられた髪の下にいまより老けこんだ、やつれた顔を目にするだろう。まるで、思いがけず訪れた悲しみにより直感が鋭くなったようだった。シーラにはすでに、つぎの患者の枕元に付き添っている看護婦の姿が見えた。今度の相手は、人をからかったり、冗談を飛ばしたりするシーラの父とはちがい、不平たらたらの病人だ。一方、シーラの母は、きちんと黒と白で装い（母は黒だけでは暗すぎると考えるだろうから）、お悔やみの手紙への返事を、優先性の高い相手から順番にしたためていた。

そのときふたりが階段の上に立つシーラに気づいた。

「パパが死んだわ」シーラは言った。

上に向けられたふたりの顔が、先刻の父の顔と同じく驚愕をたたえ、しかし恐怖の色、非難の色はなく、じっと彼女を見つめた。そして、先に我に返った看護婦が自分の脇をかすめていったとき、シーラは、丹念に保存され、いまなお美しい母の顔が、ビニールの仮面のようにくしゃっとくずれるのを目にした。


自分を責めてはいけませんよ。あなたにはどうしようもなかったんです。これは遅かれ早かれ起きたことなんですから……。ええ、そうよね、とシーラは思った。だけど、もっと遅くてもよかったんじゃない？　なぜなら、父親の死のあとには、言えなかったことがたくさん残るものだから。たわいなく談笑していたあの最後のひととき、パパの心臓のすぐそばでまるで時限爆弾みたいに瘤《こぶ》が形作られているのをもし知っていたなら、わたしの態度もぜんぜんちがっていたはずだ。きっとパパに抱きつき、せめて十九年間の幸せと愛情に感謝するくらいはしていたろう。ところがわたしは、写真のアルバムをぱらぱらめくりながら、時代遅れのファッションを茶化し、途中であくびを漏らしたりした。あのあくびで、パパはこっちが退屈しているのに気づき、床にアルバムを置いて、こうささやいたのだ。「わたしにかまわんでいいよ。ひと眠りするからね」

死に直面すると、みんな同じように感じるんです、と看護婦は言った。誰もがもっと何かできたはずだと思うんですわ。研修を受けていたころは、わたしもずいぶんくよくよしたものです。もちろん身内の場合は、もっとつらいわけですけれど。あなたは大きなショックを受けたんですよ。でもお母様のためにがんばってしっかりしなくてはね……。お母様のため？　うちのママなら、いまこの瞬間わたしが家から出ていってもへっちゃらでしょうよ。そんな台詞が喉まで出かかった。だってわたしが出ていけば、ママはみんなの注目、みんなの同情を一身に集められるわけですもの。ところがわたしが家にいれば、同情は二分されるのよ。ドクター・ドレイも、パートナーにつづいてようやく現れたとき、母の前でシーラの肩をたたいて言ったものだ。「あなたはお父様の自慢の娘でしたよ。いつもわたしにそう言っておられました」つまり死とは、お世辞を言うべき時なのだ。シーラはそう断じた。あらゆる人があらゆる人に対して、他の時なら決して言う気にならないような慇懃《いんぎん》なことを口にする。代わりに二階に行ってきましょう……電話に出てあげましょう……やかんを火にかけましょうか？　度を越した礼儀正しさ、まるでキモノ姿でお辞儀をする中国人。そして同時に、爆発の瞬間その場にいなかったことに対する言い訳が試みられる。

看護婦曰く（主治医のパートナーに）、「絶対に大丈夫だと思っていなかったら、もちろん散歩になど出ませんでしたわ。それにわたくしは、マネー夫人とお嬢さんがおふたりともおうちにいるものと思いこんでおりましたの。ええ、お薬は差しあげました……云々、云々」

彼女は法廷の証言台に立っているのだ、とシーラは思った。でも、その点はみんな同じだ。

母曰く（やはり主治医のパートナーに）、「看護婦さんが出かけているのをすっかり忘れていたもので。このところ、頭の痛いこと、気のもめることが山ほどありましたでしょう？　それで、ちょっと美容院にでも行ってくれれば、気分転換になるんじゃないかと思いましたの。主人もずいぶんよくなったように見えましたし。まるでもとどおりでしたものね。少しでも不安があったら、絶対に出かけたりしませんでしたわ。主人の寝室を離れもしなかったでしょう。でも考えてもみなかったんです……」

「問題はそこなんじゃないの？」シーラは口をはさんだ。「わたしたちは考えてみなかった。ママも、看護婦さんも、ドレイ先生も。誰より悔しいのは、わたし自身ね。だってわたしは、何があったのかを見た唯一の人間ですもの。パパのあの顔は一生忘れられないでしょうよ」

彼女はヒステリックに泣きながら自室までバタバタと廊下を走っていった。こんなことはもう何年もしていない。家の入口に駐めておいた初めての愛車に郵便自動車が突っこんできて、あの美しい玩具を破壊し、ねじくれた金属の塊にしてしまったとき以来だ。あのふたりもこれで思い知ったろう。胸の内で彼女はつぶやいた。きっとこれで目が覚めて、立派に振る舞おうとしたり、死と潔く向き合ったり、それが慈悲深き解放であり、結局最良のことなのだと解釈したりはできなくなるだろう。ひとりの人間が永遠に去ったことを、みんな実はわかっていない、気にしていない。でも、これは永遠なのよ……

その夜、みなが寝静まったあと――死は故人以外のあらゆる人を消耗させるものだ――シーラは忍び足で父の部屋に行くと、看護婦が気を利かせてかたづけた例のアルバムを見つけ出し、自分の寝室に持ち帰った。きょうの昼下がり、そのアルバムの写真は、引き出しに溜めこまれた古いクリスマスカードと同様、見慣れたものであり、なんの重要性も持っていなかった。しかしいまそれらが、追悼のためテレビ画面につぎつぎ映し出されるスチール写真にも似た、死者の記録となっている。

フリルつきの服を着、口をぽっかり開けた、敷物の上の赤ん坊。クローケーに興じるその両親。第一次世界大戦で死んだおじ。そしてふたたび、父。もう敷物の上の赤ん坊ではなく、半ズボンをはき、自分には大きすぎるクリケットのバットを持っている。遠い昔に死んだ祖父母の家。浜辺の子供たち。荒れ地でのピクニック。そして、ダートマス、何隻もの船の写真。整列した少年たち、若者たち、男たち。子供のころ、たちどころに父を見つけられるのがシーラの自慢だった。「ほら、ここにいる。これがパパ」列の端のいちばん小さな男の子、そしてつぎの写真では、それよりスリムになって二列目に立っており、そこを過ぎると、もう子供ではなく、身長もずいぶんと伸び、急にハンサムになっている。そのあと彼女はいつもすばやくページを繰っていく。つぎの数ページは、人ではなく場所の写真がつづくからだ。マルタ、アレクサンドリア、ポーツマス、グリニッジ。彼女の知らない、父の犬たち。「ほら、こいつがパンチだ……」（パンチはいつも父の船がもどるのを察知し、二階の窓辺で待っていたという）海軍の士官たちがロバに乗っているところ、テニスをしているところ、駆けくらべをしているところ。どれも戦前の写真で、見るたびにシーラはこう思った――「自分たちの運命も知らずに、〝ささやかな犠牲〟たちが遊んでいる」なぜなら、つぎのページは急に悲しいものとなるからだ。父の愛した艦は吹っ飛び、笑っていたあの若者たちの多くが命を落とした。「可哀そうなモンキー・ホワイト、生きていれば提督になっていたろうに」写真のなかの笑みをたたえたモンキー・ホワイトが、太った禿頭《はげあたま》の提督になった姿を思い浮かべ、シーラは心のどこかでこの人が死んでよかったと思う。彼の死は海軍の損失だと父は言うけれど……。そしてまた、士官たち、軍艦、マウントバッテンが艦を訪れた記念すべき日。歓迎の号笛のなか、彼を出迎える指揮官の父。バッキンガム宮殿の中庭。報道カメラマンの前に緊張して立ち、勲章を見せているところ。

「もうすぐおまえが出てくるよ」ページを繰りながら、父はよくそう言った。そして、そんなことは父には言えないが、ひどく馬鹿みたいな、母の正式な肖像写真。父が感心してやまない夜会服を着て、シーラにはおなじみの、あの芝居がかった顔をしている。子供のころ、シーラは父が恋に落ちたということが恥ずかしくてならなかった。そう、男性が恋をしなくてはならないなら、その相手はもっと別な誰か、奥が深くて、謎めいたところのある、非常に賢い女性であるべきで、わけもなくいらだち、誰かが昼食に遅れただけで不機嫌になるようなつまらない女であってはならないのだ。

海軍風の結婚式、勝ち誇った笑みを浮かべる母。その顔もシーラにはおなじみだ。母は思いどおりに事が運ぶと——たいていはそうなるのだが——決まってそういう顔をする。それとは大ちがいの、勝ち誇ったところなどみじんもない、ただひたすら幸せそうな父の笑顔。実際より太って見えるドレスを着た、パッとしない花嫁の付き添いたち。母は自分が食われてしまわないよう、わざとそういう娘たちを選んだのにちがいない。そして、花婿の付き添い、父の友人のニック。彼は父ほどハンサムではない。軍艦上での集合写真ではもっと感じがよいのだが、この写真の彼は横柄に見えるし、退屈そうだ。

ハネムーン、最初の住まい、それから、シーラ自身が登場する。彼女の人生の一部である子供時代の写真。父の膝に乗り、肩車してもらい、幼年期、思春期を通過し、昨年のクリスマスに至る。これはわたしの記録にもなりうるのだ、と彼女は思う。わたしたちはこのアルバムを共有してきた。そしてそれは、パパの撮った、雪のなかに立つわたしの写真と、わたしの撮った、書斎の窓からこちらに笑いかけているパパの写真で終わっている。

またしても彼女は泣きだしそうになった。でもそれは自己憐憫《れんびん》だ。もし泣くのなら、自分のためでなく、父のためでなくてはならない。きょうの昼下がり、父が彼女の退屈を感じとり、アルバムを押しやったのは、なんのときだったろう？　そう、ふたりは趣味の話をしていたのだ。父は、彼女が動かなすぎる、運動不足だと言っていた。

「運動なら劇場で充分しているわよ」シーラは答えた。「他の人を演じることで」

「それはまた別だよ」父は言った。「架空の者であれ現実の者であれ、人間ってやつからはときどき逃げ出さなくてはな。そうだ、いいことがある。わたしがすっかりよくなったら、三人でアイルランドに釣りをしに行こう。ママも元気が出るだろうし、わたしはもう何年も釣りをしていないんだ」

アイルランド？　魚釣り？　シーラが咄嗟に抱いたのは、身勝手な感情、狼狽《ろうばい》だった。そうなると〈シアター・グループ〉でのわたしのプランに支障が出る。彼女は軽口でごまかすしかなかった。

「ママはそういうの大嫌いでしょうに。あの人にすれば、南仏に行ってベラ叔母さんのうちに泊まるほうがずっと楽しいはずよ」（ベラは母の妹で、カップダイユに別荘を持っている）

「まあ、そうだろうね」父はほほえんだ。「でも、わたしにとって療養とはそういうものじゃない。忘れたのかい？　わたしは半分アイルランド人なんだよ。おまえのお祖父《じい》さんはアントリム州の出なんだ」

「忘れてなんかいないわ。でもお祖父様はもう何年も前に亡くなっているし、眠っているのはサフォーク州の墓地なんでしょう？　パパのアイルランドの血なんて、その程度のものよ。向こうにはお友達もいないのよね？」

父はすぐには答えなかった。しばらくして彼は言った。「可哀そうなニックがいるよ」

可哀そうなニック……可哀そうなモンキー・ホワイト……可哀そうなパンチ……自分の知らないどの友人、どの犬のことなのか、シーラは一瞬混乱した。

「結婚式でパパの付き添いを務めた人？」彼女は眉を寄せた。「なんとなくあの人は死んだんだと思っていたわ」

「まあ死んだようなものだな」父はそっけなく言った。「何年か前、車の事故で大怪我をして、片目を失ってね。それ以来、世捨て人のような生活をしているんだ」

「お気の毒に。クリスマスカードも来ないのは、だからなの？」

「それもあるが……可哀そうなニック。非常に勇敢だったが、とにかくイカレていた。紙一重《ボーダーライン》だったからなあ。こっちとしても昇進の候補にはしてやれなくてね、以来、わたしを恨んでいたんじゃないかと思うんだ」

「それはまあ当然よね。わたしだって、親友に却下されたら同じ気持ちになると思うわ」

父は首を振った。「友情と義務はまったく別物なんだよ。わたしは義務を優先させた。世代がちがうから、おまえには理解できないだろう。わたしは正しいことをしたんだ。その点は確かだが、当時はあまりいい気分ではなかったよ。不満を抱いた人間はひねくれることがあるしな。彼は道を踏みはずしたのかもしれない。それが自分のせいかと思うと気が滅入るよ」

「それ、どういう意味？」

「いや、なんでもない。おまえには関係ないことだ。とにかく、その件はとうの昔に終わっているわけだしな。だがときどき思うんだ……」

「何を思うの、パパ？」

「あいつともう一度握手して、幸運を祈ってやれたらと思うんだよ」

ふたりはさらに何ページかアルバムを繰った。シーラがあくびをして、なんとはなしに室内を見回したのは、そのすぐあとのことだ。父は彼女の退屈を察して、ひと眠りすると言った。娘が退屈がったからと言って、心臓発作で死ぬ者などいるわけがない……でも、もしも彼がシーラの登場する悪夢を見たとしたら？　もしもいままた、可哀そうなモンキー・ホワイトやニックや溺れてしまうあの男たちとともに、戦時中の沈みゆく艦のなかにいて、なぜかシーラも一緒にその海にいると思ったとしたら？　夢のなかでは何もかもがごたまぜになる。それはよく知られていることだ。そしてそのあいだじゅう瘤はふくらみつづけていた。ちょうど、時計の機構のなかの余分なオイルのように。針がつまずけば、その瞬間、時計はチクタクいうのをやめる。

誰かが部屋のドアをたたいた。「はい？」シーラは言った。

それは看護婦だった。化粧着を着ているものの、相変わらずプロらしく見える。

「大丈夫かしらと思って」彼女は静かに言った。「ドアの下から明かりが見えたので」

「ありがとう。わたしは大丈夫」

「お母様はぐっすり眠っておられますわ。鎮静剤を差しあげたんです。明日が土曜日なので、月曜まで〈タイムズ〉と〈テレグラフ〉に訃報を出せないと言って、ずいぶん気をもんでいらしたんですよ。本当にしっかりなさっているのね」

この声には、そうした役目を引き受けようとしなかったシーラに対する非難が潜んでいるのだろうか？　そんなことは明日になってからでいいだろうに。そう思ったが、それは口に出さずに、ただこう言った。「悪夢が死の引き金になる可能性はあるのかしら？」

「どういう意味でしょう？」

「父が恐ろしい夢を見ていて、そのショックで死んだ可能性はある？」

看護婦はベッドに近づいてきて、ウールの上掛けを整えた。「わたくしもさっき言いましたし、お医者の先生がたもおっしゃっていましたよね、あれはどのみち起こったことなんです。いつまでもくよくよ考えてちゃいけませんわ。考えたところで、なんにもならないんですからね。あなたにも鎮静剤をあげましょう」

「鎮静剤なんかいらないわ」

「ねえ、お嬢さん、悪いけれど、あなたの態度はちょっと子供じみていないかしら。悲しいのは当然ですけれど、そんなふうに頭を悩ますのは、お父様のお心に何より反することでしょう。もうすべて終わったんですからね。お父様もいまは安らいでおられます」

「安らいでいるなんてどうしてわかるの？」シーラは爆発した。「いまこの瞬間、霊となってすぐそばにたたずんでいるかもしれないのに、自分が死んだことに憤慨して、わたしにこう言っているかもしれないのに――『あのいまいましい看護婦め、薬を余分によこしたんじゃないか？』」

ああ、どうしよう、とシーラは思った。そんなつもりじゃなかった、でも人は傷つきやすい、あまりにも無防備だわ。気の毒に看護婦は、プロの冷静さもどこへやら、化粧着のなかで打ちしおれ、みるみるうちに小さくなって、震えおののく声で言った。「なんてひどいことをおっしゃるの！　わたくしがそんなことをしていないのは、よくご存じでしょうに」

シーラは思わずベッドから飛び出して、看護婦の肩に両腕を回した。

「許してちょうだい」彼女は哀願した。「もちろん、あなたはそんなことしていない。父はあなたが大好きだったし。あなたは父にとって最高の看護婦さんだったわ。わたしが言いたかったのは――」シーラは心のなかで言い訳をさがした。「わたしが言いたかったのは、死んだあと人がどうなるかなんて、誰にもわからないってことなの。彼らは、同じ日に死んだ他の人たちと一緒に、聖ペテロの門の前に行列するのかもしれない。あるいは、地獄落ちが決まった人間の行く恐ろしいナイトクラブに押しこまれるのかもしれないし、ただ霧みたいなもののなかを漂っていて、その霧が晴れてすべてが明瞭になるまでそうしているのかもしれない。いいわ、わたしも鎮静剤をもらう。あなたも一錠飲んでね。そうすればふたりとも朝には元気になるでしょう。それとお願いよ、わたしがさっき言ったことなんか、もう考えないで」

問題は言葉が傷を残すということ、傷は傷痕を残すということだ。鎮静剤を飲んでベッドにもどったあと、シーラは思った。今後、あの看護婦は患者に薬を渡すたびに、本当にこれでいいのかと疑わずにはいられないだろう。ちょうど、ニックを昇進させず、彼に恨みを抱かせたことで、父の良心に疑問符が残っていたように。良心に曇りがあるまま世を去るのはよくない。死ぬ人には警告が与えられるべきだ。そうすれば、不当に扱った相手に「許してください」と電報を打つことができるし、それによって過《あやま》ちは帳消しになり、消滅する。昔の人々が臨終の者のベッドを囲んだのは、このためにちがいない。彼らは遺言によって何か遺してもらおうとしたのではなく、互いに許し合い、悪感情をぬぐい去り、よいこと、悪いことを均《なら》そうとしたのだ。つまりそれは一種の愛なのである。

シーラはあと先を考えずに行動した。本人も承知しているが、この行動様式は今後もずっと変わらないだろう。彼女はそういう性分であり、家族や友人はそれを受け入れるしかない。けれども、急ごしらえのこの旅が真の意味が持ちだしたのは、レンタカーでダブリンから北に向かっているときだった。シーラは、ある使命、神聖なる任務のためにここにいる。墓場の彼方からのメッセージを運んでいるのだ。だが、これは極秘事項であり、絶対に人に知られてはならない。仮に誰かに話していたら、まちがいなくあれこれ訊かれ、議論になったことだろう。だから彼女は、葬儀後も、計画のことは一切口にしなかった。案の定、母はカップダイユのベラ叔母のところに行くことになった。

「すぐ逃げ出さなきゃって思うのよ」母は言った。「あなたは気づいてないかもしれないけど、パパの病気はわたしにとってひどい重荷だったの。体重も三キロ落ちたわ。いまはただ、目を閉じて、ベラのうちの日射しの降り注ぐバルコニーに横になっていたい。そしてこの数週間の悲惨さを忘れたいの」

それはまるで高級石鹸の広告だった。自分へのご褒美。浴槽いっぱいの石鹸の泡のなかに身を沈める裸の女。だが実を言えば、最初のショックを脱すると、母はもう立ち直ったように見えた。それにシーラにはわかっている。母の言う日射しの降り注ぐバルコニーは、ベラ叔母の種々雑多な友人たちですぐさま埋め尽くされるだろう。社交界の名士、芸術家もどき、なんの面白味もない、ありきたりのホモたち。父が〝有象無象〟と呼んでいた連中だが、母は彼らと過ごすのが楽しいらしい。「あなたはどうする？　一緒に来ない？」おざなりな誘いだが、いちおう誘いはあった。

シーラは首を振った。「来週からリハーサルだから。ロンドンに行く前に、車でひとり旅しようかと思ってるのよ。特に何も決めずに。ただドライブするの」

「誰か友達を連れていったら？」

「いまは誰ともいたくないわ。ひとりのほうがいいの」

事務的な連絡をのぞけば、ふたりのあいだにはそれ以上なんのやりとりもなかった。どちらも相手にこんなことは言わなかった。「本当はとてもつらいんじゃない？　わたしの道、わたしたちの道はここで行き止まりなのかしら？　未来には何があるの？」そういった言葉の代わりが、諸々の打ち合わせだった。庭師夫婦に留守番に来てもらう件、弁護士たちとの面談をカップダイユから母がもどるまで延ばす件、手紙の転送先……。感情を交えず、まるでふたりの秘書のように、母と娘は並んですわり、お悔やみの手紙を読んだり返事を書いたりした。AからKをお願い。わたしはLからZをやる。そして返事はどれも似たり寄ったりだ。「お心遣いありがとうございます……お便りが大きななぐさめとなりました……」それは、毎年十二月にクリスマスカードを送るのに似ていた。ただ文句がちがうだけのことだ。

父の古いアドレス帳を繰っているとき、シーラはたまたまバリーという名を見つけた。ニコラス・バリー中佐、イギリス海軍（退役）、殊勲章受勲。エール（アイルランド共和国のゲール語名）、トラー湖、バリーフェイン。氏名と住所はともに線で消してある。これはふつう、その人が死んだことを意味するものだ。彼女は母を一瞥《いちべつ》した。

「パパの古いお友達のバリー中佐は、なぜ手紙をくれないのかしらね」さりげなくそう訊ねた。

「あの人はまだ亡くなってはいないんでしょう?」

「誰ですって?」母はおぼつかなげな顔をしていた。「ああ、ニックのこと? 生きていると思うけど。何年か前に、ひどい自動車事故に遭ったのよ。でも、パパと彼はそれより前から連絡をとりあわなくなっていたの。もう何年もうちには便りがなかったわ」

「なぜなのかしら」

「さあね。何かで喧嘩をしたんだけれど、原因は聞いてないわ。あなた、アーバスノット提督がくださった、この優しいお手紙を読んだ? わたしたちはみんなアレクサンドリアで一緒だったのよ」

「ええ、読んだわ。彼はどんな人だったの? 提督じゃなくて——ニックのことだけど」

母は椅子の背にもたれ、考えこんだ。「正直言って、わたしには彼という人がよくわからなかったわ。場合によっては、とっても優しくしてくれるし、最高に愉快な人だった。とりわけパーティーの席ではね。かと思うと、みんなを無視したり、皮肉っぽい口をきいたりするの。彼にはどこかワイルドなところがあったわね。うちに泊まりに来たときのことは、いまでも覚えているわ。パパとわたしが結婚してすぐのことよ——式ではほら、彼が花婿の付き添いだったんだけどね。とにかく彼はうちに来て、客間の家具を残らずひっくり返したうえ、べろべろに酔っ払ったのよ。あそこまではめをはずすなんて。本当に腹が立ったわ」

「パパは気にしなかったの?」

「たぶんそうなんでしょ。覚えてないけど。あのふたりはお互いのことを知り尽くしていたわ。

軍隊で一緒だったし、少年時代はどちらも海軍兵学校にいたし。その後、ニックが退役してアイルランドに帰ると、ふたりはだんだん疎遠になっていったの。実はわたし、彼はクビになったんじゃないかと思っていたのよ。でも、訊いてはみなかったわ。ほら、パパは軍隊のこととなると、牡蠣《かき》みたいに口が堅いでしょ？」

「ええ……」

（可哀そうなニック。恨みを抱いていた。あいつともう一度握手して、幸運を祈ってやれたら……）

数日後、シーラは空港で母を見送り、そのあと、ダブリン行きの計画を立てた。出発する前の晩、父の書類に目を通していた彼女は、一枚の紙切れを見つけた。ニックという名と疑問符が添えられた、日付のリスト。しかしそれらの日付がなんの日なのか、その説明は一切ない。一九五一年六月五日、一九五三年六月二十五日、一九五四年六月十二日、一九五四年十月十七日、一九五五年四月二十四日、一九五五年八月十三日。同じファイルの他の書類となんの関連性もないところを見ると、そのリストはたまたまそこにまぎれこんだにちがいなかった。シーラはそれを書き写して封筒に収め、旅行ガイドにはさんだ。

まあ、そんなわけで、いま彼女はここにいて、これから……これから何をしようというのだろう？　亡父の代わりに謝罪する？　昇進を見送られた、退役した海軍中佐に？　若いころワイルドだった男、パーティーでは最高に愉快だった男に？　喚起されたイメージは食欲をそそるものではなく、彼女は、ハイエナみたいに笑う馬鹿なおやじを思い描きはじめた。そいつは、ドアと見ればその上に他人様の頭に落とす何かを仕掛けるのだ。たぶん彼は軍令部総長相手にそれをやって、クビになったのだろう。だが自動車事故が彼を世捨て人、ひねくれ者に変えた。かつて道化だった男を。（でも勇敢だった、と父は言った。これは何を意味するのだろう？たとえば、戦闘中、溺れかけた水兵を救うため、原油で汚染された海に飛びこんだとか？）彼は古いジョージア王朝様式の大邸宅かまがいものの城で、すわって爪を嚙んでいる。アイリッシュ・ウィスキーを飲みながら、数々の悪ふざけをなつかしんでいる。

しかし十月のうららかな午後、ダブリンから百キロあまり進み、民家をまばらに残しつつ田園の緑がより青くより豊かになり、西の彼方に水がきらめく頻度が次第に増し、突如、無数の池や湖が細長く突き出た陸をはさんで出現すると、ジョージア王朝様式の大邸宅の呼び鈴を鳴らすという展望は薄れた。ここには荘厳な荘園を取り巻く高い壁などない。道路の両側には湿っぽい草地が広がるばかりで、その果ての、銀色にきらめく湖群には到達するすべもなさそうだった。

公式な案内書のバリーフェインの説明は、そっけないものだった。「トラー湖の西に位置し、村の近くにはそれより小さな湖が無数にあります」旅館〈キルモア・アームズ〉には部屋が六室あるとのことだが、給湯や暖房に関する記述はなかった。でも最悪の場合は、ニックに電話すればいい。中佐の旧友の娘がすぐ近くで立ち往生しているのです。半径十キロ以内にどこかよいホテルはないでしょうか？　それと、明日の午前中にお宅を訪問させていただきたいのですが？　すると、古式ゆかしき使用人、執事がこう答える。「ここバリーフェイン城にご宿泊いただければ、中佐もお喜びになるでしょう」そしてアイリッシュ・ウルフハウンドたちが吠えたてるなか、彼女の招待主がステッキをつき、自ら階段に現れる……

教会の塔が道の彼方に見えてきた。そしてそう、ここがまさにバリーフェインだ。村の通りが坂をだらだらのぼっていく。その左右には、地味な民家や店舗が数軒、立っている。戸口の上の看板には、〝ドリスコル〟とか〝マーフィー〟といった名前がペンキで書かれていた。〈キルモア・アームズ〉はただの白塗りの建物となりそうなところを、窓台のプランターで二度咲きせんと奮闘するマリーゴールドに救われており、これは色彩感覚の確かな者がここにいることを示していた。

シーラは借り物のオースチン・ミニを駐車して、あたりを見回した。〈キルモア・アームズ〉のドアは開いていた。ラウンジを兼ねた入口のホールは、殺風景で整然としている。人の姿は見当たらないが、入口左手のカウンターに置かれた呼び鈴は、ただの飾りではなさそうだった。シーラがきびきびと呼び鈴を鳴らすと、悲しげな顔の男が奥の部屋から現れた。男は眼鏡をかけ、足を引きずっており、シーラは一瞬、これが落ちぶれたニックなのだという恐ろしい考えに襲われた。

「こんにちは」彼女は言った。「お茶をいただけないかしらと思って」

「いいですとも」男は言った。「軽食付きで？　それともお茶だけになさいます？」

「そうね、軽食付きにしましょう」温かなスコーンとチェリー・ジャムを思い浮かべ、シーラはそう答えて、通常、楽屋口の守衛にしか見せないとっておきの笑顔を男に向けた。

「十分ほどお待ちください」男が言った。「食堂は右手の、階段を三段下りたところです。遠くからいらしたんですか?」

「ダブリンから」

「あの道は快適ですよね。わたしも先週ダブリンに行ってきたんですよ。うちの家内、ドハーティ夫人の親戚がいるものでね。家内はいま病気で向こうに行っているんです」

ここは、お手数をおかけして申し訳ないと言うべきなのだろうか? シーラは迷ったが、男はすでにお茶の支度をしに行ったあとだった。そこで彼女は階段を下り、食堂に入っていった。六卓のテーブルが準備されていたが、シーラの受けた印象では、もう何日もそこで食事をした者はいないようだった。壁の時計が静寂を破り、大きくチクタクいっている。ほどなく、小柄なメイドが息を切らして奥から現れた。その手のお盆には、お茶の大きなポットとともに、期待していたスコーンとチェリー・ジャムではなく、目玉焼きふたつとベーコンの厚切り三枚、フライドポテトひと山を盛り合わせた皿が載っていた。これが軽食だなんて……でも食べないわけにはいかない。ドハーティ氏が気を悪くするだろうから。メイドが消えると、お茶と一緒に登場した白黒の猫が背中を丸め、シーラの脚に身をすり寄せて、喉をゴロゴロ鳴らしだした。シーラはベーコンと目玉焼きの一方をこっそり猫にやり、残ったものを平らげにかかった。お茶は濃く、火傷するほど熱くて、飲み下すと胸を焼いていくのが感じられた。

小柄なメイドがふたたび現れた。「お食事はお好みに合いましたか?」メイドは心配そうに訊ねた。「もし足りないようでしたら、もうひとつ目玉焼きをこしらえますが」

「いいえ」シーラは言った。「もう充分です。ごちそうさま。電話帳を見せていただけません？　友達の番号を調べたいんです」

電話帳が出てくると、シーラはページを繰っていった。バリーという人は大勢いたが、どれもこの地区の住民ではなかった。中佐はいない。〝ニコラス・バリー、イギリス海軍（退役）〟もいない。ここまで来たのは無駄足だったのだ。期待感と冒険心が落胆へと変わった。

「お代はおいくら？」シーラは訊ねた。

小柄なメイドはつぶやくようにささやかな額を口にした。シーラはメイドに礼を言い、支払いをすませると、ホールを通り抜けて、開いていたドアから外に出た。郵便局はすぐ向かい側にある。最後にもう一箇所、当たってみよう。それでだめなら、車をUターンさせ、ダブリンへの道筋にあるホテルのどれか――せめて湯気の立つお風呂でくつろげて、心地よく夜を過ごせるようなところをめざすとしよう。老婦人が切手を買い、つぎの男がアメリカに送る小包のことで何か質問するあいだ、シーラは辛抱強く待っていた。それから彼女は、郵便局長が奥に立つ格子窓に歩み寄った。

「すみません。ちょっと教えていただけますか？　バリー中佐という人がこの地区に住んでいるかどうかご存じありません？」

局長はじろじろと彼女を見た。「住んでいるよ」彼は言った。「この二十年ずっと」

やったわ！　ああ、よかった！　使命達成の可能性がまた出てきた。望みはまだあるのだ。

「実は困っているんです」シーラは説明した。「電話帳を調べても、中佐の名前が載っていないもので」

「そりゃそうだろう」局長は言った。「ラム島には電話なんぞないからね」

「ラム島？」シーラはオウム返しに言った。「つまり、中佐は島に住んでいるということですか？」

なんて馬鹿な質問だと言わんばかりに、相手は彼女をまじまじと見つめた。「トラー湖の南側の島だがね。ここからだと直線距離で六キロ半。船でなきゃ行けない。バリー中佐に連絡したいなら、手紙を書くのがいちばんだね。そうしてアポイントを取らんと。あの人はあんまり人に会わないから」

恨みを抱いている……世捨て人……

「そうでしたか」シーラは言った。「知りませんでしたわ。その島ですけど、道路から見えますか？」

局長は肩をすくめた。「バリーフェインを出て一キロ半かそこら行くと、湖に向かう分かれ道がある。でこぼこの泥んこ道だから、車は通れんがね。頑丈な靴さえ履いてりゃ楽に歩いていけるよ。そうする気なら日のあるうちがいいね。暗くなっちまうと道に迷うだろうから。湖にゃ霧もかかるし」

「ありがとう」シーラは言った。「お世話さまでした」

局長の視線を背中に感じながら、彼女は郵便局を出た。さて、どうしよう？　きょうはもうあきらめたほうがいい。〈キルモア・アームズ〉の快適とは思えない設備と胸やけに甘んじるとしよう。シーラはホテルに引き返し、入口でドハーティ氏に出くわした。

「あの」彼女は言った。「今夜泊まれるお部屋なんてありませんよね？」

「ありますとも。大歓迎です」ドハーティ氏は言った。「ここもいまは閑散としてますが、観光シーズンのにぎわいを見れば、きっと驚かれますよ。ベッドが空いてることなんてめったにないんですから。お荷物をお運びしましょう。お車はあの道に駐めておいて大丈夫です」

お客のご機嫌を取り結ぼうと、彼は不自由な脚で車まで歩いていき、シーラのスーツケースをトランクから取り出した。それから、彼女をホテルのなかへと導き、先に立って二階に向かい、通りを見晴らせる小さなダブルルームに入っていった。

「シングル料金で結構ですよ」ドハーティ氏は言った。「二十二シリングと朝食代をいただくということで。バスルームは廊下の向かい側です」

まあいいか。ちょっとおもしろそうだし。それに、結局のところ、給湯や暖房の設備もある。しばらくすれば、地元の人たちがあのバーに来て、歌いだしたりするのだろう。こっちも大ジョッキでギネスを飲み、その連中を眺めよう。場合によっては、仲間に加わってもいい。

シーラはバスルームをのぞいてみた。それは巡業中の宿を思い出させた。ひとつしかない蛇口からは水が滴り、茶色いしみを残している。蛇口をひねると、水がナイアガラの滝さながらにどっと噴き出してきた。ともあれ、それは温かかった。シーラは荷物のなかから寝巻きを出し、風呂に入り、ふたたび服を着て一階に下りた。廊下の先から、話し声が漂ってくる。彼女はその声をたよりに進み、バーにたどり着いた。ドハーティ氏は自らカウンターに立っていた。

シーラが入っていくと、会話はぴたりとやみ、そこにいる全員がじっと彼女を見つめた。全員とはすなわち、五、六人の男たちのことだ。そして彼らのなかには、あの郵便局長もいた。

「こんばんは」シーラは快活に声をかけた。

全員がぶつぶつと返事をしたが、関心はないらしい。彼らは仲間内だけで話をつづけた。シーラはドハーティ氏にウィスキーを注文したが、そうしてスツールにすわっていると、急に人目が気になりだした。でもそんな気持ちになるなんて、どう考えても馬鹿げている。巡業中はどんなバーにでも行っているのだし、このバーに取り立てて変わったところはひとつもないのだから。

「アイルランドは初めてですか？」相変わらず彼女のご機嫌を取り結ぼうと、ドハーティ氏がウィスキーを注ぎながらそう訊ねた。

「ええ」シーラは言った。「これまで来たことがないなんて、恥ずかしいわ。祖父はアイルランド人なんですもの。きっとこのあたりは景色がすばらしいんでしょうね。あした、湖のほとりを散策してみなければ」

シーラはバーを眺め渡した。郵便局長の目が自分に注がれているのを、彼女は強く意識していた。

「では何日か滞在なさるわけですね」ドハーティ氏が訊ねた。「なんでしたら、釣りの手配をいたしますよ」

「うーん……そうねえ。どうしようかしら」

その声のなんと大きく、イギリス人ぽく響いたことか。それはシーラに、母を思い出させた。まるでファッション誌から抜け出した社交界の有名人。地元の人々のおしゃべりはその一時《いっとき》やんでしまった。シーラが思い描いていたアイルランド人の気さくさなど、どこにもない。ここにいる者は誰も、いきなりバイオリンをつかみとったり、踊りだしたり、歌いだしたりしない。たぶん彼らのパブに夜、居座る若い女はみな不審者なのだ。

「お夕食ですが、いつでもご用意できますので」ドハーティ氏が言った。

これを潮に、シーラはバースツールをするりと下り、十歳も年をとった気分で食堂に移動した。スープ、魚、ローストビーフ――こんなに手間隙かけて。わたしがほしいのはハムの薄切りだけだというのに。でも出されたものを残すわけにはいかない。締めはトライフル、シェリーに浸したやつだった。

シーラは腕時計に目をやった。まだ八時半だ。

「コーヒーはラウンジで召しあがりますか?」

「ありがとう。そうします」

「テレビがあるんですよ。いまおつけします」

あの小柄なメイドが肘掛け椅子をテレビのそばに寄せてくれた。シーラは、ほしくもないコーヒーを飲むためにすわった。テレビは一九五〇年制作のアメリカの喜劇映画をちかちか映し出している。バーのほうからは、話し声がずっとぼそぼそ聞こえていた。シーラはコーヒーをポットにもどすと、足音を忍ばせて二階に行き、コートを取ってきた。誰もいないラウンジでテレビがやかましく鳴っている。それをそのまま放置して、彼女は外に抜け出した。あたりには人っ子ひとりいなかった。バリーフェインの人々はみな、もう寝ているか、安全な屋内で過ごしているかだ。シーラは車に乗りこみ、発進すると、人気《ひとけ》のない村を走り抜け、その日の午後に来た道を引き返していった。郵便局長は、分かれ道があると言っていた。バリーフェインから一キロ半ほどのところだと。

これにちがいない。この左手の道だ。ヘッドライトのまぶしい光のなかに、〝歩行者専用道／トラー湖方面〟と記された、傾いた標識が浮かびあがった。曲がりくねったその細い小径は坂の下へと向かっていた。懐中電灯なしでそこを行くのは無謀というもの。月は四分の一欠けており、疾走する雲の層の背後からときおり光を投げかけるばかりだ。それでも……途中まで行ってみるくらいはできる。運動にもなることだし。

標識のそばに車を残し、シーラは歩きはじめた。靴は——幸い踵《かかと》の低いものだったが——泥のなかでグチャグチャと音を立てた。ひと目湖を見たらすぐ引き返そう、と彼女は思った。それから明日の朝、早起きし、お弁当を持ち、攻撃計画を立ててまた来よう。小径は土手のあいだを通っていた。と突然、目の前に、陸の襞《ひだ》に取り巻かれ、湖の大きな広がりが現れた。そして湖の中央には、鬱蒼《うっそう》と木の生い茂る問題の島があった。その姿はどこか不気味で陰鬱《いんうつ》だった。月光が雲海を貫き、水面を銀色に染めたが、島は真っ黒なまま、鯨の背のようにそこに隆起していた。

ラム島……その名はなぜか伝説を連想させた。遠い昔に死んだアイルランドの族長たちの話でも、同族間の確執の話でもなく、有史以前の太古の神々に捧げられた生贄《いけにえ》にまつわる物語を。泥沢地の石の祭壇。かがり火の灰のなかに横たわる喉を切り裂かれた子羊。あの島は岸からどれくらいなのだろう？　夜に距離を推し測るのはむずかしい。左手には、湖に注ぎこむ、葦《あし》に縁取られた小川があった。彼女は小石と泥の地面を渡って、用心深くそろそろとそちらに向かった。するとそのとき、ボートが目に入った。それに、その横に立つ男の姿が。男はこちらをじっと見つめている。愚かしくもパニックに襲われ、シーラはあとじさった。しかし無駄だった。男は泥のなかをすばやく歩いてきて、彼女のそばで足を止めた。

「誰かさがしてるのか？」彼は訊ねた。

それは、たくましい体つきの若い男で、漁師風のセーターにダンガリーのズボンという格好だった。彼にはこの土地の訛《なまり》があった。

「いいえ」シーラは答えた。「いいえ、わたしは旅行者なんです。気持ちのいい夜なので、ちょっと散歩に出ただけですわ」

「散歩するには淋しい場所だな。ずいぶん歩いてきたのかい？」

「すぐ近く、バリーフェインから」シーラは言った。「〈キルモア・アームズ〉に泊まっているんです」

「なるほどね」男は言った。「釣りに来てるってわけだな。それなら、バリーフェインの反対側のほうがおすすめだよ」

「ありがとう。覚えておきます」

沈黙が落ちた。さらに何か言うべきなのか、それとも、快活におやすみと言って立ち去るべきなのか、シーラは迷った。男は彼女の背後に目を向けている。シーラは、泥のなかをグチャグチャと歩いてくる誰かの足音に気づいた。闇の奥から人影がぬっと現れ、彼らのほうに向かってきた。それはバリーフェインの郵便局長だった。がっかりすべきなのかほっとすべきなのか、シーラにはわからなかった。

「またお会いしましたね」やや明るすぎる声で、彼女は言った。「ごらんのとおり、結局、朝まで待てなかったんです。教えていただいたおかげで、ちゃんと道が見つかりました」

「ふむ」局長は答えた。「こっちは分かれ道のとこにあんたの車が駐まってるのを見て、来てみにゃあと思ったんだ。何かあるといけないからね」

「それはご親切に」シーラは言った。「ご面倒をおかけしました」

「別に面倒じゃない。あとで後悔するよりゃいいさ」局長は、漁師風のセーターの若い男に顔を向けた。「いい晩だね、マイケル」

「まったくだ、オライリーさん。このお嬢さんは釣りに来たんだそうだよ。だから、それならバリーフェインの反対側のほうがいいって教えたところだ」

「確かにそのとおりだな。ほんとに釣りに来たんならだが」局長はそう言って、初めて笑みを見せた。ただし、感じの悪い、抜け目なさそうな笑いだ。「このお嬢さんはきょうの夕方、郵便局に来て、バリー中佐のことをお訊きになったんだよ。中佐のうちに電話がないと聞いて、驚いていなさった」

「そりゃあおもしろい」若い男は言った。そして、あろうことか、ポケットから懐中電灯を取り出すと、シーラの顔を照らした。「どうかお許しを。初めてお目にかかるかただからね。中佐にはなんの用かな。もし教えてもらえれば、おれからお伝えしますよ」

「このマイケルって男は、ラム島に住んでいるんだがね」局長が言った。「中佐の番犬を自任してるんだよ。それでまあ、いつも招かれざる客を追っ払っているわけさ」

局長はそう言いながら、さきほどと同じ、なんとも感じの悪い、抜け目なさそうな笑いを浮かべていた。こんなところに来るんじゃなかった、とシーラは思った。〈キルモア・アームズ〉のあのこぎれいな小さな部屋にもどりたい。この知らない男ふたりと一緒に、気味の悪い湖のほとりになんかいたくない。

「残念ですけど、伝言はお願いできないわ」彼女は言った。「個人的な用件なので。やっぱりホテルからお手紙を出したほうがいいでしょう。ほら、中佐はわたしが来るとは思っていないわけですしね。そんなに簡単な話じゃないんです」

シーラが動揺していることは、ふたりの男にも明らかだった。彼らは目を見交わした。それから、若い男がこっちへと首をひねり、局長を脇へ引っ張っていった。彼らは離れたところで何か話し合っている。シーラの不安はさらに募った。

若い男がこちらを向いた。「こうしよう」彼はほほえんでいたが、その笑いはほんの心持ち大きすぎた。「おれがあのボートであんたを島まで連れていく。会うかどうかは中佐が自分で決めるだろうよ」

「いえ、そんな……」シーラはあとじさった。「今夜は行けないわ。もう遅すぎますもの。明日の朝、また来ますから、よかったらそのときにお願いします」

「今夜かたづけちまったほうがいいだろう」マイケルは言った。

かたづけるって？　いったいどういう意味だろう？　何カ月か前、シーラは初日の打ち上げのあと、友人たちにこう豪語した。わたしは台詞を忘れたときをのぞけば、これまでの生涯、恐怖など一度も感じたことがない。しかしいま、彼女は恐怖を感じていた。

「ホテルの人たちが起きて待っているでしょうから」シーラは急いで言った。「早くもどらないと、きっとドハーティさんが警察に連絡するわ」

「そう気をもみなさんな」局長が言った。「友人をひとり、道の先に待たせてあるんだ。車はそいつが〈キルモア・アームズ〉にもどしといてくれるさ。ティム・ドハーティにはわたしらがうまく言っとくよ」

それ以上異議を唱える間もなく、男たちは左右からシーラの腕をつかみ、ずんずんとボートに向かった。こんなの現実じゃない。彼女は思った。こんなこと起こるわけがない。怯えた子供のような泣き声が小さく喉から漏れた。

「シーッ、大丈夫」マイケルが言った。「誰も指一本、触れやしないよ。あんた、自分で気持ちのいい夜だって言ってたじゃないか。水の上はもっと気持ちいいぞ。魚が跳ねるのを見られるかもしれない」

彼は手を貸してシーラをボートに乗りこませ、船尾の座席へと押しこんだ。郵便局長はそのまま岸に残った。そのほうがいい、とシーラは思った。ともかくこれで相手はひとりだけになった。

「それじゃまた、オライリーさん」マイケルは小声でそう言うと、エンジンをかけ、杭からもやい綱をはずした。

「またな、マイケル」局長も言った。

ボートは葦の茂みのなかから湖面の広がりへとすべるように出ていった。小さなエンジンがパタパタと低く静かに音を立てている。郵便局長は別れの手を振ると、踵を返して小径のほうへと歩きだした。

島までは五分もかからなかったが、湖から眺める本土は黒っぽく、はるか遠くにあるように見え、彼方に連なる山々は不気味に煙《けぶ》っていた。心安らぐバリーフェインの村の灯は、もうどこにも見えない。自分の無力さ、心細さがこれほど身に染みたことはなかった。マイケルは終始無言のままだった。やがてボートは、狭い湖岸に造られた小さな桟橋に寄せられた。マイケルは水際までみっしり生い茂っていた。マイケルはボートをもやうと、シーラに手を差し出した。樹木は
「さてと」彼女を桟橋に上がらせたところで、彼は言った。「実は、中佐は会議で湖の向こう側に行ってるんだ。しかし真夜中ごろには帰ってくるはずだよ。おれがあんたを家に連れてってやろう。あとはスチュワードが面倒を見てくれるさ」

家令《スチュワード》……バリーフェインの城とジョージア王朝様式の大邸宅は、その出生地である空想の国にすでに帰っていた。でも〝家令〟という言葉には、中世の響きがある。先細の杖を持った

マルヴォーリオ、謁見の間へとつづく石段。扉を警護するウルフハウンド。ほんの少しだが自信がよみがえってきた。マイケルにわたしを絞殺する気はないらしい。

驚いたことに、百メートルも行かないうちにその家は姿を現した。それは木立のなかの空き地に立っていた。背の低い長く延びた平屋の建物で、部分ごとに組み立てた木材でできており、まるで病気の原住民を救うために宣教師が建てた慈善病院の絵のようだ。家の外には端から端までベランダが渡されている。マイケルのあとから階段をのぼっていき、〝調理室入口《ギャレー》〟と標示のあるドアの前で足を止めると、なかで犬が吠えだした。ただしそれはウルフハウンドのしわがれた太い声ではなく、もっと甲高く鋭い声だった。マイケルは笑い、振り返って言った。

「スキップがいりゃ、おれが番犬を務めることはないな。あいつなら三十キロ先によそ者がいてもにおいを嗅ぎつけるだろうよ」

ドアが開いた。そこに立っていたのは、海軍司厨長《ネイビー・スチュワード》の制服を着た、太短い中年男だった。

「面倒な仕事を持ってきてやったよ、ボブ」マイケルが言った。「こちらのお嬢さんが暗いなか湖のほとりをうろうろしていてね。彼女、オライリーさんに中佐のことをあれこれ訊いてたらしいんだよ」

司厨長は無表情なままだった。しかしその目はシーラの顔から服へと下りていき、特に上着のポケットをじろじろ見ていた。

「何も持っちゃいないさ」マイケルが言った。「ハンドバッグは路肩に駐めた車のなかに置いてきたんだろうな。このお嬢さんは〈キルモア・アームズ〉に泊まっているんだ。だがわれわれは、すぐここに連れてきたほうがいいと考えたわけだよ。用心するに越したことはないだろ」

「どうぞお入りください」司厨長はシーラに言った。慇懃だが有無を言わさぬ口調だ。「イギリスのかたですね？」

「ええ」シーラは答えた。「きょう飛行機でダブリンに来て、そこからまっすぐ車を走らせてきたんです。バリー中佐になんの用なのかは個人的なことなので、ご本人以外の誰にもお話ししたくありません」

「わかりました」司厨長は言った。

小さな犬、ぴんと立った耳と利口そうに輝く目を持つスキッパーキ犬が、シーラの足首を上品にくんくん嗅いだ。

「コートをおあずかりしてもよろしいですか」司厨長が訊ねた。

不可解な要望。シーラは、スカートとそろいの、短いツイードの上着しか着ていないのだ。彼女が上着を手渡すと、司厨長はまずポケットを調べてから、それを椅子の背にかけた。つづいて、これにはどぎまぎしたが、彼はてきぱきとプロの手つきで、彼女の体をさぐっていった。

マイケルはそのさまを興味深げに見守っていた。

「わからないわ。なぜこんなことをするんです？」シーラは言った。「拉致されたのはあなたたちじゃなく、わたしのほうなのに」

「知らないお客様にはこうすることになっているので」司厨長は言った。「これで後々言い争いになることもありません」彼はマイケルに、行けと合図した。「このお嬢さんを連れてきたのは、正しい判断だった。中佐がもどられたら、わたしから事情を説明するよ」マイケルはにっと笑い、シーラにウィンクし、わざとらしく敬礼すると、ドアを閉めて出ていった。

「一緒に来ていただけますか？」司厨長が言った。

急にマイケルが強姦魔予備軍でなく味方に思えてきた。不承不承彼を見送ると、シーラは司厨長ボブ（結局、家令マルヴォーリオではなかった）に従って突き当たりの部屋まで廊下を進んだ。司厨長はドアをさっと開けて、彼女を招き入れた。

「暖炉のそばのテーブルにタバコがあります」彼は言った。「何かご用がありましたら、呼び鈴を鳴らしてください。コーヒーをお持ちしましょうか？」

「お願いします」シーラは言った。もし徹夜するのなら、コーヒーは役に立つ。

その部屋は広々しており、居心地がよく、床には青い絨毯が敷きつめられていた。長椅子が一脚、深々した肘掛け椅子が二脚、窓際には上部の平らな大きなデスク。壁に船の絵が数点。暖炉では薪が明るく燃えている。この情景は、シーラの記憶の琴線に触れた。以前どこかこれに似た場所を見たことがある。子供のころがよみがえってきた。そして彼女は思い出した。その部屋は、エクスカリバー号の艦長室、父のキャビンの複製なのだ。物の配置も、調度も、そっくり同じ。そのなじみ深さは気味が悪く、まるで過去に足を踏み入れたかのようだった。

シーラは室内をさまよい歩き、全体像をつかもうとした。外にはデッキがあり、その向こうに、ポーツマス港に錨《いかり》を下ろした他の船が見えるのではないか。半ばそんな期待をしつつ、窓のほうに行き、カーテンを開けた。しかしそこにデッキはなく、船など一隻も見えなかった。あるのは、あの長いベランダと、夜の帳《とばり》に包まれた木々、湖につづく小径、そして、月光のもとで輝く銀色の水面《みなも》ばかりだ。ふたたびドアが開き、司厨長がコーヒーの載った銀の盆を手に入ってきた。

「中佐はまもなくもどられます」彼は言った。「いま、中佐の汽艇《ランチ》が十五分前に出たと連絡が入りましたので」

ランチ……では、ボートは一隻だけじゃないのだ。それに、いま連絡が入ったという。電話のベルは聞こえなかったし、どのみちこの家に電話はないというのに。司厨長はドアを閉めて出ていった。バッグは車のなかだと気づき、シーラはまたもやパニックに襲われた。自分には櫛もない、口紅もない。化粧は、〈キルモア・アームズ〉のバーに下りていく前に直したきりだ。彼女はデスクの向こうの壁に掛かった鏡をのぞきこんだ。髪は湿っぽく、顔は青白く疲れが出て、すさまじいありさまだった。相手が入ってきたとき、ゆったりと肘掛け椅子にすわって、コーヒーを飲んでいるのがいいか、それとも、両手をポケットに入れ、暖炉の前に少年ぽく立っているのがいいか、彼女は迷った。ここは演出家のディレクションがほしいところだ。誰かアダム・ヴェインみたいな人に、何をすべきか、どの位置にいるべきか、幕が上がる前に指示してほしかった。

シーラは鏡から振り返り、デスクのほうを向いた。すると青い革のフレームに収められた写真が目に入った。花嫁姿の母の写真。ベールを上げて、あのいらだたしい勝ち誇ったほほえみを浮かべている。でも、どこかがおかしい。母の隣に立つ花婿はシーラの父ではなかった。それは、新郎の付き添い――短い髪を突っ立たせ、人を食った退屈そうな顔をしたニックだった。シーラは戸惑い、目を凝らし、その写真が巧みに加工されているのに気づいた。ニックの頭部と肩は父の体に移され、つややかな髪、幸せそうな笑顔の父の頭部と肩は、後方で花嫁の付き添い娘たちのなかに立つ、ひょろ長い体に移されている。そのことがすぐにわかったのは、シーラが父のデスクの上にある元の写真を知っているから、そして、彼女自身も、どこかの引き出しにしまいこんではいるが、同じものを持っているからだ。知らない者なら、この写真を本物だと思うだろう。でも、いったいどうして？　ニックは誰をだまそうとしているのだろう？　もしかすると、それは自分自身なのでは？

　シーラはうろたえ、デスクから離れた。精神を病む者は自分自身をだます。父はなんと言っていただろう？　ニックは紙一重《ボーダーライン》だった……。ふたりの男に尋問され、湖の岸辺に立っていたとき、シーラは恐怖を感じた。でもあれは、物理的な恐怖、暴力の可能性にさらされた者の自然な反応だった。これは別の感情――嫌悪感、得体の知れない不安だ。暖かくなじみ深く思えた部屋が、一転、異様で奇怪な場所となった。シーラはそこから逃げ出したかった。

　彼女はフランス扉のほうに行き、カーテンを開けた。扉には錠が下りていた。鍵はない。逃げ道はない。そのとき、廊下で話し声がした。これまでだ、と彼女は思った。立ち向かうしかない。嘘をつき、アドリブでしゃべらなくては。あの司厨長を別にすれば、わたしは、病気の人間、狂った人間とふたりきりでここにいるのだ。ドアが開いた。そして彼が部屋に入ってきた。

驚いたのはお互いさまだった。彼は、シーラが肘掛け椅子とコーヒーテーブルのあいだで、中途半端に腰を落とした、ぎこちないアンバランスな体勢でいるところに出くわしたのだ。彼女は姿勢を正し、彼を見つめた。相手も姿勢を正し、見つめ返した。ひょろ長いその体軀は別として、彼は本物の結婚写真に写っているあの新郎の付き添いには少しも似ていなかった。髪はもう突っ立った短髪ではない。毛などほとんど残っていないのだ。左目の黒い眼帯は、モーシェ・ダヤンを思わせた。右目は非常に鮮やかなブルーだ。唇は薄かった。彼はじっと立ったままこちらを見つめていた。すると、その背後から例の小犬が元気よく入ってきた。ニックは肩越しに司厨長に声をかけた。「作戦Bを開始してくれ、ボブ」シーラから目を離さずに、彼はそう言い、司厨長は廊下から「アイアイサー」と答えた。

ドアが閉まった。ニックはさらに奥へと入ってきて言った。「ボブがコーヒーを持ってきたようだね。冷めているのかな」

「さあ、わかりません」シーラは答えた。「まだいただいていないので」

「少しウィスキーを加えて飲むといい。気分がよくなるよ」

彼は作りつけの戸棚を開け、デカンタとソーダサイホンとグラスの載った盆を取り出した。二脚の椅子のあいだのテーブルにそれを置くと、彼女の向かい側の椅子にひょいとすわって、犬を膝に乗せた。シーラは手の震えを意識しながら、自分のコーヒーにウィスキーを注いだ。

彼女はまた、汗もかいていた。ニックの声はよく通り、話しかたは歯切れよく命令的で、演劇学校で教えていたある演出家を思い出させた。生徒の半数はその男に泣かされたものだ。でもシーラはちがった。ある朝、彼女は教室から出ていき、演出家は謝罪するはめになったのだ。

「まあ、そう固くならないで」家の主《あるじ》は言った。「まるで弓の弦みたいに張りつめているじゃないか。さらったりして悪かったね。しかし夜、湖畔をうろついていたのは、きみ自身の責任だよ」

「標識に、トラー湖への道とあったもので」シーラは答えた。「立入禁止の看板はどこにも見当たらなかったし。こういうことなら、よそ者には、日没後は外をうろつかないように、空港でアドバイスすべきね。でもきっと、そうもいかないんでしょう。観光業に打撃を与えるでしょうから」

くそくらえ、とシーラは思い、ウィスキー入りのコーヒーをぐいとあおった。ニックはほほえんだ。だが彼女に笑わされたのでも、彼女に笑いかけたのでもない。彼はすべすべした小犬の毛皮をなではじめた。ひとつしかないその目は、混乱を誘った。眼帯のうしろにはいまも左目がある。シーラにはそんなふうに思えた。

「きみの名前は？」

彼女の答えは反射的なものだった。「ジニー」そう告げてから、付け加えた。「ブレア」

ジニー・ブレアは彼女の舞台名だ。シーラ・マネーではどうも響きがよくない。しかしこれまで、父以外に彼女をジニーと呼んだ人はいなかった。咄嗟にそれが口から出たのは、神経のせいにちがいない。

「ふむ」ニックは言った。「ジニーか。いい名前だね。どうしてわたしに会いたかったんだ、ジニー？」

即興だ。臨機応変に。アダム・ヴェインはいつも言う。シチュエーションはこう。ここからやるんだ。さあ、始め……

テーブルにはタバコの箱とライターがあった。シーラは身を乗り出して箱から一本タバコを取った。ニックは彼女のために火をつけようとはしなかった。

「わたしは記者なんです。実は、うちの編集の連中がこの春に、退役が軍人に及ぼす影響というテーマで新シリーズを始めたがっていまして。元軍人のみなさんが楽しくやっているのか、退屈しているのか。どんな趣味をお持ちなのか。そういったことですね。なんとなくおわかりでしょう？　それで、わたしを含めた四人がその仕事を割り振られたわけです。あなたはわたしのリストに載っていました。だからこうしてうかがったんですわ」

「なるほど」

ちょっとでいいからあの目をよそに向けてくれたら。シーラはそう願った。例の小犬はニックの愛撫にうっとりしており、いまやあおむけになって四つの足を宙に突きあげている。

「どうしてこのわたしがきみたちの読者の興味を引くと考えたのかね？」

「そこの部分はわたしの仕事じゃないもので」シーラは言った。「検討は社のほうで他の人間がするんです。こちらはただ、簡単な資料をもらっただけ。軍歴、戦功。退役して、現在はバリーフェイン在住。それをとっかかりに何か持ってこい、と言われています。人間味のあるいい話や何かを……」

「おもしろいね」ニックは言った。「きみのボスたちは、わざわざこのわたしに白羽の矢を立てたわけだ。このあたりにはもっと著名な退役軍人が何人も暮らしているんだがな。大将も、少将も、山ほどいるよ」

シーラは肩をすくめた。「実を言うと」彼女は言った。「上の連中は無作為に名前を選び出すんですよ。それから誰かが——誰だったかは忘れましたけど——あなたのことを世捨て人だと言ったんです。彼らはそういうのが大好きですからね。なぜそんなやつになったのか、そこをさぐり出してこい、というわけです」

ニックは自分用に飲み物を注ぐと、ふたたび椅子の背にもたれた。

「きみの新聞社の名前は？」彼は訊ねた。

「新聞じゃないんです。雑誌ですわ。いま大注目の新しい大衆誌、隔週発行、〈サーチライト〉です。ごらんになったこと、ないかしら？」

〈サーチライト〉は最近、実際に出た雑誌だ。シーラはここに来る飛行機のなかでそれを斜め読みした。

「いいや、見たことがない」ニックは言った。「しかし世捨て人である以上、それは驚くには当たらんな。そうだろう？」

「ええ。ええ、そうでしょうね」

あの目が鋭く見つめている。シーラはタバコの煙をふわりと宙に吐き出した。

「すると、きみが夜、湖のほとりにふらふら出ていったのは、プロとしての好奇心から、というわけだな。わたしへのアプローチを朝まで待てなかったということか」

「そういうことです。それに、あなたが島に住んでいるという事実にも惹かれたし。島というのは神秘的に思えるものですから。とりわけ夜は」

「きみは怖がりじゃないわけだ」

「あなたの部下のマイケルとあの感じの悪い郵便局長に、両側から腕をつかまれ、ボートに乗せられたときは、怖かったわ」

「連中が何をすると思ったのかね？」

「暴行、強姦、殺害をこの順番で」

「ああ、それこそが、イギリスの新聞を読み、大衆誌に記事を書くことの弊害だよ。われわれアイルランド人は、温厚な民なんだ。きっときみは驚くだろうよ。われわれはお互いを撃ち合う。しかしそれは伝統的なことでね。強姦はまず起こらない。われわれが自国の女たちを堕落させることはめったにないよ。逆に女たちがわれわれを堕落させるんだ」

今度、笑みを漏らしたのは、シーラのほうだった。自信がよみがえってきた。かわしては、突く。この種のことなら何時間でもつづけられる。

「いまの言葉、引用してもいいかしら？」シーラは訊ねた。

「それはやめてもらえるかな。我が国のイメージが変わってしまう。われわれは自分たちを悪魔とみなすのが好きなんだ。そのほうが周囲の尊敬が得られるからね。もっとウィスキーを飲みなさい」

「ありがとう、いただきます」

これがリハーサルなら、演出家はポジションを変えろと指示するだろう。デカンタからもう一杯ウィスキーを注ぎ、立ちあがって部屋を見回す。いや、やっぱりこのまま動かないほうがいい。

「今度はそちらが質問に答える番ですわ」シーラは言った。「あなたの船子さんは、いつも観光客を拉致するんでしょうか？」

「いや。きみが初めてだ。気をよくすべきだな」

「わたし、彼に言ったんですよ」シーラはつづけた。「それに郵便局長にも。人を訪ねるにはもう遅すぎる、明日の朝また来るからって。でもふたりとも耳を貸さないんです。それに、ここに着くと、今度は司厨長に体を調べられました。ボディーチェック。確かそう言うんでしたね」

「ボブは徹底しているからな。海軍の昔の習慣だよ。土地の娘たちを船に乗せるときも、必ずボディーチェックをしたもんだ。それはお楽しみのひとつだったのさ」

「この嘘つき」シーラは言った。

「いいや、嘘なものか。いまじゃやってないそうだがね。毎日のラム酒が禁じられたのとおんなじだ。これも、近ごろ、若い者が海軍に入ろうとしない理由のひとつだよ。お望みなら、いまのは引用していいぞ」

シーラはグラスの縁越しに彼を見つめた。「退役したことを後悔しています？」

「ちっとも。あそこから得たかったものはすべて手に入れたよ」

「昇進以外は、ですね？」

「いやあ、昇進がなんなんだ。軍艦が進水しないまま廃物となる平時に、艦の指揮を執りたがる者がいるかね？　それにわたしは、海軍本部だのなんだのという陸の権力機構に尻を据えたいとも思わなかったしな。第一、この故郷にはわたしにとってもっとやりがいのあることがあったんだ」

「というと？」

「我が祖国について知ること。歴史書を読むことだよ。ああ、クロムウェルとかその類じゃないぞ。古代のもの。そのほうがはるかに魅惑的だ。わたしにはそのテーマで書きためたものが山ほどある。出版されることは決してないがね。論文がときおり学術誌に掲載されるが、それだけだよ。わたしは金はもらっていない。雑誌に書いているきみとはちがうんだ」

ニックはほほえんだ。それはかなりいい笑顔だった。一般的な意味での〝いい〟ではなく、シーラ独自の定義における〝いい〟だ。刺激的で、挑戦的でさえある。（「パーティーの席では最高に愉快な人だった」）その時が来たのか？　わたしにやれるだろうか？

「ひとつ教えてください」シーラは言った。「プライベートなことでしょうけれど、うちの読者は知りたがると思うので。デスクの上のあの写真がどうも気になっているんです。中佐はご結婚なさっていたんですね？」

「そう」彼は言った。「我が人生における唯一の悲劇でね。妻は結婚して数カ月後に車の事故で亡くなったんだ。不幸にしてわたしは助かってしまった。わたしが左目を失ったのはそのときだよ」

頭のなかが真っ白になった。アドリブ……アドリブよ。

「それは大変でしたね」彼女はつぶやくように言った。「本当にお気の毒に」

「大丈夫。もうずっと昔のことだからな。もちろん、乗り越えるのには長い時間がかかった。しかしわたしは折り合いをつけること、適応することを学んだんだ。他にどうしようもなかったからね。そのときにはすでに海軍からも退いていたが、正直なところ、おかげで助かったとは言えない。しかしまあ、しかたなかろう。さっきも言ったが、もうずっと昔のことだしな」

ではこの男は本気で信じているのか。自分がわたしの母と結婚し、その妻が自動車事故で死んだと本気で思っているのか。片目を失ったとき、脳に何かが起きたにちがいない。どこかがおかしくなったのだ。でも、あの写真に細工をしたのはいつなのだろう？　事故の前？　それともあと？　それに、その理由は？　猜疑心と不信感がもどってきた。この男のことを好きになりかけていたのに。心安さを覚えだしていたのに。いまシーラの自信は打ち砕かれた。もし相手が正気でないなら、どう扱うべきなのだろう？　わたしは何をすべきなのだろう？　彼女は椅子を離れて、暖炉のそばに立った。なんて奇妙なの、と思った。動きがとても自然だ。これは演技じゃない。舞台演出じゃない。この芝居は本物になろうとしている。

「考えたんですが」シーラは言った。「やはりこの記事を書くのはやめようと思います。これじゃあんまりお気の毒ですもの。ずいぶんつらい経験をなさってきたんですね。知りませんでしたわ。きっと編集部も同意してくれるでしょう。他人様《ひとさま》の心の傷をさぐるのは、我が社の趣旨ではありません。〈サーチライト〉はそういう類の雑誌ではないんです」

「本当に？」ニックは言った。「それは残念だな。自分に関する記事を読むのを楽しみにしていたんだが。わたしはかなりうぬぼれの強い人間なんだよ」

彼はふたたび犬をなではじめた。しかしその目は片時もシーラから離れない。

「そうね」彼女は言葉をさがしながら言った。「あなたの島でのひとり暮らしについて、少し書くこともできますけれど。犬を可愛がっていることとか、古代史に熱中していることとか……」

「それじゃ退屈で、記事にする価値がないんじゃないかね？」

「いいえ、そんなことありません」

突然、ニックが声をあげて笑った。犬を下におろすと、彼はシーラとともに暖炉の前の敷物に立った。「だましとおす気なら、もっとうまくやらんとな」彼は言った。「この件は明日の朝、話し合おう。よかったらそのときに、本当は何者なのか教えてくれ。もし雑誌記者だとしても――どうもそうは思えないんだが――きみはわたしの趣味や愛犬のことを書くために、ここに送りこまれたわけじゃあるまい。妙だな。きみを見ていると、誰かを思い出すよ。だがどうしてもそれが誰なのかわからない」

彼は笑顔でシーラを見おろした。自信に満ち、狂気の色などみじんもなく。その姿は何かを思い出させた……エクスカリバー号の父のキャビンで過ごしたときのことを？　父に宙に放りあげられ、怖くてうれしくて悲鳴をあげたときのことを？　ああ、父の使っていた、そして、この男も使っている、オーデコロンの香り。近ごろ、男たちがびしょびしょつけているアフタシェーブのつんとくるにおいとはまるでちがう……

「みんな、わたしを見ると誰かを思い出すんです。自分の個性がないんでしょうね。わたしのほうは、あなたを見ていると、モーシェ・ダヤンを思い出すわ」

ニックは眼帯に手を触れた。「ただのまやかしさ。仮にピンクの眼帯を着けていたら、彼もわたしも無視されたろう。黒であることで、これはちがうものになる。黒いストッキングが男に及ぼすのと同じ効果が、女に対してあるわけだ」

彼は部屋を横切っていき、大きくドアを開けた。「ボブ？」

「はい」調理室から声が返ってきた。

「作戦Bは進んでいるか？」

「はい。マイケルがいま接岸するところです」

「よし！」ニックはシーラを振り返った。「家のなかを案内しよう」

さきほどの海事用語から、シーラは、自分を本土に送っていくためにマイケルがボートで待機しているものと見た。だとすれば、〈キルモア・アームズ〉に帰ってから、明くる朝もう一度来てつづきをやるか、使命のことなど忘れて退散するか、考える時間はたっぷりある。ニックは彼女をエスコートして廊下を進み、つぎつぎドアを開けていった。司令室……通信室……医務室……船員室……。これだわ、とシーラはひそかに思った。彼は船上で暮らしているつもりなのだ。そうして失意と――受けた傷と折り合いをつけているのだ。

「ここは高度に組織化されている」ニックは言った。「電話はまったく必要ない。本土との通信は、短波無線機で行っている。島で暮らすならば、自給自足は必須条件だ。海に出た船と同じだな。このすべてをわたしは一から築きあげた。わたしが初めて来たときは、ラム島には丸太小屋ひとつなかったんだ。ところがいまや、この島は完璧な旗艦だ。ここから艦隊を指揮することだってできる」

彼は勝ち誇ってシーラにほほえみかけた。やっぱり狂っている。彼女は思った。完全におかしい。それでいて魅力的。しかも、ものすごくだ。とりこまれるのは簡単だろう。彼の言うことを何もかも信じるようになるのは。

「ここには何人住んでいるんです？」

「わたしを含め十名だ。こっちがわたしの居住区域だよ」

ふたりは廊下の突き当たりのドアにたどり着いていた。ニックは先に立ってその向こうの別棟に入っていった。そこには部屋が三つと浴室があった。ドアのひとつにはバリー中佐と書かれていた。

「ここがわたしの部屋だ」彼はそう言って、そのドアをさっと開けた。それは典型的な艦長室だった。ただし、寝棚ではなく、ベッドがあったが。部屋の造りは見慣れたもので、彼女は不意になつかしさに胸を突かれた。

「お客用の部屋は隣だよ」ニックは言った。「一号室と二号室。一号室のほうが湖がよく見える」

彼はその部屋に入っていき、カーテンを開けた。月は高く昇っており、木立の向こうの湖をきらきらと照らしていた。あたりは静かで、平和そのものだ。いまこの瞬間、ラム島には不気味なところなどひとつもない。形勢は逆転し、闇に包まれ、陰鬱に見えるのは彼方の本土のほうだった。

「ここに住んでいたら、わたしだって世捨て人になるでしょうね」シーラはそう言うと、窓から振り返って付け加えた。「これ以上、お邪魔をしてはいけませんね。わたしを連れて帰るためにマイケルが待っているんでしょう?」

ニックはベッドサイドの明かりをつけた。「きみは帰らないんだ。作戦Bが実行されたから」

「どういう意味?」

ひとつしかない目が彼女に注がれている。混乱を誘いつつ、おもしろそうに。「若い女が会いたがっていると聞いたとき、わたしは行動計画を立てた。作戦Aは、何者にせよ、この相手は興味の対象とはなりえない、バリーフェインに帰してよし、という意味だ。作戦Bは、その訪問者をわたしのお客とする、〈キルモア・アームズ〉から荷物を取ってきて、ティム・ドハーティに事情を説明すべし、という意味だよ。彼は非常に口が堅いんだ」

シーラは目を瞠《みは》った。不安が舞いもどってくる。「考える時間はあまりなかったはずよ。あなたはあの部屋に入ってくるなり、作戦Bを進めるよう命令していたでしょう」

「そのとおり。わたしは常に即断即決でね。ほら、ボブがきみの荷物を持ってきたよ」

咳払いの音、静かなノックの音がした。司厨長がシーラの荷物を持って入ってきた。どうやら、ホテルの寝室にあったあらゆるもの、小さなゴミまでもがスーツケースにもどされたようだ。また司厨長は、車からシーラの地図とハンドバッグも持ってきていた。何ひとつ忘れられてはいなかった。

「ありがとう、ボブ」ニックは言った。「ミス・ブレアが朝食がほしくなったときに電話するからな」

司厨長はシーラの荷物を椅子に置くと、「おやすみなさい」と静かに言って、退出した。これで決定、とシーラは思った。で、つぎはどうなるんだろう？　ニックは相変わらず、おかしそうな笑みを浮かべて彼女を見つめている。迷ったときは、あくびよ。シーラは自分に命じた。のんきそうに振る舞うの。こんなことは日常茶飯事というふりをなさい。彼女はバッグを手に取り、櫛を取り出すと、小さく鼻歌を歌いながら髪を梳《す》いた。

「あなたは退役すべきじゃなかったのよ。せっかくの統率力がもったいないわ。本来なら地中海艦隊を指揮しているところね。演習の計画を立てたりして」

「まさにそれがいまわたしのしていることなんだ。本艦が戦闘配置に就いたら、きみにも命令が下されるだろう。さて、少し仕事があるので、失礼するよ。そうだ……」ドアに手を当てて、ニックは立ち止まった。「ここに鍵をかける必要はないよ。きみの安全は保証する」

「鍵をかける気なんてさらさらないわ」シーラは答えた。「わたしは記者ですからね。おかしな場所で寝ることには慣れています。真夜中に知らない建物の廊下を調べて歩くことにも」

決まった、とシーラは思った。これで思い知ったろう。さあ、とっとと消えて、自分の部屋の家具でもひっくり返しなさい……

「ふむ」ニックは言った。「するとそれがきみの流儀なんだな。鍵をかけなくてはならないのは、きみではなくわたしのほう、というわけだ。ご忠告ありがとう」

廊下を去っていきながら、彼が笑っているのが聞こえた。幕。ちぇっ。最後は向こうに決められた。

シーラはスーツケースに歩み寄って、さっと蓋を開いた。衣類が少し、寝巻き、化粧道具。どれもきちんと詰めてある。ハンドバッグはいじられていない。ありがたいことに、レンタカーの関係書類はすべて彼女の舞台名で書かれている。彼女をシーラ・マネーに結びつけるものは何もない。地図と旅行ガイドだけがいじられて、もともとちがうふうにたたまれていた。それはまあ、どうでもいい。バリーフェインとトラー湖には青い鉛筆で印がつけてあるが、どのみち記者ならそうしただろう。でも何かが足りない。そう、あの銅色のクリップがなくなっている。旅行ガイドを振ってみたが、何も落ちてはこなかった。もうそこに封筒はない。そして、封筒のなかには、父の書斎のファイルから書き写したあの日付のメモが入っている。

目を覚ますと、室内には日の光が流れこんでいた。シーラはベッド脇の旅行用の時計に目をやった。九時十五分。これはつまり、十時間近くぐっすり眠ったということだ。彼女はベッドを出て、窓に歩み寄り、カーテンを開けた。この部屋は建物のいちばん端に当たるようだった。窓のすぐ外は草の斜面で、それが林へと下っていき、その林を貫いて細長い空き地が湖へとづいている。わずかに見える湖の姿からは、湖水が青くきらめいていることと、昨夜あんなにも静かだった水面が、いまは突風に打たれ、細かく波立っていることがわかった。ニックは司厨長に、シーラが電話で朝食をたのむと言っていた。彼女はベッド脇の電話機を取った。ボブの声がすぐさま応えた。

「はい、ブレア様。オレンジジュース、コーヒー、ロールパン、蜂蜜などいかがでしょう」

「お願いします……」

みごとなもてなしね、とシーラは思った。〈キルモア・アームズ〉ではとても望めない。四分足らずで、ボブがベッドサイドに盆を持ってきた。朝刊もきちんとたたまれて、その上に載っていた。

「中佐からのご伝言です」彼は言った。「よくお休みになれたならよいが、とのことです。他に何かご入り用のものがありましたら、いつでもお申しつけください」

旅行ガイドから封筒を抜き取ったのが、〈キルモア・アームズ〉のドハーティ氏なのか、郵便局のオライリー局長なのか、そこが知りたいわ。シーラはそう考えていた。それとも、あれはあなたの仕業なの、マルヴォーリオ？　ふつうなら誰もあんなものに注意を払わなかったろう。目を引いたのは、わたしが封筒の表にこう書いたからだ。「N・バリー。重要な日付か」

「必要なものはすっかりそろっています。ありがとう、ボブ」シーラは言った。

朝食をすませ、セーターとジーンズに着替え、前の日よりずっと入念に日に化粧を施すと、ニックがどんな驚きをもたらそうと向き合える万全の態勢が整った。シーラは廊下を進み、スウィングドアを通過し、居間に至った。ドアは開いていたが、そこにニックの姿はなかった。なぜかシーラは、彼がデスクに向かっているものと思っていたのだ。彼女はこそこそうしろを振り返りながらデスクへと歩み寄り、もう一度あの写真を確認した。ニックは当時よりいまのほうがずっといい。彼女はそう思った。若いころの彼は、ひどくうぬぼれの強い、癪《しゃく》に障る男だったにちがいない。また、なんとはなしに、彼の髪は赤かったのだ、という気もした。要はこういうことだろう、とシーラは思った。男たちはともに彼女の母に恋をした。そして、父が勝利を収めると、そのことはニックを腐らせる一因となった。そこからわだかまりが生まれたのだ。母がこの事実に触れなかったのは奇妙だ。昔の崇拝者のことなら、たいてい得々と語るのに。こんな考えを抱くなんてひどい娘だと思うが、ふたりの男は母のどこがよかったのだろう？　ごてごてと化粧をしたあの顔以外のどこが？　口紅だってあれじゃ塗りすぎ。いかにも当時の女性らしい。それに、ちょっと俗っぽくて、いつも有名人と親しいことをにおわせるし。母が人前でそういう態度をとると、シーラと父は、まただよ、とウィンクしあったものだ。

控えめな咳払いが、司厨長が廊下に立っていることを彼女に告げた。

「中佐をおさがしなら、いま森の空き地におられますが。よろしければ、場所をお教えしましょう」

「ああ、ありがとう、ボブ」

ふたりは一緒に外に出た。ボブは言った。「中佐はここから歩いて十分ほどの現場で働いておいでです」

現場……たぶん木を伐《き》り倒しているのね。シーラは森へと入っていった。小径の両側には草木の葉がミニチュアの密林よろしく鬱蒼と生い茂り、湖の姿はちらりとも見えなかった。もし道をそれたら、とシーラは思った。もし木々のなかに入りこんだら、たちまち迷子になるだろう。そして湖をめざし、いつまでも行きつけず、同じところをぐるぐる回るはめになる。頭上の木々の枝のなかで風がそよいだ。近くには、鳥の姿も、動くものも、打ち寄せる波もない。深く茂るこの下生えのなかなら人を埋めることだってできるだろう。もう引き返すべきなのでは？　引き返して家にもどり、司厨長に、やはりなかでバリー中佐を待ちたいと言うべきなのでは？　シーラは迷ったが、もう手遅れだった。森のなかをマイケルがこちらに向かってくる。彼は手に鋤《すき》を持っていた。

「中佐が待ってるよ。あんたに墓を見せたいそうだ。いまちょうど掘り返したところでね」

ああそんな。なんの墓？　誰の墓なの？　顔から血の気が退《ひ》くのがわかった。マイケルの顔に笑みはない。彼はすぐ前方の空き地のほうに首をひねってみせた。そしてシーラは他の連中に気づいた。ニックの左右にもひとりずつ男がいる。彼らは上半身裸で、地中の何かに向かって身をかがめていた。シーラは膝の力が抜けるのを感じた。心臓がドクドクと激しく鼓動しだした。

「ミス・ブレアがお見えです、中佐」マイケルが言った。

ニックは振り返って、姿勢を正した。彼も他の男たちと同じく、袖なしシャツにジーンズという格好だ。鋤は持っていないが、手には小さな斧が握られていた。

「さて」彼は言った。「いよいよだな。こっちに来て、膝をつくんだ」

ニックはシーラの肩に手をかけ、ぽっかり開いた大きな穴のほうに引き寄せた。口をきくことができなかった。シーラはただ、穴の両側にできた茶色い土の小山、散らばった落ち葉、脇へ放り出された木の枝を見つめるばかりだった。その場にひざまずきながら、彼女は本能的に両手で顔を覆っていた。

「いったい何をしているんだ?」驚いた声でニックが言った。「目を覆っていたら、見えんだろう。これはまたとないチャンスなんだぞ。おそらくきみは、アイルランドの巨石墳墓の発掘に立ち会う最初のイギリス人女性だろう。コート・ケルン。われわれはそう呼んでいる。こいつらとわたしはもう何週間もこの作業に取り組んでいるんだよ」

つぎに気づいたとき、シーラは木の幹を背にすわりこみ、膝のあいだに頭を垂れていた。世界がぐるぐる回るのをやめ、徐々に鮮明になってきた。彼女は全身、汗びっしょりだった。

「吐きそうだわ」

「かまわんよ」ニックは答えた。「わたしのことは気にするな」

シーラは目を開けた。他の男たちはみんな消え、ニックがすぐそばにしゃがみこんでいた。

「朝食をコーヒーだけですませた報いだよ」彼は言った。「すきっ腹で一日を始めるのは、体に悪いんだ」

彼は立ちあがり、穴のほうへぶらぶらともどっていった。

「わたしはこの発見に大いに期待している。これは、わたしが過去に見てきた他の多くの墓よりも保存状態がいいんだよ。われわれは数週間前、まったく偶然にこれを見つけた。前庭と、墓室への通路らしきものの一部は、すでに掘り出したよ。これは紀元前千五百年からずっと、誰の手にも触れられずにここに埋まっていたんだ。外の世界には絶対にこのことを嗅ぎつけられてはならない。さもないと、考古学者どもが大挙して押し寄せ、写真を撮りたがるだろうからね。そうなったら、何もかもめちゃくちゃだろう？　気分はよくなったかな？」

「さあ」シーラは力なく言った。「たぶん大丈夫よ」

「では、こっちに来て見てごらん」

シーラはどうにか歩いていって、深い穴をのぞきこんだ。たくさんの石、丸みのあるアーチ風のもの、壁のようなもの。熱意を表すのはとても無理だった。先刻の誤解と恐怖とが、あまりにも大きすぎる。

「とてもおもしろいわ」シーラは言った。それからなんとも恥ずかしく、嘔吐《おうと》するよりはるかに悲惨なことに、彼女はわっと泣きだした。ニックはしばらく困惑の態でじっとシーラを見つめていた。それから、彼女の手を取って足早に歩きだし、無言のまま、口笛を吹き吹き、森を抜けていった。何分かすると周囲に木々はなくなり、ふたりは湖の岸辺に立っていた。

「バリーフェインはあの西のほうだよ。ここからは見えないがね。湖のこちら側は北に向かって広がり、ところどころ本土の陸地に入りこんで、パッチワーク状になっている。冬になると、鴨が飛んできて葦のなかに巣を作るよ。だがわたしは絶対、鴨を撃たないんだ。夏場、わたしは、朝食前にいつもここに来てひと泳ぎしている」

シーラは落ち着きを取りもどしていた。ニックは彼女に気を鎮める時間を与えてくれたのだ。大事なのはそのことだけであり、シーラは彼に感謝していた。

「ごめんなさい」彼女は言った。「でも正直に言うと、鋤を持ったマイケルを見て、彼にお墓の話を聞かされたときは、自分の最期の時が来たんだと思ったわ」

ニックは仰天して目を瞠った。それから彼はほほえんだ。「きみは外面《そとづら》ほどしたたかじゃないんだな。あのえらそうな態度は全部こけおどしだったわけだ」

「確かにそういう面もあるわね」シーラは認めた。「だけど、こんなの初めての経験だし。世捨て人と一緒に孤島に放り出されるなんてね。でももう、なぜ拉致されたのかはわかった。あなたは巨石墳墓のことをマスコミに漏らされたくないんですよね。オーケー、秘密は守ります。約束するわ」

ニックはすぐには答えなかった。彼はそこに立ったまま、顎をなでていた。

「ふむ」しばらくの後、彼は言った。「実に立派な態度だね。では、これからの予定を教えよう。われわれは家にもどり、ボブに弁当を作らせる。そしてわたしはきみを案内し、湖をひとめぐりする。もちろん約束するよ。きみを船から突き落としたりはしない」

彼はほんの少し狂っているだけだ。シーラは思った。あの写真の件をのぞけば、どこもおかしいところはない。あの写真……あれについては、すぐに本当のことを言おう。そして、自分が誰なのか、なぜバリーフェインに来たのか打ち明けよう。でも、いまはまだそのときじゃない。

数時間後、シーラはこう結論を下した。父の語っていた、恨みを抱き、世をすね、失意によってひねくれてしまったというニックと、彼女をもてなすために骨を折り、ともに過ごす時間が喜びの連続となるよう努めるこの男ほど、かけ離れたものはない。前部に小さなキャビンがあるエンジン二基のその汽艇《ランチ》――前日マイケルが彼女を島まで乗せてきたパタパタいうちっぽけなボートとは別の船――は、細く突き出た陸地を機敏に迂回しながら、すべるように湖上を走り、ニックは操舵席からあちこち指さして、本土の見どころをシーラに教えた。西の彼方の丘陵、城跡、古い修道院の塔。シーラの訪問の理由をそれとなく訊ねるとか、私生活について穿鑿《せんさく》するといったことは一切なかった。ふたりは小さなキャビンに並んですわり、ゆで卵と冷製チキンを食べた。そのあいだも、シーラは絶えず考えていた。父がいたら、このひとときをどんなに愛おしんだことか。予定どおり休暇をとるまで元気でいられたなら、父はこんなふうに一日を過ごしたにちがいない。彼女には、父とニックが一緒にいる姿、からかいあい、ののしりあう姿が見えた。ふたりは妙に張り合っている。それはその場に彼女がいるからだ。でも母はいない。もしいたら、すべてをぶち壊していただろう。

「ねえ」急に大胆な気分になって、シーラは言った。これはギネスの前にちょっとひっかけたウィスキーの作用だ。「わたしが想像していたバリー中佐は、あなたとはまるでちがっていたのよ」

「どんな男を想像していたのかね？」彼は訊ねた。

「そうね、世捨て人という話から、わたしが想像していたのは、年とった召使いや吠えたてるウルフハウンドでいっぱいのお城に住んでいる人よ。かなりの老いぼれ。召使いをどなりつける、怖い顔をした、ひどく無礼な男。または、やたらに陽気な、いたずらばかり仕掛けるお爺様」

ニックはほほえんだ。「わたしだって無礼に振る舞うときはあるさ。それに、よくボブをどなりつけているしな。いたずらに関して言えば……若いころ始終やっていた。いまもやっているよ。もう一本ギネスをどうだい？」シーラは首を振って、隔壁に背をもたせかけた。「問題は」ニックは言った。「わたしのやったいたずらは、主に自分が楽しむためだったという点だな。いずれにしろ、そういうのはもう流行らんよ。たとえば、まさかきみは編集主任のデスクに白ネズミを仕込んだりしないだろう？」

編集主任のデスクの代わりに人気俳優の楽屋を使用、とシーラは思った。

「白ネズミじゃないけど」彼女は言った。「一度、悪臭弾をボスのベッドの下に仕掛けたことがあるわ。彼ったら、すごい勢いでベッドから飛び出したものよ」

あれはマンチェスターでのことだ。ブルースもやはり彼女を許さなかった。彼が秘密の情事に発展すると思っていたものは、そこで雲散霧消した。

「つまりそういうことだよ」ニックは言った。「最高のいたずらは、仕掛けた当人以外の者にはおもしろくないのさ。しかし、ちょっとしたギャンブルだね。ボスをからかうとは」

「自衛のためよ」シーラは言った。「彼とベッドに入るなんて、まっぴらだったから」

ニックは笑いだし、それから自分を抑えた。「ごめんよ。ちょっと陽気になりすぎた。編集主任たちとのトラブルは多いのかい？」

シーラは考えるふりをした。「相手によりけり。いろいろ要求してくることもあるわ。野心があるなら――わたしにはあるわけだけど――それは出世につながる。だけど、ああいうことってわずらわしいのよ。わたしはあまり心が広くないし」

「というと？」

「そうね、わたしは簡単に脱いだりしない。気に入った相手じゃなきゃだめなの。こんな話、ショックかしら？」

「一向に。わたしのような老いぼれは、若い世代の生態を知りたいものなんだ」

シーラはタバコに手を伸ばした。今回、ニックは火をつけてくれた。

「実を言うと」彼女は言った。それはまるで、日曜の夕食後、母がまちがいなく別室に収まっているときに、父と話しているようだった。ただ、このほうがもっと楽しいけれど。「実を言うと、わたしはセックスは重視されすぎだと思っているの。男はみんな大騒ぎする。気持ち悪いったらないわ、大げさにうめいちゃって。なかには泣く男だっている。でも人があれをする唯一の理由は、インディアンごっこで頭の皮をはぐのと同じ――勝利の印を得るためなのよ。わたしに言わせれば、あんなこと無駄もいいところ。でもわたしはまだ十九だから。成熟するまでにはたっぷり時間があるわね」

「それはどうかな。十九と言えば、いい年だ。きみが思うほど先は長くないよ」ニックは収納庫から立ちあがって、ぶらぶらと操舵席へ向かい、エンジンをかけた。「実に痛快だ」彼はそう付け加えた。「きみが皮をはいだたくさんの頭のことや、フリート街（かつてのロンドンの新聞社街）でつづくうめき声のことを考えるとね。マスコミ界の友人たちに気をつけるよう言ってやらんとな」

シーラはぎょっとして彼を見あげた。「友人たちって？」

ニックはほほえんだ。「わたしにはわたしの人脈があるんだよ」彼はラム島の方角に船首を向けた。時間の問題だわ、とシーラは思った。彼はわたしの記者としての身分をチェックするだろう。そして、そんなものは存在しないと知る。ジェニファー・ブレアにたどり着くには、彼は相当数の劇場支配人に問い合わせをせねばなるまい。運がよければ、そのひとりがこう言う。「ああ、あのすばらしい若手女優のことですか？　ストラトフォード（ストラトフォード・アポン・エイボン。ロイヤル・シェイクスピア劇場がある）の人たちがつぎのシーズンに押さえようとしている？」

瞬《また》く間に時は過ぎ、気がつくとニックはもう、密生する樹木にうまく隠された彼の領土の桟橋付きボート小屋にランチを横付けにしていた。マイケルがそこでふたりを出迎え、シーラは今朝の恐怖を思い出した。森に覆われたこの島の中心の、一部掘り出された巨石墳墓のことを。

「わたしのせいで一日が台なしね」彼女はニックに言った。「せっかくみんなで発掘の仕事をしていたのに。わたしがいなければ、作業をつづけられたのにね」

「そうでもないさ。気晴らしにもいろいろなかたちがある。発掘はいますぐでなくてもいい。

何かニュースはあるか、マイケル？」

「いくつか通信が入っています、中佐。家のほうに。万事順調です」

変身はふたりが家に着くまでに完了していた。シーラの連れは、無愛想になり、神経をとがらせ、彼女以外の何かに気をとられていた。ご主人の声を耳にするなりその腕に飛びこんだあの小犬でさえ、すぐさま下におろされた。

「五分後、司令室で会議を行う。全員集合だ、ボブ」彼は言った。

「了解」

ニックはシーラに顔を向けた。「申し訳ないが、ひとりで自由に過ごしてくれないか。本、ラジオ、テレビ、レコード、昨夜の部屋に全部そろっている。わたしのほうは何時間か手が離せない」

何時間か……まだ六時過ぎなのに。なんだか知らないが、その仕事は九時、十時までかかるのだろうか。彼女はまったくちがうことを期待していた。暖炉の前でくつろぐ長い親密な夜、何が起きてもおかしくないひとときを。

「いいわ」シーラは肩をすくめた。「どうぞ御意のままに。ところで、ひとつうかがいたいんだけど、いつまでわたしを拘束しておくつもり？　わたしにはロンドンでいろいろすることがあるのよ」

「そうだろうね。しかし、頭の皮はぎのほうは待ってもらうしかない。ボブ、ミス・ブレアにお茶を差しあげてくれ」

すぐうしろに犬を従え、ニックは廊下を歩み去った。シーラは不機嫌にドスンと長椅子にすわった。なんてつまらない！　昼のあいだは、あんなにうまくいっていたのに。彼女は本を読む気もレコードを聴く気もしなかった。ニックの趣味はどうせ父と同じだろう。古臭いピーター・チェイニーやジョン・バカン。父は何度も繰り返しその手のものを読んでいた。それに音楽は軽めのやつ、たぶん〈南太平洋〉だ。

司厨長がお茶を持ってきた。今回はチェリー・ジャムとスコーン、しかも焼きたてだった。シーラはスコーンをむさぼった。それから棚を眺めながら、室内をぶらついた。ピーター・チェイニーはなし。ジョン・バカンもなし。アイルランドに関する本がどこまでもつづいている。これはまあ、予想どおり。イェーツ万歳。それに、シング、ラッセル、アベイ座に関する本が一冊。これはおもしろいだろう。でも「いまはそんな気分じゃない」と彼女は思った。「いまはそんな気分じゃない」レコードはほとんどクラシックだった。モーツァルト、ハイドン、バッハ、屑の山。ニックが一緒なら、それもいい。ふたりで聴いたかもしれない。デスクの写真を彼女は無視した。ちらりとでも見れば、ひどくいらいらするからだ。なんだってあんなことを？　あんな女のどこがよかったのだろう？　それを言うなら、父だってだが。でも、どう見ても父より知的なニックが母みたいな女のことでイカレてしまうなんて。確かに若いころの母は綺麗だったけれど、それでも到底理解できない。

「こうしよう」シーラは思った。「髪を洗ってこよう」

何をやってもだめなとき、この方法はしばしば効を奏する。シーラは廊下を進み、〝司令室〟

と表示のあるドアの前に差しかかった。室内からは、ぼそぼそと話し声が聞こえていた。それからニックの笑い声がした。急にドアが開いて、立ち聞きしているところを見とがめられたりしないよう、彼女は足早にそこを通り過ぎた。すると、無事に先へ進みだしたとき、本当にドアが開いた。肩越しに振り返ると、ちょうど若い男が出てくるところだった。今朝、ケルンの発掘を手伝っていた若者のひとりだ。その淡い色のもじゃもじゃの髪をシーラは覚えていた。年はせいぜい十八というところだろう。彼らはみんな若い。シーラはその点について考えはじめた。ニック自身とボブをのぞけば、全員、若者だ。彼女はスウィングドアを通り抜けて自分の部屋に入り、突如、閃《ひらめ》いた新たな考えに愕然としつつベッドに腰を下ろした。

ニックは同性愛者なのだ。彼らはみんな同性愛者にちがいない。ニックが海軍を追われたのはだからだろう。事実を知った父は、彼の昇進を認められなかった。そして、ニックはそのことをずっと根に持っているわけだ。たぶん、彼女がリストから書き写した例の日付は、ニックが問題を起こした日を示しているのだろう。あの写真は煙幕だ。同性愛者はよく既婚者を装い、正体を隠そうとする。ああ、そんな……もう終わりだ。とても耐えられない。なぜ生まれて初めて出会った魅力的な男性が、そうでなければならないのか。ああ、やつら全員、地獄へ落ちてしまえ。あの巨石墳墓のそばで、上半身裸のまま……そう、連中はたぶんいまも、あの司令室で同じことをしている。もう何もかも無意味だ。さっさと島を離れ、家に飛んで帰ろう。早ければ早いほどいい。

シーラは洗面台の蛇口をひねって、水のなかに猛然と頭を突っこんだ。石鹸までもが――

〈エーゲ海ブルー〉だが——男が自宅に置くにはあまりにエキゾチックすぎる。彼女は髪を拭いて、ねじったタオルをターバン風に頭に巻くと、ジーンズを乱暴に脱ぎ、別のジーンズをはいた。それは似合っていなかった。そこで今度は、旅行用のスカートをはいた。「これで彼にもわかるでしょうよ。わたしには若い男の猿まねをする気は毛頭ないんだから」

軽いノックの音がした。

「どうぞ」彼女は荒っぽく言った。

それはボブだった。「失礼します。中佐が司令室に来ていただきたいと申しております」

「悪いけど、待ってもらうしかないわ。いま髪を洗ったところなの」

司厨長は咳払いした。「中佐をお待たせにならないほうがよろしいかと存じますが」

このうえなく慇懃な態度だが……それでも、彼の四角張ったがっちりした体軀は何か不穏なものを感じさせた。

「いいでしょう」シーラは言った。「中佐はこの格好に我慢しなきゃならない。それだけのことよ」

司厨長につづき、彼女は傲然《ごうぜん》と廊下を進んだ。例のねじったターバンのせいで、その姿はベドウィンのシークのようだった。

「失礼」司厨長は小声で言って、司令室のドアを軽くノックした。「ミス・ブレアがお見えです、中佐」彼はそう報告した。

シーラにはなんにでも向き合う覚悟ができていた。寝棚に裸で寝そべる若者たち。煙の立ちのぼる線香。儀式の進行役として、口にするもおぞましい営みの指揮を執るニック。ところが、彼女が目にしたのは、テーブルを囲む七人の若者、そして、その上座に着いたニックだった。片隅には、ヘッドフォンを耳に当てた八人目の男がすわっている。テーブルの七人はじっと彼女を見つめ、やがて視線をそらした。ニックはちょっと眉を上げて、紙を一枚、手に取った。それは、シーラの旅行ガイドから消えた日付のリストだった。

「髪のお手入れの邪魔をして申し訳なかったね」ニックは言った。「しかしわたしとこちらの紳士がたは、ぜひとも知りたいんだよ。きみが旅行ガイドにはさんでいたこのリストの日付にはどういう意味があるんだろうか」

ここは効能が確かなあの格言に従おう。攻撃は最大の防御なり。

「まさにそれがわたしのうかがいたかったことよ、バリー中佐。でもインタビューは受けていただけなかったし。どのみち、あなたはその質問をかわしたんじゃないかしら。その日付があなたにとって重要なのは明らかですもの。そうでなければ、そもそもお友達のご紳士がたがリストをくすねるわけがありませんものね」

「もっともだな」ニックは言った。「誰がそのリストをきみに渡したんだね?」

「この仕事の担当になったとき、部がよこした書類のなかにあったのよ。それは資料のひとつにすぎないの」

「つまり〈サーチライト〉の編集部ということかな?」

「ええ」

「きみの仕事とは、退役した海軍将校、すなわち、わたしについて記事を書くことだね？　その男が日々をどう過ごしているか、趣味はなんなのか、といったことを？」

「そのとおりよ」

「そして、スタッフの他のメンバーは、他の退役将校について同種の記事を書くことになっているわけだな？」

「ええ。すばらしいアイデアだと思うわ。斬新で」

「せっかくの物語をぶち壊してすまないがね、われわれは〈サーチライト〉の編集主任に問い合わせをしてみたんだよ。すると、そういう連載記事を載せる予定がないばかりか、彼らのスタッフに、ミス・ジェニファー・ブレアという人物はいないというんだ。いちばん下っ端のメンバーのなかにさえも」

当然、予想すべきだった。マスコミ界のニックの人脈。自分が記者でないのが、本当に残念だ。彼が何を隠そうとしているにせよ、その秘密を日曜紙のどれかで暴露すれば、ひと財産稼げたろうに。

「ねえ、聴いて」シーラは言った。「これはデリケートな問題なの。ふたりだけでお話しできない？」

「いいだろう」ニックは言った。「お望みとあれば」

例の七人が立ちあがった。いかにも屈強そうな一団だ。こういうのが彼の好みなのだろうとシーラは思った。

「きみさえかまわなければ」ニックは付け加えた。「無線係は持ち場に残らせたいんだが。通信が絶えず入ってくるのでね。きみが何を話そうが、彼には聞こえんよ」

「ええ、かまわないわ」シーラは答えた。

七人の若者はぞろぞろと出ていった。ニックは椅子の背にもたれた。あの輝く青い目は片時もシーラの顔から離れない。

「そこにすわって、洗いざらい吐き出すんだ」彼は言った。

シーラは空いた席のひとつにすわった。突然、頭に巻いたねじったタオルが気になりだした。それは彼女の威厳を増しているとは言えない。まあいいか。これから打ち砕かれるのは彼の威厳のはずだから。こっちはある程度まで真実を告げよう。即興でやり、向こうの反応を待とう。

「〈サーチライト〉の編集主任の言ったとおりよ」大きくひとつ息を吸って、彼女はそう始めた。「わたしはあの雑誌社で働いたことなんてない。他のどこの雑誌社でも。本当は記者じゃなくて、女優なの。でも、同業者でわたしの名前を聞いたことがある人はほとんどいないわ。いまはまだね。わたしは若い劇団に所属しているの。巡業が多い団で、最近、ロンドンに自分たちの劇場を獲得したばかりよ。このことは確認しようと思えばできるわ。ヴィクトリアの〈ニューワールド・シアター〉という劇場。そこの人ならみんな、ジェニファー・ブレアを知っている。わたしはまもなく始まるシェイクスピア喜劇の連続公演で主役をやることになっているのよ」

ニックはほほえんだ。「前の話より本当らしいね。おめでとう」

「その言葉は、初日の夜まで取っておいて」シーラは答えた。「いまから三週間後よ。演出家や劇団の他のみんなは、この旅のことは何も知らない。わたしがアイルランドにいることさえ。わたしがここに来たのは賭けのためなの」

彼女は一拍間をとった。ここからがむずかしいところだ。

「わたしの男友達のなかに――劇団とはぜんぜん関係ない人だけど――海軍に伝手《つて》のある人がいるの。それで、あの日付のリストが、たまたま彼の手に渡ったのよ。リストの端にはあなたの名前が走り書きされていた。何か意味があるにちがいないけど、それがなんなのか彼にはわからなかったの。ある夜、食事のあと、わたしたちはちょっと酔っ払ってね。彼は面白半分、わたしに賭けを挑んだわけ。きみは大した女優じゃない。もし記者を装ってバリー中佐にインタビューを受けさせられたら、二十五ポンド、プラス経費を支払うというのよ。決まりってわたしは言ったわ。だから、わたしはここにいるの。正直言って、この体験の一環として、拉致されて孤島に連行されようとは思ってもみなかった。昨夜、旅行ガイドからリストが抜かれているのに気づいたときは、ちょっと怖くなったわ。これはつまり、あの日付に本当に何か報道できないような意味があるってことだと思って。あれはどれも五〇年代の日付よね。わたしが公立図書館で掘り出した海軍将校一覧によれば、あなたが退役したのも同じころだった。正直言って、こっちはあの日付の意味なんてどうだっていいの。でもさっきも言ったように、あなたにとってあの日付がとても重要なのは明らかだわ。それに、賭けてもいいけれど、それが意味するものは違法とは言わないまでも、かなりいかがわしいことなんでしょうね」

ニックは椅子をうしろに傾け、前後に静かに揺らしていた。あの隻眼《せきがん》が動き、天井をじっと眺めた。どうやら答えあぐねているらしい。つまり、シーラの矢が命中したということだ。

「何をいかがわしいと呼ぶか」彼は静かに言った。「また、違法と呼ぶか。それは意見の分かれるところだよ。わたしやわたしの若い友人たちにしてみればまったく正当な行動であっても、きみがかなりのショックを受けることはありうる」

「わたしはそう簡単にショックを受けたりしないわ」

「ああ、そうだろう。問題は、仲間たちにそのことを納得させねばならんということだよ。五〇年代にあったことは、彼らにはなんの影響も与えない。当時、彼らはまだ子供だったからね。しかし現在、われわれがともに行っていることは、われわれ全員にとって大きな問題だ。われわれの活動が少しでも外に漏れれば、きみの推測どおり、われわれは法と対立することになる」

ニックは立ちあがり、卓上の書類をそろえだした。つまり、とシーラは思った。父がどんな違法行為を疑っていたにせよ、ニックはいまも、ここアイルランドでその活動に従事しているわけだ。考古学的発見物をアメリカに密輸しているとか？　それとも、今夜の彼女の直感が正しかったのか？　ニックとあの友人たちは同性愛者なのだろうか？　アイルランドという国はとてもモラルにうるさいから、その種のことが法に触れる可能性は大いにある。彼がそのことを彼女に話すわけはない。

ニックは移動して、ヘッドフォンの男のそばに行った。男はメモ用紙に何か書きつけている。どこかからのメッセージね、とシーラは思った。ニックはそれを読み、自らの手ですばやく返信をしたためた。それから彼はシーラを振り返った。

「われわれの活動を見てみたいかね？」彼は訊ねた。

シーラはぎくりとした。この司令室に入ってきたときは、なんにでも向き合う覚悟ができていた。でもここまで単刀直入に訊かれると……

「どういう意味？」シーラは逃げ腰になって訊ねた。

ターバンが床へとすべり落ちた。ニックはそれを拾いあげ、彼女に手渡した。

「いい経験になるぞ」彼は言った。「こんな機会はまたとないだろう。きみは何もしなくていい。ショーは遠くで行われる。とても刺激的なやつが、内密に」

ニックはほほえんでいた。だがその笑いには不安を誘う何かがあった。シーラはドアのほうへとあとじさった。突然、森のどこか、あの有史以前の墓のそばに、すわらされている自分の姿が目に浮かんだ。逃げるすべのない彼女の前で、ニックとあの若者たちが口にするもおぞましい太古の儀式を行っている。

「実のところ……」シーラは言いかけたが、ニックは相変わらず笑みをたたえたまま、彼女をさえぎった。

「実のところ、ぜひ来てほしいんだ。見るだけで勉強になるだろう。途中まではボートを使い、その先は陸路を行くよ」

彼はさっとドアを開けた。廊下には男たちが並んでおり、ボブもそのなかにいた。

「問題ない」ニックは言った。「ミス・ブレアは面倒を起こさんよ。戦闘配置につけ」

一同はぞろぞろと廊下を去っていった。ニックはシーラの腕をつかんで、彼の専用区域に通じるスウィングドアへと進ませた。

「上着を取ってこい。もしあれば、スカーフもだ。外は寒いかもしれない。さあ、急げ」

ニックは自分の部屋へと消えた。シーラが再度、廊下に出ていくと、彼はハイネックのセーターにウィンドブレーカーという格好で待っていた。

「行こう」

男たちの姿はもうなかった。司厨長だけが小犬を抱いて調理室の入口に立っていた。

「幸運を、中佐」彼は言った。

「ありがとう、ボブ。スキップに砂糖をふたつやってくれ。それ以上はだめだぞ」

彼は先に立って、森を抜ける細い小径をボート小屋まで歩いていった。汽艇《ランチ》のエンジンは低くブンブンいっていた。乗っているのはふたりだけだった。マイケルとあのもじゃもじゃ頭の若者だ。「キャビンに行って、すわっているんだ」ニックはシーラに命じた。彼自身は操舵席に行った。ランチは湖を滑走しはじめ、島は後方へと消えた。キャビンのなかにすわらされ、シーラはたちまち方角がわからなくなった。本土は彼方の霞《かすみ》と化し、ときおり近くに迫ってきては、また遠のいていくが、暗い空のもとで形を表すことはない。ときどき、小さな船窓からのぞいてみると、ランチは葦をかすめんばかりに岸辺の間近を走っているが、一瞬後にはまた、見渡すかぎり水の広がりばかりとなる。湖面は黒く静かで、突き進む舳先だけが白い泡をかき立てていた。エンジン音はほとんど聞こえない。誰もが沈黙を守っている。まもなく静かな唸りがやんだ。ニックが船を土手の際の狭い水域に入れたのだろう。彼は首をかがめてキャビンをのぞきこみ、シーラに手を差し伸べた。

「おいで。足が濡れるだろうが、やむをえない」

湖水と葦原と空以外、周囲には何も見えなかった。すぐ前には、あの金髪の若者がいる。泥が靴に浸みこんでくる。彼らは細い泥道を進んでいた。闇のなかから物影が浮かびあがった。それはバンのように見え、その脇にはシーラの知らない男が立っていた。男はバンのドアを開けた。それはあとからよろよろと泥濘《ぬかる》んだ地面に上がった。

まずニックが乗りこみ、シーラを引きずりこんだ。金髪の若者は前に回って運転手の隣に乗った。バンはガタゴトと隘路《あいろ》をのぼっていき、丘のようなもののてっぺんで、道路と思《おぼ》しき平らな地面に到達した。シーラは姿勢を正そうとして、頭上の棚に頭をぶつけた。何かがガタガタと音を立てて揺れた。

「じっとして」ニックが言った。「パンが全部降ってきたら事だよ」

「パン?」

それは島を出て以来、シーラが初めて発した言葉だった。ニックがライターをカチリとつけた。ふたりと運転手を隔てる仕切りが閉まっているのが見えた。彼らのまわりはパンだらけだった。棚に整然と積まれたパン。それに、ケーキやペストリーや菓子や缶詰もあった。

「召しあがれ」ニックが言った。「今夜最後の食事のチャンスだ」

彼は手を伸ばして、パンをひとつつかみ取ると、それを半分に割った。それからライターを消し、ふたりをふたたび暗闇に委ねた。いまのわたしはなされるがままだ、とシーラは思った。霊柩車に乗せられた死体だって、ここまで無力じゃないだろう。

「あなた、このバンを盗んだの？」彼女は訊ねた。

「盗む？　なんだってわたしがバンを盗まなきゃならないんだ？　これはマルドナーの食料品屋に借りたんだよ。いま運転しているのも、そこの主人だ。チーズをおあがり。それにこれもひと口」ニックはフラスクをシーラの口にあてがった。その生《き》の酒は、彼女をむせかえらせたが、それと同時にぬくもりと勇気を与えてくれた。「足が濡れているだろう。靴を脱ぎなさい。そして、上着をたたんで枕にするんだ。それで本格的に始められる」

「始めるって？」

「うん、国境まで六十キロ弱あるのでね。道もずっといいことだし。わたしはきみの頭の皮をはごうと思っているんだ」

シーラはイングランド北部の寄宿学校にもどるため、寝台列車に乗っていた。父がプラットホームから別れの手を振っている。「いやよ」シーラは叫んだ。「わたしを置いていかないで」列車は溶け去って、劇場の楽屋になった。彼女は、『十二夜』のシザーリオの衣装を着けて、鏡の前に立っていた。寝台車と楽屋が爆発した……

シーラは身を起こし、パンの棚に頭をぶつけた。ニックはもうそこにはいなかった。バンは止まっている。しかし何かが彼女を、完全な失神状態から目覚めさせたのだ。タイヤがパンクしたにちがいない。車内の闇のなかでは何も見えなかった。腕時計の文字盤さえも。時は存在しない。ああなったのは体の化学反応のせいだ、と彼女は思った。人の膚《はだ》。それはなじんだり、なじまなかったりする。混ざり合ってひとつになる、溶けて新しいものになるか、欠陥プラグ、切れたヒューズ、壊れた配電盤のように、なんの作用も起こさないか。うまくいった場合、たとえば今夜のわたしみたいな場合、それは空を粉々に打ち砕く。まるで山火事、アジャンクールの大勝利だ（アジャンクールはフランス北部の村。百年戦争中の一四一五年、イングランドが長弓の威力により大勝した地）。わたしは九十五まで生き、誰かいい人と結婚し、十五人子供を持ち、舞台の賞やオスカーを獲《と》るだろう。でも、目の前で世界がばらばらになり、燃えあがることは二度とないだろう。こんなのはもうたくさん……

バンのドアが開き、冷気がさっと吹きこんできた。あのもじゃもじゃ頭の若者が笑いかけている。

「中佐が、ちょっと花火を見にこないかと言ってますよ。とてもいい眺めです」

シーラは目をこすりながら、若者のあとを追い、車外へとよろめき出た。バンはどぶのそばに駐めてあった。そしてどぶの先には畑があり、川が一本、確かにそこを流れている。しかし前景は暗かった。彼女に見分けられるのは、道がカーブするところにいくつか立つ農場の建物らしきものだけだ。空の彼方はオレンジ色に輝いており、まるで、何時間か前に沈んだはずの太陽が、時の流れをかき乱し、北から昇ったかのようだった。炎の舌がいくすじも天に突き出し、黒煙の柱と交錯している。ニックは運転席のそばに立っていた。そして運転手はその隣に。ふたりとも空をじっと見あげている。ダッシュボードに置かれた無線機からは、小さく声が聞こえていた。

「これはどういうこと？」シーラは訊ねた。「どうなっているの？」

バンの運転手、顔に深い皺《しわ》の寄った中年男が笑顔で振り返った。

「アーマー（北アイルランド南部の町）が燃えているんだ。その大部分がな。だが大聖堂には被害は及ばない。町じゅう黒焦げになっても、聖パトリック大聖堂は無事だろうよ」

もじゃもじゃ頭の若者が無線機に耳を傾けた。姿勢を正すと、彼はニックの腕に手を触れた。

「第一の爆発がオマー（北アイルランド北西部の町）で起きました、中佐」彼は言った。「三分後にストラバン（北アイルランド西部の行政区）からの報告が入るでしょう。エニスキレン（北アイルランド南西部の町）は五分後です」

「結構」ニックは答えた。「行こう」

彼はシーラを車内に押しこみ、自分もあとから乗りこんできた。バンはただちに発進し、Uターンして、ふたたび道を走りだした。

「もっと前に気づくべきだった」シーラは言った。「本当ならわかっていたはずなのよ。でも森のケルンやら何やらの偽装にだまされたわ」

「あれは偽装じゃない。わたしは実際、発掘に情熱を傾けている。しかし爆発のほうがもっと好きなんだ」

ニックがひと口飲むようフラスクを差し出したが、シーラは首を振った。

「あなたは人殺しよ。あそこでは無力な人たちがベッドのなかで焼かれている。女性や子供が何百人も死のうとしているんだわ」

「誰も死にはしないさ」ニックは答えた。「彼らは外に出て、拍手しているよ。マーフィーを信じちゃいけない。彼は夢の世界で暮らしているんだ。アーマーの町はびくともしない。倉庫がひとつふたつ、運がよければ兵舎がくすぶる程度だな」

「じゃあ、あの男の子が言っていた他の場所は？」

「花火大会だよ。効果絶大な」

いま思い返せば明々白々だ。父とのあの最後の会話。父はちゃんと知っていたのだ。友情より義務。国への忠誠が第一。ふたりがクリスマスカードのやりとりをやめたことには、なんの不思議もない。

ニックが棚からリンゴをひとつ取って、むしゃむしゃと食べはじめた。

「ところで……」彼は言った。「きみは女優の卵だと言ってたな」

「卵にすぎないけれどね」

「おいおい、そう謙遜するなよ。きみはきっと成功するさ。きみがひっかかったのと同じく、こっちもみごとにひっかかるところだったものな。しかし、海軍に伝手のある友達ってくだりは、まだ、どうも怪しい気がするんだが。その男の名前を教えてくれ」

「教えないわ。たとえ殺されたって」

ジェニファー・ブレアに感謝だ。シーラ・マネーだったなら、とても隠しきれなかったろう。

「おや、そうかい」ニックは言った。「まあいいさ。もうすんだことだ」

「じゃあ、あの日付は本当に、あなたにとって意味のあるものだったのね？」

「そう、大いにね。しかし当時、われわれはまだ素人だった。一九五一年六月五日、ロンドンデリー、エブリントン兵舎。大成功。一九五三年六月二十五日、エセックス州、フェルステッド校、将校訓練部隊。ささやかなミスあり。一九五四年六月十二日、アーマー、ゴフ兵舎。収穫はわずかながら、士気が高まる。一九五四年十月十七日、オマー兵舎。これにより新兵数名を獲得。一九五五年四月二十四日、ロンドンデリー、エグリントン海軍航空基地。ふむ……これはノーコメント。一九五五年八月十三日、バークシア州、アーモアフィールド連隊本部。最初は成功するも、ドヘマつづき。その後、みんなたっぷり宿題をやるはめになった」

プッチーニによるイタリア・オペラの曲に「おお、わたしの愛するお父様！」という歌がある。シーラをいつも泣かせるアリアだ。とにかく、と彼女は思った。霊となってどこにいるにせよ、パパ、わたしのしたことを、そして、夜が終わる前にもう一度しそうなことを責めないで。これがパパの最後の願いに応える唯一の方法なの。パパはこんなやりかたは認めないだろうけれど。でもパパには高い理想があり、わたしにはそんなものはない。それに、遠い昔、何があったところで、わたしには無関係。わたしの問題は、もっとずっと原始的な、ずっと感覚的なものなの。わたしはパパのかつての友達にひっかけられ、丸めこまれ、すっかり夢中になっている。

「政治には興味がないわ」シーラは言った。「爆弾を爆発させ、人の生活をかき乱すことに、なんの意味があるって言うの？　あなたはアイルランド統一を願っているの？」

「そうとも」ニックは答えた。「われわれはみんな同じ気持ちだ。いつかきっとその時が来る。

だがそうなったら、仲間のなかには退屈する者もいるだろうね。たとえば、マーフィーをごらん。田舎で店のバンを乗りまわし、夜の九時に寝る毎日じゃ、まるで刺激がないだろう？　彼はこういう活動で若さを保っているのさ。将来、統一アイルランドで暮らすとしたら、七十の誕生日を待たずに死んでしまうだろうよ。先週、彼が島に作戦会議に来たとき、わたしは言ったんだ。『ジョニーはまだ若すぎる』――ジョニーというのは彼の息子、いま助手席にすわっている坊主のことだよ――『ジョニーはまだ若すぎる』わたしは言った。『命を危険にさらせるのは、もう少ししてからのほうがいいんじゃないか？』するとマーフィーはこう答えた。『危険がなんだってんです。男の子をおとなしくさせとくには、これ以外、手はありませんよ。世の中がこんなんじゃね』」

「あなたたちはみんなイカレてる」シーラは言った。「国境《ボーダーライン》のあなたたち側にもどったら、さぞほっとするでしょうよ」

「国境《ボーダーライン》のわれわれ側？」ニックは訊き返した。「われわれは国境を越えてはいないよ。わたしをなんだと思ってるんだ？　若いころはちょっと馬鹿もやったがね、食料品屋のバンで敵の領土を走りまわったりはしないさ。わたしはこのショーをきみに見せたかった。それだけのことだよ。実は、最近は単なる相談役でしかないしな。『バリー中佐に訊け』と誰かが言う。『中佐に何か考えがあるかもしれない』するとわたしが、ケルンの発掘や歴史関係の執筆を中断して顔を出し、短波無線に向かうわけだ。それによって、わたしは心の若さを保てる。マーフィーとおんなじだよ」ニックは棚からパンをいくつか下ろし、頭の下に敷いた。「このほうがいい。首の支えになる。以前ある娘を手榴弾の山を背にして抱いたことがあるが、当時はわたしもまだ若かったからな。その娘《こ》はまるで怖がらなかったよ。手榴弾をカブだと思っていたんだ」

ああ。シーラは思った。まだなんて。いまはやめて。戦いは終わり、勝利は得られた。今度は平和を求めよう。いまはただ、こうして彼の膝に脚を投げ出し、肩に頭をあずけて、横たわっていたい。これこそが安全だ。

「いやよ」彼女は言った。

「おや、本当に？　スタミナ切れかい？」

「スタミナなんて関係ない。わたしはまだショックが癒えないの。あなたの言うアーマーの兵舎みたいに、何日もくすぶりつづけるでしょうよ。それはそうと、わたしはまちがいなくプロテスタントの北アイルランドに属しているのよ。祖父があっちの生まれだから」

「そうなのかい？　それですべて説明がつくな。きみとわたしは愛憎相半ばする関係なんだ。国境をはさむ者同士の常だがね。惹かれ合いつつ敵対する。特異な仲だよ」

「たぶんあなたの言うとおりね」

「もちろんそうさ。車の事故で片目を失ったとき、わたしは国境の向こうの何十人もの人間から同情の手紙をもらった。わたしが死ねばうれしいはずの連中からだよ」

「病院にはどれくらいいたの？」

「六週間。時間はたっぷりあった。それで、考え、プランを練ったんだ」

さあ、とシーラは思った。いまがその時よ。慎重に、足もとに気をつけて進むの。

「あの写真」彼女は言った。「デスクにあった写真だけどね。あれは作り物でしょう?」

ニックは笑った。「参ったね、女優でなけりゃあの細工は見破れんよ。いたずら時代の思い出。あれを見るたびに頬がゆるむよ。だからデスクに置いてあるのさ。わたしは結婚したことはない。あの話はきみに聞かせるために咄嗟にでっちあげたんだ」

「ほんとの話を聞かせて」

ニックはふたりがもっと心地よく寝られるように姿勢を変えた。

「本当の花婿は、親友のジャック・マネーという男だ。先日、彼の訃報を見たが、そのときは悲しかったな。わたしたちはもう何年も連絡をとりあっていなかったんだよ。ともあれ、わたしは彼の付き添い役だった。それで、夫妻が結婚式の集合写真を送ってきたとき、顔の部分を入れ替えて、そのコピーをジャックに送ってやったんだ。彼は大笑いした。ところが奥方のパムはおもしろがらなかった。それどころか激怒したんだよ。ジャックによると、写真をずたずたに引き裂いて、屑籠に放りこんだって話だ」

ママらしいわ、とシーラは思った。ほんとにママらしい。きっとにこりともしなかったでしょうよ。

「だが仕返しはしてやったよ」ニックが頭の下からパンをひとつ取りのぞいた。「ある夜、わたしは予告なしにふたりの家を訪ねたんだ。ジャックは留守だった。仕事関係のディナーに出かけていたんだよ。パムはひどく無礼な態度でわたしを迎えた。そこでわたしは特別に濃いマティーニを作り、ソファの上で彼女と取っ組み合った。パムはちょっとくすくす笑って、そのまま意識を失ったもんだ。わたしはサイクロンが家を襲ったみたいに部屋じゅうの家具をひっくり返してから、彼女を二階のベッドに運んで、そこに放り出しておいた。付け加えるなら、ひとりで、だ。朝には、彼女は何もかも忘れていたよ」

シーラは彼の肩にもたれかかって、バンの天井を見あげた。

「知っていたわ」彼女は言った。

「なんのことだい？」

「あなたたちの世代が世にもおぞましいまねをするってこと。わたしたちよりずっとひどいわ。親友の屋根の下で。考えただけでぞっとする」

「それはまたおかしな発言だな」ニックは驚いて言った。「誰ひとり気づかなかったのに、いったい何が問題なんだ？　わたしはジャック・マネーに忠実だったよ。彼のほうはその後もなく、わたしの昇進のチャンスをつぶしてくれたがね。しかしこれは、さっきの件とは無関係だ。彼は自らの規範に従って行動したまでさ。わたしがのろまな海軍情報部の動きを邪魔していると思ったんだな。それに、その考えはまったく正しかったわけだよ」

もう真実は話せない。どうしたって不可能。こうなったら、打ちのめされ、這《ほ》う這《ほ》うの体《てい》でイングランドに逃げ帰るか、それとも、これっきり帰らないか、ふたつにひとつだ。彼はわたしの父をあざむき、母をあざむき（これは自業自得）、長年、仕えたイングランドをあざむき、身にまとった軍服を汚し、自らの階級を貶《おとし》め、いまはこの国をより大きく分断せんと日々闘っており、この二十年ずっとそうしてきたわけだけれど、そんなことはどうだっていい。連中は争わせておこう。勝手に自分たちを吹っ飛ばさせよう。世界を丸ごと爆発させ、消滅させよう。わたしはロンドンから彼に月並みな手紙を送る。「楽しいドライブをありがとう」そして最後に、シーラ・マネーと署名してやるのだ。あるいは……あるいは、彼についてまわり膝に飛び乗るあの小犬みたいに這いつくばって、ずっと一緒にいさせて、と哀願するか。

「あと何日かでヴァイオラ役の稽古が始まるの」シーラは言った。「『わたしの父には、ある男を愛する娘がおりました……』」

「きっとうまくいくよ。特にシザーリオの場面。蕾《つぼみ》に潜む虫のごとき秘め事は、薔薇《ばら》色のあなたの頬を蝕《むしば》むでしょう。あなたがひそかに恋い慕おうとも、わたしは憂《うれ》いに青ざめ、やつれ、猜疑と嫉妬に駆られるのです」

マーフィーがまた急カーブを曲がり、棚のパンがカタカタと揺れた。トラー湖まであと何キロだろう？　どうかこのときを終わらせないで。

「問題は」シーラは言った。「わたし自身がうちに帰りたくないってことよ。わたしにとって、もうあそこはうちじゃない。それに、〈シアター・グループ〉も、『十二夜』も、何もかも、どうだっていい。シザーリオはあなたのものになったの」

「確かにな」

「いいえ……わたしが言っているのは、舞台を捨ててもいいってこと。イギリス人の身分も放棄して、ボートは残らず焼き払って、ここに来て、あなたと一緒に爆弾を投げて歩くってことなの」

「なんだって？　世捨て人になるっていうのか？」

「ええ、そうさせて」

「馬鹿を言うな。五日もすれば、大あくびしてるだろうよ」

「そんなことない……そんなことない……」

「もうじき自分が浴びる拍手のことを考えてごらん。ヴァイオラ‐シザーリオ役は必ず受けるんだ。こうしよう。初日の夜、わたしは花など送らない。代わりにわたしの眼帯を送るよ。それを楽屋に掛けて、運を呼ぶといい」

わたしは欲張りすぎなのだ、とシーラは思った。わたしは何もかもほしい。昼も夜も、何万もの矢もアジャンクールも、眠りも目覚めも、終わりのない世界も、アーメン。かつて彼女に、愛していると告白したらおしまいだと忠告した人がいる。男はすぐさま、ベッドからあんたを蹴り出すよ、と。たぶんニックはマーフィーのバンから彼女を蹴り出すのだろう。

「わたしが本当にほしいのは」シーラは言った。「心の奥底で求めているのは、静けさ、安心感なのよ。あなたがいつもそこにいるという感覚。あなたを愛しているの。生まれてからずっと、自分でも知らずに、あなたを愛してきたんだと思うわ」

「なんと！」ニックは言った。「今回、うめいているのは誰だい？」

バンが脇に寄って、停まった。ニックは前に這い出して、さっとドアを開けた。マーフィーが、皺の深いあの顔に笑みをたたえて、ドアの前に現れた。

「あんまり激しく揺れてなけりゃいいんですが」彼は言った。「中佐もご存じのとおり、脇道はすっかり整備されてるわけじゃないんで。でもまあ、肝心なのは、このお嬢さんがお出かけを楽しんだろうってことです」

ニックは道路に飛びおりた。マーフィーが手を差し出して、シーラを助けおろした。

「気が向いたらまたいつでもいらっしゃいよ。イギリス人の観光客が訪ねてくると、あたしはいつもそう言うんです。海峡のこっち側は、向こうより活気があるからね」

シーラはあたりを見回して、湖をさがした。それと、あのでこぼこ道、彼らがボートとマイケルを残してきた、葦原のそばの隘路を。だが彼らが立っているのは、バリーフェインの本通りだった。バンは〈キルモア・アームズ〉の前に停まっていた。顔に疑問符を浮かべ、シーラはニックのほうを見た。マーフィーがホテルのドアをたたいている。

「二十分、余分にドライブしたが、その価値はあったよ」ニックが言った。「少なくとも、わたしにとってはな。きみにとってもそうだったならいいんだが。別れはさらりとさわやかであるべきだ。そう思わないか？　ドハーティが戸口にいるから、急いで行きなさい。わたしは基地にもどらねばならない」

みじめさが襲ってきた。彼が本気のはずはない。道ばたでさよならを言えだなんて、まさかそんな。マーフィーとその息子がそばで見ていて、ホテルの主《あるじ》も入口にいるというのに。

「でも荷物」シーラは言った。「スーツケースを取ってこなきゃ。全部、島にあるのよ。あの家の寝室に」

「それがちがうんだ」ニックは言った。「作戦Cにより、われわれが国境付近で遊んでいるあいだに、きみの荷物は〈キルモア・アームズ〉にもどされたんだよ」

シーラは必死で時間を稼ごうとした。もうプライドも何もない。

「なぜ？」彼女は訊ねた。「なぜなの？」

「それが世の習いだからだよ、シザーリオ。わたしは愛しき子羊を犠牲《いけにえ》とし、自らの鴉の心をさいなもう。ちょっと台詞がちがっているが」

彼はホテルのドアのほうにシーラを押しやった。

「ミス・ブレアをたのんだよ、ティム。全地点で作戦は成功した。負傷者はミス・ブレアただひとりだ」

彼は立ち去り、ドアは閉まった。ドハーティ氏は気の毒そうにシーラを見つめた。

「中佐は実に精力的なかたですからねえ。いつもそうなんですよ。あの人につきあうのは、大変だったでしょう。なにしろほとんど休まれないんですから。ベッドサイドに温かいミルクのポットを置いておきましたからね」

彼は先に立ってぎくしゃくと階段をのぼっていき、ふた晩前にシーラが抜け出した寝室のドアを開けた。彼女のスーツケースは椅子の上にあった。バッグと地図は、化粧台の上に。シーラが留守していたのが嘘のようだった。

「お車は洗って、ガソリンを入れておきました」ドハーティ氏はつづけた。「わたしの友人がガレージでおあずかりしています。朝になったら、こちらに回してくれるでしょう。それと、ご宿泊代の請求はございませんので。中佐がすべて支払ってくださいます。それでは、どうぞごゆっくりお休みください」

ゆっくり休む……長い夜の憂愁《ゆうしゆう》。来たれ、来たれ、死よ、哀しき糸杉の柩《ひつぎ》に、わたしを横たえよ。シーラは窓を大きく開け、通りを見おろした。閉じたカーテンやブラインド、鎧戸《よろいど》の下りた窓。向こうの側溝でニャアニャア鳴く白黒の猫。湖はない。月の光もない。

「おまえの問題はね、ジニー、大人になろうとしないことなんだ。おまえはありもしない夢の世界で暮らしている。舞台の道を選んだのは、だからだよ」優しいけれど、きっぱりした父の声。「いつか近い将来」父は付け加えた。「ショックを受けて目が覚めるだろうよ」

翌朝は雨降りで、靄《もや》がたちこめ、薄暗かった。たぶんこのほうがいいのよ、とシーラは思った。きのうみたいに黄金色に輝く日よりも。ワイパーにザブザブと雨水を払わせ、借り物のオースチンで出発したほうが。運がよければ、車がスリップし、側溝に突っこむかも。そしてわたしは病院に運ばれ、譫妄《せんもう》状態に陥り、大声でニックを求める。彼はベッドのそばにひざまずき、わたしの手を握って言うだろう。「全部わたしのせいだ。きみを行かせるべきじゃなかった」

食堂では、あの小柄なメイドが待っていた。ベーコンエッグ。お茶のポット。側溝にいたあの猫が入ってきて、足もとで喉を鳴らした。いまに電話が鳴るだろう。彼女が立ち去る直前に、島からメッセージが飛びこんでくる。「作戦Dを開始する。ボートがきみを待っている」ホールでしばらくぐずぐずしていれば、何か起こるかもしれない。あのバンに乗ってマーフィーが現れるとか。郵便局長のオライリーが短い走り書きのメモを持ってくるとか。だが彼女の荷物は階下に運ばれ、前の道にはすでにオースチンが駐まっていた。ドハーティ氏がさよならを言おうと待っている。

「ぜひまたおいでください。魚釣りもいいものですよ」

トラー湖の標識まで行くと、シーラは車を停めて、土砂降りの雨のなか、泥濘んだ小径を歩いていった。もしかすると、ボートがあそこにあるかもしれない。彼女は小径の果てまで行き、そこでしばらく足を止めて、湖を見渡した。それは霧にすっぽり包まれていた。島の輪郭はほとんど見えない。葦原から鷺が一羽、舞い上がり、湖上をはたはたと飛んでいく。服を脱いで湖を泳いでいこうかとシーラは思った。半ば溺れかけながら、息も絶え絶え、わたしはどうにかたどり着く。そして、森を抜けてあの家までよろめいていき、ベランダにいる彼の足もとに倒れこむのだ。「ボブ、すぐ来てくれ！　ミス・ブレアだ。このままだと死んでしまう……」

シーラは向きを変え、小径を引き返し、車に乗りこんでエンジンをかけた。ワイパーが水を払って左右に動きはじめた。

おれが小さな餓鬼《がき》のころ、
ヘイホウ、風吹き、雨が降る、
馬鹿をやっても大目に見られ、
毎日雨じゃしょうがない。

ダブリン空港に着いたときも、まだ雨は降っていた。シーラはまず車を返却し、その後、いちばん早く乗れるロンドン行きの便のチケットを買った。長く待つ必要はなかった。三十分以内に出発する便があったのだ。彼女は出発ラウンジにすわって、受付ホールに通じるドアに目を据えていた。奇跡が起こる可能性はまだあるから。ドアがさっと開き、そこに帽子もかぶらない、左目に眼帯をした、ひょろりと背の高い人物が現れる可能性が。彼は職員たちの脇をかすめ、まっすぐこちらにやって来る。「もういたずらは終わりだ。あれが最後のやつだよ。いますぐラム島にもどってくれ」

シーラの便の出発がアナウンスされ、彼女は他の人々とともにとぼとぼと進んだ。その目は同じ便の搭乗者たちをひとりひとりチェックしていた。滑走路を横切っていくとき、彼女は振り返って、手を振っている見送りの人々をじっと見つめた。誰かレインコート姿の背の高い人がハンカチを掲げた。あれはちがう。その男は子供を抱きあげるため身をかがめた……。帽子を脱ぎ、アタッシェケースを座席の上の棚に入れる、オーバーを着た男たち、ニックかと思われた男たちは、どれも彼ではなかった。もしもシートベルトを締めているとき、すぐ前の通路側の席から手が現れ、その小指にあの認印つきの指輪がはまっていたら？　最前列の前かがみにすわっているあの男――ここから見えるのは、薄くなった頭のてっぺんだけだけれど――彼が不意に振り返って、黒い眼帯とあの隻眼をまっすぐこっちに向け、パッと笑みを輝かせたら？

「すみません」

遅れてきた乗客がシーラのつま先を踏みつけて隣に体をねじこんだ。彼女はその男の顔を一瞥した。黒いソフト帽、ぼつぼつのある青白い顔、葉巻の端を口にくわえている。この不健康な野蛮人を過去に愛した女、この先、愛する女がどこかにいるのだ。そう思うと胃袋がよじれた。男はシーラの腕を小突きながら新聞を大きく広げた。派手な見出しが目に飛びこんできた。

「国境の向こうで爆発。まだつづくのか？」

ひそかな歓びに胸が温かくなった。まだまだつづくのよ、と彼女は思った。彼らに幸運を。わたしはあれを見た、その場にいて、ショーに参加した。隣にすわってるこの馬鹿は何も知らないけれど。

ロンドン空港。税関の検査。「休暇旅行ですか？　日数は？」これは気のせいなの？　この職員はわたしに特にさぐるような視線を向けたみたいけれど？　職員はシーラのスーツケースにチョークで印をつけ、列のつぎの人に顔を向けた。

車がビュンビュン行き過ぎるなか、バスはガタゴトとエア・ターミナルに向かった。航空機が上空で爆音を轟《とどろ》かせ、他の人々を運び去っていく。疲れたさえない顔をした男や女が、歩道で赤信号が青になるのを待っている。シーラはまさに学校にもどろうとしているのだった。ただし彼女は、隙間風の入る講堂で、くすくす笑う仲間たちと肩を寄せ合い、掲示板をのぞきこむわけではない。チェックするのは、よく似た別の掲示板、楽屋口の脇に下がったやつだ。それに彼女は、「え、ほんとに？　今学期はケイティ・マシューズと同室？　最悪じゃない」と思いつつ、作り笑いを浮かべ「どうも、ケイティ、ええ、すごく楽しいお休みだったわ、最高よ」などと言うわけでもない。みんなが楽屋と呼ぶ階段下の狭苦しい穴倉にふらっと入っていき、あの頭に来るオルガ・ブレットが鏡の前にへばりついて、自分のじゃなくシーラか他の誰かの口紅を塗りながら、かったるい口調でこう言うのを聞くのだ。「どうも、ダーリン、遅かったわねえ、アダムが髪をかきむしってるわよ。でも正確に言えば……」

エア・ターミナルからうちに電話をかけ、庭師の夫人、ミセス・ウォレンにベッドの用意をたのんでも、意味はない。父のいない我が家は、味気なく空虚だ。そのうえ、亡霊もとりついている。手を触れる者のない父の持ち物、枕元のテーブルに載った父の本。実体のない思い出、幻影。まっすぐアパートメントの部屋に帰ったほうがいい。ちょうど犬が、ご主人がいじることのない、自分の藁《わら》のにおいしかしない、いつもの犬小屋に帰るように。

シーラは月曜の朝の初稽古に遅れなかった。それどころか早く着いた。

「わたし宛に手紙、来てない?」

「来てますよ、ミス・ブレア、葉書が一枚」

葉書だけ? シーラはそれをさっとつかみ取った。カップダイユ滞在中の母からだった。

「お天気は最高。ずいぶん元気になったし、よく休まったわ。あなたもそうでありますように、ダーリン。行き先がどこにせよ、きっとすてきな旅ができたことと思います。お稽古、がんばりすぎないでね。ベラ叔母さんがよろしくと言っています。レギー・ヒルズボローと奥さんのメイも。ふたりはいまヨットでモンテカルロに来ているの。あなたの愛するママより」(レギ

ーというのは、五代目のヒルズボロー伯爵だ〉
葉書を屑籠に放りこむと、シーラは劇団のみなに会うため、ステージに出ていった。一週間、十日、二週間、それでも何も起こらなかった。シーラは希望を捨てた。彼から便りはないだろう。あとは演劇で穴を埋めるしかない。それを糧《かて》、愛の対象、心の支えにしよう。わたしはシーラでもジニーでもない、ヴァイオラ－シザーリオだ。役になりきって、動き、考え、夢を見なくては。これが唯一の治療法、他はすべて抹殺しよう。彼女はトランジスタ・ラジオで〈ラジオ・エール〉を聴こうとしたが、うまくいかなかった。アナウンサーの声は、マイケルの声、マーフィーの声に聞こえたろうに。完全なる空虚ではない、何がしかの感情を呼び覚ましたろうに。それもだめなら、日々の雑事に心を注ぎ、絶望をかき消そう。

〔オリヴィア〕　どこへ行くの、シザーリオ？
〔ヴァイオラ〕　ついていくのです、
　　　　　　　我が目より、この命より愛する人に……

くしゃくしゃの頭の上に鼈甲縁《べっこうぶち》の眼鏡を載せ、黒猫みたいにステージ袖にうずくまって、アダム・ヴェインが言う。「いいぞ、止めるな。その調子だ。とってもいい」
通し稽古の日、シーラは余裕をもってうちを出、途中タクシーを拾って劇場に向かった。ベルグレイヴ・スクエアの角で、道は渋滞していた。クラクションが鳴り響き、歩道に人が集まり、騎馬警官の姿も見られた。シーラは後部座席と運転席のあいだのガラスの仕切りを開けた。「なんの騒ぎなの？」彼女は訊ねた。「わたし、急いでいるんだけど。遅れるわけにいかないのよ」

運転手は振り返って、彼女に笑いかけた。「デモだよ。アイルランド大使館の前でやってるんだ。一時のニュースを聞かなかったのかい？　また国境で爆破テロ。そのせいでロンドンにいる北の連中が大挙して押し寄せたみたいだ。やつら、大使館の窓に石を投げてきたんだろうよ」

馬鹿な連中、とシーラは思った。時間の無駄よ。騎馬警察が彼らを踏みつけたなら上出来だわ。彼女は一時のニュースは聴かないし、きょうの朝刊は一瞥もしていない。国境で爆破テロ、ニックは司令室、あの若者はヘッドフォンを装着、マーフィーはバンの車内。そして、わたしはタクシーに乗り、自分のショー、自分の花火へと向かっている。終了後は、仲間たちが押し寄せてきて、口々に言うだろう。「よかったよ、シーラ、とてもよかった！」

渋滞はシーラの予定を狂わせた。劇場に着いてみると、そこは興奮と混乱と土壇場のあわただしさでざわついていた。まあいいわ、なんとかなる。ヴァイオラの最初のシーンが終わると、彼女は楽屋に飛んでいき、シザーリオの衣装に着替えた。「ああ、出てってくれない？　ここはひとりで使いたいの」この調子よ。わたしは指揮を執っている。ここではボスなの。いまはちがっても、じきにそうなる。ヴァイオラの鬘《かつら》を取り、短く切った自分の髪をなでつける。半ズボンをはき、長靴下をはく。マントをはおり、短剣をベルトに。とそのとき、軽いノックの音がした。今度はなんなの？

「どなた？」彼女は言った。

「小包が来てますよ、ミス・ブレア。速達です」

「そこに置いといて」

目の化粧をちょっと直し、うしろにさがって、最後にもう一度、鏡を見る。大丈夫、ちゃんとやれる。明日の夜はみんな大喝采するわよ。シーラは鏡からテーブルの小包へと目を移した。四角い封筒。アイルランドの消印が押されている。心臓がひっくり返った。彼女は小包を手にしばらく立ち尽くしていた。それからその包みを破って開けた。手紙が落ちてきた。それに、何か固いもの、ボール紙にはさまれたものが。シーラはまず手紙をつかみ取った。

親愛なるジニー

明日の朝、わたしはある出版業者に会うために合衆国へと向かう。相手がようやく、わたしの学術的著作物、ストーンサークル、円形堡塁《ほるい》、アイルランドの前期青銅器時代、等々に興味を見せたものでね。しかしその話できみを悩ますのはよそう……おそらくわたしは何カ月か向こうに行っていると思う。ご愛読のゴシップ誌を読むとき、きみは、あちこちの大学でアメリカの若人相手に熱弁をふるう元世捨て人の記事を目にするかもしれんぞ。実を言うと、諸般の事情により、しばらく故国《くに》を離れることは、わたしにとって好都合なんだよ。

さて、わたしは発つ前の準備として、自分の書類の一部を焼却処分していた。同封の写真はその際に、デスクのいちばん下の引き出しに溜まっていたゴミ屑のなかから出てきたものだよ。これを見れば、きっときみはおもしろがるだろうと思ってね。あの最初の晩のことを、きみは覚えているだろうか。わたしはきみを見ると誰かを思い出すと言ったろう？　やっとわかったよ。あれはわたし自身だったんだ！　つながりは『十二夜』だったのさ。幸運を、シザーリオ。頭の皮はぎを楽しんでくれ。

ニックより

アメリカ……シーラにしてみれば、それは火星も同然だった。彼女はボール紙のあいだから写真を取り出し、眉を寄せて眺めた。またいたずらなの？　でも彼女はヴァイオラ－シザーリオに扮して写真を撮ったことはない。それなら、ニックはどうやってこれを捏造したのだろう？　知らぬ間にこっそり彼女の写真を撮って、その顔を他の誰かの首に据えたのだろうか？　ありえない。シーラは写真を裏返した。ニックは裏にこう記していた。「ニック・バリー。『十二夜』のシザーリオに扮して。一九二九年、ダートマス」

シーラはもう一度、写真を見た。彼女の鼻、彼女の顎、生意気な表情、上に向けた顔。腰に手を当てた姿勢までそっくりだ。短く切った豊かな髪も。突然、そこは楽屋ではなくなり、シーラは父の寝室の窓辺に立っていた。父が身じろぎするのを耳にし、彼女は振り返った。父は驚愕と恐怖の色を浮かべ、彼女を凝視している。その目から彼女が読みとったものは、非難ではなく、悟りだ。父は悪夢から目覚めたのではない。二十年間つづいた夢から目覚めたのだった。死んでいきながら、彼は真実を知った。

誰かがまたドアをたたいている。「あと四分で第三場の幕が下ります、ミス・ブレア」

シーラはニックに抱かれ、バンの車内に横たわっていた。「パムはちょっとくすくす笑って、そのまま意識を失ったもんだ。朝には、何もかも忘れていたよ」

シーラは手にした写真から目を上げ、鏡に映る自分をじっと見つめた。

「まさかそんな……」彼女は口走った。「ああ、ニック……なんてことなの！」

シーラはベルトの短剣を抜くと、写真の少年の顔に突き刺し、それをずたずたに引き裂いて、屑籠に放りこんだ。そして、ふたたびステージにもどるとき、塗りたてた書割を背に、塗りたてた舞台の上で、シーラ自身の目に映る彼女は、イリリアの公爵邸を拠点に動くのではない。彼女が入っていくのは、どこでもいい、どこかの街で、そこには打ち砕くべき窓、焼き払うべき家、手に取るべき石や煉瓦《れんが》やガソリンがあり、蔑《さげす》むべき大義や憎むべき男たちが存在する。なぜなら、人は憎むことによってのみ、剣や火によってのみ、愛を一掃できるからだ。

十字架の道

エドワード・バブコック師は、〈オリーブ山〉のホテルでラウンジの窓辺に立ち、〈ケデロンの谷〉とその向こうの丘に広がるエルサレムの町を見おろしていた。ツアーのメンバーを率いてこの宿に着き、部屋を割り振ったり、荷を解いたり、手や顔を洗ったりしているうちに、宵闇は突然、降りてきた。彼にはまだ、自分の立場をのみこむ時間も、メモやガイドブックを調べる時間も与えられていない。なのにいま、グループの面々は、質問や疑問であふれんばかりになり、各自ある程度の特別な配慮を求めて、彼に襲いかかろうとしている。

この仕事は彼自身が選んだものではない。彼は、リトル・ブレットフォードの牧師の代役を務めているだけなのだ。その牧師はインフルエンザの急襲に倒れ、ハイファ（イスラエル北西部の港町）に停泊中の汽船ヴェントゥーラ号に留まらざるをえなくなり、七名の教区民から成る牧師のツアー・グループは導き手を失った。自分たちの牧師が不参加なら、エルサレムへの二十四時間ツアーの引率役には、別の聖職者がもっとも適任なのではないか。ツアーの一行はそう考え、かくしてエドワード・バブコックに白羽の矢が立ったわけだ。なんだってこんなことに、と彼は思う。ひとりの巡礼として、それがかなわぬなら、せめて一般の観光客として、初のエルサレム参りをするのと、自分たちの牧師の不在を嘆く見知らぬ人々の引率をさせられるのとでは、天と地ほどのちがいがある。しかも、連中は優れたリーダーであることを彼に期待するだろう。もっと悪くすると、社交的であることまで。どうやらそれが、病《やまい》に倒れた男の持ち味らしいのだ。エドワード・バブコックはああいう手合いをよく知っている。彼は船上で、あの牧師が四六時中、裕福な乗客のあいだをめぐり歩き、貴族たちと馴れ合っているさまを見てきた。牧師をクリスチャン・ネームで呼ぶ者さえ、何人かいた。特に注目すべきは、レディ・アルシア・メイスン――リトル・ブレットフォードからの一行の他の誰より人目を引く人物で、ブレットフォード会館の主《ぬし》と思《おぼ》しきご婦人だ。バブコックは、自分が受け持つハッダーズフィールド（イングランド北部の町）郊外の貧しい教区になじんでおり、クリスチャン・ネームで呼ばれることにはなんの異存もない。彼のユースクラブの連中など、ダーツに興じているときや、気楽なおしゃべりのさなかには、よく彼を〝コッキー〟と呼ぶ。彼自身と同様に、少年たちもそういう交流を楽しんでいるらしい。しかし俗物根性は、彼にとって我慢のならないものなのである。そしてもし、病に臥《ふ》したあのリトル・ブレットフォードの牧師が、このバブコックまで貴婦人にこびへつらうと思っているなら、それは大きなまちがいだ。バブコックは、レディ・アルシアの夫である退役した陸軍将校、メイスン大佐を、ひと目見るなり、上流意識で凝り固まった保守軍団の一員と決めつけたうえ、夫妻の甘やかされた孫、ロビンについては、どこぞの私立進学校に行くよりも、公営住宅団地の子供たちにもまれたほうがためになると考えていた。

フォスター夫妻はまた別の部類だが、バブコックの見るところ、やはり要注意のペアだった。

フォスターは前途有望なプラスチック会社の社長で、ハイファからエルサレムまでのバスでの会話からすると、どうやら聖地を訪ねることよりも、イスラエル人相手の商売の展望のほうに頭が行っているようだった。そのビジネスがらみの雑談に対抗し、彼の妻はアラブ難民の困窮と飢餓《きが》についてとうとうとまくしたてていた。彼女によれば、これは全世界の責任なのだそうだ。もう少し安めの毛皮のコートを着て、浮いた金を難民に寄付すれば、彼女もこの問題の解決にひと役買えるかもな、とバブコックは思った。

スミス夫妻は若い新婚カップルだ。そのため彼らは注目の的で、みんなの優しいまなざしや微笑を誘い出しており——ミスター・フォスターなどはひとつふたつ、どうかと思うジョークまで飛ばしていた。あのふたりはガリラヤの海辺のホテルにでも泊まって、お互いへの理解を深めたほうがよかったろうに。バブコックはそう思わずにはいられなかった。いまの彼らの気分では、エルサレムを見てまわったところで、その歴史的、宗教的重要性が頭に入るとは思えない。

一行の八人目、最年長のメンバーは、独身女性のミス・ディーンだ。わたくしはもう七十近いんですよ。彼女はみなに言っていた。また、リトル・ブレットフォードの牧師様の引率でエルサレムを訪れるのが生涯の夢だったんです、とも。エドワード・バブコック師がミス・ディーンのいわゆる〝うちの牧師様〟の代役を務めることで、彼女のロマンチックな物語詩が台なしになったのは明らかだった。

だから——腕時計に目をやって、一行の導き手は思った——この立場は人がうらやむようなものではなく、ひとつの試練であり、自分が立ち向かわねばならないものなのだ。それはまた、神の御恵みとも言える。

ラウンジは人でいっぱいになりだしていた。その向こうの食堂では、大勢の観光客や巡礼がすでに席に着きつつあり、ざわめきが不協和音となって立ちのぼってくる。エドワード・バブコックは最後にもう一度、向かい側の丘に輝くエルサレムの明かりを眺めた。自分が場ちがいに、孤独に思え、ハッダーズフィールドが妙になつかしかった。荒っぽい一面もあるけれど、あの気のいいユースクラブの少年たちがいまここにいてくれたら、と彼は思った。

アルシア・メイスンは、化粧台の前のスツールにすわり、青いオーガンザを一枚、肩にあしらおうとしていた。彼女はその青を自分の瞳に合わせて選んだのだ。それはアルシアの好きな色で、彼女はどんなときでも必ず一点は青いものを身に着けるのだが、今夜はまた一段とその色がそれより濃い青のドレスの上で映えている。真珠のネックレス、それに、小粒の真珠のイヤリングを着けると、彼女の装いは完璧になった。ケイト・フォスターはもちろんいつもどおり、ごてごて着飾っているだろう。あの悪趣味な模造宝石の装身具、それに、あの青い毛染め。おかげであの女はよけい老けて見える。知らぬは本人ばかりなり。やはり、どれほどお金を手に入れようと、女の——それを言うなら男もだけれど——血すじの悪さは補えないものなのだ。フォスター夫妻はまあ、感じはいい。それに誰もが、ジム・フォスターは近い将来、議員選に出馬すると言っている。別に、そのことに文句もないし。結局、彼の会社が保守党に多額の献金をしていることは周知の事実なのだから。でも、ちらちらと顔をのぞかせる、あの自己顕示欲、品のなさ。あれであの男のお里は知れる。アルシアは笑みを浮かべた。友達はみな、彼女を勘が鋭い、人を見る目があると言う。

「フィル？」彼女は肩越しに、夫に声をかけた。「用意はできた？」

メイスン大佐はバスルームで爪にやすりをかけていた。親指の爪に小さなゴミが入りこんでしまい、それを掻き出すのが難儀だった。彼はある一点においてのみ、妻に似ていた。男は身だしなみが肝心。磨いていない靴、肩の埃を払っていない上着、汚れたままの手の爪――こうしたものはタブーなのだ。それに、彼とアルシアがスマートに装えば、ツアーの他の面々に範を垂れることになる。特に、孫のロビンに。むろんあの子はまだ九つだが、男子がものを学ぶのに早すぎるということはない。しかも、あの子はのみこみがよい。ゆくゆくは立派な軍人となるだろう。もしも、あの汚いなりの科学者の父親が息子の軍隊入りを許すのならば、だが。孫の教育費を出しているわけだから、この祖父母にもあの子の将来について意見する権利はあるだろう。しかし、近ごろの若い者は実に奇妙だ。理想を語るときはよく口が回り、人はみな世界の変化に合わせて前進すべきだなどと言うくせに、何か困ったことがあれば、臆面もなく年寄りの助けを借りるのだから。たとえばこの船旅。ロビンは親たちの都合で祖父母についてきたのだ。大佐自身とアルシアが喜んでいるかどうかはまた別問題。たまたまそうであるというにすぎない。なにしろ、彼とアルシアにとって、あの子は最愛の孫なのだ。しかし大事なのはそこではない。学校が休みのときにかぎって、いろいろ起こるのは、偶然とは思えない。

「いま行くよ」大佐はそう言って、ネクタイを整えながら寝室に入っていった。「非常に快適な宿だな」彼は言った。「ツアーの他の人たちもこんなにいい部屋なんだろうか。むろん二十年前、わたしがこの地にいたころは、こういった施設はひとつもなかったんだよ」

ああ、勘弁して、とアルシアは思った。この人の軍隊時代、イギリス軍が占領していた当時との比較がまた延々とつづくのかしら？　夕食の席では、フィルはいつもジム・フォスターに、塩入れを使って戦略的布陣を説明してやっている。

「わたしはツアーの全員のために、エルサレムの町を望める部屋をとったのよ」彼女は言った。「でもみんな、わかってないんじゃないかしら。本当なら、このツアーを企画したわたしに感謝すべきなのにね。あの連中は何もかもあたりまえみたいに思っているんだから。アーサーが一緒に来られなかったのが、本当に残念だわ。船に残らなきゃならないなんて、なんて悲劇なんでしょう。あの人がいたら、このツアーももっと楽しかったでしょうに。あのバブコックっていう若造、わたしは好きになれそうもないわ」

「いや、それはどうかな」彼女の夫は答えた。「なかなかよさそうなやつじゃないか。急にこんなことになって、彼のほうも大変だろう。大目に見てやらんとな」

「手に余るなら、ことわるべきなのよ」アルシアは言った。「近ごろ、聖職に就く若い男たちには、まったく驚くばかりだわ。とてもトップの階層とは言えない。あなた、彼の訛《なまり》にお気づきになった？　もっとも、こういうご時世じゃ何が起きてもおかしくないけれど」

彼女は立ちあがって、最後にもう一度、鏡を眺めた。メイスン大佐は咳払いし、腕時計に目をやった。アルシアがあの不運な牧師の前で高飛車に振る舞わねばいいのだが。

「ロビンはどうした？」彼は訊ねた。「そろそろ下に行く時間だが」

「ここにいますよ、お祖父様」

少年はずっと閉じたカーテンの向こうに立って、町の夜景を眺めていたのだ。おかしな小僧。いつだってどこからともなく現れる。しかし、あんな眼鏡をかけなきゃならないとは可哀そうに。おかげで、父親そっくりだ。

「どうだね、坊や」メイスン大佐は言った。「ここをどう思う？　ひとつ言っておくが、二十年前のエルサレムはあんなに煌々《こうこう》と明かりが灯っちゃいなかったんだよ」

「うん」孫は答えた。「そうだろうな。それに二千年前も。電気は人間社会に大きな変化をもたらしたわけですね。バスで来る途中、ぼく、ミス・ディーンに言ったんですよ。イエスがこれを見たら、すごく驚くだろうって」

うーむ……これにはなんとも答えようがない。子供らしからぬ、すごい発言だ。彼は妻と視線を交わした。アルシアは甘ったるい笑みを浮かべ、ロビンの肩を軽くたたいた。〝この子の可愛らしい言動〟は自分にしか理解できない――彼女はいつもそう思いたがっている。

「ミス・ディーンはショックを受けなかったかしらねえ」

「ショックを？」ロビンは首をかしげて考えこんだ。「それはないと思うな」彼は答えた。「ただ、路肩でエンコしてる車を見かけたのに、ぼくたちのバスがそのまま通り過ぎたときは、ぼく自身がかなりショックを受けたけど」

メイスン大佐が寝室のドアを閉め、三人はそろって廊下を歩きだした。

「車?」彼は訊ねた。「どんな車だね? わたしは見た覚えがないが」

「お祖父様は反対を見てたもの」ロビンは言った。「ちょうど、ミスター・フォスターと話しながら、昔、機銃を据えた地点を指さしてたときだから。たぶん、あのエンコした車には、ぼく以外誰も気づかなかったんだろうな。ガイドは善きサマリア人の宿の場所をみんなに教えるのに忙しかったし。その車は、道のすぐ先で立ち往生してたんだけどね」

「たぶんガソリンが切れてしまったのね」アルシアが言った。「きっとじきに誰かが通りかかったでしょうよ。往来の多い道のようだから」

彼女は廊下の突き当たりの長い鏡に映る自分の姿をとらえ、青いオーガンザのスカーフを整えた。


ジム・フォスターはバーで一杯ひっかけていた。いや、正確に言えば二杯だ。なおかつ彼は、他の連中が来たら、その全員に飲み物をふるまうつもりだった。そうすれば、ケイトも我慢するしかないだろう。心臓発作の危険性だの、ダブルのジンのカロリーだのの話を持ち出し、人前で夫を叱る図太さなど、彼女は持ち合わせていない。ぺちゃくちゃしゃべる烏合の衆を、彼は眺め渡した。なんてすごい数なんだ! なんでも持っている〝選ばれた民〟たち。彼らに――特に、女たちに――幸あれ! もっともハイファのほうが若い娘たちは器量よしだった。ここには、わざわざ声をかけに行く価値があるのはひとりもいない。どのみちこの一団は、ニユーヨークのイーストサイドからの旅行者で、現地の女じゃないだろう。このホテルは観光客だらけだし、明日訪れるエルサレムの町はもっとひどいにちがいない。いっそ観光はパスして、レンタカーを借り、ケイトとふたりで死海までひとっ走りしたいくらいだった。会社では、そこにプラスチック製造工場を建てようという話が出ている。これはイスラエル人がプラスチックの新たな加工処理法を思いついたためで、連中が自らの信じる道を行けば、それは必ず成功するのだ。はるばるここまで来ておいて、帰国後それなりの権威をもって用地の話をできないようじゃ、どうしようもない。経費の無駄遣いもいいところだ。おっと、新婚さんがおいでなすった。ホテルに着いてからふたりが何をしていたか——それは訊くまでもないってもんだ！いや、本当にそう言い切れるのか？　ボブ・スミスはちょっと硬くなってるようだ。たぶんあの新妻は、赤毛の女のご多分に漏れず、際限がないんだな。一杯飲めば、ふたりともまた力が湧くだろうよ。

「やあ、新婚さん」彼は呼びかけた。「なんでもお好きな飲み物を。痛むのはこっちの懐《ふところ》だからね。みんなでちょっとくつろぎましょうよ」

いかにも紳士らしく、彼はするりとスツールを下り、ジル・スミスに席を譲った。彼女がすわるとき、その小さなお尻の下にほんの束の間、手が残るよう計算しながらだ。

「どうもありがとう、フォスターさん」新妻は言った。それから、自分は平静そのものだし、彼が軽く触れたのがお愛想なのもわかっていると伝えるために、こう付け加えた。「ボブはどうか知らないけれど、わたしはシャンパンをいただくわ」

ひどく挑戦的なその口ぶりに、新郎は赤面した。ああ、ちくしょう、と彼は思った。ミスター・フォスターはきっとピンと来ただろう。ジルのいまの口調を聞けば、ピンと来ないわけがない……うまくいってないってこと、ぼくが役立たずだってことは、明白じゃないか。これは悪夢だ。いったいどうしたんだろう？　医者に訊いてみなくては。もしかするとこれは……

「ぼくはウィスキーにします、フォスターさん」彼は言った。

「ウィスキーか、いいとも」ジム・フォスターはほほえんだ。「それと、たのむから、ふたりとも、わたしのことはただジムと呼んでくれよ」

彼は、ジルにシャンパンのカクテルを、ボブにダブルのウィスキーを、自分にはジン・トニックの大を注文した。彼の妻、ケイトがバーの人混みをかき分けて現れたのは、まさにそのときだ。そして彼女は夫のオーダーの声を聞いてしまった。

やっぱりね、とケイトは思った。こっちの支度がすむ前にジムが下に行ったのがこのためなのはわかってた。彼はわたしより先にバーにたどり着きたかったのよ。おまけに、あの小娘に目をつけるとは。若い女と見れば、ちょっかいを出さずにはいられないんだから。相手はハネムーンの最中だっていうのに。例の思いつきをあきらめさせて本当によかった。自分だけテルアヴィヴで商売仲間と会い、わたしひとりをエルサレムに来させようだなんて。お生憎《あいにく》さま。わたしには、そんな気ままを許す気はさらさらありませんからね。もしメイスン大佐があんな退屈な老いぼれでなかったら、それに、レディ・アルシアがあんな思いあがった俗物でなかったら、エルサレムへのこのツアーはとてもためになったろう。殊《こと》に、知性の閃《ひらめ》きがある者や世界の諸問題に関心を持つ者にとっては。でもあの夫婦はいつも我関せずだ。何週間か前、わたしがリトル・ブレットフォードで世界の難民について講演をしたときだって、顔を出しもしないんだから。夜は外出しないだなんて言い訳しちゃって、嘘ばっかり。レディ・アルシアは他者のことなど考えず、自分がある貴族の――上院で一度も発言したことがない、ちょっとイカレていたらしい人物の――唯一生き残っている娘であることにばかりとらわれている。そうでなければ、わたしももっとあの人を尊敬できたろう。でも現実は……こみあげる怒りを胸に、ケイトはあたりを見回した。酒を飲み、楽しんでいる大勢の観光客。みんな、〈オックスファム〉やその他の立派な慈善団体に回されるべきお金を使いまくっている。自分もそのなかにいると思うと、恥ずかしくてならなかった。そう、いまこの瞬間、世界を救うために何もできないとしても、ジムの小宴会をたたきつぶし、彼に身の程を思い知らせてやるくらいのことはできる。ケイトは赤紫色のブラウスとかち合う上気した顔で、カウンターへと向かった。

「ねえ、スミスさん」彼女は言った。「主人を調子づかせないで。この人はお酒とタバコを控えるようにお医者様に言われているの。さもないと、心臓発作を起こすんですって。そんな顔をしたって無駄よ、ジム。これはほんとのことなんだから。実のところ、誰にしろアルコールは摂取しないほうがいいのよ。ごくわずかな量でも肝臓に大きなダメージを与えることは統計が示しているわ」

ボブ・スミスは自分のグラスをカウンターにもどした。彼はちょうど気を取り直しかけていたのだ。それをいま、ミセス・フォスターがみごとぶち壊してくれた。

「あら、気にしなくていいのよ」ケイトは言った。「わたしの言うことに耳を貸す人なんていたためしがないんだから。でもいつかそのうち、世界中が目を覚ますでしょうね。果汁百パーセントの新鮮なジュースだけ飲んでいれば、人間は現代社会のストレスと緊張に対して十倍強くなれるの。わたしたちはみんな、もっと長生きし、もっと若さを持続し、もっと大きなことを成し遂げられるはずなのよ。ええ、わたしはグレープフルーツ・ジュースをいただくわ。氷をたっぷり入れてね」

ふうっ！　蒸し暑いこと。首すじからこめかみへと火照《ほて》りがのぼってきて、やがてゆっくりと下りていくのがわかった。わたしったらなんて馬鹿なの……ホルモン剤をのむのを忘れてたわ。

ジル・スミスはシャンパン・グラスの縁越しにケイト・フォスターを見つめた。この人はご主人より年上にちがいない。とにかく見た目は老けている。中年の人って年齢不明。特に男性はわかりにくい。何かで読んだけれど、男は九十まで機能するのに、女は更年期が過ぎるとあの方面への興味を失うのだとか。たぶん本人の言うとおり、フルーツ・ジュースはミセス・フォスターの体にいいんだろう。ああ、なんだってボブはよりによってあの水玉模様のネクタイをしているの？　あれだと顔がひどく青白く見えるのに。それに、ミスター・フォスターと並べてみると、彼なんかまるで学生だわ。もうびっくりよ、わたしたちに、ジムと呼んでくれ、だなんて！　ミスター・フォスターはまた彼女の腕に触れていた。なんてこと！　彼の行動が指標になるとすれば、彼女が新婚だという事実は、男たちの気をくじくどころか、むしろ駆り立てるようだった。彼にもう一杯シャンパンをすすめられ、ジルはうなずいた。

「奥様に聞こえないようにね」彼女はささやいた。「きっと肝臓に悪いって言われちゃうわ」

「お嬢さん」ミスター・フォスターはささやき返した。「きみのみたいに若い肝臓なら、まだ何年もの酷使に耐えられるさ。わたしのなどはもうピクルスになってるがね」

ジルはくすくす笑った。ほんとにおもしろい人ね！　そして、二杯目のシャンパン・カクテルを飲んでいるうちに、上の寝室でのみじめな場面——青ざめ、顔をこわばらせたボブが、きみがちゃんと反応しないからだ、これはぼくのせいじゃない、と言っている姿は忘れ去られた。彼はいま、中東、アジア、インドの飢餓問題を語るミセス・フォスターに礼儀正しく賛同している。そんな夫を挑戦的に見つめながら、彼女はわざとらしくジム・フォスターの腕にもたれて言った。「レディ・アルシアはなぜこのホテルを選んだのかしらね。パーサーがすすめてくれた宿ならエルサレムの中心部にあるし、夜の市内観光もやってるのに。そのツアーは、最後の行き先がナイトクラブで、飲み物も込みなのよ」

ミス・ディーンは近視の目を凝らして周囲をうかがった。こんな人混みのなかで、どうやってツアーの仲間をさがせっていうんだろう？　ガーフィールド師がいらしたら、決してわたしをほったらかしにはしなかったろうに。代役を務めるというあの若い聖職者は、わたしにはほとんど話しかけもしない。それにあの男は絶対に英国教会派じゃない。たぶん祭服の着用もよしとしないし、祈禱文を唱えたことなど一度だってないんだろう。ああ、レディ・アルシアか大佐の姿さえ見つかれば、ひと安心できるのに。そりゃあレディ・アルシアはときおりつんけんするけれど、あの人には何かと気のもめることがあるんだろうし。何もかも一手に引き受けて、こんなツアーを企画してくださるなんて、本当にいいかただわ。

エルサレム……エルサレム……〈オリーブ山〉に集まったこの不可知論者の大群を目にしたら、エルサレムの娘たちは涙するにちがいない。こういう神聖な場所に近代的なホテルがあること自体、適切とは思えないし。ここは我らの主が、ベタニヤ（〈オリーブ山〉のふもとの村）からエルサレムへ行く途中、弟子たちとともによくぶらついたところなのだから。バスがあの村に何分か停まり、ガイドが教会の跡を指し示したときは、どれほどうちの牧師様の不在が惜しまれたことか。ガイドによれば、二千年前、その教会の下にはマリアとマルタとラザロの家が立っていたのだ！　うちの牧師様ならきっと目に見えるようにお話ししてくださったろう。わたしも、慎ましいが居心地よいその家、掃き清められた台所を、ありありと思い浮かべられたろう。皿のかたづけはマルタが引き受け、マリアのほうはたぶんあまり手伝わない。福音書のその部分を読むと、ミス・ディーンはいつも自分の妹のドーラを思い出す。ドーラときたら、テレビでいい番組をやっていると、指一本動かさないのだ。もちろん、我らの主のありがたいお話に聞き入るベタニヤのマリアと、〝なぜ〟と疑問を投げかけるマルコム・マガリッジ（イギリスのジャーナリスト）みたいな者とではとても比較にならない。でも、うちの牧師様がいつもおっしゃるように、過去は現在になぞらえてみるべきであり、そうすることで人は物事の意味をよりよく理解できるようになるものだ。

ああ、レディ・アルシアが向こうからいらした。なんてご立派なかただろう。いかにもイギリス人らしくて、とっても洗練されている。大半が外国人と思しき、他の宿泊客とはひと味ちがう。それに、そばに寄り添うご主人の大佐は、頭のてっぺんからつま先まで軍人にして紳士だ。ロビン坊やも個性的なお子さんだし。電気の明かりを見たら我らの主が驚かれるだろう、なんてねえ！「でもね、坊や、それをお造りになったのは主なんですよ」ミス・ディーンはあの子にそう教えた。「これまでに発明、発見されたものはすべて、我らの主が造られたものなの」この教えがあの子の小さな頭にちゃんと浸透したかどうか、彼女には気がかりだった。まあいい。きちんと心に刻ませる機会はこの先もまだあるだろう。

「どうも、ミス・ディーン」大佐が歩み寄ってきた。「バスの移動が長かったが、よく休まれましたかな？　夕食はたっぷり召しあがれそうですか？」

「ええ、お蔭様で、大佐。すっかり疲れはとれました。でも少々気になっておりますの。お夕食にはイギリス料理がいただけるのかしら？　それとも、あの脂っこい外国のお料理が出てくるんでしょうか？　ほら、お腹をこわさないように用心しませんとね」

「さよう、近東でのわたしの経験が参考になるとすれば、生の果物とメロンには手をつけんほうがいいでしょうな。サラダもご同様です。こっちでは野菜をきちんと洗わんのですよ。昔、軍隊では、他の何より果物とサラダが原因の腹下しが多かったもんです」

「まあ、フィルったら」レディ・アルシアがほほえんだ。「それは過去の話でしょう。こういう近代的なところでは、もちろん、なんだってちゃんと洗っているわ。この人の言うことなんか気になさらないで、ディーンさん。こちらでは五品のコース料理がいただけますの。お皿に載っているものは残らず、召しあがらなきゃいけませんわ。お宅でゆで卵を食べている妹のドーラさんのことを考えてごらんなさいな。どんなにお姉様をうらやましがるか知れませんよ」

まあ、とミス・ディーンは思った。悪気はないんだろうけど、大きなお世話だわ。いったいどうしてレディ・アルシアは、わたしとドーラの夕食はゆで卵だけと決めつけているんだろう？　確かにわたしたちは夜は少ししか食べない。でもそれは、ふたりともさして食欲がないからなのだ。そのこととわたしたちの暮らし向きとはなんの関係もない。もしうちの牧師様がここにいらしたら、当意即妙なお返事をしてくださったろう。きっとあの人は——礼儀正しいかただから、もちろん笑いながらだけれど——こうおっしゃったろう。わたしはリトル・ブレットフィールドの他のどのお宅より、ディーン姉妹のサリンガ・コテージで、たっぷりご馳走になっていますよ。

「ありがとうございます、大佐」彼女は露骨に大佐だけに向かって言った。「ご忠告に従って、果物とサラダには気をつけますわ。五品のコース料理については、出されたものを実際に見てから判断するといたしましょう」

食事のとき大佐の隣にすわれたら、と彼女は思った。この人はとっても思いやりがある。それに、昔のエルサレムのことをよくご存じだし。まさに権威だわ。

「お宅のお孫さんですけど」彼女は大佐に言った。「ほんとに人なつこいお子さんですね。内気なところなんてちっともなくて」

「そうなんですよ」大佐は言った。「ロビンは人づきあいが実に上手でね。わたしの躾《しつけ》のおかげもあるんじゃないかな。それにあの子は大変な読書家なんです。ふつうの子供は、まず本など開かんものですが」

「大佐のお嬢様のご主人は科学者でしたわね？　科学者と言えば、頭のいいかたたちですわ。きっとあの坊やはお父様に似たんでしょう」

「さあ、それはどうですか」大佐は言った。

馬鹿な婆さんめ、と彼は思った。自分が何を言っているかわかってないんだな。ロビンはまちがいなくメイスン家の人間だ。あの子を見ると、同じ年のころの自分自身を思い出す。わたしもやはり大変な読書家だった。それに、豊かな想像力もそなえていた。

「行こう、ロビン」彼は呼びかけた。「お祖母様《ばあ》が食事にありつきたがっている」

「まあ、フィル」レディ・アルシアは、半分おもしろがりながら、おもしろいだけでもない気分で言った。「それじゃまるで、わたしが赤ずきんのオオカミみたいじゃないの」

彼女はゆったりとラウンジを歩いていった。何人もの人が自分のほうを振り返るのがわかったが、それはほとんど誰にも聞こえなかったさきほどの夫の言葉のせいではなく、彼女自身がよく心得ているように、六十いくつという年齢でありながら、その場にいる女性たちのなかで、彼女がいちばん美しく、いちばん目立っているからだった。夕食の席順を考えつつ、彼女はあたりを見回してリトル・ブレットフォードの一行をさがした。ああ、みんなバーにいる。バブコック以外、全員そろって。夫を牧師さがしに送り出すと、彼女は食堂に入っていき、横柄に指一本で給仕長を呼びつけた。

彼女の考えた席順はみごとに機能し、誰もが満足そうだった。ミス・ディーンは結局、五品の料理をすべて平らげ、ワインも飲んだ。ただ、注がれたとたんグラスを持ちあげ、左隣にいたバブコック師にこう言ったのは、少々気が利かなかったかもしれない。「愛する牧師様が早くよくなられるように、みなで祈りましょう。今夜、ここにいらっしゃらないことを、わたくしたちがどれほど淋しく思っているか、あのかたもきっとわかっておいでですよ」

三品目に取りかかるころになって、ミス・ディーンはようやく自分の発言の意味に気づき、話の相手の若者が地元のソーシャルワーカーなんかじゃなく、彼自身、聖職者であり、彼女の牧師様の代役を務めていることを思い出した。バーで飲んだシェリーのせいで頭が朦朧《もうろう》としていたし、バブコック師が聖職者のカラーを着けていないという事実が混乱を招いたのだった。

「召しあがるものによく注意なさってね」自分の失言が少しでも彼を傷つけたのなら、なんとか修復しなければ。そう思って、彼女は言った。「大佐が果物とサラダはおすすめできないとおっしゃっていましたよ。原住民の人たちは材料をよく洗わないんですって。ラムのローストならよろしいんじゃないかしらね」

エドワード・バブコックは、〝原住民〟の一語に驚き、まじまじと彼女を見つめた。ミス・ディーンはここをアフリカの未開の地だとでも思っているんだろうか？　イングランド南部の村に住んでいると、世の趨勢《すうせい》にどこまで疎《うと》くなれるんだろう？

「荒っぽいやりかたですが」チキンの煮込みを自分の皿によそいながら、彼はミス・ディーンに言った。「自分たちの習慣に固執するより、人類の他の半数がどんな暮らしをしているかを学んだほうが、われわれは世界に貢献できるんじゃないでしょうか。うちのユースクラブには、地元の若者に交じって、かなりの数のパキスタン人やジャマイカ人がいます。そして、食堂ではみんなが順番に食事を作るんです。そりゃあときどき驚くこともありますよ！　でもそれは、〝等しく分け合う〟ことのひとつのかたちであり、男の子たちはそれを楽しんでいるんです」

「いかにも、牧師さん、いかにも」司祭の意見の最後の部分だけ聞いて、大佐が言った。「食堂において親善の精神を奨励することは絶対不可欠だよ。そうせねば、士気が下がってしまう」

　ジム・フォスターは、テーブルの下でジル・スミスの足をつついた。あの爺様がまたおかしくなりだした。いったいここをどこだと思ってるんだ？　プーナ（インド中西部の市）だとでも？　ジル・スミスは彼の膝に膝をぶつけて応酬した。ふたりはともに〝この相手で手を打とう〟という段階に至り、触れ合うたびに身を火照《ほて》らせ、周囲の人のなんでもない言葉にも含みを感じるまでになっていた。

「それは何を誰と分け合うかによると思わないか？」ジム・フォスターはささやいた。

「いったん結婚しちゃったら、女に選択の余地はないわ」ジル・スミスはささやき返した。「女は夫の与えるものに甘んじるしかないの」

　ここで、ミセス・フォスターが向かいの席からじっと見ているのに気づき、ジルはいかにも無邪気そうに目を瞠《みは》ってから、ジム・フォスターの膝にもう一度膝をぶつけて、不実の上塗りをした。

レディ・アルシアは食堂内の他の席のお客たちをぐるりと見回し、エルサレムを訪れたのは本当に正解だったのだろうかと考えた。ここには大した人間は見当たらない。きっとレバノンならもっと上流の人々がいるだろう。でもまあ、これはたった二十四時間のことで、みんなすぐに船にもどって、キプロスに向かうわけだから。フィルとロビンちゃんが楽しんでいるなら、それでよしとしよう。ああ、口をぽかんと開けないようにあの子に言ってやらなくては。せっかく器量のいい子なのに、あれじゃまるで馬鹿みたいだ。ケイト・フォスターは暑くてたまらないと見える。あんなに赤い顔をして。

「だけどあなたも、神経ガス製造反対の請願書に署名すべきだったのよ」ケイトはボブ・スミスに言っていた。「わたしは千人以上の署名を集めたわ。あの恐るべきビジネスを食い止められるかどうかは、わたしたちひとりひとりにかかっているの。あなた、どうするつもりなの?」テーブルをバシンとたたいて、彼女は質《ただ》した。「自分の子供が、生まれつき耳が聞こえず、手足がなく、目が見えなかったら? わたしたちが力を合わせ、製造を阻止しなければ、あの恐ろしい化学物質がわたしたちの子や孫を汚染することになるのよ」

「まあまあ」大佐が抗弁した。「当局が万事うまく管理していますよ。第一、あれはさほど危険なものではありません。われわれとしては、暴動に備え、一定量ストックしておかねばならんのです。誰かが世界のゴロツキどもと戦わねばなりませんしな。さよう、愚見を申しあげるなら——」

「あなたの愚見は結構よ、フィル」大佐の妻がさえぎった。「少し話が硬くなりすぎたようですわ。わたくしたちは神経ガスだの暴動だのについて議論するためにエルサレムに来たわけじゃありませんものね。わたくしたちがここにいるのは、世界一有名なある町の往時を偲《しの》ぶためなのです」

たちまち沈黙が落ちた。レディ・アルシアは一同にほほえみかけた。よき女主人はパーティーのムードを変えるタイミングを心得ている。ジム・フォスターでさえ、束の間おとなしくなり、ジル・スミスの膝から手をひっこめた。ロビンはついに時が来たのを悟った。問題は、誰が真っ先に口を開き、新たな話題を提供するかだ。食事が始まってから、彼はずっとチャンスを待っていたのだ。科学者である彼の父は、事実確認ができていないかぎり、決して新たなテーマを持ち出したり、それについて語ったりしてはならないと我が子に教えた。だからロビンは入念に準備をしてきた。食事の前に廊下でホテルのガイドに確認したので、自分の考えが正しいことはわかっていた。大人たちは耳を傾けざるをえないだろう。そう思っただけで、快感が湧き、とてつもなく大きな力を持った気がした。ずれた眼鏡もそのままに、少年は首をかしげ、前にぐっと身を乗り出した。「みんな知ってるかなあ、きょうはニサンの十三日なんですよ」そう言うと、彼はもとどおり体をひっこめ、自分の発言が効果を表すのを待った。

テーブルの大人たちは、当惑顔で少年を見つめ返した。いったいこの子は何を言っているんだろう？　真っ先に返事をしたのは、常に不測の事態に備えるよう訓練されているロビンの祖父だった。

「ニサンの十三日だって?」彼は言った。「なあ、腕白君、利口ぶらずに、なんのことかみんなに教えてくれんかね?」

「利口ぶってなんかいませんよ、お祖父様」ロビンは答えた。「ただ事実を述べているだけだもの。ぼくはユダヤ暦の話をしているんです。明日、ニサンの十四日は、日没とともにペサハ、つまり、〈種入れぬパンの祭〉が始まる日なんです。ホテルの宿泊客がこんなに多いのは、そのせいですよ。この人たちは世界各地から巡礼に来てるわけ。誰しも知ってると思うけど――少なくともバブコックさんは知ってますよね――聖ヨハネを始めとする多くの権威によれば、イエスと弟子たちはニサンの十三日、つまり、〈種入れぬパンの祭〉が始まる日の前日に〈最後の晩餐〉を食べたんですよ。だから、ぼくたちが今夜そろってここで夕食を終えたのって、まさにぴったりな気がするな。イエスも二千年前にまったく同じことをしたんだものね」

ロビンは眼鏡を鼻梁に押しもどしてにっこりした。彼の言葉の効果は、本人が期待していたほどのものではなかった。拍手がどっと湧くでもない。彼の広い知識に、驚きの声があがるでもない。それどころかみんな、むっとしているようだった。

「ふうむ」メイスン大佐が言った。「これはあなたのご専門だな、牧師さん」

バブコックはすばやく計算した。ユースクラブで年四回、自分が催す〈訊き放題の日〉の質問攻撃には慣れているものの、これに対する心の準備はできていなかった。

「きみは福音書をきちんと読んでいるんだね、ロビン」彼は言った。「マタイとマルコとルカは、正確な日付についてはヨハネと一致していないようだ。でも、これだけは認めざるをえないね。明日がニサンの十四日で、ユダヤの休日が日没とともに始まるということを、ぼくは確認していなかった。本当なら自分でガイドに確かめるべきだったのに」

彼の発言にも重たい空気を晴らすだけの威力はなかった。ミス・ディーンは明らかに困惑していた。

「でもどうしてきょうが〈最後の晩餐〉の日になるのかしら？」彼女は訊ねた。「わたくしたち、今年の初めに復活祭のお祝いをしたじゃありませんか。復活祭は三月の二十九日でしたでしょう？」

「ユダヤ暦はぼくたちの暦とはちがうんですよ」バブコックは言った。「ペサハ、つまり、われわれの言う〈過ぎ越しの祭〉は、必ずしも復活祭とは一致しないんです」

まさか、小さな子供が得意になって知識をひけらかしたがために、神学的議論を始めるはめになろうとは、彼は思ってもみなかった。

ジム・フォスターがパチンと指を鳴らした。「そうか、それでラビンに電話が通じなかったんだよ、ケイト」彼は言った。「テルアヴィヴの事務所は二十一日まで休みだそうだ。祝日なんだとさ」

「お店やバザールはやっていればいいんだけど」ジルが声をあげた。「家族や友達にお土産を買いたいのよ」

ちょっと考えてから、ロビンはうなずいた。「やってるんじゃないかな。少なくとも日没までは。きっとお友達に種入れぬパンを持っていけますよ」不意に名案が浮かび、彼は嬉々として、バブコック師に顔を向けた。「今夜は二サンの十三日の夜なんだから、みんなで山を下って〈ゲッセマネの園〉まで行くべきじゃないでしょうか？　そんなに遠くないんですよ。ガイドさんに訊いたんです。イエスと弟子たちは谷を渡ったわけだけど、ぼくたちにはその必要もないし。ただ二千年前にもどったつもりになって、あの人たちがこれからここに来るんだって想像すればいいんです」

これには、ふだん彼が何をやってもべたぼめする祖母でさえ、少し迷惑そうだった。

「でもねえ、ロビン」レディ・アルシアは言った。「誰も、お夕食後に出かけて、暗いなかをうろうろしたくはないんじゃないかしら。わたしたちは、あなたの学期末のお芝居に参加しているわけじゃないんですからね」彼女はバブコックに顔を向けた。「この子たちはこの前のクリスマスに、とっても可愛らしいキリスト降誕劇をやりましたの。ロビンは三博士のひとりを演じましたのよ」

「そうですか」バブコックは対抗して言った。「ハッダーズフィールドのうちの教区の男の子たちも、クラブでキリスト降誕劇をやりました。物語の舞台をヴェトナムにしたものですが。実に感動的でしたよ」ロビンはひどく熱心にバブコックを見つめており、彼はどうにか気力を奮い立たせてその要求に応えた。「そうだな、もしほんとにきみが〈ゲッセマネの園〉まで下りていきたいなら、ぼくも喜んでお供するよ」

「すばらしい！」大佐が言った。「わたしも行くぞ。新鮮な空気を吸えば、みんな元気が出るだろう。地勢なら心得ている。わたしが指揮を執れば、道に迷う恐れはない」

「どうだい?」ジム・フォスターは隣の席のジルにささやきかけた。「しっかりくっついていれば、わたしはきみを離さないよ」

歓びの笑みがロビンの顔に広がった。結局、事は彼の思いどおりに運んでいる。これでもう早々にベッドに追いやられる気遣いはない。

「ねえ」少年はバブコック師の腕に触れ、大きくりんりんと声を響き渡らせた。「ほんとにぼくたちが弟子で、牧師さんがイエスなら、牧師さんはみんなを壁の前に並ばせて、ひとりひとりの足を洗わなきゃならないんですよ。でもお祖母様はきっと、それはやりすぎだって言うだろうな」

ロビンは脇に寄って、礼儀正しく頭を下げ、大人たちを先に通した。彼はウィンチェスター・カレッジ（ウィンチェスターにあるイギリス最古の全寮制パブリック・スクール）に行くことになっており、その標語を覚えていた。作法は人を表す。

空気はぴりりとさわやかで、まるで剣の刃のようだった。風はまったくない。空気そのものが鋭利なのだ。狭くて急な石ころだらけの小径は、左右から壁にはさまれ、下に向かっていた。右手には、糸杉や松の木々が陰鬱《いんうつ》に立ち並び、〈ロシア正教会大聖堂〉の七つの尖塔と、〈主の泣かれた教会〉のそれより小さな、瘤《こぶ》のあるドームとを覆い隠している。日中ならば、〈マグダラのマリア教会〉の玉ねぎ形の尖塔が、明るい日射しのもと、金色に輝いていただろう。また、〈ケデロンの谷〉の向こうでは、エルサレムを囲む城壁と、〈岩のドーム〉の威容を前景に西と北に広がる町そのものとが、何世紀にもわたりそうであったように、必ずや巡礼たちの心に感慨を呼び覚ましたにちがいない。しかし今夜は……エドワード・バブコックは思った。淡い黄色の月が背後から昇りつつあり、暗い空が頭上に広がる今夜は、すぐ下のエリコへの道を行き交う車の低い唸りさえ静寂へと溶けこんでいくようだ。急な坂道を下るにつれて、町は起きあがり、それとともに〈オリーブ山〉と町とを分かつ谷は、蛇行する川床のように、陰鬱に、黒くなっていく。モスクやドーム、尖塔や塔、無数の人家の屋根は渾然《こんぜん》一体となって、空を背にぼうっと浮かんでいるばかりで、町の城壁だけが丘と対峙し、ひとつの脅威、難題となって、厳然とそこにあった。

予想外だ、とバブコックは思った。これじゃ大きすぎて手に負えない。これが何を意味するのか、ぼくには説明できないだろう。いま一緒にいる、ほんのひと握りの人たちにさえ。やはり今夜はホテルに留まって、明日、多少の権威をもって話ができるよう、自分のメモを読み返したり地図を調べたりすべきだった。いや、ここにひとりで来られれば、なおよかったんだが。

感心できない、料簡の狭いことだが、隣を歩く大佐の絶え間ないおしゃべりは神経に障り、彼をひどくいらだたせた。こいつの連隊が四八年に何をしていたかなんて、誰が気にかけるっていうんだ？　その話は、彼らの前に広がる景色にまるでそぐわなかった。

「そんなわけで」大佐は言っている。「五月に国連に委任統治権が移譲され、われわれはみな七月一日までにこの国を出ることになった。わたしの考えじゃ、われわれは留まるべきだったんだ。それ以来、すべてがめちゃめちゃだからな。今後、この地域には誰も落ち着くことはできんだろうよ。あんたやわたしが墓に入って何年も経っても、まだ連中はエルサレムをめぐって戦っているだろう。そう、こうして遠くから見ると、美しい町なんだが。かつての旧市街はかなり汚かったものだよ」

　ふたりの右手の松の木々は、そよとも動かない。あたりは静まり返っていた。左手の斜面は土がむきだしで、人の手が入っていないように見える。しかしそれはバブコックの見まちがいかもしれない。月光は人の目を惑わすものだ。いくつもあるあの白いものは岩や石ではなく、墓標なのではないか。かつてここには、陰気な松も、糸杉も、〈ロシア正教会大聖堂〉もなく、ただ、銀色の枝を張るオリーブの木が石ころだらけの地表を占拠し、下の谷間を小川がさらさら流れてゆくだけだったろう。

「奇妙なことに」大佐が言った。「この地を去ってからというもの、わたしは一度も軍人らしい仕事をしとらんのだよ。故国《くに》に帰ったあと、オールダーショット（イングランド南部の市。イギリス陸軍訓練基地がある）でいっとき軍務に就いたんだが、陸軍再編やら何やらがあり、当時は家内の体調もあまり優れなかったもので、もう仕舞いとし、退役することにしたわけさ。そのまま軍に残っていたら、連隊を指揮してドイツに行っていたところだが、アルシアは大反対だったし。それじゃ、あれが可哀そうな気がしたのでね。家内の父親はあれに、リトル・ブレットフィールドの会館を遺している。家内はそこで育っていて、生活の中心があの会館だったんだよ。実際、いまもそうなんだ。あれは地元でいろんな活動をしているのでね」

　エドワード・バブコックはちゃんと耳を傾けよう、興味を示そうと努めた。「軍を離れたのを後悔していますか?」

大佐はすぐには答えなかった。つぎに口を開いたとき、いつもの自信に満ちたきびきびした調子は消えていた。彼は当惑し、思い悩んでいるようだった。

「わたしにとって軍は人生そのものだった」大佐は言った。「それに、これも奇妙なことだがね、牧師さん、今夜までわたしはそのことに気づいていなかったようなんだ。ただここに立って、谷の向こうのあの町を見ていたら、ふっと思い出したんだよ」

下の暗がりで何かが動いた。ロビンだ。彼はずっと壁を背にしゃがみこんでいたのだ。その手には地図と小さな懐中電灯があった。

「ねえ、バブコックさん」少年は言った。「彼らはきっとあそこから、ずっと左のあの壁の門から来たんですよ。ここからは見えないけど、地図に印がついてます。つまり、イエスと弟子たちが、晩餐のあとにってことですけど。それに当時、庭園と林は、いま教会が立っているふもとのほうだけじゃなく、この丘のずっと上までつづいてたんだろうな。もうちょっと先まで行って、あの壁のそばにすわれば、全体像がつかめますよ。兵士たちと祭司長の下僕たちは松《たい》明《まつ》を手に、もうひとつの門から来るんですよ。たぶん、いまあの車が見えてるとこから。行きましょう!」

少年は小さな懐中電灯を振り回しながら、目の前の斜面を駆けおりていき、壁の角を回って姿を消した。

「足もとに気をつけるんだぞ、ロビン」少年の祖父が声をかけた。「転んだら大変だ。そっちはかなり急だからな」それから彼は連れを振り返った。「あの子はわたしに負けないくらいきちんと地図が読めるんだよ。まだたった九つなのに」

「ぼくが坊やを追いかけます」バブコックは言った。「ちゃんと見ていてあげますから。あなたはここでレディ・アルシアを待っていてください」

「心配要らんよ、牧師さん」大佐は答えた。「あの子は賢い子だからね」

バブコックは聞こえないふりをした。いまのは単なる口実なのだ。ほんの数分でもいい、彼はひとりになりたかった。それがかなわねば、この情景を心に刻むことはできない。ハッダーズフィールドに帰ってから、少年たちに話してやることもできないだろう。

メイスン大佐はそのまま動かずに壁際に立っていた。慎重にそろそろと小径を下る妻とミス・ディーンの足音がすぐうしろに迫っている。アルシアの声が静けさをたたえる冷たい空気に運ばれてきた。

「あの三人が見当たらなかったら、引き返しましょう」彼女は言っていた。「フィルが探検の指揮を執ればどういうことになるか、わたくし、わかっていますのよ。あの人はいつも道に詳しい気でいるんですけど、たいていはまるでわかっていないんですから」

「まさかそんなことはないでしょう」ミス・ディーンは言った。「軍人さんですものねえ」

レディ・アルシアは笑った。「可哀そうなフィル」彼女は言った。「あの人は、将軍になっていたかもしれないとみんなに思われたいんです。でも実を言うとね、ディーンさん、そこまで行く見込みはなかったんですよ。これは確かな話ですの。あの人の同僚だった将校のおひとりから聞いたんですから。そう、みんなに好かれてはいましたわ。でもあの気のいい大佐さんはあれ以上、上には上がれなかったでしょう。いまのような軍隊ではとても無理。みんなであの人を説得し、退役させたのはだからですのよ。地域の活動に関していえば、ときどき、あの人ももう少し積極的だったらと思いますわ。でもあんな調子ですからね、わたくしは夫婦を代表して動かなくてはなりませんの。そして、あの人のほうは庭造りに辣腕《らつわん》を揮《ふる》ってきたわけです」

「あの多年生植物の境栽《きょうさい》の美しいこと！」ミス・ディーンは言った。

「ええ、それに高山植物ほうも。季節を問わず、みごとな眺めを見せてくれますわ」

足音はゆっくりと通り過ぎていった。どちらの女もよそ見はしない。足もとのでこぼこ道を一心に見つめて歩いていく。ほんの束の間、そのふたつの姿が行く手の木立を背景にくっきりと浮かびあがった。そしてふたりは、ロビンやバブコップと同じく、角を曲がって姿を消した。

メイスン大佐はふたりを呼び止めず、そのままやり過ごした。それから、なぜか急に寒くなった気がして、コートの襟を立てた。上のホテルに向かって、彼は引き返しはじめた。下りてくる別のメンバーふたりに出くわしたのは、登りだしてまだいくらも経たないときだった。

「やあどうも」ジム・フォスターが言った。「早々《はやばや》と撤退ですか？　いまごろはもうエルサレムにいるんじゃないかと思ってましたよ」

「この寒さではな」大佐はそっけなく言った。「何も谷底までどたばた下りていくこともないでしょう。他のみなさんは斜面のあちこちに散らばっとりますよ」

彼はそそくさとおやすみを言うと、ふたりの横を通り過ぎ、ホテルに向かって登りつづけた。

「大佐があの上でうちのに出くわして、きみとわたしが一緒にいることをしゃべっちまったら、ふたりともまずいことになるな」ジム・フォスターは言った。「危険を冒す気はあるかい？」

「危険を冒すって？」ジル・スミスは聞き返した。「わたしたち何もしてないじゃないの」

「いまのはね、お嬢さん、単刀直入なお誘いってやつなんだ。まあ心配要らんさ、ケイトはバーできみの旦那をなぐさめりゃいいんだ。足もとに気をつけて。この坂は急だよ。ふたりをずるずる転落させる危険な斜面だ。わたしの腕を放すんじゃないぞ」

ジルはヘッドスカーフを取り去ると、大きく息を吸いこんで、連れにしっかりしがみついた。

「あの町の明かりを見て」彼女は言った。「あそこではおもしろいことがいっぱい起こっているんでしょうね。なんだかうらやましいわ。こっちだけへんぴな場所に縛りつけられてるみたい」

「大丈夫。あした、尊師の引率ですべてを見せてもらえるさ。ただし、彼がきみをディスコに連れていくとは思えないがね。きみがそれを期待しているなら」

「そうね、まずは当然、歴史的な名所を見なきゃ。だってわたしたち、そのためにここに来たんですものね？　でもわたし、ショッピング・センターにも行きたいわ」

「スークだよ、お嬢さん、スークっていうんだ。裏通りを埋め尽くす無数の小さな土産物屋。きみのお尻をつねろうとする黒い瞳の若い店員たち」

「あら、わたしがそんなことさせると思う？」

「さあ、どうかな。とにかく、連中が挑戦したとしても責められないね」

ジム・フォスターはちらりとうしろを振り返った。ケイトの姿はない。結局、この山歩きはパスすることにしたんだろう。彼が最後に見たとき、彼女は部屋にもどろうとしてエレベーターに向かっていた。ボブ・スミスに関して言えば、もしも新妻に目を光らせていられないなら、それは本人の問題だ。小径をさらに下った先の、壁の外側の木立は、誘惑的だった。害のない軽いお楽しみには、うってつけの場所じゃないか。

「結婚生活はどうなの、ジル？」彼は訊ねた。

「まだなんとも言えないわ」たちまち身構えて、ジルは答えた。

「もちろんそうだろう。馬鹿なことを訊いたよ。しかし新婚の期間ってのはたいがい悲惨なもんでね。わたしの場合もそうだったよ。ケイトとわたしはお互いになじむまでに何カ月もかかったんだ。きみの旦那のボブ君は、すごくいいやつだが、まだまだ若いからな。こういう進んだ時代であっても、花婿はみんな、気おくれするんだよ。ちゃんとできるはずなのに、まるでうまくいかない。その結果、可哀そうな娘たちは傷ついてしまう」ジルは答えなかった。ジムは彼女を木立のほうへ誘導していった。「どうすれば妻を歓ばせられるか男にわかるのは、結婚してしばらく経ってからなのさ。他のあらゆることと同様に、それにはテクニックが必要なんだよ。ただ自然に任せときゃいいってもんじゃない。しかも女は十人十色だ。気分も、好きなことも、嫌いなことも。こんな話、ショックかな？」

「いいえ」ジルは言った。「ぜんぜん」

「よかった。きみにショックを与えたくはないからな。きみみたいに可愛らしい人に、そんなことができるものか。他の連中はどこだろう？　誰も見当たらないね」

「ええ」

「あそこの壁に寄りかかって、町の明かりを眺めよう。最高の場所。最高の夜。ボブはきみに、綺麗だよってちゃんと言ってるかな？　だってきみは本当に綺麗だし……」

ケイト・フォスターは、ホルモン剤を飲みに部屋に行ったあと、再度ラウンジに下りて夫をさがした。彼がそこにいないとわかると、彼女はバーに入っていき、そこでひとり淋しくダブルのウィスキーを飲んでいるボブ・スミスを見つけた。

「みんなはどこなの？」彼女は訊ねた。「うちのツアーの人たちのことだけど」そう付け加えたのは、バーが相変わらずごったがえしていたからだ。

「出かけたんじゃないですか」ボブ・スミスは答えた。

「あなたの奥さんは？」

「ああ、行きましたよ。レディ・アルシアとミス・ディーンのあとから。お宅のご主人と一緒です」

「なるほど」

なるほどわかった。わかりすぎるほどよく。ジムは彼女が上に行くのを見すまして、意図的に彼女を撒いたのだ。

「でもね、そこにすわりこんで、その毒薬を飲んでいたって、なんの足しにもならないわよ」

ケイトは言った。「コートを取ってきて、わたしと一緒にいらっしゃいよ。ツアーのみんなに加わるの。ここでひとりでぼうっとしてたって、しょうがないでしょう」

たぶんこの人の言うとおりなんだろう、とボブは思った。ジルと一緒にいるべきときにひとりですわって飲んでいるのは、意気地のない、無益なことなんだろう。でも彼女がフォスターに見せるあの笑顔。あれにはとても我慢がならない。それに彼は、ここに留まることがいわば彼女への懲らしめになるんじゃないかと思ったのだ。ところが実際は、苦しんでいるのは彼自身だった。ジルのほうはたぶんなんとも思っていない。

「わかりました」そう言って、彼はするりとスツールを下りた。「一緒に連中を追いかけましょう。まだそう遠くへは行っていないはずです」

ふたりは一緒にホテルを出て、谷につづく小径を下りていった。ちぐはぐな二人組。ボブ・スミスは、ひょろ長く、くしゃくしゃの黒髪を肩まで垂らし、コートのポケットに両手を深く突っこんでおり、他方、ケイト・スミスは、ミンクのジャケットを着こみ、髪を青く染め、金のイヤリングをぶらぶらさせている。

「わたしに言わせてもらえば」場ちがいな靴で小径をどかどかと下っていきながら、ケイトは言った。「このエルサレムへの遠足自体がまちがいだったのよ。本当に聖地に興味のある人なんてひとりもいやしないんだから。まあ、ミス・ディーンは別でしょうけど。でもあなたも、あのレディ・アルシアがどういう人かはわかってるでしょ。すべては彼女が牧師と一緒に手配したのよ。イギリスにいようが、船上にいようが、中東にいようが、同じこと。彼女は領主館の奥様をやらずにはいられないわけ。バブコックはと言えば、あれは役立たず以下ね。あんなのいないほうがよかったのよ。それに、あなたたち夫婦……そうね、結婚生活の初めから、奥さんの勝手気ままを許しておくなんて、うまいやりかたとは言えないわ。あなたももうちょっと威厳を示さなきゃ」

「ジルはまだとっても若いんです」ボブ・スミスは言った。「二十歳になったばかりなんですよ」

「ああ、青春か……わたしに青春の話はしないで。あなたたち近ごろの若者は恵まれすぎているのよ。とにかく、わたしたちの国ではそう。この地域の若者の一部は、まるでちがうけど。特にわたしの頭にあるのは、アラブ諸国のことよ。アラブの男たちは、自分の花嫁が問題を起こさないよう、絶えず監視の目を光らせているの」

わたしったらなんでこんなことを言っているのかしら、とケイトは思った。どうせ右から左へ抜けていくだけなのに。この連中はみんな、自分のことしか頭にない。わたしもここまで感受性が強くなければよかったのに。こんなんじゃいいことはひとつもない。あれこれ思いわずらって、体を壊すだけだわ。世界情勢、将来のこと、ジムのこと……いったい彼はあの娘とどこまで行ったんだろう？　わたしの脈は始終、飛んでいる。あの薬はほんとに体に合ってるのかしら……？

「そんなに急がないで」彼女は言った。「ついていけないじゃないの」

「すみません、フォスターさん。あの木立のあたりに人影がふたつ見えたような気がしたもので」

で、もしそれがあのふたりだったら？　ボブは頭を悩ませた。だからなんだというんだろう？　ぼくに何ができるんだ？　ジルがツアーの他のメンバーと一緒に散策に行くことにしたからと言って、騒ぎ立てるわけにはいかない。こっちとしては、何も言わずにじっと待ち、ホテルに帰ってから彼女をどなりつけるしかないだろう。ああ、このくそババアが少しのあいだ黙っててくれたら……

ふたつの人影は、結局、レディ・アルシアとミス・ディーンだった。

「ジムを見ませんでした？」ケイト・フォスターは声をかけた。

「いいえ」レディ・アルシアが言った。「わたくしもいまちょうど、フィルはどうしたのかしらと思っていたところです。男性陣はなぜこんなふうにどんどん行ってしまうんでしょうね。ほんとに思いやりのないこと。少なくともバブコックはわたくしたちを待っているべきですよ」

「うちの牧師様とは大ちがい」ミス・ディーンはつぶやいた。「あのかたなら万事きちんと取り仕切られたでしょうし、みんなに何を見せるべきかも心得ておられたでしょう。これじゃ、〈ゲッセマネの園〉がこの道のもっと先なのか、わたくしたちがいま立っているこのあたりなのか、それすらわからないじゃありませんか」

壁の外側の林はそれはそれは暗く、地面の石ころは先に行くほど多くなるようだった。もし牧師様がいらしたら、彼女はその腕にすがることができたろう。レディ・アルシアはとても親切だけれど、それとこれとは別だ。

「ぼくはこのまま行ってみます」ボブは言った。「お三方はここにいてください」

女たちをその場に残し、ボブは大股で小径を下っていった。残りの連中がもし全員一緒なら、そう遠くにいるはずはない。指揮は大佐が執っているだろう。彼はジルを見ていてくれるだろう。

九十メートルほど先に、林の途切れたところがあった。そして、空き地が現れた。オリーブの小木の茂みが点在する、荒れたままの土地。どう見ても庭園じゃない。いずれにしろ、なんてアホらしい探検だろう。どうせ明日また同じことをするってのに。とそのとき彼は、ひとつだけだが、人影に気づいた。誰かが岩にもたれ、背を丸めてすわっている。それはバブコックだった。気づまりな一瞬、ボブは牧師が祈っているのかと思った。それから、彼がノートに向かって頭をかがめているのが見えた。牧師は懐中電灯の明かりをたよりに何か書いているのだった。ボブの足音に気づいて、彼は顔を上げ、懐中電灯を振った。

「他の人たちは?」ボブは呼びかけた。

「大佐は道の上のほうです」バブコックは答えた。「あの男の子はこの下の〈ゲッセマネ〉がもっとよく見えるところにいます。でも庭園そのものは閉まっているんです。まあ、それは問題じゃありませんが。ここからでも雰囲気はつかめますからね」ボブが近づいていくと、牧師はちょっときまり悪げにほほえんだ。「何を見たか書き留めておかないと、忘れてしまうもので。ロビンが懐中電灯を貸してくれたんです。国に帰ったら、これをテーマに講義をするつもりです。いや、正確に言えば講義じゃないな。ただ、男の子たちに感想を話してやりたいんですよ」

「ジルを見かけませんでしたか？」ボブは訊ねた。

バブコックはまじまじと彼を見つめた。ジルって……ああ、この男の若い奥さんか。

「いや」バブコックは言った。「ご一緒じゃないんですか？」

「一緒じゃないのは見ればわかるでしょう」ボブはカッとなって、ほとんど叫ぶように言った。

「それに、道の上のほうには、ミセス・フォスターとレディ・アルシアとミス・ディーンしかいません」

「おやおや」バブコックは言った。「すみませんが、ぼくはお役に立てそうにありません。どこかそのへんに大佐がいるんじゃないかな。ぼくはあの男の子とふたりでここに来たんです」

ボブは怒りがこみあげてくるのを感じた。「ねえ」彼は言った。「失礼なことを言いたかないですが、このグループの責任者はいったい誰なんです？」

バブコックは赤くなった。何もここまでいきりたつことはないだろうに。

「責任者は誰かと言われてもね」彼は言った。「大佐とロビンとぼくは、三人で出かけたわけですから。あなたたちが追いかけてくることにして、道に迷ったのなら、それはあなたたち自身の問題でしょう」バブコックは少年たちの荒っぽい物言いには慣れている。でもこれはちがう。この扱いを人が見たら、彼を雇われガイドかと思うだろう。

「すみません」ボブは言った。「実は……」実は、こんなにも心細く無力な気持ちになったのは生まれて初めてだった。聖職者は困っている人を助けるものじゃないのか？「実は、心配でたまらないんです。何もかもめちゃくちゃなんですよ。夕食のあと、ジルと大喧嘩してしまって。それでまともに頭が働かないんです」

バブコックはノートを下に置き、懐中電灯を消した。今夜はもう〈ゲッセマネ〉を心に刻むことはできない。まあ、しかたないだろう。

「それはお気の毒です」彼は言った。「でもほら、よくあることですからね。若い夫婦は喧嘩する。そして、その都度、この世の終わりみたいに思うわけです。おふたりとも朝になれば、見かたが変わっていますよ」

「いいえ」ボブは言った。「まさしくそれが問題なんです。ぼくたちの見かたは変わらないでしょう。この結婚は恐ろしいまちがいだったんじゃないか。ぼくはそんな気がしてなりません」

バブコックは黙っていた。気の毒に、こいつはへとへとなんだな。何をどうしていいかわからなくなってるわけだ。しかし、夫婦のどちらのこともよく知らない以上、アドバイスはむずかしい。仲がまずくなっていたのなら、リトル・ブレットフォードの牧師がちゃんと気づいて、ふたりと話すべきだったのだ。いや、たぶんハイファの船の上でなくここにいたら、きっと話していたんだろう。

「まあ」彼は言った。「夫婦は支え合うものですからね。結婚というのは……なんて言うんだろう、体の関係だけじゃないんですよ」

「うまくいっていないのは、体の関係のほうなんです」

「なるほど」

バブコックは思案した。帰国したら医者に行くよう言ってやるべきだろうか？　今夜ここでできることはあまりない。

「とにかくね」彼は言った。「あまり心配しすぎないように。気楽にかまえていらっしゃい。奥さんになるべく優しくすることです。そうすればきっと……」

だが先をつづけることはできなかった。まさにその瞬間、小さな人影が下の木立からダッと飛び出してきたのだ。それはロビンだった。

「実際の〈ゲッセマネの園〉ってすごく小さいみたい」少年は叫んだ。「イエスと弟子たちは絶対あそこで休んではいないと思うな。おそらくここまで登ってきたんですよ。当時、生い茂っていたオリーブの林のなかへ。ぼくが不思議に思うのはね、バブコックさん、なんで弟子たちがしょっちゅう眠りこんでいたのか、です。今夜みたいに寒かったなら、変ですよね？　二千年のあいだに気候が変わったのかなあ？　それとも、弟子たちは夕食にワインを飲みすぎたんでしょうか？」

バブコックはロビンに懐中電灯を返すと、少年の背中を帰り道のほうへそっと押しやった。

「それはわからないな、ロビン、でも忘れちゃいけないよ。彼らはみな、とても大変な長い一日を過ごしたんだからね」

これは適切な答えではない、とバブコックは思った。でもぼくにはこれで精一杯だ。それにぼくは、ボブ・スミスの力にもなれなかった。なおかつ、大佐に対してもあまり思いやりがあったとはいえない。問題は、ぼくがこの人たちをよく知らないってことだ。いつもの牧師なら彼らにどう接すればいいかわかったろう。仮に見当ちがいな答えを出しても、みんな納得しただろう。

「ほら、あそこを見て」ロビンが言った。「道に固まって足踏みしてるでしょ。起きていたいなら、あれがいちばんいい方法ですよ」

足踏みしているのは、レディ・アルシアだった。彼女は賢くも出発前に歩きやすい靴に履き換えていた。ケイト・フォスターのほうは靴こそいまひとつだが、ミンクのジャケットにすっぽり身を包んでいるという点でレディ・アルシアに勝っている。ミス・ディーンはふたりから少し離れたところにいた。彼女は壁の割れ目を見つけて、砕けかけた石の堆積の上にすわっているのだった。連れのふたりの話を聞かされるのは、もううんざりだった。なにしろどちらも、話すことと言えば、それぞれの夫がどこにいるかということばかりなのだ。

結婚しなくてほんとによかったわ、と彼女は思った。夫婦というものは口論が絶えないようだし。まあ理想的な結婚というのもあるにはあるんだろう。でもそんなのはごくわずか。うちの牧師様があんなに早く奥様をなくされたのは、本当にお気の毒なことだけど、あのかただって後添えをもらおうとはなさらなかった。牧師の書斎の男っぽいにおいを思い浮かべ、ミス・ディーンは優しい笑みを浮かべた。牧師はパイプをやるのだ。そしてミス・ディーンは牧師を訪ねるたびに――それはたいてい週二回で、独身男のひとり暮らしに明るさを添える花や、手作りの特製ケーキや、自家製のジャムやマーマレードを持っていくときなのだが――そのたびに彼女は、開いたドアからすばやく書斎のなかをのぞいて、家政婦がちゃんとかたづけをしているかどうか、散らかった書物や書類をいくらかでも整頓しているかどうか確認していた。男っていうのはまるっきり子供なんだから、誰かが世話してやらなきゃならない。マリアとマルタが我らの主を始終ベタニヤに招いていたのは、だからなのだ。おそらく姉妹は、丘を越えはるばる歩いてきたイエス様に食事をさせ、あのかたの着物を繕《つくろ》い、靴下の穴をかがって――と言いたいところだけれど、もちろんあの時代の人たちは靴下なんかはいてない。裸足にサンダルだ。でも、旅で汚れたあのかたの衣類を洗い桶に浸させていただくのは、どんなに光栄だったことか……

ミス・ディーンは背後の林で何かガサゴソ動いているのに気づいた。まさか、男性陣が石を乗り越え、私有地らしきところに入りこんでしまったとか？　それから彼女は、男の笑い声を、さらに、女の「シーッ」というささやきを耳にした。

「大丈夫だよ」男がささやき返した。「ミス・ディーンだ。ひとりすわって、愛する牧師様の不在を嘆いているのさ」

「知らぬが仏」ひそひそと女が答える。「あの牧師さん、牧師館の私道を彼女が歩いてくるのに気づくと、いつも隠れているのよ。彼女は頭痛の種なんだって。前に牧師さんがうちのママに言ってたわ。いい年して、何年もあの人を追っかけ回してるんですってよ」

押し殺した笑い声。つづいて、ジム・フォスターがゴホンと咳をして、暗い林のなかから姿を現した。

「おやおや、ディーンさん」彼は言った。「驚いたなあ。わたしたちはずっと他のみなさんをさがしていたんですよ。あれ？　レディ・アルシアと一緒にあそこに立ってるのは、うちのケイトじゃありませんか？　それに、他にも何人か向こうからやって来ますね。これで全員集合かな」彼はジルに手を差し出し、くずれた石壁を乗り越えさせた。「さて、ディーンさんは？　腕をお貸ししましょうか？」

「ありがとう、フォスターさん」彼女は沈んだ声で言った。「でも、わたくしは大丈夫です」

ジル・スミスは坂道の下のほうにすばやく目をやった。そこにはボブがいた。バブコック師とロビン少年もだ。ロビンは何かしゃべりながら、懐中電灯を振り回している。この場はミス・ディーンとふたりでいたほうが体裁がいいだろう。彼女はジム・フォスターを肘でつついた。ジムはすぐさま理解して、ケイトとレディ・アルシアがいるほうへひとりで歩いていった。

「どうもどうも」彼はそう声をかけた。「みんなでぐるぐる回っていたみたいですね。いや、不思議ですよ。どうして行きちがいになったもんかな」

唇を固く引き結んだ妻の顔を見て、彼は一瞬ためらった。それから笑みを浮かべると、自信たっぷりにぶらぶらと妻のほうに向かった。

「ごめんよ、ケイト」彼は言った。「長いことここにいたの？」

そして彼女の肩に腕を回すと、頰に軽くキスした。

「少なくとも二十分」ケイトは答えた。「三十分近いんじゃないかしら」

三人はそろって頭をめぐらせた。ロビンがこちらに駆け寄ってくる。その手の懐中電灯が、彼らの顔をちかちか照らした。

「ねえ、フォスターさん」少年は嬉々として言った。「いまの、すごく不吉な感じがしましたよ！　フォスターさんが奥さんにキスしたとき！　まるでユダみたいに見えたもの。バブコックさんとぼくは大冒険しちゃいました。ふたりだけで〈ゲッセマネ〉まで下りてって、またもどってきたんです」

「だとすると、あなたはどこにいたの？」ケイトは夫に向き直った。

「フォスターさんと、スミスさんの奥さんは、壁の穴の向こうの林のなかにいたんです」ロビンが言った。「でも、あれじゃ、エルサレムはよく見えなかったんじゃないかなあ。一度、懐中電灯でそっちを照らしてみたんですよ、フォスターさん、でもフォスターさんはうしろを向いていました」

そりゃあよかった。ジム・フォスターは思った。仮にうしろを向いてなかったら……

「わたくしが知りたいのは、いったいフィルはどこに行ったのかってことですよ」レディ・アルシアが言った。

「ああ、大佐ならホテルにもどりましたよ」みなの注意がそれたことにほっとして、ジム・フォスターは言った。「下りてくるときすれちがったんですが、寒いし、もうたくさんだと言っていました」

「寒い？」レディ・アルシアが問い返した。「フィルは寒がったりしませんわ。あの人がそんなことを言うなんて、おかしいわねえ」

一行は曲がりくねった小径をのろのろと引き返しはじめた。彼らはふたりずつ並んで歩いていた。先頭はレディ・アルシアとロビン、黙りこくったフォスター夫妻がそのすぐあとにつづき、少し離れて、若いスミス夫妻が激しく言い争いながら進んでいく。

「そりゃあ、あなたとバーで飲んだくれているより、外に出かけるほうがいいわよ」ジルは言っていた。「あたし、あなたのことが恥ずかしくてたまらなかった」

「恥ずかしいだと？」ボブは言い返した。「驚くねえ、きみの口からその言葉が出るとは。ミセス・フォスターに、旦那を一緒にさがしてほしいと言われたとき、ぼくがどんな気がしたかわかるか？　彼がどこにいるか、ぼくはようく知っていた。きみもそうだよな」

　バブコックはミス・ディーンとともに後方にいた。若い夫婦の口論を聞かされても、ミス・ディーンはいやな思いをするだけだろう。あのふたりの問題はふたりでなんとかしてもらわねば。こっちにできることは何もない。ミス・ディーン自身はと言えば、いつもはあんなにおしゃべりなのに、なぜか妙におとなしかった。

「すみませんね」バブコックはぎこちなく切り出した。「すっかり期待を裏切られてしまったでしょう？　あなたの牧師さんの代役としては、ぼくなんてお粗末なものですよね。でも元気を出して。船にもどったら、あなたは牧師さんに何もかも話してあげられるじゃないですか。今夜、〈ゲッセマネの園〉のすぐ上まで歩いていったというのは、ぼくたち全員にとってすばらしい体験ですよ」

　ミス・ディーンには彼の言葉は聞こえていなかった。その心は何百キロも彼方にあったのだ。

彼女はバスケットを腕に提げ、牧師館の私道を歩いていた。すると突然、書斎の窓のカーテンの陰から人影がさっと飛び出し、壁のうしろに隠れた。彼女は呼び鈴を鳴らしたが、応えはない。

「大丈夫ですか、ミス・ディーン?」バブコック師が訊ねた。

「ええ、ありがとう」彼女は言った。「わたくしは大丈夫。ただひどく疲れているだけですわ」声が震えた。醜態をさらしちゃいけない。泣いたりしちゃいけない。ただ、喪失感、裏切られたという思いはあまりにも大きかった……

「どうしてもわからないわ」レディ・アルシアはロビンに言った。「なぜお祖父様《じい》はホテルに帰ってしまったのかしら。あなたにも寒いって言っていた?」

「ううん」ロビンは答えた。「お祖父様はバブコックさんに昔話をしていただけ。連隊の指揮を執るはずだったんだけど、そのころお祖母様の具合がよくなかったし、お祖母様の生活の中心がリトル・ブレットフォードだったから、軍を去らなきゃならなかったって。でも寒いなんてぜんぜん言ってなかった。ただ、すごく悲しそうだったけど」

わたしのために軍を去った? なぜバブコックみたいな赤の他人にそんなことを言うんだろう? それはほんとのことじゃない。いまになって、あんまりだわ。あのときフィルは一瞬だってそんなそぶりは見せなかった……それとも、見せたのかしら? 彼がいろいろ言っていたのに、わたしが聴こうともせず、無視してしまったの? だけどフィルはいつも満ち足りているようだった。ずっと庭仕事に忙しかったたし、図書室の軍関係の書類や本の整理もあったたし……疑い、うしろめたさ、戸惑いが順繰りに襲ってきた。あれは大昔のことだ。なぜフィルはいまになって突然、怒りに駆られたんだろう？　わたしをさがしもせず、ひとりで帰ってしまうなんて？　バブコックが何か気の利かないことを言って、フィルを動揺させたにちがいない。

ひとりひとり、彼らは丘を登っていき、ホテルに入ると、エントランスでちょっと立ち止まって、おやすみの挨拶を交わした。グループの誰もが一様に、疲れを見せ、硬い顔をしていた。ロビンにはそれが不思議だった。あの寒さにもかかわらず、彼は存分に楽しんだのだ。なぜみんな、こんなに不機嫌そうなんだろう？　彼は祖母におやすみなさいのキスをし、遅くまで読書しないと約束した。それから、寝室のドアのそばで、バブコックさんが隣の部屋にやって来るのを待った。

「すてきな夜をありがとう」少年は言った。「バブコックさんもぼくと同じくらい楽しかったかなあ」

バブコックはなんとか笑顔を作った。この少年は別に悪い子じゃない。いつも大人たちに囲まれているのだから、ませているのは無理からぬことだろう。

「こちらこそありがとう、ロビン」彼は言った。「あれはきみのアイデアだからね。ぼくひとりじゃあんなことは絶対思いつかなかったよ」それから無意識のうちに、彼は付け加えた。「しかし気がとがめるな。ツアーの他の人たちがもっと楽しめるようにしてあげられたらよかったんだが。自分たちの牧師さんがいないもので、みんなちょっと戸惑っているね」

ロビンは小首をかしげ、その点について考えてみた。彼は大人みたいに扱われるのが好きだった。そうした扱いはステータスを与えてくれる。可哀そうなバブコックさんを安心させるために、何か言ってあげなくては。そして、彼の心は夕食前の祖父母の会話へと舞いもどっていった。

「こういうご時世に聖職者をやるのは大変でしょう」少年は言った。「すごい試練でしょうね」

バブコック師は驚いた顔をした。「ああ、そうだね。ときによっては」

ロビンは重々しくうなずいた。「祖父が、大目に見てやらなきゃいけないって言ってました。それと祖母が、近ごろの聖職者にはトップの階層じゃないのが大勢いるって。どういう意味かよくわからないけど、たぶん試験に通ったときのことですよね。それじゃ、よく休んでくださいね、バブコックさん」

祖母に教わったとおり、カチリと踵《かかと》を合わせて一礼すると、少年は寝室に入ってドアを閉めた。彼は窓辺へと歩いていき、カーテンを開けた。エルサレムの町の明かりはまだ煌々と輝いていた。

あのニサンの十三日、弟子たちはもうちりぢりになっていたろうな、と彼は思った。そしてペテロだけがあとに残り、大祭司の中庭の炭火のそばで足踏みして、体を温めていたんだ。

少年は服を脱いでベッドに入ると、ベッドサイドの明かりをつけ、膝の上にエルサレムの地図を広げた。彼はそれを、父が借りてきてくれた、紀元三十年ごろのあの町を表すもうひとつの地図と見比べた。三十分ほど双方の地図を研究してから、祖母との約束を思い出し、彼は明かりを消した。

牧師や学者たちはまったく誤解している、と少年は思った。彼らはイエスをちがう門から出発させてきた。あしたはぼくが自力で〈ゴルゴタ〉（エルサレム近郊の丘。イエスが十字架に掛けられた地）を見つけてやろう。

「聖都エルサレムへのお客様、こちらにどうぞ」「ガイド要りませんか？　英語を話す人？　ドイツ人？　アメリカ人？」「聖母マリアのお生まれになった場所、〈聖アンナ教会〉は右手です」「左へ行き、壮麗なる〈神殿の丘《ハラム・アッシャリーフ》〉に入って、〈岩のドーム〉、〈鎖のドーム〉、〈遠隔のモスク《アル・アクサー・モスク》〉をごらんください」「ユダヤ教徒地区、宮、〈嘆きの壁〉はこちらです」「〈聖墳墓〉においでの巡礼は、〈苦難の道《ヴィア・ドロローサ》〉（イエスが十字架を背負って歩いた道）をまっすぐ進んでください。〈ヴィア・ドロローサ〉、〈十字架の道〉はこの先です……」

エドワード・バブコックは、自身の引率する小集団とともに〈聖ステパノ門〉を入ってすぐのところに立ち、あらゆる国籍のガイドたちに四方を包囲されていた。彼は手を振ってガイドらを追いやった。彼には彼の市街地図がある。それに、ホテルを出る間際にガイドから手渡された走り書きの案内も。

「みんな、一緒にいるようにしましょう」ひしめきあう群衆のなか、グループの人々の姿を求め、あっちを見たりこっちを見たりしながら、彼は言った。「固まっていないと何ひとつ見られませんよ。まずひとつ頭に入れておきましょう。われわれがこれから訪ねるエルサレムは、我らの主が知っておられるこの町を土台にして築かれています。われわれが歩き、立つところは、主が歩かれ、立たれたところの何メートルか上になるのです。つまり……」

バブコックは再度、メモに目をやった。すると大佐がその腕をつかんだ。「肝心なことから始めよう」彼はきびきびと言った。「とにかく地勢を活かせる形に部隊を展開することだ。まず〈聖アンナ教会〉から始めてはどうだろうか。ついてきなさい」

みな号令に従った。一同は臨時の導き手のあとにつづき、ほどなく〈聖アンナ教会〉が右手にある、広々した中庭にたどり着いた。

「十字軍によって建てられたものだ」大佐は朗々と説明した。「完成は十二世紀。彼らはやりかたを心得ていた。十字軍の建てた、もっとも優れた建築物のひとつだな」彼はバブコック師に顔を向け、付け加えた。「昔来たので、知っているんだよ、牧師さん」

「なるほど」

バブコックはほっと安堵のため息をつき、ポケットにメモを押しこんだ。とりあえず、これを見る必要はない。それに、朝食のとき、いつもの元気がないように見受けられた大佐も、あの意欲と自信をいくらか取りもどしていた。一行は従順にリーダーに従い、ほとんど人気《ひとけ》のない教会内をひとめぐりした。彼らはすでにひとつ、〈ゲツセマネの園〉で〈万国民の教会〉を見ていた。そして、このふたつめの教会はまるで別物ながら、沈黙を求められる点は変わりなく、一同、足音を忍ばせ、視線をさまよわせ、どこを見てもちがいがわからず、やがて、見学が終わると、ほっとしつつ、ふたたび明るい日射しのもとに出ていくという按配《あんばい》だった。

「ひとつ見りゃあとはおんなじだね」ジム・フォスターはジル・スミスにささやいた。しかしジルが視線を避けたので、彼は肩をすくめて向きを変えた。良心の呵責《かしやく》か？　ふうん、そういう気分なら、それで行くしかないだろうよ。きのうの夜は、ぜんぜん態度がちがったがな……

レディ・アルシアは、頭に巻いた青いシフォンのスカーフを整え、肩にゆるやかにかからせながら、夫の様子をうかがった。彼はいつもの彼にもどったようだった。昨夜、寝室に入っていき、夫がベッドで眠っているのを見たとき、彼女はほっと胸をなでおろした。また、夫を問いただすことはしなかった。そっとしておくほうがいい……。さきほど彼女は、〈万国民の教会〉で友人のチェイスボロー卿夫妻に出くわしている。夫妻はちょうどその教会から車で立ち去るところだった。宿泊先はダビデ王ホテルだそうで、三人は十一時に〈岩のドーム〉の前で会う約束をした。まったく驚きだ。あのご夫妻がエルサレムに来るのを知っていたら、わたしもダビデ王ホテルに泊まるよう手配したのに。まあいいわ。とにかく、ちょっとだけ会って、共通の友達の近況を教え合うとしよう。

「中庭の向こう端で何かやってますよ」ロビンが言った。「ほら、お祖父様、すごい行列ができてる。ぼくたちも加わりましょうよ。何か遺跡があるみたい」

「〈ベテスダの池〉だよ」大佐は答えた。「わたしがこの地を去ったあと、ずいぶんいろいろ工事が行われたようだな。だが、さして見るべきものもあるまい。町の下水溝の一部にすぎんよ」

しかしロビンはすでに行列に加わるべく駆けだしていた。彼は、泣き叫んでいるひとりの子供に注意を引かれたのだ。その子は、列の先頭へと強引に進んでいく父親に抱かれていた。

「あの人たち、いったいあの子供に何をしているの？」ケイト・フォスターが訊ねた。

バブコックはふたたびメモに目をやった。「羊の市場の区域か。ヨハネによる福音書の第五章を覚えてますよね、フォスターさん。病人たちが癒されるのを待っている〈ベセスダの池〉。主の御使いがときどき現れ、水をかき乱した場所です。我らの主は、三十八年間、歩けなかった男をそこで癒されたんです」彼は大佐に顔を向けた。「ちょっとのぞいてみるべきだと思いますが」

「ではこちらへ。ついてきなさい」大佐は言った。「ただ言っておくが、あれは古い下水設備の一部にすぎんよ。四八年には、あそこに不具合が生じたもんだ」

ミス・ディーンはまだ〈聖アンナ教会〉の前に立っていた。周囲の喧噪に、彼女の頭は混乱していた。さっきのバブコック師の言葉は、どういう意味だろう？　我らの主の歩かれたところの何メートルか上を歩くって？　この教会はもちろんとても美しいけれど、大佐はこれさえも元の教会の土台の上に建てられたと言っていた。しかも、その元の教会は、聖ヨアキムと聖アンナの質素な住まいの上に立っていたという。これは、マリア様のご両親が地下に住んでいたということだろうか？　教会を出る前に見学した、あの奇妙な洞穴に？　ここを訪れれば感銘を受けるものと思っていたのに、逆に彼女は幻滅を覚えた。昔から彼女はずっと、聖ヨアキムと聖アンナがすてきな白亜の家で暮らしている幸せな光景を思い描いてきた。小さな庭では花々が育ち、祝福された彼らの娘は母親のかたわらで針仕事を教わっている。そんな絵が描かれたカレンダーがあったのだ。ドーラが壁からはずして捨ててしまうまで、彼女はその絵を何年も大切にしていた。

ミス・ディーンはあたりを見回し、もはや存在しないあの庭をよみがえらせようとした。しかしとにかく人が多すぎる。そしてなかの誰ひとりとして、畏敬の念などみじんも表してはいない。あろうことか、ひとりの若い女はオレンジにかぶりついていて、スカートにまとわりつく幼い子供にその房を分け与えては、地面に皮を投げ散らかしている。ああ、嘆かわしい。ミス・ディーンは嘆息した。聖母様はどれほどゴミをいやがられることだろう……

〈ベセスダの池〉への下り口周辺の混雑はすさまじく、職員が手すりに手をかけて立ち、ひとりひとり下りていくよう人々に指示していた。父親に抱かれたあの女の子は、それまで以上に大声で泣きわめいていた。

「なぜあの子はあんなに大騒ぎしているんですか？」ロビンが訊ねた。

「池に行きたくないんだろうね」ためらいがちにそう答えると、バブコックは目をそらした。子供には明らかに痙攣《けいれん》が見られた。そして、不安げな妻を脇に従え、奇跡を願う父親は、是が非でも我が子を池に浸すつもりのようだった。

「わたしが思うに」状況判断をして、大佐は言った。「混雑がさらにひどくなる前に、〈総督官邸〉に進軍したほうが賢明だろうな」

「ううん、ちょっと待って」ロビンが言った。「あの女の子がどうなるか見たいんです」

彼は手すりから身を乗り出すと、はるか下の池を興味津々でのぞきこんだ。確かに大したものじゃない。水は黒っぽくどろりとしているし、階段もぬるぬるとすべりやすそうだ。きっとお祖父様の言うとおりなんだろう。これは町の下水溝の一部なんだ。三十八年間、歩けなかった例の男は、イエスが現れ、すぐ治してくれて、ラッキーだったわけだ。誰かが抱きあげて池に浸してくれるのを待っているより、そのほうがいい。たぶんイエスはあの水が汚いのを知っていたんだろう……ああ、いよいよだ、とロビンは思った。怯えきった子供の悲鳴を無視し、あの父親がそろそろと階段を下りていく。彼は一方の手を池のなかに入れると、水を三度、娘にかけて、その顔と首と両腕を濡らした。それから、頭上の野次馬たちに勝利の笑みを見せ、やはりほほえんでいる妻とともに、安全なところまでのぼってきて、子供の顔をタオルでふいた。子供自身はわけがわからず、すっかり動転して、恐怖に目をむき、群衆の頭上を見あげている。ロビンは、父親が癒された女の子を下におろすかどうか、見守っていた。だが何も起こらなかった。女の子はふたたび泣きわめきだし、父親はなだめるように娘に声をかけながら、階段の下り口を離れ、人混みのなかに姿を消した。

ロビンはバブコック師に向き直った。「だめだったみたい。奇跡は起こらなかった。起こると思ってたわけじゃないけど。でも、絶対とは言えないでしょう?」

ツアーの他のメンバーは、居心地が悪くなってその場をあとにしていた。行き過ぎた信仰と思しきものの、不本意な目撃者たち。ただし、相変わらず〈聖アンナ教会〉の前に立っているミス・ディーンだけは、この出来事をまったく目にしていなかった。ロビンは彼女のほうに走っていった。

「ディーンさん」彼は声をかけた。「〈ベセスダの池〉をまだ見てないでしょう?」

「〈ベセスダの池〉?」

「そう、ほら。ヨハネによる福音書に出てくるじゃない。主の御使いが水をかき乱したり、歩けない男が癒されたりしたあの池。ただ、男を癒したのはイエスで、池じゃないけど」

「ええ、もちろん」ミス・ディーンは言った。「ようく覚えていますよ。その哀れな男には、池に下ろしてくれる人が誰もいなかったのよね。だから来る日も来る日も待っていたんでしょう？」

「その池が」ロビンは誇らしげに言った。「あそこにあるんです。いま小さな女の子がそこに運びおろされるのを見ましたよ。でもその子は治りませんでした」

〈ベセスダの池〉……不思議だこと。ほんとにおもしろい偶然だわ。昨夜、ホテルにもどったとき、彼女は福音書のまさにあのページを読んだのだ。その場面はいまも記憶に鮮やかだった。それは、ルルドの泉のこと、奇跡を願って毎年そこを訪れる気の毒な病人たちのことを思い出させた。そういった人々のなかには本当に治った者もいて、医者や聖職者を困惑させている。医学的にはまったく説明がつかないことなのだ。もちろん癒されずに帰っていく者もいる。でも、それは信仰が足りないせいかもしれない。

「ああ、ロビン」彼女は言った。「その池を見てみたいわ。案内してもらえるかしら？」

「そうだなあ」ロビンは答えた。「実はちょっと期待はずれなんですよ。お祖父様は、あれは下水溝なんだって言ってました。四八年に見たのを、覚えてるんです。それに、他のみんなはこれから、イエスが兵士たちに鞭で打たれた〈総督官邸〉に行くところだし」

「そんなところに行くなんて、わたしにはとても耐えられそうにないわ」ミス・ディーンは言った。「他のいろんなものみたいに、地下にあるならなおさらよ」

つぎの冒険のことで頭がいっぱいのロビンは、ミス・ディーンを〈ベセスダの池〉に案内して時間を無駄にする気などなかった。

「池はあそこですから」彼は言った。「階段の下り口に男の人が立ってます。じゃあ、あとでまた」

遠くから少年の祖母が彼に手を振っている。レディ・アルシアは、友人夫妻と待ち合わせた〈岩のドーム〉に早く行きたくてしかたないのだった。

「ディーンさんのところに引き返して、早く来るように言ってらっしゃい、ロビン」彼女は叫んだ。

「ディーンさんは〈総督官邸〉には行きたくないんだって」少年は答えた。

「お祖母様もよ」彼の祖母は言った。「わたくしはチェイスボロー夫妻に会ってきますからね。ディーンさんは自分で自分の面倒を見るしかないわ。ねえ、坊や、駆けていって、お祖父様と合流なさいな。いまちょうど、アーチをくぐるところよ」

バブコックの経験不足のせいで何もかもめちゃくちゃだから、各自、自分のことは自分でするしかない。彼女はそう判断した。ミス・ディーンは、もしみんなとはぐれてしまったら、すぐそこの〈聖ステパノ門〉の外に駐まっているホテルのバスで待っていればいいのだ。混雑がどうしようもなくひどくなったら、チェイスボロー夫妻はわたしとフィルとロビンをダビデ王ホテルでのランチに招いてくれるかもしれない。レディ・アルシアは、ロビンが祖父に追いつくまでその姿を見守り、観光客や巡礼の群れに彼らがのみこまれると、〈岩のドーム〉の方向を示す標識に従って進んだ。

「〈ヴィア・ドロローサ〉……〈十字架の道〉……」

大佐は、売りこみ熱心なガイドらを無視して、ずんずん前に進んでいった。道は非常に狭く、両側に高い壁が立っており、その壁のところどころにツタに覆われたアーチが渡されていた。歩くのはむずかしく、実のところ不可能だった。巡礼のなかには、早くもひざまずいている者もいた。

「みんな、どうしてひざまずいているんですか?」ロビンは訊ねた。

「ここが〈十字架の道〉の第一留だからさ」大佐は言った。「実は、いまわれわれは〈総督官邸〉の跡地にいるんだよ、牧師さん。ここはすべて、〈アントニア要塞〉の一部だったわけだ。〈エッケ・ホモ修道院〉のなかからだともっとよくわかるんだが」

しかし、あまり自信はなかった。四八年から、ずいぶんいろいろ変わったようだ。男たちがテーブルに着いて、入場券を受け取っている。大佐はバブコックに小声で相談した。

「われわれのメンバーは何人来ているのかね?」見知らぬ人々の顔に視線を走らせ、彼は訊ねた。

彼自身とロビンと牧師以外、ツアーの仲間は見当たらない。ここは尼さんだらけのようだ。巡礼はいくつかのグループに分けられていた。

「指示に従ったほうがいいな」大佐はバブコックにささやいた。「彼女らは、〝シオンの娘たち〟と自称している。言っていることはなんだかさっぱりわからんがね」

三人は下の階へと下りていった。なるほどね、とロビンは思った。ディーンさんはこれがいやだったんだな。でも、さほど怖いことはなかった。縁日の幽霊列車《ゴースト・トレイン》のほうがずっとおっかない。

彼らのグループを受け持った尼僧が、みなさんはこれから、〝敷石《リトストラトウス》〟、ヘブライ語で言うところの〝ガバタ〟、つまり、ピラトの石畳の法廷に下りていくのです、と説明した。その敷石はつい最近、発見されたばかりだという。さらに尼僧はつづけた。そこが本当に、主《シニョール》が捕えられ、鞭打たれ、あざけられた場所だという証拠のうち、もっとも印象深いものは、板石に残された奇妙な痕跡、いくつもの十字線や穴でしょう。専門家によれば、ローマの兵士たちはそれらを賭け事に使ったのだそうです。この隅っこに、彼らはすわっていたのです。そして、サイコロ遊びをし、囚人を見張っていたわけです。また、現在では、〝王様〟という遊びをするのがローマの習わしだったこともわかっています。その遊びでは、死刑判決を受けた囚人が最後の数時間、冠をかぶった王となり、偽りの儀式によってあざけられるのです。

ぽかんと口を開け、巡礼たちはあたりを眺め回した。その場所は、天井の低いドーム形の部屋で、広い穴倉のようだった。足もとの敷石は硬く、ごつごつしていた。ささやきあう声がやんだ。尼僧もまた黙りこんでいる。

たぶん、とロビンは思った。兵士たちはほんとはイエスをあざけってなんかいないんだ。あれはただの遊びで、彼らはイエスを仲間に入れてやったんだよ。ひょっとすると、イエス自身もサイコロを振ったかも。冠と紫の衣はただの仮装。ローマ人はそれを楽しいと思ったんだ。死刑判決を受けた囚人に、牢番たちが残忍なことをするわけないよ。兵士たちは、イエスに同情して、時間が早く経つようにしてやったんだな。

ロビンには、敷石にすわる兵士たちの姿を思い浮かべることができた。そして彼らのなかに、囚人仲間の泥棒と鎖でつながれ、笑顔の若者がいる。彼は看守の誰よりもうまくサイコロを振り、その結果、賞を勝ち取って王様に選ばれる。彼の腕前が誘い出す笑いは、あざけりなどではない。それは喝采なのだった。

そうとも、とロビンは思った。みんな、ずっとまちがったことを教わってきたんだ。バブコックさんに話さなきゃ。

少年はあたりを見回した。でも祖父以外、同じツアーの人はひとりも見当たらない。祖父はと言えば、身じろぎひとつせずに立ち、円天井の部屋の向こう端をじっと見つめている。人々が移動しだしたが、大佐は動かなかった。一方、ロビンは、敷石にすわっておもしろい線や印をなぞっていられればそれでよく、祖父が動く気になるのをただ待っていた。

われわれは指示どおり行動しただけだ。大佐は自分にそう言い聞かせた。指示は最高司令部から直接、下された。当時はテロが蔓延《まんえん》していたし、パレスチナ警察はそれに対処できずにいた。だからわれわれが指揮を執らざるをえなかったのだ。ユダヤ人たちはあちこちの街角に地雷を仕掛けており、状況は日々悪化する一方だった。七月に、連中はダビデ王ホテルを爆破した。われわれは部隊を武装させ、彼らと一般市民をテロリストの攻撃から護らねばならなかった。問題は、我が国になんの政策もないことだった。なにしろ労働党が政権を握っていたのだから。政府は穏やかにやれと言ってきた。だがそこで人が死んでいるというのに、どうして穏やかにやれるというのだ？　ユダヤ機関は反テロを唱えたものの、口先だけでなんの行動も起こさなかった。そう、われわれはあのユダヤ人の少年をひっとらえ、鞭で打った。あいつは立派なテロリストだった。現行犯だったのだから。好んで人を痛めつける人間などいない……むろん、あとで報復があった。われわれの士官一名と下士官三名が拉致され、鞭打たれたのだ。故国《くに》はそのことで大騒ぎだった。しかし、なぜここに立っていると、これほどまで鮮明にあの場面がよみがえってくるのだろう？　あれ以来ずっと考えたこともなかったというのに。不意に大佐は、少年の表情を思い出した。顔に浮かんだあのパニックの色を。鞭を浴びせられ、少年の口はゆがんでいた。そして少年の目はロビンの目だった。その少年がいまふたたび大佐の前に立っている。相手はまだほんの子供だった。それは大佐を責めてはいない。ただ無言の訴えをこめ、じっとこちらを見つめるばかりだ。ああ、どうか。大佐は思った。どうか、許してくれ。そして、軍隊での彼の年月はくずれ落ち、無に等しくなり、無駄なもの、無益なものと化した。

「さあ、行こう」大佐は唐突に言った。しかし、踵《きびす》を返し、石畳の上を歩いていくさなかにも、彼にはあの鞭の音が聞こえ、身悶えして倒れるユダヤ人少年が見えていた。

「ちょっと待って、お祖父様」ロビンが言った。「ピラトが立っていた正確な位置を知りたいんだけど」

「わたしは知らんよ」大佐は言った。「どうだっていいだろう」

ガバタへの下り口にはすでに新たな列ができつつあり、表に出ると、巡礼の数はさらに増えていた。彼のすぐそばにまたひとり、ガイドが立っている。そいつは彼の袖を引っ張って言った。「〈ヴィア・ドロローサ〉はこちら。〈十字架の道〉へどうぞ」


レディ・アルシアは、〈神殿〉の敷地内をさまよい歩きながら、チェイスボロー夫妻に会う前に、なんとかケイト・フォスターを振り切ろうとがんばっていた。

「ええ、ええ、本当にすばらしいこと」さまざまなドームを指さすケイトにそう言うと、相手はガイドブックから、マムルーク朝のスルタン、カーイト・バイに関する記述を読みあげはじめた。その人物は、〈至聖所〉の上に泉を建設したのだという。ふたりは建築物から建築物へと移動し、何層にもなった階段をのぼってはおり、アブラハムがイサクを神に差し出した場所とも、ムハンマドが昇天した場所とも言われる岩を見学したが、相変わらずアルシアの友人夫妻の姿は見当たらなかった。太陽は真上にあり、頭上にぎらぎら照りつけていた。

「わたくしはもう結構よ」アルシアは言った。「何も向こうまで歩いていって、モスクのなかを見ることはないでしょう」

「でもエルサレム一の見どころを見逃すことになりますよ」ケイトが反論した。「〈アル・アクサー・モスク〉のステンドグラスは世界的に有名なんですから。新聞に出ていた爆弾の爆発で、その窓が損傷を受けていなければいいんですけど」

レディ・アルシアはため息をついた。中東情勢の話は退屈だった。ディナーの席で、国会議員がもっともらしく論じるのなら、まあいいが。どうせ、ユダヤ人もアラブ人も大差はない。連中はみんな爆弾を投げるのだ。

「どうぞモスクを見ていらっしゃいませ」彼女は言った。「わたくしはここで待っていますから」

レディ・アルシアは連れを見送り、その姿が消えると、シフォンのスカーフをゆるめながら、〈岩のドーム〉の階段のほうにぶらぶらともどっていった。この神殿の敷地内にいることの、ひとつの大きなメリットは、あの狭くて息苦しい〈ヴィア・ドロローサ〉ほど人が多くないということだ。こちらのほうがずっと自由に動き回れる。ベティ・チェイスボローは何を着ているだろう、と彼女は思った。車内の姿を見たときは、白い帽子がちらりと見えただけだったのだ。でも残念だこと。この何年かで、あの人の体形はすっかりくずれてしまった。

レディ・アルシアは、階段の上の三本柱のひとつに寄りかかった。ここならば夫妻が見逃すわけはない。彼女はかなりお腹がすいていた。朝食をとり、コーヒーを飲んだのが、遠い昔のことに思える。ドーナツ形のパンがひとつあるのを思い出し、彼女はバッグを開けた。それは、ロビンにせがまれて、〈万国民の教会〉の外にロバと一緒に立っていた露天商から買ったものだ。「種入れぬパンじゃないけど」あの子は言っていた。「間に合わせにはなりますから」アルシアは口もとをほころばせた。あの子の可愛い言動は、本当におもしろい。

彼女はパンにかぶりついた。それは見かけよりずっと硬かった。と、ちょうどそのとき、エリック・チェイスボローとその妻が観光客の一団とともに、ケイトが〈ソロモンの厩〉だとか言っていた建物から出てくるのが見えた。彼女が手を振ると、エリック・チェイスボローがそれに応えて帽子を振った。レディ・アルシアはパンをバッグにもどした。とたんに、口のなかの妙な感じから、異常事態に気づいた。彼女は舌を突きあげてみた。鋭くとがったものがふたつ、ちくりと触れた。もう一度、パンを見おろした。すると、恐ろしいことに、彼女の前歯が――ロンドンを発つ直前に歯医者がかぶせた差し歯二本が――パンの輪に突き刺さっていた。恐怖に駆られ、彼女は手鏡をつかんだ。その顔はもはや彼女の顔ではなかった。彼女を見つめ返す女は、上の歯茎から、本来あるべき歯ではなく、やすりで削られた小さな杭を二本、突き出させている。それは黒く変色しており、折れたマッチ棒のようだった。美はあとかたもなく消え失せていた。彼女はまるで、街角で物乞いをする、歳より老けた、どこかの貧乏女だった。

ああ、そんな、と彼女は思った。ああ、そんな、ここじゃいや、いまはいやよ！　恥ずかしさ、悔しさに悶えつつ、彼女は青いシフォンのスカーフで口もとを隠そうとした。そうしているあいだにも、チェイスボロー夫妻はにこやかに近づいてくる。

「やっとつかまえたぞ」エリック・チェイスボローが声をかけた。しかし彼女は、なんとか彼らを追い払おうと、ただ首を振り、手振りで懇願するばかりだった。

「アルシアはどうかしたの？　気分でも悪いのかしら？」チェイスボロー夫人は夫に言った。

背の高い優美なその人は、スカーフをさぐりながら、夫妻からあとじさった。そしてふたりが急いで歩み寄ったとき、シフォンの布がはらりと落ち、悲劇的状況が明らかになった。スカーフの主は、唇を閉じたまま懸命にもぐもぐ言い、バッグのなかのパンに刺さった歯を指し示した。

「いやはや」エリック・チェイスボローはつぶやいた。「ついてないね。ひどいことになったもんだ」

彼は弱り切ってあたりを見回した。しかし、階段をのぼってくる人々のなかに、エルサレムの歯医者の住所を知る者がいるわけもない。

彼の妻は、友人の屈辱感を察し、その腕をしっかりとつかんだ。

「心配しないで」彼女は言った。「見えやしないわ。スカーフで隠していれば大丈夫。痛みはあるの？」

レディ・アルシアは首を振った。痛みなら耐えられたろう。でもこの自尊心の崩壊、この情けなさにはとても耐えられない。さっきパンをかじったとき、自分は優雅さも品位も投げ捨ててしまったのだ。

「イスラエル人は非常に進んでいるんだよ」エリック・チェイスボローが言った。「きみを治せる一流の歯医者がきっといるはずだ。ダビデ王ホテルのフロント係に訊けば教えてくれるだろう」

レディ・アルシアはまた首を振った。延々つづいたハーリー街（ロンドンの一流医の街）への通院、入念な診察、高速ドリル、美を維持するための長時間にわたる忍耐を思い出したのだ。彼女はこのあとのランチのことを思った。何も食べられない自分、何事もないように振る舞おうとする友人たち。そして虚しい歯医者さがし。もし見つかってもここではせいぜい応急処置しかできない。驚いて息をのむフィル。好奇のまなざしを向けてくるロビン。目をそらすツアーの人々。旅の残りは悪夢だ。

「誰かきみの知り合いらしい人が階段をのぼってくるよ」エリック・チェイスボローがささやいた。

ケイト・フォスターは、〈アル・アクサー・モスク〉の見学を終え、〈嘆きの壁〉の入口に決然と背を向けて――その広大なスペースには正統派ユダヤ教徒どもが大勢押し寄せていたし、連中の政府は厚かましくも、そこにあったヨルダン人の住まいを容赦なく押しつぶしたうえ、多くのヨルダン人を砂漠のテントに追いやったわけだから――〈岩のドーム〉へと引き返してきた。そこで彼女の目をとらえたのは、見知らぬ男女に両脇から支えられたレディ・アルシアの姿だった。ケイトは急いで助けに行った。

「いったいどうしたんです?」彼女は問いただした。

チェイスボロー卿は自己紹介して、事情を説明した。

「可哀そうにアルシアは、ひどく動揺しているんです」彼はささやいた。「どうしたものでしょうね」

「前歯がとれた?」ケイト・フォスターは言った。「でもまあ、この世の終わりってわけじゃなし。そうでしょう?」彼女は、打ちひしがれた女を興味深く見つめた。ついさきほどまで、この人は誇り高く自信たっぷりに、彼女の横を歩いていたのだ。「ちょっと見てみましょうか」

レディ・アルシアは震える手でシフォンのスカーフを下ろし、必死の努力でほほえもうとした。すると、彼女と思いやりあるその友人たちの仰天をよそに、あろうことか、ケイト・フォスターはわっと笑いを爆発させた。

「なんとまあ」彼女は声をあげた。「仮にボクシングの試合をしたって、ここまでみごとにはやれなかったでしょうね」

そうしてその階段の上に立っているあいだ、レディ・アルシアには、押し寄せる人々が〈岩のドーム〉ではなく自分ばかりを見つめ、互いにつつきあい、ささやきあい、にやついているように思えた。なぜかと言えば、他人をさんざん嘲弄してきた自分自身の経験から、彼女は知っているからだ――誰かが威厳を打ち砕かれ、突如、グロテスクになる眺めほど、烏合の衆を笑いの渦でひとつにするものはない。


「〈ヴィア・ドロローサ〉はこの先……〈十字架の道〉はこの先です」

ジム・フォスターは、ジル・スミスの手をつかみ、彼女を引きずって歩きながら、角を曲がるたびごとに、ひざまずいた巡礼に行く手をさえぎられていた。ジルは昨夜、市場に行きたいと言っていた。あるいは、現地民のいわゆるスークとやらに。だから彼女はそこに行くべきだ。それに、彼自身も何かケイトに買ってやれば、夫婦仲を修復できる。

「わたし、ボブを待たなきゃ」ジルは尻ごみして言った。

しかしボブの姿はどこにも見当たらない。彼はバブコックに従って〈総督官邸〉に行ったのだ。

「きのうの晩は、待ちたがらなかったよな」ジム・フォスターはそう返した。

実に驚異的だ。若い女というやつは、真夜中から正午までに、こうまで変われるものなのか。これじゃまったく別の生き物。昨夜、あの林で、初めは拒み、その後、彼の愛撫に歓びの声をあげていたのが、いまは怒りっぽくそっけない。まるで、もうこれ以上、あんたとは一切かかわりたくないと言わんばかりだ。まあいい。それならそうするさ。でもやはり、これはちょっと屈辱的だ。良心の呵責はともかく、肘鉄はいただけない。もしかすると、この娘《こ》は昨夜、あの馬鹿亭主に泣きついて、暴行されたなどと訴えたんじゃないだろうか。もっとも、そう言われたってボブ・スミスには何をする度胸もあるまい。まあ、この娘がセックスで快感を得るのは、あれが最後となるんだろう。可哀そうに、一生の思い出ってわけだ。

「さあ」彼は急きたてた。「真鍮《しんちゅう》の腕輪がほしいなら」

「通れないわ」ジルはささやいた。「あの司祭、お祈りをしているもの」

「わたしたちはあなたを崇めます、おお、主よ、わたしたちはあなたを賛美します」

ふたりのすぐ前にいるその司祭はひざまずいて、頭を垂れていた。

「聖十字架により、あなたは世界を救われました」

彼の背後にひざまずいている巡礼たちから唱和の声が起こった。

あんなことすべきじゃなかった、とジル・スミスは思った。昨夜みたいなこと、ジム・フォスターにさせるべきじゃなかったのよ。あれはいいことじゃない。あのことを考えると、すごくいやな気分になる。あたしたち、聖地を見るためにここに来たっていうのに。まわりじゅうで、みんなが祈っているっていうのに。イエス・キリストがあたしたちの罪を背負って死んだっていうのに。ああ、みじめだわ、ほんとに悲惨な気分。しかも、新婚旅行なのよ。もしばれたら、みんななんて言うだろう？　きっと、あいつはふしだら女だ、ただの売女だって言うわ。あたしはこんな男、好きになってなんかいない。絶対よ。あたしはボブを愛してるんだから。いったい何を血迷って、ジム・フォスターにあんなことさせちゃったんだろう？

巡礼たちが立ちあがり、〈ヴィア・ドロローサ〉を進んでいった。そして、なんてありがたい！　いざ彼らが行ってしまうと、その場所もさほど神聖には見えなかった。道は市井《しせい》の人々、頭に籠を載せた女たちでごったがえしていた。やがてふたりは、野菜の並ぶ露店や子羊の胴部を吊るした肉屋、商人たちが大声で呼びこみをしているところに至ったが、何もかもがごちゃごちゃと密集しているため、そこではほとんど身動きがとれず、呼吸さえままならなかった。

道は枝分かれしており、左右どちら側にも屋台や店が軒を連ね、右手の階段の脇には、オレンジやグレープフルーツや巨大なキャベツやタマネギや豆類が積みあげられた露店が並んでいた。

「このスークはちがうやつだな」ジム・フォスターはいらだたしげに言った。「ここは食い物ばっかりだ」

彼はアーチ路の先の、ベルトやスカーフを吊るした屋台の列に気づいた。その隣には露店がひとつあり、年とった男が安物のアクセサリーを並べて売っている。「ほら、こっちのほうがそれらしい」ジムは言ったが、メロンを積んだロバに道をふさがれた。つづいて、頭に籠を載せた女が彼の足につまずいた。

「引き返しましょうよ」ジルは言った。「このままだとほんとに迷子になっちゃうわ」

若い男が一冊のパンフレットを手に、彼女ににじり寄ってきた。

「聖地の丘からの絶景を見にいきませんか」男は訊ねた。「芸術家村とナイトクラブにも行きます」

「ああ、お願いだからあっちへ行って」ジルは言った。「どれも見たくないわ」

彼女はフォスターの手を離していた。いま彼は道の反対側にいて、彼女に手招きしている。これはフォスターを撒いて、来た道を引き返し、ボブをさがし出すチャンスかもしれない。でも、この狭い迷路みたいな通りでひとりになるのかと思うと、彼女は怖かった。

ジム・フォスターは、アクセサリーを売っている屋台の前に立ち、品物をつぎつぎと手に取っては、また放り捨てていた。まったくのくず。買うほどのものはひとつもない。〈岩のドーム〉の描かれたメダル、一面にロバがプリントされたヘッドスカーフ。こういうものをケイトに買ってもしかたない。悪趣味なジョークと思われるのがおちだろう。彼はあたりを見回し、ジルをさがした。あのつまらないメダルのひとつを、まだ手に持っていることは忘れていた。ちょうど、道の彼方へと消えていくジルの姿が見えた。あの馬鹿女。いったいどうしたっていうんだ？　彼は道を渡りはじめた。するとそのとき、露店から背中に向かって怒声が放たれた。

「メダルは三ドルだ。三ドル払え！」

ジムは頭をめぐらせた。屋台の奥の露天商は怒りで赤くなっていた。

「ほら、返すよ、こんなものほしくもない」ジムはメダルを屋台に放り投げた。

「持ってったなら、買え」男はそうどなると、隣の男に向かってべらべらとしゃべりはじめた。やがてふたりは拳を振りだし、それが市場の他の商人や買い物客の注意を引いた。ジムは一瞬、躊躇《ちゅうちょ》した。パニックが襲ってきた。中東の人混みでは何が起こるかわからない。彼は急いでその場を離れた。背後で怒号があがり、無数の顔がこちらを向いた。彼は足を速め、それから頭を低くして、周囲の人を押しのけながら走りだした。買い物に余念のない人々、ただぶらついている人々がうしろにさがり、ぶつかりあって、さらに騒ぎを引き起こした。

「なんなんだ？　あいつは泥棒なのか？　爆弾でも仕掛けたのか？」

まわりじゅうで、ささやき声がする。ジムは階段をのぼっていき、イスラエル人の警官がふたり下りてくるのを見て、また向きを変え、下の狭い道の雑踏のなかをどうにかして進もうとした。呼吸はせわしくなっており、左胸の下には刺すような痛みがあった。パニックがふくれあがった。たぶんあのふたりの警官は、群衆の誰かに話を聞いたろう。そして、彼を泥棒だと、あるいは、無政府主義者か何かだと思いこみ、いまこの瞬間も追跡しているだろう……しかし疑いを晴らすすべがあるだろうか？　説明するすべがあるだろうか？

彼はすっかり度を失い、方向も何もわからないまま、雑踏のなかを遮二無二《しゃにむに》に進んで、前よりも広い道に出た。するともう逃れようがなかった。その道は、腕を組み合って歩いていく巡礼の大群にふさがれており、彼は後退して壁に貼りつかねばならなかった。彼らは全員男のようで、黒いズボンと白いシャツを身に着けていた。笑ったり歌ったりしているため、巡礼らしくは見えなかった。ジムは引き返すこともできず、波頭に乗った漂流物さながらに彼らとともに運ばれていき、気がつくと大きな広場の中央にいた。似たような服装の若い男たちが手をとりあい、肩を並べて踊っているまっただなかに。

　左胸の下の痛みは強烈だった。もうこれ以上、動くことはできない。ああ、ほんのしばらくでもすわれたら。でもどこにもそんなスペースはない。せめて何かに寄りかかれたら……あの巨大なレモン色の壁にでも。だが、そこにたどり着くのは無理だった。彼はただ立って眺めているしかなかった。壁への道は、くるくる渦巻く髪をした黒い帽子の男たちに阻まれているからだ。一列に並んだ彼らは、頭を垂れ、祈り、胸をたたいている。この連中は全員ユダヤ人だ、と彼は思った。おれはよそ者、連中の一員じゃない。パニックが、恐怖が、心細さがもどってきた。もし、あのふたりのイスラエル人警官が、すぐそこ、この人混みのすぐ外まで迫っていて、群衆をかき分けてやって来たら？　もし、〈嘆きの壁〉の前のこの男たちが、頭《こうべ》を垂れるのも祈るのもやめ、くるりと振り向いて、非難のまなざしで見つめてきたら？　そしてもし、この集団のなかから、「泥棒……泥棒……」と叫び声があがったら？

　ジル・スミスの頭にあるのは、ただひとつ——ジム・フォスターからできるかぎり遠ざかることだけだった。もう彼とは一切かかわりたくなかった。ツアーのみんなと一緒にいるあいだは、もちろん礼儀正しくしなければならない。でも、きょうはこのあとエルサレムを発つことになっているし、船にもどってしまえば、あの人たちの誰とも親しく交わる必要はない。それに、なんてありがたい、彼女とボブは、リトル・ブレットフォードから何キロか離れたところで暮らすことになっている。

ジルは混雑した狭い道を急ぎ足で引き返していった。市場と立ち並ぶ店から遠ざかり、観光客や見学者や巡礼や聖職者を追い越してどんどん進んだが、それでもまだボブの姿は見当たらなかった。それに、ツアーの他のメンバーの姿も。いたるところに〈聖墳墓〉の方向を示す標識が立っていたが、ジルは目もくれなかった。〈聖墳墓〉のなかに入る気はしない。それがいいこととは思えなかった。つまり、そう、きれいじゃない気がする。祈っているこの人たちに混ざるのは、偽善的で不正なことだろう。彼女はどこか、すわって考えられる場所、ひとりになれる場所がほしかった。旧市街の城壁は、頭上からのしかかってくるように思えた。たぶんこのまま歩きつづければ、彼女はこの壁から解放され、もっと自由に空気が吸えるだろうし、この騒がしさ、あわただしさも緩和されるだろう。

そのとき、はるか彼方、道の果てに門が見えた。でもそれは、彼らが最初に入ってきた〈聖ステパノ門〉ではない。そこに書かれた文字は〝シケム〟と読めた。また別の標識は〝ダマスカス〟となっていた。そこから町を出られるのなら、彼女には名前などどうでもよかった。

巨大なアーチをくぐると、〈聖ステパノ門〉の外と同じく、門外には車やバスが何列にも駐車されていた。そして、大通りを渡り、さらに多くの観光客が市街へと流れこんでいく。見ると、そのただなかに、たぶんジル自身と同じくらい途方に暮れた顔をして、ケイト・フォスターが立っていた。向きを変えるにはもう遅すぎる。ケイトは彼女を見てしまった。しかたなくジルはそちらへ向かった。

「ジムを見なかった？」ケイトは訊ねた。

「いいえ」ジルは答えた。「あの狭い迷路で見失いました。わたし、ボブをさがしてるんですけど」

「ふうん、でも絶対見つからないでしょうよ」ケイトは言った。「こんなひどい混雑、これまで見たことがない。この人混みは殺人的だわ。うちのツアーはみんなばらばらよ。レディ・アルシアは、神経衰弱同然の状態で、ホテルに帰ったの。彼女、歯がとれちゃったのよ」

「なんですって？」ジルは聞き返した。

「前歯がとれたの。パンにくっついて抜けちゃってね。まるで化け物だったわよ」

「まあ、なんてことでしょう。お気の毒に」ジルは言った。

一台の車がふたりに向かってクラクションを鳴らした。彼女らは車の流れの外に出て、どこへ行くでもなく、道の端に移動した。

「一緒にいた彼女のお友達は、歯医者をさがすすさがすってそればかり言ってたけど、こんなめちゃくちゃな場所で、どうやって歯医者を見つけるって言うのよ？　そうこうするうちに、わたしたち、〈聖ステパノ門〉の近くで、運よく大佐に出くわしたの。で、彼があとを引き継いだわけ」

「大佐はどうしたんですか？」

「すぐさまタクシーを見つけ、奥さんをなかに押しこんだの。彼女、いまにも泣きだしそうだった。でも、大佐はさっさと奥さんのお友達を追っ払い、彼女の隣に乗りこんだわ。レディ・アルシアはしょっちゅう旦那をやりこめてるけど、あのときばかりは他の誰より大佐の顔を見てほっとしたでしょうよ。ジムはどこにいるのかしらね。あなたが最後に見たとき、彼は何をしていた?」

「さあ」ジルは口ごもった。「奥さんにプレゼントを買いたがってたみたいですけど」

「ジムのプレゼントならよく知ってる」ケイトは言った。「何かうしろめたいことがあると、必ずくれるのよ。ああ! お茶を一杯飲めたらいいのに。せめてどこかにすわって、足を休めたいわ」

ふたりは漫然とあたりを見回しながら歩きつづけ、やがて〈復活の園〉と書かれた標示にたどり着いた。

「まさか」とジルは言った。「ここではお茶は飲めませんよね?」

「さあ、わからないわよ」ケイトは答えた。「エルサレムの観光名所ってどれもおかしな名前がついてるのね。ストラトフォード・アポン・エイヴォンみたい。あの町はなんでもかんでもシェイクスピアかアン・ハサウェイなの。ここじゃイエス・キリストってわけね」

ふたりは岩に囲まれた場所へと下りていった。なかは、いたるところに舗装路がめぐらされていた。中央にいた職員がふたりにパンフレットを渡した。そこには何か、アリマタヤのヨセフのことが書かれていた。

「お茶はないわね」ケイトは言った。「いいえ、結構、ガイドは要らない」

「でもとにかく」ジルはささやいた。「あの低い壁にすわることはできますよ。まさかそれでお金をとるとは言わないでしょう」

職員は肩をすくめて歩み去った。この庭もまもなく、もっと関心の高い巡礼たちでいっぱいになるのだろう。ケイトはパンフレットを読んでいた。

「ここは〈聖墳墓〉のライバルの史跡なのよ」彼女は言った。「たぶん、観光客をあちこちに分散させたいのね。岩を背に建てられた、あのくずれ落ちたちっちゃいおかしなものがお墓なんでしょうよ」

ふたりはそちらに行って、壁の開口部をのぞきこんだ。

「空っぽですね」ジルは言った。

「だってそのはずだもの。そうでしょ?」

何はともあれ、そこは平和だった。ふたりはその物体の横にすわり、休むことができた。園内は閑散としており、ケイトは、いつもここを踏み荒らす一団にとってはまだ時間が早すぎるのだろうと思った。彼女は横目で連れを見やった。疲れた、思いつめた顔をしている。もしかするとわたしは、この娘を誤解していたのかもしれない。おそらく、昨夜、ちょっかいを出したのは、ジムのほうなのだろう。

「ひとつ忠告しておくけど」ケイトはそっけなく言った。「子供はすぐに作ったほうがいいわよ。わたしたちはぐずぐずしていた。そしたら、結局、できなかったの。ええ、そうよ、わたしはあらゆる手を尽くした。卵管を広げるとか、そんなことね。でも効果はなかったわ。医者たちは、おそらくジムが無精子なんだろうと言ったけど、彼は検査を受けようとはしなかったし。もちろん、いまとなってはもう遅すぎる。わたしは更年期真っ盛りだもの」

なんと言えばよいのかジルにはわからなかった。ケイト・フォスターの言葉はどれも、彼女の罪悪感を募らせるばかりだった。

「お気の毒に」彼女は言った。

「嘆いたってしょうがない。耐えるしかないの。自分がまだ若くて前途洋々だってことに感謝しなさいよ。わたしなんかときどき、もうなんにも残ってないような気がするのよ。それに、明日わたしが死んだってジムはなんとも思わないだろう、とかね」

ケイトが仰天したことに、ジル・スミスは突然わっと泣きだした。

「いったいどうしたの?」ケイトは訊ねた。

ジルは首を振った。言葉が出てこない。波のように押し寄せるこの罪悪感、この自責の念をどうして説明できるだろう?

「ごめんなさい」彼女は言った。「あんまり気分がよくなくて。朝からずっと疲れてて、調子が悪いんです」

「生理?」

「いいえ……いいえ……ただわたし、ときどき思うんです。ボブはほんとにわたしを愛してるのかな、わたしたち合ってないんじゃないかなって。彼とわたしって、何ひとつうまくいかないみたいなんですもの」

ああ、あたしったら何を言っているんだろう。どうせケイト・フォスターは気にしてくれやしないのに。

「きっと結婚が早すぎたのね」ケイトは言った。「わたしもそうだった。みんな早すぎるのよ。よく思うんだけど、女は独り身のほうがずっと幸せなんじゃないかしら」

でも、こんなことを言ってなんになる？　ジムとはもう二十年以上連れ添った仲なのだ。それに、いくら心配やストレスの種になろうと、彼と別れることなんてまったく考えられない。わたしはジムを愛しているし、ジムはわたしをたよりにしている。もしも病気になったら、ジムは他の誰よりまずわたしに助けを求めるだろう。

「彼が大丈夫だといいけど」唐突にケイトは言った。

ジルははなをかむのをやめて、顔を上げた。〝彼〟というのは、ボブのことだろうか、それともジムのことだろうか？

「どういう意味ですか？」彼女は訊ねた。

「ジムは人混みが苦手なの。昔からずっとそうだったわ。だからわたしは、あの巡礼の大群を見たとたん、彼をモスクのエリアに連れていきたいと思ったわけ。あそこなら割合静かだってわかってたから。でも彼はあなたと反対方向に行ってしまったでしょ。ジムは人混みでパニックを起こすの。閉所恐怖症なのよ」

「気づかなかったわ」ジルは言った。「あの人はそんなことぜんぜん……」

たぶんボブも人混みでパニックを起こすだろう。いまこの瞬間も、ボブは、それにジムも、あの恐ろしい雑踏から、わめきたてる行商人や祈りを唱える巡礼たちから、必死で逃れようとしているだろう。

ジルはひっそりした庭を見回した。あたりには、誰かが植えた灌木の茂みが点在し、わびしい空っぽの小さな墓場があるばかりだ。あの職員さえ、ふたりをそこに残し、視界から姿を消していた。

「ここにいたって意味ないわ」彼女は言った。「ふたりがここに来るわけないもの」

「わかってるわよ」ケイトは言った。「でもどうすりゃいいって言うの？　どこか行くあてがある？」

あの忌《い》むべき町にふたたび飛びこんでいくなど考えるだにおぞましいが、他にとるべき道はない。夫たちをさがし求めて歩きつづけることだ。通り過ぎる無数の顔に目を走らせ、それでも彼らを見つけられずに、いつも見知らぬ他人、何も知らない無関心な人々に行き当たりながら。

ミス・ディーンは、〈聖アンナ教会〉や〈ベテスダの池〉への見学者の流れが途切れるのを待ち、それから、ゆっくりゆっくりと池の入口へ、階段の下り口へと近づいていった。さきほど、独創的な、とてもすばらしい考えが、頭に閃いたのだ。彼女は、昨夜、耳にした話に傷ついていた。それも深くだ。頭痛の種。ジル・スミスはミスター・フォスターに言っていた。自分の母親に牧師様が、このわたし、メアリー・ディーンは頭痛の種だ、何年もあのかたを追いかけ回していると言ったと。もちろん、嘘に決まっている。牧師様がそんなことをおっしゃるわけはない。ミセス・スミスは故意に嘘をついたのだ。それでも、そうしたことが語られうるという事実、おそらくリトル・ブレットフォードじゅうで自分にまつわるでたらめがささやかれているという事実は、大きな苦痛と衝撃を与え、そのせいで彼女はほとんど眠れなかった。しかも、よりによって、〈ゲッセマネの園〉でそんな話を聞いてしまうなんて……

そんなとき、可愛いロビン坊やが――グループのなかで福音書を読む唯一のメンバーらしきあの子が――ここは〈ベテスダの池〉のすぐそばなのだと教えてくれた。そのうえ、何かの病気を治すために、子供がひとり、すでに池に運びおろされたというではないか。そう、たぶん効果覿面《てきめん》とは行くまい。奇跡が起こるまでには、きっと数時間、あるいは、数日かかるだろう。ミス・ディーンにはなんの病気もない。健康そのものだし、とても丈夫だ。でも、もしオーデコロンの小瓶に池の水を汲みとって、リトル・ブレットフォードに持ち帰り、教会の入口の聖水盤に注ぐよう牧師様にお渡しすることができたら、牧師様は彼女の思いつき、その信仰の表現に感銘を受けるだろう。小瓶を渡したときの牧師様のお顔が目に浮かぶようだ。「牧師様、〈ベテスダの池〉の水を持ってきてさしあげましたよ」「おお、ディーンさん、なんて愛に満ちたすばらしいことをなさるのでしょう！」

ただ、問題がひとつある。池の水を汲むことは、おそらく、当局によって禁じられているだろう。当局というのがどこかは知らない。でも入口付近に立っている男は、まちがいなくその代表者だ。したがって――これはよい目的、神聖なる目的のためなのだから――彼女は男がその場を離れるのを待って、階段を下りていき、水を汲みとるつもりだった。不正かもしれない。でもこれは、神の名のもとに行う不正なのだ。

ミス・ディーンは時を待った。するとまもなく――神のご加護にちがいない――男が近くにいた集団のほうに移動した。どうやら彼らは、その先にあるいくつかの遺跡について男に質問しているらしい。好機到来だ。

そろそろと階段に歩み寄り、用心深く手すりに手をかけ、彼女は下におりはじめた。ある点ではロビンは正しかった。それは確かに下水溝のように見えた。でも、水はたっぷりあるし、ここは深い穴みたいなものだし、バブコック師は何もかも地下にあると言っていたのだから、それが本物のその池だということに疑いの余地はない。ミス・ディーンは心から感動していた。池に下りていく者は他にはいない。階段の下の板石にたどり着き、彼女は頭上に目をやった。誰もついてきていないこと、誰も見ていないことを確かめると、ハンカチを下に敷いて、そこにひざまずき、すぐ横の石の上にオーデコロンを空けた。もったいない気もしたけれど、これは一種の供物とも言える。

彼女は池に向かって身を乗り出し、水を瓶に流れこませた。それから立ちあがって、栓をもどしたが、その最中に濡れた板石の上で足がつるりとすべり、瓶が手から転がり出て、水のなかに落下した。彼女はあっと小さく叫んで、瓶を拾いあげようとした。でも、すでにそれは手の届かないところにあり、彼女はゆっくりゆっくりとよどんだ深い水のなかに落ちていった。

「ああ、主よ」彼女は叫んだ。「ああ、主よ、お助けください！」懸命に両手を伸ばし、濡れてぬるぬるする池の縁の板石をつかもうとしたが、開いた口に水が浸入し、彼女の喉をつまらせた。濁った汚水と巨大な高い壁、頭上に見える青空の断片以外、周囲には何もなく、誰もいなかった。

バブコック師は、〈エッケ・ホモ修道院〉の敷石に大佐に劣らず心を揺さぶられていた。もっとも彼の場合、その理由は大佐ほど個人的なものではない。彼の目にも、鞭打たれ、監視されるひとりの男が見えていたが、苦しんでいるその男は神なのだった。神聖なその場所に立っていると、畏れ多いと思うと同時に、ありがたさに胸に震えた。彼は何かのかたちで自らの価値を証明したかった。しかし〈総督官邸〉を出たあと、巡礼たちの行列が十字架の各留で止まりつつ、ゆっくりと〈ヴィア・ドロローサ〉をのぼっていくのを見つめたとき、彼は悟った。いまもこの先も自分が何をしようと、紀元一世紀に起きたことを贖《あがな》えはしない。彼にできるのは、前を行く巡礼たちと同じように謙虚に、頭《こうべ》を垂れ、そのあとにつづくことだけだった。「おお、主よ」彼は祈った。「あなたの飲んだ杯を飲ませてください。あなたの苦しみを分け与えてください」

誰かが腕を引っ張った。それは大佐だった。「まだ先に行くかね？」彼は訊ねた。「わたしは家内をホテルに連れて帰るよ。ちょっとした事故があったんだ」

バブコックは懸念を表した。

「いやいや、さほどのことじゃない」大佐は牧師を安心させた。「前歯の具合がおかしくなっただけなんだ。しかし本人は相当、動揺している。だから人混みから脱出させてやりたくてね」

「当然ですよ。お気の毒です、とお伝えください。他の人たちはどこです？」

大佐は頭をめぐらせた。「ふたりしか見えんな。うちのロビンとボブ・スミス君だけだ。ふたりにはきみとはぐれんように言ってあるよ」

大佐は〈聖ステパノ門〉へと向かい、姿を消した。

バブコックはふたたび、カルヴァリ（ゴルゴタの別称）への道をゆっくりとたどりはじめた。彼は左右から信者たちにはさまれていた。これはまさにキリスト教世界の断面図だと彼は思った。あらゆる国籍の人々、老若男女がみな、我らの主が歩かれた道を歩いている。そして、あの日もやはり、物見高い人々は日々の仕事の手を止めて、通り過ぎていく囚人たちを見つめたのだ。あの日もやはり、行商人や店の主《あるじ》は商品を売り、女たちは籠を頭に載せてすたすたと行き過ぎたり戸口で足を止めたりし、若者は露店から声を張りあげ、犬はベンチの下の猫を追い立て、老人は言い争い、子供は泣いていたのだ。

〈ヴィア・ドロローサ〉……〈十字架の道〉。

左へ、それからまた右へ。そして、つぎに曲がると、バブコックの横を歩いていた巡礼の一隊がすぐ前の別のグループに合流し、さらに第二群と第三群がそれにつづいた。バブコックは一度、うしろを振り返ってみたが、ロビンとボブ・スミスの姿は見えず、同じツアーのメンバーはひとりも見当たらなかった。目下、彼の巡礼仲間は、すぐ前を行く尼僧の一団と、背後につづく、頬髭に黒い衣という姿のギリシャ正教会の祭司らだ。右であれ左であれ移動などできようもない。バブコックは、自分がひどく目立っているのではないかと気になった。なにしろ、前を行く歌う尼僧らと、うしろにつづく祈りを唱える祭司らのなかで、彼だけがひとりなのだ。

尼僧らはアベ・マリアの祈りをオランダ語で唱えていた。少なくともバブコックはオランダ語だと思ったが、もしかするとドイツ語なのかもしれなかった。第五留と第六留で、尼僧らはひざまずいた。あわてて巡礼のしおりをさがしながら、バブコックは思い出した。第五留はクレネのシモンが十字架を背負わされた地点、第六留は我らの主の顔をヴェロニカがぬぐった地点だ。尼僧らとともにひざまずくべきか、ギリシャ正教会の祭司らとともに立ったままでいるべきか、彼は迷ったが、結局、尼僧らとともにひざまずくことにした。そのほうがより大きな畏敬の念、より深い謙虚さを表せる。

上へ上へ、どこまでも進み、どこまでものぼりつづけると、やがて〈聖墳墓教会《バシリカ》〉のドームが彼の頭上に出現した。そして最後の小休止。なぜなら一行は巨大な聖堂の舗装された前庭に至ったからだ。まもなく、尼僧らとバブコック自身と祭司らはあの荘厳な扉をくぐり、最後の留、教会内に入ることになる。

バブコックが自分の体の異変に気づいたのはそのときだった。もっともこれが最初ではない。〈エッケ・ホモ修道院〉でも、ちょっと吐き気を覚えたのだ。だがいまはそんなものではなかった。急にさしこみが襲ってきて、退《ひ》いていき、また襲ってきた。汗が噴き出した。右を見、左を見たが、周囲を埋め尽くす巡礼の大群のなかから脱出するすべはなかった。詠唱はつづき、教会の扉は目の前にある。向きを変え、引き返そうとあがいても、行く手は祭司らにふさがれている。このまま進んで教会に入るしかない。それ以外、道はなかった。

〈聖墳墓教会〉がバブコックを包みこんだ。暗闇、足場、階段、人々の体臭、たちこめるお香のにおいが意識される。どうしよう。苦悶のさなか彼は自らに問うた。どこへ行けばよいのだ。昨夜食べたチキンの煮込みの味が胃袋からせりあがってきて、彼を圧倒する。尼僧たちのあとにつづき、彼はゴルゴタ礼拝堂への階段をよろよろとのぼっていった。右にも左にも祭壇がある。まわりじゅうに、ロウソク、灯明、十字架、夥《おびただ》しい数の供物が。しかし彼には何も見えず、何も聞こえなかった。感じられるのは、祈りにも意志の力にも、神の慈悲にさえも抑えられない、体内の圧迫感、差し迫った腸の欲求のみだった。


バブコックの顔の苦悶の色に最初に気づいたのは、ボブ・スミスだった。彼は少し後方で、ギリシャ正教会の祭司らのうしろから、ロビンと並んで進んでいた。教会の扉からなかへ吸いこまれていく直前、最後にひざまずいたとき、バブコックの顔は蒼白だった。それにあの牧師はハンカチで額をぬぐっていた。

どうしたんだろう、とボブは思った。気分が悪いのかなあ。めまいがするとか。彼はロビンを振り返った。「ねえ、牧師さんのことがちょっと心配なんだ。目を離さないほうがよさそうだよ」

「了解」ロビンは言った。「スミスさん、追いかけていったら？　きっとあの尼さんたちと一緒に歩いてるのが、恥ずかしいんですよ」

「そんなことじゃないと思うよ」ボブは答えた。「たぶん気分が悪いんだ」

「もしかすると」ロビンが言った。「トイレに行きたいのかも。実を言うと、ぼくもなんです」

少年は解決策を求め、あたりを見回した。ボブ・スミスはためらった。

「きみはここにいたら？」ボブは言った。「ぼくらが出てくるまで待ってたらどう？　もちろん、〈聖墳墓〉のなかをすごく見たいなら別だけど」

「それほどでもないです」ロビンは言った。「ここが正確なその場所だとも思ってないし」

「じゃあそうしよう。ぼくが彼をさがしてくるよ」

ボブは強引に扉を通り抜け、バブコックと同じく、暗闇、足場、詠唱する巡礼や祭司たち、階段、左右に並ぶ礼拝堂に迎えられた。巡礼たちのほとんどは下りてくるところだった。あの尼僧らがそのなかに混じっており、すぐうしろから祭司らもついてくる。〈ヴィア・ドロローサ〉をくねくねとのぼっていくとき、彼らのなかであれほど目立っていたバブコックの姿は、もうどこにも見えなかった。

そのときボブ・スミスは彼に気づいた。バブコックは両手に顔を埋め、ふたつめの礼拝堂の壁の前にうずくまっていた。そのかたわらには――ギリシャ人かコプト人かアルメニア人かわからないが――聖具係がしゃがみこんでいる。ボブが近づいていくと、聖具係は顔を上げた。

「イギリス人の巡礼です」彼はささやいた。「とても具合が悪いのです。いま助けをさがしてきます」

「大丈夫」ボブは言った。「この人はぼくの知り合いです。同じツアーの人なんですよ。こっちでなんとかします」彼は身をかがめて、バブコックの腕に触れた。「心配要りません。ぼくがついてます」

バブコックは寄るなと手を振った。「この人に向こうに行くよう言ってください」彼はささやいた。「とても恐ろしいことが起きたんです」

「ええ」ボブは言った。「大丈夫。わかってますから」

彼が合図すると、聖具係はうなずいて、礼拝堂の入口側に移動し、入ってくる巡礼の一団が近づかないよう道を封じた。ボブは手を貸してバブコックを立ちあがらせた。

「誰にだって起こりうることですよ」彼は言った。「きっと日常茶飯事でしょう。そう言えば、一度、サッカーの決勝戦のとき……」

彼はみなまで言わなかった。不運な連れはひどく落ちこみ、消耗と恥ずかしさで体を折り曲げていた。ボブは彼の腕をつかんで、階段を下りるのを助け、教会の前庭に出た。

「すぐよくなりますよ」ボブは言った。「新鮮な空気を吸えば」

バブコックは彼にすがりついた。「チキンのせいですよ。きのうの夕飯に食べたあのチキン。果物やサラダには一切手をつけませんでしたから。ミス・ディーンがやめたほうがいいと教えてくれたので。でもチキンなら大丈夫だと思ったんです」

「心配しないで」ボブは言った。「どうしようもないことですから。もう……もうだいたい収まった感じですか？」

「ええ、ええ、もう収まりました」

ボブはあたりを見回した。しかしロビンの姿はどこにもなかった。結局、あの子も教会のなかに入ったんだろう。いったいどうすりゃいいんだ？　子供をひとりで放っておくわけにはいかないが、それはバブコックだっておんなじだ。彼はまた具合が悪くなるかもしれない。とにかく〈聖ステパノ門〉までは付き添ってやらねば。それからまたロビンをさがしにこよう。

「ねえ」彼は言った。「あなたはすぐホテルにもどったほうがいいんじゃないかな。着替えて、横にならないとね。ぼくがバスまで送っていきますから」

「助かります」牧師はつぶやいた。「本当に助かります」

自分が目立っているかどうかなど、バブコックにはもうどうでもよかった。人々が振り返ってじろじろ見ても、いまとなっては気にもならない。もと来た道をたどり、〈ヴィア・ドロローサ〉の坂を下って、詠唱する巡礼、観光客、野菜やタマネギや子羊の肉を商うかまびすしい商人のなかをもう一度、進んでいくとき、彼は自分が本当に恥辱のどん底に至ったこと、最後の場面で人間的な弱さを露呈し、人間のみが経験しうる屈辱をなめたことを知った。そして、おそらくは彼の主もまた、罪人の十字架に打ちつけられる前、孤独のなか、恐怖のなかで同じ屈辱に打ちのめされたのだ。

〈聖ステパノ門〉に着いたとたん、ふたりの目に入ったのは、彼らのバスの横に駐められた救急車だった。大勢の人、見も知らぬ連中が、そのまわりに集まっている。職員がひとり、蒼白な顔をして、野次馬たちに立ち去るよう指示していた。ボブの頭にまず浮かんだのはジルのことだった。ジルに何かあったんだ……とそのとき、ジム・フォスターが乱れた髪をし、片脚を引きずって、人垣のなかから現れた。

「事故があったんだよ」彼は言った。

「怪我したんですか?」ボブは訊ねた。

「いや……いや、わたしはなんともない。デモ行進みたいなものに巻きこまれたが、なんとか抜け出した……事故に遭ったのは、ミス・ディーンなんだ。〈ベテスダの池〉とかいう下水溝に落っこちたんだよ」

「ああ、なんてことだ……」バブコックはそう慨嘆し、ジム・フォスターからボブへと途方に暮れた目を移した。「全部ぼくのせいです。ぼくがついててあげるべきでしたよ。でも知らなかったんです。あの人は他のみんなと一緒だとばかり思っていました」救急車のほうへ向かおうとしたところで、彼は自分自身の窮状を思い出し、絶望のしぐさで両手を広げた。「ぼくは行けません」彼は言った。「人に会える状態じゃありませんから」

ジム・フォスターはまじまじと彼を見つめた。それから目顔でボブ・スミスに、どういうことだと問いかけた。

「彼、調子がよくないんです」ボブはささやいた。「ちょっと前に、丘の上の教会で急に具合悪くなっちゃって。ひどい腹痛。早くホテルに帰さないと」

「可哀そうにな」ジム・フォスターは声をひそめて言った。「実に悲惨な話だ。ねえ……」彼はバブコックに向き直った。「すぐバスにお乗んなさい。運転手に、まっすぐホテルに行くように言ってあげますから。ミス・ディーンにはわたしが付き添っていきますよ」

「あの人の容態は?」

「よくわからんようですよ」ジム・フォスターは言った。「何よりもショックが大きいんじゃないですかね。ガイドの男が池から引っ張りあげたときは、ほとんど意識がなかったそうです。幸い、その男は階段を上がってすぐのところにいたんですよ。それにしても、ボブの奥さんとうちのやつはどうしちゃったんですかね。あの地獄の町のどこかにいるわけだが」

ジムはバブコックの腕を取って、バスのほうへと向かわせた。おもしろいことに、他人《ひと》の不幸は自分の不幸をきれいに忘れさせる。ジム自身のパニックは、〈聖ステパノ門〉からよろめき出て、救急車をひと目見るなり消え去り、もっと底の深い不安、担架に乗せられ救急車に運ばれていくのはケイトなのではないかという恐れへと変わった。でもそれは、ミス・ディーン、ついていないない可哀そうなミス・ディーンにすぎなかった。ああ、ありがたい、ケイトじゃなかった。

窓のひとつからみじめに彼らを見つめる、青い顔をしたバブコックを乗せ、バスはガタゴトと走り去った。

「ようし、彼は行った。一歩前進だ」ジム・フォスターは言った。「しかしなんてざまなんだ。まったくさんざんだよな。大佐がここにいて仕切ってくれりゃ助かるんだが」

「ロビンのことが心配になってきましたよ」ボブ・スミスが言った。「〈聖墳墓教会〉の前で待ってるように言ったんですが、ぼくらが出てったときはいなくなっていたんです」

「いなくなった？　あの大混雑のなかで？」ジム・フォスターは仰天して目を瞠った。

そのとき、彼は妻の姿を認め、言い知れぬ安堵を覚えた。ジルも彼女と一緒で、ふたりは〈聖ステパノ門〉から出てくるところだった。

「ああ、よかった、来てくれたか」彼は言った。「ミス・ディーンを病院に連れてかなきゃいけないんだ。彼女はもう救急車に乗っている。事情は道々話すよ。とにかくいたるところでつぎつぎと問題が起きていてね。バブコックは体調不良、ロビンは行方不明、まったくひどい一日だよ」

ケイトは彼の腕をつかんだ。「でもあなたは？」彼女は言った。「あなたは大丈夫なの？」

「うん、うん……もちろん大丈夫だ」

ジム・フォスターは救急車のほうへ妻を引きずっていった。彼はジルには目もくれなかった。どうしたものかわからず、ボブはためらった。それから振り返って、かたわらに立つジルに目を向けた。

「どこに行ってたの？」彼は訊ねた。

「わからない」ジルはげんなりして言った。「庭みたいなところ。あなたをさがしてたんだけど、見つからなくて。ケイトも一緒だったのよ。彼女、ご主人のことを心配してたわ。人混みが苦手なんだって」

「みんなそうさ」ボブは言った。「でももう一度、立ち向かわなきゃならない。ロビン君が行方不明なんだ。ぼくがさがしに行くしかないよ。他にはもう誰も残ってないからね」

「あたしも行くわ」

「本気なの？　もうへとへとみたいじゃないか」

フォスター夫妻は救急車に乗りこもうとしている。サイレンが鳴りだし、野次馬たちは離れていった。ジルは、〈ヴィア・ドロローサ〉という、あの果てしない曲がりくねった道のことを思った。祈りを唱える巡礼の群れ、べらべらしゃべる行商人たち、もう二度と見たくない光景の再現、あのがやがや、あの喧噪。

「ちゃんと立ち向かえるわ」彼女はため息をついた。「ふたり一緒なら、あの道もそんなに長くは感じないでしょう」


ロビンは大いに楽しんでいた。ひとりでいると、いつも彼は自由を感じ、力を感じるのだ。それに、しょっちゅうひざまずく人たちと一緒に、巡礼の道をだらだらとたどるのは、もう飽き飽きだった。しかも彼らが歩いているのは、正しい道でさえない。この町は何度も何度も取り壊され、再建されてきたので、二千年前の姿とはまるでちがっている。復元するには、もう一度、町を取り壊し、それから掘って掘って、土台のすべてを発掘するしかないだろう。大きくなったら、考古学者になってやろうか。お父さんみたいな科学者にならないとしたらだけれど。このふたつの職業は、結構似ている。彼はそう結論づけた。とにかく、ミスター・バブコックみたいな聖職者には絶対にならない。こういうご時世じゃあね。

あの人たちはいつまで教会のなかにいる気だろう、とロビンは思った。たぶん何時間もだ。堂内はお祈りしたい司祭や巡礼で満杯だから、みんなお互いにぶつかり合うにちがいない。そう思うとおかしくなり、笑うとトイレに行きたくなった。お祖母様は〝トイレ〟という言葉をいやがるけれど、学校ではみんなそう言っている。とにかく近くにトイレがないので、ロビンは教会の壁に向かって用を足した。どうせ誰も見ちゃいないし。そのあと彼は階段にすわって、二種類の地図を膝の上に広げた。問題は、イエスが〈アントニア要塞〉にいたのか〈城塞〉にいたのかだ。たぶん両方だろう。でも、最後に捕えられていた場所はどっちなんだ？　他のふたりの囚人と一緒に十字架を担がされ、〈ゴルゴタ〉に向かう直前にいたのは？　福音書にはその点ははっきり書かれていない。イエスはピラトの前に連れ出された。でもピラトだってどっちにいたかわからない。ピラトはイエスを十字架に掛けさせるため祭司長たちに引き渡したけれど、祭司長たちはどこでイエスを待っていたんだろう？　そこがポイントだ。〈城塞〉がいま立っている場所、〈ヘロデの宮殿〉かもしれない。その場合、イエスとふたりの泥棒は〈ゲネト門〉から町を出ただろう。ロビンはふたつの地図を見比べた。〈ゲネト門〉は現在、〈ジャッファ門〉、もしくは、ヘブライ語で〈ヤッフォ門〉と呼ばれている。これはその人が何語をしゃべるかによる。

ロビンは教会の扉に目を向けた。ふたりが出てくるのはまだずっと先だろう。彼はジャッファ門まで自分で歩いてみることにした。そう遠くはないし、現在の地図があれば道に迷う心配もない。結局、門に着くまでは十分もかからなかった。彼はそこで立ち止まり、周辺をじっくり観察した。大勢の人が出たり入ったり行き交っている。門の外には車がたくさん駐まっており、この点は、城壁の囲みのちょうど反対側にある〈聖ステパノ門〉と同じだ。問題はもちろん、二千年前、禿げた丘の斜面と複数の庭園があったはずのところに、いまは大通りが一本走り、近代的な町が四方八方に広がっていることだ。ロビンは再度、昔の地図を見た。かつて、町の北西の角には、堂々と誇らしげに〈プセフィヌス〉と呼ばれる櫓《やぐら》が立っていた。皇帝ティトゥスは、紀元七十年にエルサレムを攻略する前、ローマ軍を率いて野営したときに、馬に乗ってこの塔を見に来たという。現在、その場所には、〈コレージュ・デ・フレール〉という名前の何かが立っている。いや、待てよ、〈コレージュ・デ・フレール〉でいいんだっけ？　それとも、〈騎士の宮殿《ナイト・パレス》〉というホテルだっけ？　どっちにしろ、それは城壁の内側にあり、たとえ城壁が再建されたものだとしても、そのことはなんとなく不適切な気がした。

想像してみよう。ロビンは考えた。ぼくはイエスだ。いま〈ゲネト門〉を出たところで、目の前には禿げた丘といくつもの庭園がある。磔《はりつけ》は庭園のなかじゃなく、かなり離れた場所で行われる。〈過ぎ越しの祭〉の前ならなおさらだよ。さもないと、民衆が騒ぎを起こすだろうし、それでなくてももう充分、暴動は起きてたんだしね。だからイエスとあとふたりの死刑囚は、かなりの距離を歩かされた。農夫のシモンが十字架を背負わされたのはそのせいだろうな。そう、〝クレネ〟はアラム語で〝農夫〟を意味するって校長先生が言ってたっけ。シモンはちょうど農作業を終えて帰ってきたところで、イエスはさんざん鞭で打たれて弱ってたから、十字架を運べなかったんだよ。そしてイエスとふたりの囚人は、どこか低木の茂った荒れた場所まで連れていかれた。そこは〈プセフィヌスの櫓〉から見えるところで、兵士たちは櫓に見張りを立てていたろうな。だから仮に救出の試みがあっても、それは失敗に終わったんだ。

自分の推論に満足したロビンは、〈ジャッファ門〉を出て右へ曲がり、大通りを歩いていった。大昔に消えた〈プセフィヌスの櫓〉から、これくらいだろうという地点まで進むと、そこは交差点で、大通りが四方八方へ延び、車が轟音《ごうおん》をあげて行き交っていた。中央広場の向こう側の大きな建物は、ロビンの現在の地図によれば、タウンホールだった。

ここがそうだな、と彼は思った。ここは低木の茂る場所で、タウンホールの立っているところには畑があるんだ。例の農夫は汗をかいている。イエスと他のふたりもだ。太陽はちょうどいまみたいに、まぶしい空のてっぺんまで来ている。十字架が立てられると、釘付けにされた男たちにはうしろの畑は見えない。男たちは町を見ているんだ。

ロビンは束の間目を閉じてから、振り向いて、町と城壁を眺めた。それらは黄金色に輝いており、とても美しくすばらしかった。生涯のほとんどを丘や湖や村をさまよって過ごしたイエスの目には、それは世界一美しくすばらしい町に見えたろう。でも、三時間、苦痛のうちに眺めつづけたあとは、さほどすばらしく見えるはずはない。それどころか、死は救いとなるはずだ。

クラクションが鳴り響き、ロビンは入ってくる車の通り道から退いた。気をつけないと自分まで死ぬことになるし、それはあんまり意味がない。

彼は、右に行ってすぐの〈新門〉から町にもどることにした。数人の男たちが道路の一箇所を直しており、ロビンが近づいていくと顔を上げた。車の往来を指さして、彼らは声を張りあげた。ロビンはその意味に気づき、男たちのそばの安全地帯に飛びのいたが、彼らが何を言っているのかはわからなかった。それはイーディッシュ語かもしれなかった。あるいは、ヘブライ語かも。でもロビンは、アラム語ならいいのにと思った。ドリルの男が地面を掘るのを中断し、鼓膜が破れんばかりの大音響がやむと、ロビンは男たちに声をかけた。

「英語がわかる人はいませんか？」

ドリルの男が笑顔を見せ、首を振った。それから彼は、何かの管に向かってかがみこんでいた仲間のひとりを呼んだ。その男は顔を上げた。他の男たちと同じで、彼も若かった。歯は真っ白、髪はくるくる縮れた黒髪だ。

「うん、英語わかるよ」彼は言った。

ロビンは地面の穴をのぞきこんだ。「それじゃ教えてください」彼は言った。「地下から何かおもしろいものは出てきました？」

若者は笑って、小さな生き物を尻尾をつかんでつまみあげた。どうやら死んだネズミのようだ。

「観光土産にどう？」彼は言った。

「頭蓋骨は？　骨はない？」ロビンは期待をこめて訊ねた。

「いや」若者はほほえんだ。「そのためには、とても深く、岩の下まで掘らないとな。ほら、行くよ」若者は自分のいる穴からロビンに小さな石ころを放ってよこした。「取っておけよ。

エルサレムの石だ。きっと幸運をもたらすぞ」

「どうもありがとう」ロビンは言った。

彼は迷った。この人たちに、ここは二千年前、三人の男が磔にされた地点から、たぶん、半径百メートル以内のところなのだと教えてあげるべきだろうか？ いや、言ったって信じやしないだろう。あるいは、信じたにしても、さほど感動しないかだ。この人たちにとって、イエスは重要じゃない。アブラハムやダビデとはちがうのだ。それに、あれ以来、エルサレム周辺では大勢の人が拷問を受け、殺されてきたわけだから、きっとこの人は、もっともなことだけれど、それがどうしたと言うだろう。ここはただ、祝日の挨拶をするだけにしておいたほうがいい。きょうはニサンの十四日で、日没とともに仕事はすべて中断される。ロビンは石ころをポケットに入れた。

「楽しいペサハになりますように」彼は言った。

若者は目を瞠った。「きみユダヤなの？」

「いいえ」国籍のことなのか宗教のことなのかよくわからないまま、ロビンは言った。もし後者なら、彼は、お父さんは無神論者で、お母さんは年に一度、クリスマスの日だけ教会に行くと答えなければならない。「いいえ、ぼくはイングランドのリトル・ブレットフォード出身です。でも、きょうがニサンの十四日で、明日はあなたたちの祝日だってことは知っています」

実際、こんなに交通量が多いのはそのせいだろう、とロビンは思った。それに、町がこんなに混雑しているのもだ。自分の知識にこの若者がちゃんと感心してくれるよう彼は願った。

「〈種入れぬパンの祭〉でしょ」ロビンは言った。

白い歯をずらりと見せて、若者はまたほほえんだ。それから頭をめぐらせて、ドリルを持つ仲間に何か叫んだ。相手は大声で返事をすると、ふたたび路面にドリルを当てた。すさまじい騒音がまたもや始まり、若者は両手で口を囲って、下からロビンに叫んだ。「それは〈我らの自由の祭〉でもあるんだ」彼は声を張りあげた。「きみは若い。おれたちとおんなじだ。一緒に祭を楽しんでくれよ」

ロビンは別れの手を振ると、ポケットの石ころをしっかりと握りしめ、〈新門〉へと向かった。〈我らの自由の祭〉か……〈過ぎ越しの祭〉より響きがいいな。もっと現代的で、新しい感じがする。お祖母様もそう言うだろうけど、このご時世にふさわしい。そして、その自由というのが、旧約聖書にあるような、隷属からの自由であっても、あの磔刑のころユダヤ人が願っていた、ローマ帝国による支配からの自由であっても、今日《こんにち》、道路を掘るこの若者たちが勝ち取った、飢餓や貧困や路上生活からの自由であっても、それはみんな同じことなのだ。あらゆるところであらゆる人が何かから自由になりたがっている。世界中でペサハと復活祭がひとつになればすてきだろう、とロビンは思った。そうすればぼくたちみんなが、〈我らの自由の祭〉を一緒に祝うことができるんだ。

バスは日没前に〈オリーブ山〉から北に向かう道に入った。あれからはもうなんの事件も起きなかった。スミス夫妻、ボブとジルは、〈聖墳墓〉の境内を虚しくさがしまわったあと、〈新門〉に足を向け、そこでロビンに出くわした。少年は、海岸方面から歌いながらやって来た巡礼の一団のあとにつづき、余裕綽々《しゃくしゃく》で入ってきたのだった。ミス・ディーンが原因で、バスの出発は遅れた。救急車で病院に運ばれた彼女は、ショックから抜け出せぬまま数時間、そこに留め置かれたものの、幸いなことに外傷や内傷はなかった。彼女は注射を打たれ、鎮静剤を投与され、その後、医者が、ハイファにもどり次第ベッドで休ませるようにと厳命のうえ、もう旅をさせてもよしとの判断を下した。ケイト・フォスターはこの患者の世話係となった。

「ご親切に」ミス・ディーンは小さくつぶやいた。「ほんとにご親切にね」

彼女の不運な事故については一切口にしないことが全員により決められた。ミス・ディーン自身もその件に触れることはなかった。彼女は膝に毛布をかけ、フォスター夫妻にはさまれて無言ですわっていた。レディ・アルシアもやはり無言だった。顔の下半分を青いシフォンのスカーフで覆っているため、その姿は今日《こんにち》もなおベールを使いつづけるイスラム教徒の女性を思わせた。それはむしろ、彼女の威厳と品位を高めていた。彼女もまた膝に毛布をかけており、大佐がその下で妻の手を握っていた。

若いスミス夫妻はもっとおおっぴらに手を握り合っていた。ジルはこれ見よがしに新しい腕輪をはめている。ロビンを見つけたあと、バスにもどる途中通りかかったスークのひとつで、ボブが買ってくれたさほど高くないやつだ。

バブコックの席はロビンの隣だった。ミス・ディーンと同じく、彼も着替えており——ジム・フォスターに借りたちょっとばかり大きすぎるズボンをはいていた。これについてとやかく言う者はなく、彼はそのことに言葉では言い尽くせぬほど感謝していた。バスが〈スコプス山〉をぐるりと回っていくときも、エルサレムの町を振り返る者はひとりもいなかった。これはつまり、ロビンをのぞいてひとりも、ということだ。ニサンの十四日の第九時（イエスが死んだとされる日時。第九時は午後三時）がやって来て、過ぎていき、ふたりの泥棒、または、暴徒は、どちらであるにしろ、十字架から下ろされた。そしてイエスも。その亡骸は岩に深く埋もれた墓のなかにある。たぶん、あの若い作業員がドリルで掘っていた場所の下に。もうあの若者たちもうちに帰れる。手や顔を洗い、家族に合流し、祝日を楽しみに待つことができるだろう。ロビンはかたわらのバブコック師に顔を向けた。

「残念だなあ」彼は言った。「あと二日いられたらよかったのに」

無事に船にもどって、船室に閉じこもり、〈聖墳墓教会〉での恐ろしい恥辱を忘れ去ること以外、なんの望みも抱いていなかったバブコックは、若い者の元気さに驚嘆した。この少年は一日じゅうあの町のなかを引きずりまわされたうえ、もう少しで迷子になるところだったのだ。

「どうしてだい、ロビン？」バブコックは訊ねた。

「だってわからないでしょう？」ロビンは答えた。「もちろんこういうご時世じゃありそうにないことだけど、ぼくたち、復活を見られたかもしれない」

第六の力

発端は九月十八日、上司に呼ばれ、東海岸の〈サクスミア〉に出向してもらうと言い渡されたことだった。申し訳ない、と上司は言った。しかし目下そこで行われている研究に必要な専門知識があるのは、きみだけなのだ、と。いいや、詳しいことはわからない。そこにいるのは変わった連中で、人目を引くようなまねは一切せず、有刺鉄線のフェンスのなかに引きこもっている。その場所は数年前までレーダー実験所だったのだが、この実験はもう終わっていて、現在進行中の実験はまったくちがった性質のもの、振動と音の高さに関する何かなのだ。

「ざっくばらんに話そう」鼈甲縁《べっこうぶち》の眼鏡をはずして、すまなそうに宙で振りながら、上司は言った。「実は、ジェイムズ・マクリーンはわたしの旧友でね。わたしたちはケンブリッジ大学で一緒だったんだ。当時も卒業後も、彼とは始終、顔を合わせていたが、やがてわたしたちは別々の道を行き、向こうは何やらうさん臭い実験に没頭するようになったんだよ。その実験は政府の金をずいぶん無駄にした。それに、彼自身の評判にもあまりプラスにならなかったしな。しかし、それももう忘れられたんだろう。彼は復帰し、政府から助成金をもらって、自ら選んだ専門家チームと一緒に〈サクスミア〉にいる。その研究所で、電子工学のエンジニアの欠員が出たんだ。そこできみの出番となるわけだよ。マクリーンはわたしにＳＯＳを送ってきた。誰か、わたし自身が信頼できる人間、言い換えるなら、口が堅いやつがいないかというわけだ。行ってくれれば、恩に着るよ」

こう言われては、引き受けるしかない。とはいえ、迷惑千万な話だった。合同エレクトロニクス社（ＡＥＬ）とそのすばらしい研究施設を離れ、東海岸くんだりまで行って、過去に汚点があるうえ、また何かしでかしそうな人間のために働くなど、わたしのしたくないことの最たるものだった。

「いつ行けと言うんです?」わたしは訊ねた。

上司はますますすまなそうな顔になった。

「なるべく早く。あさってではどうだろう? 本当に申し訳ないね、ソーンダース。うまくいけば、クリスマスまでにもどれるだろう。マクリーンには、きみは彼の現在のプロジェクトのために貸すだけだと言ってある。長期に及ぶことはありえないよ。きみはここに欠かせない人間だからね」

これはおべっか、ただの懐柔策だ。この先の三カ月、ＡＥＬはわたしのことなど思い出しもしないだろう。だがわたしにはもうひとつ訊きたいことがあった。

「彼はどんな人なんです?」

「マクリーンか?」鼈甲縁の眼鏡を鼻にもどす前に——これはお決まりの、もう行けという合図なのだが——彼は少し思案した。「言うなれば狂信者、絶対あきらめないやつといったところかね。ある意味、イカレているんだ。そう、退屈な男じゃないことは確かだな。ケンブリッジ時代は、野鳥の観察に明け暮れていた。当時の彼は、渡りに関する独自の理論も持っていたんだ。しかし、周囲にそれを押しつけたりはしなかったよ。一度は神経学をやるために物理学を捨てかけたが、結局は考え直した。後に奥さんになった女性に説得されてね。その後、悲劇が起こった。結婚してたった一年で、奥さんが亡くなったんだよ」

上司は眼鏡をかけた。もうこれ以上言うことはないのだ。少なくとも要点はこれで全部なのだろう。出ていこうとすると、彼が背後から言った。「最後の部分は他言無用だよ。つまり、奥さんの件だが。向こうの彼の部下たちは、何も知らないだろうからね」

自分の置かれた状況をわたしがはっきり認識したのは、実際にAELを引き払い、居心地のよい下宿をあとにし、列車がリバプール・ストリート駅を離れだしたときだった。わたしは、知りもしない研究機関での、ほしくもないポジションを押しつけられたのだ。それも、なんらかの個人的理由により、かつての同僚のたのみを聞かざるをえないらしい上司への厚意という名目で。不機嫌に車窓を眺め、刻一刻と苦々しさを募らせながら、わたしは、〈サクスミア〉行きの話をしたときの、自分の後任者の顔を繰り返し思い浮かべていた。

「あの掃き溜めに?」彼は言ったものだ。「ありゃあ笑えるよ。あそこじゃもう何年もまともな研究なんてしてないんだ。政府は奇人変人どもにあの施設をくれてやったのさ。連中が自分たち自身を吹っ飛ばしてばらばらになりゃいいと思ってるんだよ」

水面下でそれとなく聞き回ってみたが、答えは同じだった。ユーモアのある友人のひとりは電話口で、ゴルフクラブと、ペーパーバックの本をひと山、持っていくようにと言った。「組織ってほどのものはないよ」彼は言った。「マクリーンは、彼を救世主だと思ってるほんのひと握りの男どもと仕事をしている。言うことをきかなけりゃ、彼はきみを無視し、きみは自由を満喫することになるだろうよ」

「結構だよ。ちょうどいい。ぼくには休みが必要だからね」わたしはそう嘘をつき、世の中全般に激しいいらだちを覚えつつ電話を切った。

この件におけるわたしの対応のまずさのよい例になるかと思うが、わたしは時刻表をきちんと調べておらず、そのせいでさらに不愉快な目に遭った。つまり、イプスウィッチで列車を降りて、四十分も待ち、〈サクスミア〉の最寄り駅、サールウォールに鈍行で行くはめになったのだ。誰もいない吹きさらしのプラットホームにようやく降り立ったときは、雨が降っていた。そのうえ、改札の駅員は、この列車をいつも待っているタクシーを、五分前に他のお客がかっさらっていったと告げた。

「〈スリー・コックス〉の向かいにガレージがあるんです」駅員はそう付け加えた。「もしかしたらまだ開いてて、誰かが〈サクスミア〉まで乗っけてってくれるかもしれませんよ」

わたしは荷物を手に、自分の段取りの悪さを呪いながら改札を出た。それから、駅前に立ったまま、思案に暮れた。どんな店だか怪しいものだが、思い切って〈スリー・コックス〉に入ってみるべきか否か。もう七時近いし、たとえ足が見つからなくても、一杯やるのは悪くない。そう考えていたとき、古ぼけたモリスが駅前の敷地に入ってきて、わたしの前に停まった。運転手がなかから現れ、わたしの荷物に飛びついた。

「ソーンダースさんでしょ?」彼は笑顔でそう訊ねた。まだ若く、せいぜい十九といったところで、髪はくしゃくしゃの金髪だ。

「そうですよ」わたしは言った。「いま、どこでタクシーを見つけたものか、考えていたところです」

「見つかりゃしませんよ」若者は言った。「雨降りの夜は、米兵《ヤンキー》どもがしこたま飲みますからね。車輪のついてるものは全部、これから連中を乗せてサールウォールを出ていくんです。さあ、乗って」

そう言えば、サールウォールがアメリカ空軍基地なのを忘れていた。余暇も〈スリー・コックス〉には近づかないようにしよう。わたしはそう心に決めた。浮かれている米軍兵は、わたしが一緒に過ごしたい相手ではない。

「ガタガタうるさくてすみませんね」運転手の若者が言った。車は、石油缶がふたつ後部座席の下で転げ回っているような音を伴奏に、蛇行しながら町を走っていた。「直そう直そうと思っているんですが、どうにも時間がとれなくて。ところで、ぼくはライアンといいます。ケン・ライアン。通称ケンです。〈サクスミア〉では誰も苗字なんて使わないんですよ」

わたしはなんとも言わなかった。ぼくのクリスチャン・ネームはスティーヴンだ、とも、誰もスティーヴと略したことはない、とも。ますます憂鬱になりながら、わたしはタバコに火をつけた。サールウォールの家々はすでに後方になり、カブ畑ばかりの平坦な田園地帯を二、三キロ、来たところで、車はいきなりのぼりに入って、荒れ野を突っ切る砂の小道を走りだした。ドッタンバッタンと進んでいくうちに、わたしは天井に頭をぶつけそうになった。

連れがふたたびあやまった。

「正面口から入ることもできるんですけどね」彼は言った。「こっちのほうがずっと近いんです。どうかご心配なく。スプリングはこの道に慣れてますから」

砂の道をのぼりつめると、眼下には、荒野と、湿地と、葦《あし》の原とがどこまでもどこまでも、無限につづいていた。左手には砂丘があり、さらにその先には海が見える。湿地にはところどころ水路が走っており、その縁に生えた哀れな藺草《いぐさ》が雨と風に打たれ、うなだれていた。水路自体はじとじとした水たまりを形作り、いくつかはミニチュアの湖となって、葦の茂みに取り巻かれている。

路面の砂はいつしか焼塊《しょうかい》と小石に変わっており、道は細いリボンよろしくくねくねと曲がりつつ、湿地を左右に、荒涼たる景色のなかへと急降下していった。はるか彼方では、四角い塔がその灰色のずんぐりした姿を、空を背にくっきり浮かびあがらせている。近づくにつれ、塔の向こうの、かつてレーダーだった螺旋《らせん》形の構造物も見えてきた。それは巨大な牡蠣殻《かきがら》を思わせ、陰鬱《いんうつ》に荒れ野を見おろしていた。では、これが〈サクスミア〉なのか。どれほど悲観的な予想を立てても、わたしにはそこまで不気味な場所は思い描けなかったろう。

わたしの沈黙から熱意のなさを感じとり、連れは横目でちらりとこちらを見た。

「この暗さだと、ちょっとおっかない感じがしますよね」彼は言った。「でもこれは雨のせいですから。たいてい天気はすごくいいんですよ。風は強いですけどね。ときどきすごくきれいな夕日を見られます」

わたしは笑った。皮肉をこめたつもりだったが、これは通じなかった。あるいは、先を促したと取られたのかもしれない。彼はこう付け加えた。「もし鳥類に興味があるなら、ここは最高の場所です。春にはソリハシセイタカシギがここで繁殖するんですから。それに、この前の三月、ぼくはサンカノゴイがボーボー鳴くのを聞いたんですよ」

わたしは喉まで出かかった罵倒《ばとう》語を——彼の言いかたに純真さを感じたので——どうにか飲みこんだ。それから、毛皮や羽根のあるものには一切興味がないことを打ち明けてから、どんな生き物であれ、こんなわびしい土地で繁殖する気になるなんて驚きだと伝えた。わたしの皮肉は虚しく宙に消えた。相手がきまじめにこう答えたからだ。「ええ、きっと驚きますよ」そして彼はブレーキをきしらせ、モリスを停めた。そこは、高い金網のフェンスにとりつけられた門の前だった。

「鍵を開けないと」彼はそう言って車から飛び出し、わたしはついに〈サクスミア〉に着いたのだと気づいた。前方の区画は、目の前のものと同じ、高さ三メートルほどのフェンスで囲われており、まるで強制収容所のように見えた。このすてきな眺めは、シェパード犬の突然の登場によりさらに魅力を増した。犬は左手の湿地から軽やかに駆けてくると、門の鍵を開ける若いケンのそばに立って、尻尾を振りだした。

「軽機関銃はどこだい？」ケンが運転席にもどると、わたしはそう訊ねた。「それとも、犬のハンドラーが、湿地のどこかにあるコンクリートの地下壕からわれわれを見張っているのかな」

今回、彼は礼儀正しく笑ってみせた。わたしたちはバリケードを通り抜けた。「銃はないし、ハンドラーもいません」ケンは言った。「ケルベロス（ギリシャ神話の、三途の川〈ステュクス〉の番犬の名）は子羊みたいにおとなしいしね。もっともやつがここにいるとは思いませんでしたが。でもマックが呼びもどしてくれるでしょう」

ケンは再度車を降り、門の鍵をかけた。一方、犬は湿地のほうを眺めており、それ以上わたしたちには目もくれなかった。突然、耳をそばだてると、彼は葦の茂みに飛びこんだ。わたしは、塔をめざして細い泥道を駆けていく犬を見送った。

「ぼくらが着く前に、やつはうちに着いていますよ」ケンがそう言ってクラッチを入れ、車は右にそれて広いアスファルトの道に入った。湿地は、低木が生えた小石だらけの土地へと変わっていた。

雨はすでにやんでおり、雲は分断されて千切れ雲となっていた。鉛色の空を背に〈サクスミア〉の塔が、ずんぐりしたあの姿を黒々と浮かびあがらせている。これが、かの有名な夕日の先触れなのだろうか？　だとしたら、ここの職員たちにそれを観賞する気はないらしい。道にも湿地にも人気《ひとけ》はなかった。車は正面口につづく分かれ道を素通りし、左に折れて、打ち捨てられたレーダーと例の塔のほうに向かった。周辺には、納屋やコンクリートの建物も立っていた。その場所は、ますますダッハウ（ドイツ南部の市。ナチの強制収容所があった）っぽく見えてきた。

ケンは塔と主要な建物群の前をそのまま通過し、海のほうに向かう脇道に入った。道の果てには、プレハブ小屋が一列に並んでいた。

「さあ、ここです」彼は言った。「ぼくの言ったとおりでしょう？　ケルベロスは先に着いていました」

犬が左手の小径から現れ、小屋の裏手へと駆け去った。

「どうやって訓練しているのかな？」わたしは訊ねた。「高周波の笛を使うとか？」

「ちょっとちがいます」連れは答えた。

車を降りると、ケンが後部座席からわたしの荷物を引っ張りだした。

「この小屋は寝る場所なんだろうね？」

わたしはあたりを見回した。何はともあれ、プレハブ小屋は防風防水になっているようだった。

「これが全施設なんです」ケンは答えた。「ぼくたちはここで寝たり食べたりします。何もかもここでやるんですよ」

彼はわたしの視線を無視して、先に進んでいった。小さな玄関ホールがあり、その奥に左右に延びる廊下が一本、見えた。あたりには誰もいなかった。ホールと廊下の壁はともに鈍色《にび》で、床はリノリウムだった。そのさまは、診療時間後の田舎病院を思わせた。

「晩飯は八時ですけど、まだたっぷり時間はあります」ケンが言った。「部屋を見て、ひと風呂浴びたいでしょう？」

別に風呂に入りたいとは思わなかったが、ぜひ一杯やる必要があった。わたしはケンにつづいて廊下を左へ進んだ。彼はドアのひとつを開けて明かりをつけ、部屋の奥に行ってカーテンを開いた。

「すみませんね」彼は言った。「ジェイナスは厨房に入る前に、ぼくらの寝る支度をしたがるんです。冬だろうが夏だろうが、カーテンを閉めるのは六時半。ベッドカバーもはがされる。彼は決まりに固執するたちなんですよ」

わたしはあたりを見回した。誰だか知らないが、この部屋を設計したのはしっかりと病院勤務の訓練を受けた者にちがいない。そこには必要最小限のものしかなかった。ベッド、洗面台、整理箪笥《だんす》、衣装箪笥、椅子が一脚。窓は建物の表側に面している。毛布は病院風に、それも、軍の病院風にたたまれて、ベッドの上に置いてあった。

「オーケー?」ケンが訊ねた。彼は当惑顔だった。たぶんわたしの表情に驚いているのだろう。

「結構だよ」わたしは答えた。「じゃあ何か飲もうか?」

彼に従って廊下を引き返し、玄関ホールを突っ切り、さらに進んで突き当たりのスウィングドアを通り抜けると、カタッカタッと卓球の球の軽い音が耳を打った。わたしはのんきなレクリエーション風景に備えて身構えた。ところが、わたしたちの入った部屋には誰もいなかった。何者かはわからないが、スポーツマンたちは隣室で遊んでいるのだ。こちらの部屋には、安楽椅子数脚とテーブルがいくつか、それに電気ヒーターがあった。奥の一隅にはバーが設けてあり、わたしの連れの若者はその向こうに回った。わたしは二台の巨大な蛇口付き金属容器に気づき、危惧の念を抱いた。

「コーヒー？　ココア？」ケンは訊ねた。「それとも何か冷たいものにします？　おすすめは炭酸入りオレンジ・ジュースですが」

「スコッチがいいな」わたしは言った。

ケンはひどく困っているようだった。その顔に、冬の盛りにお客に摘みたてのイチゴを求められた人の弱り果てた表情が浮かんだ。

「本当にすみません」彼は言った。「ここじゃ誰も酒をやらないんです。マックが出させないもので。これも彼の主義のひとつなんです。でももちろん、自分で調達して、部屋で飲むことはできますよ。先に言っとかなかったなんて、ぼくはなんて馬鹿なんだ。サールウォールの〈スリー・コックス〉で一本買ってきてもよかったのに」

彼の嘆きが嘘偽りなく本物なので、わたしは噴出寸前の怒りをなんとか堰き止め、ではオレンジ・ジュースにしようと言った。彼はほっとした様子で、背の高いグラスにまずそうな液体を注ぎこみ、手際よく炭酸を混ぜ合わせた。

侍祭《じさい》らしきこの若者について、また、この宗教団体そのものについて、そろそろ詳しい説明を求める頃合いだろうと思った。会派はベネディクト会なのか、それとも、フランシスコ会なのか？　晩課と終課の鐘は何時に鳴るのか？

「不案内で申し訳ないがね」わたしは言った。「ＡＥＬを離れる前にぼくが受けた説明はごく簡単なものだったんだよ。〈サクスミア〉のことを、ぼくは何ひとつ知らないんだ。きみたちがここで何をしているのかも」

「ああ、心配要りませんよ」ケンは笑顔で答えた。「マックがすべて説明してくれますから」

彼は自分のグラスにジュースを注いで言った。「乾杯」わたしはそれを無視して、卓球の音に耳を傾けた。

「確かきみは」わたしはつづけた。「仕事は全部、ぼくらがいまいるこの建物でやるんだと言っていたね」

「そのとおりです」ケンは言った。

「でも職員はどこに寝泊まりしているんだ?」わたしは食いさがった。

「職員?」ケンは眉を寄せ、オウム返しに言った。「職員なんていませんよ。いや、つまり、ここにいるのは、マックとロビーとジェイナス――ジェイナスも数に入れないとね――あとはぼくだけなんです。もちろん、いまじゃあなたもいるわけですけど」

わたしはグラスを置いて、ケンを凝視した。こいつ、からかっているのか? いや、どうやら大まじめなようだ。神酒ネクタルをあおる、神々の酌取りよろしく、オレンジ・ジュースを一気に飲み干すと、彼はカウンター越しにわたしを見つめた。

「何も問題ありませんよ。ぼくらはとても楽しくやってます」

それはそうだろう。なにしろ、ココアに、卓球に、ボーボー鳴くサンカノゴイなのだ。このスポーツマンのチームと並べば、婦人会のメンバーも鬼の群れに見えるにちがいない。

低級な本能が働き、わたしは若者のプライドをつついてやりたくなった。

「それで」わたしは訊ねた。「きみはどういう役どころなんだ? 教授がゼウスなら、ガニュメデス（トロイアの少年。神々の酌取り）ってところかな？」

驚いたことに、ケンは笑った。そして片耳をそばだて、隣室の卓球の音がやんでいるのを確認すると、カウンターにもうふたつグラスを置いてジュースを注いだ。

「察しがいいなあ」彼は言った。「だいたい当たってますよ……彼らはぼくをこの地上からかっさらい、あるかないかわからない天国へと連れ去る。いや、まじめな話、ぼくはマックのモルモットなんです。ジェイナスの娘と犬のケルベロスもご同様ですよ」


それがマクリーンであることは直感的にわかった。その男は五十がらみで、顔立ちはいかつく、背が高かった。目は淡い、ごく薄いブルーで、大酒飲みや犯罪者や戦闘機のパイロットを連想させた。そしてわたしに言わせれば、この三者はしばしば一体となる。やや明るい色の髪は後退しだしており、高い鼻は突き出た顎とよく釣り合っていた。服装は、だぼっとしたコーデュロイのズボンに、馬鹿に大きいタートルネックのセーターだった。

一緒に入ってきた男は、血色が悪く、眼鏡をかけており、体型は太短かった。半ズボンとゆるいシャツのせいで、彼はまるでボーイスカウトのように見え、腋の下の丸い汗じみもその魅力を増してはいなかった。

マクリーンは進み出て、手を差し出した。その大きな歓迎のほほえみは、わたしがすでに彼の小さな教団の一員となったことを示唆していた。

「いや、会えてうれしいよ」彼は言った。「ケンがちゃんと面倒を見てくれたろうね。〈サクスミア〉との初対面にはひどい夜だが、明日はもっと楽しんでもらえるだろう、なあ、ロビー？」

彼の声、彼の態度は、客人を迎える昔気質の家長のものだった。田舎のお屋敷の遊猟会に遅れて着いたら、きっとこんなだったろう。彼はわたしの肩に手をかけて、バーのほうへと連れていった。

「全員にオレンジ・ジュースをくれないか、ケン」マクリーンはそう言うと、わたしに顔を向けた。「きみのことはAELからいろいろと聞いているよ。きみを貸してくれた彼らに、わたしは言葉では言い尽くせないほど感謝しているんだ。とりわけジョンにはね。それに他の誰より、来てくれたきみ自身に。われわれは、きみのここでの滞在が思い出深いものになるよう、できるだけのことをするつもりだよ。ロビー、ケン、乾杯しよう。えーと、スティーヴンだったね？　じゃあスティーヴと呼ぼうじゃないか。スティーヴに。そして、われわれの共同作業の成功を祈って、乾杯」

わたしは無理に笑みを浮かべた。それは顔に貼りついてしまったかに思えた。ボーイスカウト、ロビーは、眼鏡の奥からこちらに向かって目をぱちくりさせた。

「あなたの健康を祈って」彼は言った。「ぼくはここのなんでも屋です。ガスを爆発させたり、ケンの熱を測ったり、犬を運動させたり、ありとあらゆることを引き受けています。お困りの折りはすぐお呼びを」

わたしは笑った。それからすぐに、その裏声、寄席のコメディアン風の声が彼の地声であって、この台詞用に作ったものでないことに気づいた。

わたしたちは廊下を渡って、表に面した部屋のひとつに移った。そこもまた、いま出てきた部屋と同じく質素かつ殺風景で、四人掛けのテーブル・セットがひとつあるきりだった。サイドボードのそばには、半白の髪を短く刈った、陰気な顔の男がむっつりと立っていた。

「こちらはジェイナス」マックが言った。「AELの食事がどんなかは知らないが、ジェイナスはわれわれにひもじい思いをさせはしないよ」

わたしはその執事に明るく会釈してやった。彼は軽く唸ってそれに答え、わたしはすぐさま、こいつが〈スリー・コックス〉に使いに行ってくれるかどうかは怪しいものだと思った。わたしはマクリーンが食前の祈りを唱えるのを待った。なんとなくそれがこの男に似つかわしく思えたのだ。しかし結局、祈りの言葉は出てこず、ジェイナスがわたしの新しい上司の前におまるによく似た馬鹿でかい古風なスープ壺を置き、彼はそこから湯気の立つサフラン色のスープをよそった。それは驚くほどうまかった。つぎに出たシタビラメのグリルはさらにうまく、チーズ・スフレは羽根のようにふんわりしていた。食事が終わるまでには五十分ほどかかり、そのころになるとわたしも同僚たちとの関係を修復する気になっていた。

若いケンの食事中のおしゃべりは、ロビー相手の内輪のジョークに終始していた。一方、マクリーンは、クレタ島での登山のことや、カマルグ湿原の空を舞うフラミンゴの美しさ、ピエロ・デラ・フランチェスカ作「キリストの鞭打ち」の独特の構図について語った。真っ先に立ちあがって、失礼していいかと訊ねたのは、ケンだった。

マクリーンはうなずいた。「あまり遅くまで読書するんじゃないぞ」彼は言った。「いつまでも寝ないと、ロビーに明かりを消させるからな。九時半をリミットとしよう」

若者はにっこりして、わたしたち三人におやすみを言った。わたしは、犬を湿地に放ってはもどらせるあの訓練はケンがやっているのかと訊いてみた。

「いや」マクリーンはぶっきらぼうに答えた。「しかし彼には睡眠がたくさん必要なんだ。玉突きをやろう」

マクリーンは食堂を出て、また例のバーとやらに向かい、わたしも三十分かそこらあの奥の部屋で過ごす覚悟を決めた。別に気が乗らないわけではない。ビリヤードは結構好きなのだ。しかし部屋に入ってみると、そこには卓球台とダーツの的しか見当たらなかった。わたしの困惑顔に気づき、ロビーが耳もとで言った。「シェイクスピアの『アントニーとクレオパトラ』からの引用ですよ。ほら、『我がナイルの蛇』ってやつですね（「玉突きをやろう」はクレオパトラの台詞。「我がナイルの蛇」はアントニーがクレオパトラを指していう言葉）。マックはただ仕事の話をしたいだけです」わたしをそっと前に押しやると、彼は姿を消した。わたしはボスにつづいて、また別のドア、今度は防音になっているやつを通り抜けた。そしてわたしたちは、実験室とも診療室ともつかない、機能的で殺風景な一室の冷気のなかへと足を踏み入れた。中央の照明の下には処置台まであり、壁のガラス戸の奥には器具類や瓶が並んでいた。

「ロビーの科だよ」マクリーンが言った。「ウイルスの培養から扁桃《へんとう》の摘出まで、どんなことでもここでできるんだ」

わたしはなんとも言わなかった。あのボーイスカウトの怪しげな術の前に我が身を差し出したくはない。わたしたちは実験室から隣接する部屋に移動した。

「こっちのほうがくつろげるだろう」マクリーンは言った。彼が明かりをつけると、そこが電子工学科であることがわかった。わたしたちがまず向かった装置は、何年か前、ＡＥＬが中央郵便局のために作った装置に一見よく似ていた。その装置とは、すなわち、発話可能なコンピューターだ。ただし、語彙《ごい》はごく限られているし、発声も完璧にはほど遠い。しかしマクリーンの魔法の箱には、さまざまな付属品がついていた。それらをじっくり見るために、わたしは装置に歩み寄った。

「なかなかのもんだろう?」マクリーンは、生まれたばかりの我が子を見せびらかす鼻高々の父親みたいに言った。「こいつの名前はカローン1号だ」

わたしたちはみな、自分の発明品に愛称をつける。とりわけヘルメースという名は、わたしたちが中央郵便局のために開発した翼のあるメッセンジャーにふさわしく思えたものだ。わたしの記憶が正しければ、カローンとは、死者の魂を三途の川〈ステュクス〉の向こう岸に運ぶ渡し守の名前だ。これはきっとマクリーン流のユーモアなのだろう。

「この装置は何をするものなんです?」わたしは慎重に訊ねた。

「機能はいくつかあるんだよ」マクリーンは答えた。「それについては追って説明しよう。きみの関心は主に発声のメカニズムにあるんだろう?」

彼は装置を起動する操作を行った。それは、ＡＥＬでわたしたちがやるのと同じ操作だったが、結果はまるでちがっていた。その声の再生は完璧で、つかえはすべて解消されていた。

「わたしはこのコンピューターを催眠術に関連するある実験に使用しているんだ」マクリーンはつづけた。「その実験では、一連の質問が装置にプログラムされる。しかるのちに、その答えがコンピューターにフィードバックされ、つぎの質問を加工するのに使われるわけだよ。ご感想は？」

「そりゃあすごい！」わたしは答えた。「あなたのやっていることは、他のどの研究者よりははるかにレベルが上ですよ」

本当に驚くばかりだった。この男はいったいどうやってここまで到達したんだろう？　それに、どうやってそのすべてを秘密にしておけたんだろう？　わたしたちはこの分野でできることは全部、AELで成し遂げたと思っていた。

「そう」マックは言った。「きみのところの専門家たちも、これを超えるものはまず作れまい。カローン1号には多くの使い道がある。特に医療の分野では力を発揮するはずだ。今夜はこれ以上詳しい話はしないが、ひとつだけ言っておこう。この装置は主に、わたしがいま行《おこな》っている、政府がまったく関知しないある実験にかかわるものなんだ」

彼はほほえんだ。さあ、来たぞ、とわたしは思った。いよいよ、上司の言っていた〝うさん臭い実験〟の話が始まるのだ。わたしは何も言わなかった。マクリーンは別の装置のほうに移動した。

「本当に政府が関心を寄せているのはこっちなんだ。特に軍の連中だな。爆発のコントロールがむずかしいことは、もちろんきみも知っているね。超音速の航空機はその衝撃波で無差別に窓を壊すことはあっても、特定のひとつの窓、あるいは、特定のひとつのターゲットを壊すことはない。カローン2号にはそれができるんだよ」マクリーンはキャビネットのほうへ行き、ガラス瓶をひとつ取り出して、壁際の作業台に載せた。彼が第二の装置のスイッチを入れると、瓶は震えだし、粉々に砕けた。

「鮮やかなもんだろう?」マクリーンは言った。「だがもちろん、大事なのは長距離で使用することだ。もし、遠くの目標物に重大な損傷を与えたいならね。わたし自身にはそんな願望はない——爆破に関心はないんだが、軍にとってはときにそれが有効な手段となる。これはひとつの特殊な伝達のメソッドにすぎない。しかしわたしが強い関心を寄せているのは、高周波が人と人、または、人と動物のあいだに引き起こす反応なんだ。わたしはこのことを、助成金をくれるご主人たちに内緒にしている」マクリーンは第二の装置の別のつまみを操作した。「今度は何も見えないよ」彼は言った。「これは、ケルベロスを操作する呼び出し音なんだ。人間にその音は聞きとれない」

わたしたちは無言で待った。数分後、犬が奥のドアをひっかく音が聞こえてきた。マクリーンはケルベロスを入れてやった。「よしよし。いい子だ。伏せ」彼は笑顔でこちらを振り返った。「こんなのはなんでもない。この子は同じ建物の反対端にいたんだからね。だがわれわれの訓練により、この子はすでに遠くからの命令に応えるようになっている。緊急時、これは大いに役立つだろう」マクリーンは腕時計に目をやった。「ミセス・Jは許してくれるだろうか」彼はつぶやいた。「まあ、まだ九時十五分だからな。こうして見せびらかすのはとても楽しいし」その少年ぽい笑みが不意に伝染した。

「何をするつもりなんです?」わたしは訊ねた。

「ジェイナス夫妻の幼い娘を電話口に呼び出すのさ。もし眠っていたら起こすわけだよ」

マクリーンが再度、装置を調節し、わたしたちはふたたび待った。約二分後に電話が鳴った。マクリーンはそちらに歩いていって電話をとった。「もしもし」彼は言った。「すまないね、ミセス・J。ただの実験なんだ。お嬢ちゃんを起こしてしまったかな。うん、代わってくれ。やあ、ニキ。いや、いいんだ。ベッドにもどって。よくお休み」マクリーンは受話器を置いた。それから身をかがめて、足もとに寝そべっているケルベロスをなでた。

「子供は犬と同じでとても訓練しやすいんだ」彼は言った。「別の言いかたをするなら――彼らの第六感、この信号をキャッチする感覚は、高度に発達しているわけだよ。ケルベロスと同じく、ニキにはニキの呼び出し音がある。そして発達障害があることにより、彼女はすばらしい研究対象となっているんだ」

マクリーンは犬をなでたときと同じように彼の魔法の箱をなでた。それから彼は、わたしを見あげてほほえんだ。

「質問は?」

「当然ですが」わたしは答えた。「まず第一に訊きたいのは、この研究の目的はなんなのか、ということです。あなたは、特定の高周波の信号に、破壊力のみならず、動物の受容機構や人間の脳を操作する潜在能力があることを証明しようとしているんでしょうか?」

わたしは冷静を装っていたが、内心はそれどころではなかった。もし〈サクスミア〉で行われているのがその類の実験なら、この施設が変人の天国として無視されてきたのも無理はない。

マクリーンは考え深げにわたしを見つめた。「もちろんカローン2号は、それを証明するものだと言えるが」彼は言った。「わたしの狙いはそこじゃない。したがって、政府は非常に失望するかもしれないね。そう、わたしはもっと遠大なことに取り組もうとしているんだよ」マクリーンは一拍置いて、わたしの肩に手をかけた。「カローン1号と2号の話は、今夜はここまでとしよう。ちょっと外の空気を吸ってこようじゃないか」

わたしたちはさきほど犬がひっかいたドアから部屋を出た。その外にはまた廊下があり、それは建物奥の通用口へとつづいていた。マクリーンがかんぬきをはずし、わたしは彼のあとから屋外に出た。雨はやんでおり、空気は冷たくさわやかで、空には星が輝いていた。砂丘の広がりの彼方からは、砂利浜に打ち寄せては砕ける波の轟《とどろ》きが聞こえてくる。

マクリーンは海のほうを向いて深々と息を吸った。それから彼は星空を見あげた。わたしはタバコに火をつけ、彼が話しだすのを待った。

「きみはポルターガイストを経験したことがあるかい？」彼は訊ねた。

「夜なかに物がドタンバタンいうあれですか？　いいえ、残念ながらありませんね」わたしはタバコを差し出したが、マクリーンは首を振った。

「ついさっき、きみが見たもの」彼は言った。「ガラス瓶が振動して砕けるのも、それと同じことなんだよ。電気的な力の放出。ミセス・Jは、わたしがカローンを開発するずっと前から、物があちこちにぶつかる現象に悩まされていた。一家の住んでいる沿岸警備隊のコテージでは、シチュー鍋やら何やらが勝手に飛び回っていたんだ。もちろん原因はニキだった」

わたしは驚いて彼を見つめた。とても信じられない。「子供ということですか?」

「そうだよ」

マクリーンは両手をポケットに突っこんで、行きつもどりつしはじめた。「当然ながらニキ自身はその事実に気づいていなかった」彼はつづけた。「ニキの親たちもだ。それは単なる心的エネルギーの爆発にすぎなかった。ただ、ニキの場合、脳が未発達なために、また、彼女が一卵性双生児の生き残った片割れであるがために、その力は二倍になっていたんだ」

ここまで来るととても我慢できない。わたしは笑った。マクリーンはくるりと振り返って、わたしを見た。

「もっといい答えがあるかね?」

「いえ」わたしは認めた。「しかしですね……」

「そのとおり」マクリーンはさえぎった。「他の答えなどないのさ。そうした現象の事例は何千何百と見られる。そしてほとんどのケースで、子供、もしくは、知能が標準以下と認められる人間が、そのときその場にいたことが報告されているんだよ」彼はふたたび歩きだした。わたしは彼と並んで進み、犬はすぐうしろからついてきた。

「それで?」わたしは言った。

「つまり」彼は言った。「われわれはみな、未開発のエネルギー源を内に秘めているということだ。そのエネルギーは解放される時を待っている。なんなら〝第六の力〟と呼んでもいい。それは、ついさっきわたしがカローンから放出した高周波インパルスと同じように働く。これこそが、精神感応や予知といったいわゆる心霊現象の謎に対する答えだよ。われわれが電子装置から発生させる力は、ジェイナス夫妻の子供が持つ力と同じなんだ。現在のところ、唯一のちがいは、一方はコントロールできるが、もう一方はできないという点だけだな」

彼の言葉の意味はわかったが、この議論がどこに行きつくのかがわからなかった。何も、人間の内部におとなしく眠っている意識の下の力などさぐらなくても、この世の中は充分ややこしいのだ。そこにたどり着くために、まず動物か知的障害児を介さねばならないならば、なおさらだった。

「なるほど」わたしは言った。「あなたはその〝第六の力〟とやらを引き出す。ジェイナスの娘のみならず、あらゆる動物、知的障害児、そして、最終的には全人類から。あなたはぼくたちにガラスを割らせたり、シチュー鍋を飛ばさせたり、テレパシーでメッセージのやりとりをさせたりする。しかしそれは、世の中をどんどん面倒にするばかりじゃありませんか？　そしてぼくたちは結局、そもそもの始まりの完全な混沌へと逆もどりしてしまうのでは？」

今回、笑ったのはマクリーンのほうだった。いつのまにかわたしたちは高台の頂まで来ていた。そこからは、砂丘の広がりと彼方の海までが見渡せた。長い砂利浜は、その手前の湿地と同じくただひたすら荒涼としており、どこまでも無限につづいているようだった。波は単調な轟きとともに砕け散り、浜の小石を洗い、また打ち寄せては返っていく。

「確かにそうだろうね」マクリーンは言った。「だがそれは、わたしがめざしていることじゃない。人類はいずれ〝第六の力〟の適切な利用法を見つけるだろう。わたしはその力を、肉体の死後、人類のために働かせたいんだよ」

わたしはタバコを投げ捨てて、それが一瞬輝いてから、ちらちらと明滅し、濡れた吸い殻となるのを見守った。

「いったいそれはどういう意味です？」わたしは訊ねた。

マクリーンはわたしをじっと見つめ、自分の言葉に対する反応を見極めようとしていた。彼が正気なのかどうか、わたしには判断しかねた。しかし、コーデュロイのぶかぶかのズボンに古いタートルネックのセーターという格好で、考え深げに背を丸めてそこに立つ、老けた少年みたいな彼の姿には、どことなく人好きのするところがあった。

「わたしは真剣なんだよ」マクリーンは言った。「そのエネルギーは、死の瞬間、肉体を離れるとき、そこにあるわけだろう？　何世紀にもわたるその驚くべき浪費を考えてみてごらん。それは人類のために活用できたかもしれないんだよ。魂が鼻の孔や口から抜け出るというのは、知ってのとおり、きわめて古くからある説だ。古代ギリシャ人はそう信じていたし、今日もアフリカの一部の部族はそう信じている。きみやわたしは魂には関心がない。それにわれわれは、知性が肉体とともに滅びることを知っている。しかし生命の火花は滅びない。命の力はエネルギーとしてコントロールされずに存在しつづける。今日までは……無益に、だね。こうして立ち話しているさなかも、それはわれわれの頭上、われわれのまわりじゅうにあるんだよ」

マクリーンはふたたび星空を見あげた。こんな雲をつかむような虚しい探求に駆り立てられるとは、彼の内奥にはどんな淋しさが潜んでいるのだろう？　わたしはそう考え、それから、マクリーンが妻に先立たれていることを思い出した。このナンセンスな理論に彼は救われたにちがいない。

「それを証明するには、一生かかるんじゃないでしょうか」わたしは言った。

「いや」マクリーンは答えた。「長くて二、三カ月だよ。カローン3号、きみに見せなかった装置だがね、それには貯蔵ユニットがついていて、エネルギーを受け止め、収容することができるんだ。正確に言えば、〝第六の力〟をそれが得られるときに受け止めて収容できるということだね」彼はここで間を置いた。わたしに向けられたそのまなざしは、好奇心に満ち、考え深げだった。わたしは彼が先をつづけるのを待った。「基礎的な仕事はすべてすんでいる」彼は言った。「あとは偉大なる実験のときを待つばかりなんだ。その際には、カローン1号と3号を連結して使うことになるんだが、その瞬間が来たとき、わたしには、両方の装置を操作できる訓練された助手が必要なんだよ。きみにはすべて正直に話そう。ここ〈サクスミア〉におけるきみの前任者は協力しようとしなかった。そうとも、きみには前任者がいたのさ。わたしはAELのきみの上司に、そのことはきみに言わないようたのんだ。自分で直接話したかったからね。きみの前任者は良心が許さないと言って協力をことわったんだ。わたしはその倫理観を重んじている」

わたしは目を瞠《みは》った。前任者が協力をことわったこと自体は驚くに当たらない。しかし、この問題のどこに倫理観がからんでくるのか、それがわからなかった。

「彼はカソリックでね」マクリーンはそう説明した。「霊魂の不滅とその煉獄での滞在を強く信じていたから、命の力を閉じこめ、この地上のわれわれのために働かせるという考えに我慢ならなかったわけだよ。さっきも言ったとおり、それがわたしの意向なんだが」

マクリーンは海に背を向けて、いま来た道をもどりはじめた。低く連なるプレハブ小屋の明かりはどれも消えていた。この先八週間、わたしたちはそこで食べ、働き、眠り、暮らすことになっている。小屋の並びの向こうには、廃墟となったレーダー基地の四角い塔、人間の知恵の記念碑がそびえていた。

「AELからは、きみが宗教的な罪悪感を抱くことはないと聞いている」マクリーンはつづけた。「〈サクスミア〉の他のみんなもその点は同じだ。ただ、われわれも自分たちを献身的な人間だと思いたがってはいるがね。ケンが自分で言っているように、結局それは病院に目を提供したり、腎臓を冷凍保存させたりするのと同じことなんだよ。大変なのはわれわれであって、彼じゃない」

バーでオレンジ・ジュースを注いでいるあの若者の姿が、不意によみがえってきた。彼は自分をモルモットと呼んでいた。

「それで、この研究における彼の役割はなんなんです?」わたしは訊ねた。

マクリーンは足を止め、まっすぐにわたしを見つめた。

「あの若者は白血病なんだ」彼は言った。「ロビーは長くてあと三カ月と見ている。苦痛はまったくないだろう。彼は非常に勇敢だし、この実験の価値を心から信じているんだよ。今度の試みが失敗に終わる可能性は大いにある。だがそうなったとしても、われわれに失うものはない。彼の命はどのみち奪われるんだ。もし成功したら……」突然、感慨がこみあげてきたのか、マクリーンは一拍置いて、息を整えた。「もし成功したら、それが何を意味するかわかるだろう？」彼は言った。「われわれはついに、死の耐えがたい虚しさに対する解決策を手に入れるんだ」

翌朝、目を覚ますと、空は晴れ渡っていた。わたしは寝室の窓から外を眺め、アスファルトの道を目で追って打ち捨てられたレーダー塔にたどり着いた。それは、空っぽの納屋や湿地へと延びる錆びた金網フェンスを歩哨よろしく見おろしていた。その陰鬱な姿をひと目に見るなり、わたしはそこを去ることを決めた。

髭を剃り、入浴したあと、決意を胸に朝食をとりに行った。礼儀正しくみんなに接しよう、そして、食後ただちに、五分ふたりで話したいとマクリーンに言おう。わたしは、なるべく早い列車で帰るつもりだった。うまくいけば、一時前にロンドンに到着するだろう。もし〈サクスミア〉との関係がこじれるとしても、困るのは上司であって、わたしじゃない。

食堂にいたのはロビーだけで、彼は大盛りのニシンの酢漬けをかきこんでいるところだった。わたしは短くおはようと挨拶し、自分の皿にベーコンをよそった。あたりを見回して朝刊をさがしたが、新聞などどこにもなかった。これでは会話しないわけにいかない。

「いい天気だね」わたしは言った。

ロビーはすぐには答えなかった。彼は慣れた手つきでニシンの解体にいそしんでいた。ややあって、例の裏声がテーブルの向かい側から飛んできた。

「引きあげるつもりですか?」彼は訊ねた。

これは不意打ちだった。それに、あざけるようなその口調も気に食わなかった。

「ぼくは電子工学が専門だからね」わたしは答えた。「心霊研究には興味がないんだよ」

「リスター(イギリスの外科医。殺菌消毒法の完成者)の同僚たちも消毒法の発見には関心がなかったわけですが」彼は言い返した。「あとでどれだけ馬鹿に見えたでしょうね」

遠近両用の眼鏡越しにわたしを見つめながら、ロビーはニシン半切れをフォークで口に入れ、咀嚼《そしゃく》した。

「するときみは、〝第六の力〟とやらのあの話を信じているわけだ」わたしは言った。

「あなたは信じないんですか?」彼はそうかわした。

わたしはむっとして皿を脇へ押しやった。

「いいかい」わたしは言った。「マクリーンが音声に関して成し遂げた仕事については、ぼくも受け入れることができる。彼は、AELには発見できなかった、音声合成のいい方法を発見した。また、彼は、動物に――それに、どうやらある特殊な子供にも、らしいが――高周波を感知させるシステムを開発した。前者について、ぼくは彼に満点を与えるが、後者の潜在的価値については疑問を感じている。そして彼の第三のプロジェクト、生命の力だかなんだかを、それが肉体を離れる瞬間にとらえるってやつはと言えば、もし誰かが政府にその話をしたら、きみのボスはどこかに収容されてしまうだろうよ」

これでこいつも思い知ったろう。わたしはそう思い、ふたたびベーコンに向かった。ロビーはニシンを食べ終えて、マーマレードつきトーストにかかった。

「人が死ぬのを見たことは？」彼は唐突に訊ねた。

「実はないんだ」わたしは答えた。

「ぼくは医者でね。死はこの仕事につきものなんですよ」彼は言った。「病院で、家庭で、戦後の難民キャンプで。ぼくは職業生活を通じて、数え切れないほどの死を見てきたと思います。これは楽しい経験じゃありません。ここ〈サクスミア〉では、好感の持てるとても勇敢な若者を、その最期の数時間だけでなく、残された数週間、支えるのがぼくの仕事となりました。手を借してもらえたら、助かるんですが」

わたしは立ちあがり、サイドボードに皿を持っていった。それから席にもどって、コーヒーを注いだ。

「残念だよ」わたしは言った。

ロビーがトースト立てをこちらに押してきたが、わたしは首を振った。朝食はあまりとらないほうだし、その朝は特に食欲がなかった。そのとき、外のアスファルトで足音がして、窓から顔がのぞいた。それはケンだった。

「どうも」彼は笑みをたたえて言った。「すごくいい天気ですね。コントロール・ルームのほうでマックの用事がなければ、あちこち案内してあげますよ。沿岸警備隊のコテージや〈サクスミア〉の崖まで散歩してもいいし。行きますよね？」ケンはわたしのためらいを同意ととらえた。「よかった！　ロビーを誘っても無駄ですよ。彼は午前中いっぱい、ぼくの血液標本を眺めて実験室で過ごすんですから」

　顔は消え、彼が隣の厨房の窓からジェイナスを呼ぶ声がした。ロビーもわたしも口をきかなかった。トーストをむしゃむしゃやる音に耐えられなくなり、わたしは立ちあがった。

「マクリーンはどこかな？」

「コントロール・ルームです」ロビーはそう答え、食べつづけた。

　いますぐすませたほうがいい。わたしは前夜、案内された道筋をたどり、スウィングドアを通り抜け、実験室に行った。中央の照明の下の処置台は、この朝はなぜか、より重要性を帯びて見え、わたしはそれに目を向けまいとした。奥のドアから隣室に入ると、マクリーンがカローン1号のそばに立っていた。彼はわたしに手招きした。

「処理ユニットにちょっとした欠陥があるんだよ」マクリーンは言った。「昨夜、気づいたんだ。きみなら直せるだろう」

　このときこそ、遺憾の意を表し、彼のチームには加わらないことにした、ただちにロンドンに帰るつもりだ、と告げる時だった。しかしわたしはそうはせず、コンピューターのほうに行き、回路に関する彼の説明に耳を傾けた。プロのプライド、いや、プロの嫉妬と言ってもいい。それと、なぜこの装置がＡＥＬでわたしたちが製作した装置より優れているのか知りたいという強い思い。この組み合わせは、結局、あまりにも大きすぎた。

「壁にオーバーオールが掛かっているから」マクリーンが言った。「それを着てくれ。ふたりで欠陥部を修理しよう」

そこからわたしはのめりこんだ。もっと正確に言うなら、打ち負かされたということだろう。彼のイカレた理論にでも、生と死に関する実験の今後の展望にでもない。わたしはカローン1号の究極の美と機能にやられたのだ。〝美〟とは、電子工学の場で使うには奇妙な言葉かもしれない。しかしわたしはそうは思わなかった。わたしの情熱、わたしの心はすべてそこに注がれていた。少年時代から、わたしはこういった物の創造に従事してきた。これはわたしの生涯の仕事なのだ。その開発と完成に自分が力を貸した機械が最終的にどう使われるか。わたしの興味はそこにはなかった。わたしの役割は、機械を設計どおりに働かせることだ。〈サクスミア〉に着くまでは、他の目的、他の目標など一切なく、ただひたすら天職である仕事をするのみ、それをうまくやるのみだった。

カローン1号は、わたしのなかに別のものを目覚めさせた。力に対する意識を。調節部をいじってみるなり、わたしにはいま自分が何を欲しているかがわかった。その機構について一から十まで知ること。そして、装置全体を任せてもらうこと。それ以外のことは、どうでもよかった。その第一日目の昼までに、わたしは問題の欠陥——ごく小さなやつ——がどこにあるか突き止めたうえ、その修理もすませていた。マクリーンはマックになっており、自分の名前がスティーヴと略されることにも抵抗はなくなっていた。また、その異様な状況にいらだったり減入ったりすることももうなかった。わたしはチームの一員となったのだ。

昼食の席にわたしが現れても、ロビーは少しも驚きを見せなかったし、朝食の際のやりとりを持ち出したりもしなかった。午後遅く、わたしはマックの許可をもらい、その朝、提案された散歩にケンとともに出かけた。この潑剌《はつらつ》たる若者を間近に迫る死と結びつけることができず、わたしはその件を頭から閉め出した。マックもロビーもまちがっているのかもしれない。とにかくありがたいことに、それはわたしの問題ではなかった。

ケンは疲れなどみじんも見せず、笑ったりしゃべったりしながら、海に向かって砂丘を進んでいった。太陽は輝いており、空気は冷たくさわやかで、前夜、わびしげに見えた長く延びる海岸にさえ、いまは秘めた魅力があるように思えた。重たい砂利は砂へと変わり、足もとでさくさくと音を立てていた。わたしたちと一緒に来たケルベロスは、先に飛んでいった。わたしたちは、彼のために、生気のない怠惰な海に棒切れを投げてやった。波はなんの脅威も与えず、歩いていくわたしたちの横で穏やかに砕けていた。わたしたちは〈サクスミア〉の話はしなかった。それに関連する話は何ひとつ。その代わりケンは、サールウォールのアメリカ軍基地をめぐる愉快なゴシップでわたしを楽しませてくれた。彼は、十カ月前、マックの手配でこちらに移ってくるまで、そこで整備員をしていたのだ。

仔犬みたいに吠えて新しい棒切れをねだっていたケルベロスが、不意に向きを変え、ぴたりと動きを止めた。その耳はぴんと立ち、顔は風上に向けられていた。やがて彼は、来た道を逆にたどって軽やかに走りだし、黒と褐色のしなやかなその姿は、黒っぽい砂利浜と砂丘にまぎれて見えなくなった。

「カローンからのシグナルをキャッチしたんですよ」ケンが言った。

前夜、制御盤の前のマックを見ていたときは、犬がドアをひっかいても違和感はなかった。しかし、五キロ近く離れたもの淋しい海辺にいると、犬のすばやい反応は不気味に思えた。

「すごいでしょう?」ケンが言った。

わたしはうなずいた。しかし、目にしたもののせいでなぜか元気は失せていた。散歩に対する意欲も衰えてしまった。ひとりだったらそうはならなかったろう。だがそうして若者といることで、わたしは未来を、マックが胸に抱くプロジェクトを、その先の数カ月を突きつけられたのだった。

「引きあげますか?」ケンが訊ねた。

その言葉は、意味はちがうのに、朝食のときのロビーの言葉を思い出させた。「きみに任せるよ」わたしは無関心に言った。

ケンは左にそれ、わたしたちは一歩ごとにすべり、ずり落ちながら、浜を見おろす崖への急斜面をよじ登っていった。頂上に着くころには、わたしは息が上がっていた。だがケンはちがった。彼は笑顔で手を差し伸べ、わたしを引っ張りあげてくれた。周囲はいたるところヒースと低木だらけで、顔に吹きつける風は下にいたときよりも強かった。四百メートルほど先には、空を背に白くくっきりと沿岸警備隊のコテージが立ち並び、沈みゆく太陽によって吹きさらしの窓すべてを燃え立たせていた。

「ミセス・Jに挨拶してきましょう」ケンが言った。

わたしはしぶしぶ従った。どこであろうと、気まぐれに訪問するのは嫌いなのだ。感じの悪いジェイナスの家族になど、少しも会いたいとは思わなかった。ケンはどんどん進んでいき、やがてわたしは、人が住んでいるのはいちばん向こうのコテージだけなのだと気づいた。他のコテージは、何年も空き家のままの家特有の、淋しげなうらぶれたさまを呈していた。二軒は窓が壊れていた。手入れもされず、その領域からはみだした庭。じとじと湿った地面の上で酔っ払いみたいに傾き、朽ちかけた末端部から有刺鉄線の断片を垂れ下がらせた支柱。小さな女の子がひとり、入居者のいるコテージの門にもたれて身を乗り出していた。黒っぽい癖のない髪に、やつれた顔。その目に輝きはなく、前歯が一本欠けている。

「やあ、ニキ」ケンが声をかけた。

女の子はじっとこちらを見つめ、のろのろと門を離れた。むっつりとわたしを指さし、彼女は訊ねた。「その人、誰?」

「スティーヴっていうんだ」ケンは答えた。

「その人の靴、嫌い」女の子は言った。

ケンは笑って、門を開けた。子供はそのあいだ、彼によじ登ろうとしていた。ケンは彼女をそっと押しやり、小径を歩いていって、開いたドアの前で呼びかけた。「いらっしゃいますか、ミセス・J?」

女が現れた。子供と同じで、彼女も顔が青白く、髪は黒っぽかった。不安げなその顔が、ケンを見ると笑いにくずれた。散らかっているのを詫びながら、女はわたしたちをなかに招き入れた。わたしはスティーヴと名乗り、わたしたちは子供の玩具が散乱する居間にぎこちなく立ち尽くした。

「もうお茶はすませました」ミセス・Jに問われて、ケンが言った。しかし、ちょうどやかんのお湯が沸いたからと言い張って、夫人は隣のキッチンに消え、大きな茶色のティーポットと、カップとソーサー二組とともに、すぐさまもどってきた。その油断のない目に見守られていては、出されたものを飲み下すしかなかった。一方、子供はそのあいだずっとケンに体をすり寄せながら、なんの変哲もないわたしのズック靴を険悪な目でにらみつけていた。

わたしは自分の若い連れの振る舞いに満点を与えた。彼はミセス・Jと社交辞令を交わし、可愛くもないニキをなでてやった。わたしは終始無言のままで、この子供の写真——額に収められ、暖炉の上の栄えある位置に飾られたやつ——が実物よりはるかに可愛らしいのはなぜだろうと考えていた。

「このあたりは冬場はとっても寒いんですけど、それはすがすがしい寒さですからね」悲しげなその目をわたしに据えて、ミセス・ジェイナスは言った。「わたしはいつも言うんですよ。霜のほうが湿気よりいいって」

わたしは同意し、もっとお茶をとすすめられて、首を振った。まさにそのとき、子供が身をこわばらせた。彼女は一瞬、目を閉じて棒立ちになり、わたしは発作を起こすんじゃないかと危ぶんだ。すると、ごく穏やかに子供が言った。「マックが呼んでる」

ミセス・ジェイナスは小声で詫びながら廊下に出ていった。夫人がダイヤルを回すのが聞こえた。ケンは自らも身動きせずに子供を見つめていた。わたしは軽い吐き気を覚えた。ほどなくミセス・ジェイナスが電話口で話しているのが聞こえ、やがて彼女から声がかかった。「ニキ、こっちに来てマックとお話しなさい」

子供は部屋から駆け出ていった。彼女が活気を見せるのは、わたしたちが来てから初めてのことだった。彼女は声をあげて笑いさえした。ミセス・ジェイナスがもどってきて、ケンにほほえみかけた。

「マックは本当はあなたと話したいんだと思いますよ」夫人は言った。

ケンは立ちあがって、廊下に出ていった。子供の母親とふたりきりにされ、何を話せばよいのかわたしにはわからなかった。とうとうやけくそになって、暖炉の上の写真にうなずいてみせ、わたしは言った。「あのニキの写真、とてもいいですね。何年か前のものかな?」

恐ろしいことに、夫人の目は涙でいっぱいになった。

「あれはニキじゃありません。双子のもうひとりのほうです」彼女は言った。「うちのペニーですわ。あの子は五歳の誕生日を迎えた直後に亡くなったんです」

わたしの不器用な謝罪は、ニキがもどってきたため中断された。わたしの靴には目もくれず、彼女はまっすぐやって来ると、わたしの膝に手をかけて言った。「マックが、ケルベロスはもうもどってるって。あなたとケンも帰ってくればって」

「ありがとう」わたしは言った。

コテージ群をあとにし、ヒースと灌木の原を抜け、近道して湿地を突っ切っていく途中、わたしはケンに、カローンからの呼び出しには常にさっき自分が見たような効果があるのか、つまり、あの子供の潜在的知性を呼び覚ますことができるのか訊ねた。

「ええ」彼は言った。「なぜなのかはわかりません。ロビーは、超短波そのものに治療的効果があるんじゃないかと考えています。マックは賛成していませんが。彼は、シグナルを出すと、それがニキを彼の言う〝第六の力〟と結びつけるのだと信じています。そして、あの子の場合、死んだ双子の片割れによって、その力は倍増するのだと言うんです」

それは、この途方もない仮説がごくあたりまえのものであるかのような口ぶりだった。

「するときみは」わたしは訊ねた。「信号が届くと、双子の死んだ片割れがなんらかのかたちで憑依するというのか」

ケンは笑った。彼の足がとても速いので、ついていくのはひと苦労だった。

「お化けや幽霊の話かって？」彼は聞き返した。「ああ、まさかね！ 可哀そうなペニーはもうどこにもいません。でも、その電気エネルギーはまだ双子の生き残りにまとわりついている。だからこそ、ニキはとてもいいモルモットと言えるんですよ」

ケンは笑顔でわたしのほうを見た。

「ぼくが逝くとき」彼は言った。「マックはぼくのエネルギーも汲みとるつもりなんです。どうやるのかなんて訊かないでくださいよ。ぼくは知らないんですから。でもぜひ彼にやってみてほしいんです」

わたしたちは歩きつづけた。左右の湿地からは、よどんだ水の腐敗臭が立ちのぼっていた。風が強まり、葦の一群をしなわせた。前方には〈サクスミア〉の塔が、赤茶けた空を背に堅く黒々とその姿を現していた。

数日のうちに、わたしは音声発生装置をこれならと思える状態に持っていった。わたしたちは、AELでやったように、前もってプログラムしたテープを装置に入れたが、語彙はこちらのほうがはるかに豊かだった。まず、きわめて鮮明な音声で、「こちらカローン……こちらカローン」と呼び出しがあり、これに一連の番号がつづく。つぎに発せられるのは諸々の質問で、そのほとんどは「大丈夫ですか？」「何か問題はありませんか？」など、ごく簡単なものだった。先に進むと、今度は事実の叙述が始まる。「あなたはわれわれと一緒にいるのではありません。あなたはサールウォールにいるのです。時は二年前。何が見えるか教えてください」といったものだ。わたしの仕事は音声の精度を上げることで、プログラムのほうはマックの責任だった。たとえわたしには無意味に思えても、その質問や叙述が彼にとって理にかなったものであることはまちがいなかった。

金曜日、彼はわたしに、翌日にはカローンを使えるだろうと言い、ロビーとケンも午前十一時開始との通達を受けた。操作はマック自身が行い、わたしはそばで待機することになった。すでに目撃したもののことを思えば、心の準備はすっかりできているはずだった。ところが、不思議なことにそうはいかなかった。わたしは隣接する実験室の持ち場に就き、ケンは処置台の上に横たわった。

「大丈夫ですよ」ケンはわたしにウィンクした。「ロビーはぼくを解体したりしませんから」

彼の頭上にはマイクが下がり、そのケーブルの一本はカローン1号につながっていた。〝スタンバイ〟の黄色いライトが壁で光った。そしてライトは赤に変わった。わたしはケンが目を閉じるのを見た。つづいてカローンから声が発せられた。「こちらカローン……こちらカローン」例の番号がこれにつづき、ややあって、質問が出力された。「大丈夫ですか?」

ケンが「ええ、大丈夫です」と答えたとき、わたしはその声にいつもの陽気さがないことに気づいた。それはいつもより単調で、ピッチが低くなっていた。ロビーに目をやると、彼はメモをよこした。そこにはこう書かれていた。「彼は催眠状態にある」

すべてが噛み合い、わたしは、音声装置の重要性とそれを完璧にする必要性を初めて理解した。ケンは電子音声により催眠状態に入るよう条件付けされているのだ。プログラム上の質問は、でたらめなのではなく、彼専用に録音されたわけだ。この事実が示唆することは、わたしにとって、犬や子供が遠くからの呼び出しに応えたこと以上に衝撃的だった。ケンは冗談めかして〝仕事に行く〟と言っていたが、それはこのことだったのだ。

「何か問題はありませんか」声が訊ねた。

長い間があった。答えが返ってきたとき、その口調はいらだたしげで、荒っぽいと言ってもいいほどだった。

「問題はこの停滞だよ。ぼくはさっさとすませたいんだ。終わるなら終わるで、こっちは一向かまわない」

それは告解を立ち聞きしているようなものだった。自分の前任者がなぜ職を辞したかがこれでわかった。わたしは、ロビーの目が自分に注がれていることに気づいた。この実験の目的は、すでに何十回も証明されているにちがいない、催眠状態下でのケンの協力を確かめることだけではない。これはわたしの度胸を試すためなのだ。試練はつづいた。ケンの発言の大部分は、聴いていてつらいものだった。わたしはその模様をここで再現したくはない。それは、わたしたちにも本人にも見えていない、彼に日々課されている意識の下の緊張を暴露していた。

マックの使ったプログラムは、わたしが以前に聞いたものではなく、締めくくりはこんな言葉だった。「何も心配要りませんよ、ケン。あなたはひとりじゃない。わたしたちがずっとついていますから。いいですね？」

「わかった」

静かな顔をかすかな笑みがよぎった。

それからふたたびあの番号が、前よりも口早に唱えられ、最後にもう一度、声がかかった。

「起きなさい、ケン！」

若者は伸びをし、目を開き、起きあがった。彼はまずロビーを、つづいてわたしを見て、にっと笑った。

「カローンのやつ、うまくやりました？」彼は訊ねた。

「完璧だったよ」わたしは、内心とは裏腹に元気よく答えた。

ケンは処置台からするりと下りた。彼の午前の仕事は終わったのだ。わたしは、制御盤の前のマックのところへ行った。

「ご苦労さん、スティーヴ」彼は言った。「これできみもカローン1号の必要性がわかったろう。電子音声と準備されたプログラムとが、われわれの側の感情を排除する。これはその時が来たら、絶対不可欠なことだ。だからこそ、ケンはこの装置に反応するよう条件付けされたわけだよ。彼は非常によく応えている。だがもちろん、あの子が一緒のときは、もっと反応がいいんだ」

「あの子？」わたしは聞き返した。

「そう」マクリーンは答えた。「ニキはこの実験の欠くべからざる要素でね。彼女もあの音声に反応するように条件付けされている。ふたりはとても楽しげにおしゃべりするんだよ。もちろん、あとになると、なんにも覚えていないんだが」彼はちょっと間を置いて、さきほどのロビーと同じように、じっとわたしを見つめた。「ケンは最後はほぼ確実に昏睡《こんすい》状態に陥る。そのとき、あの子はわれわれと彼をつなぐ唯一のものとなるんだ。さてと。きみは車でサールウォールに行って、一杯やってきたらどうだね？」

マクリーンは向こうを向いた。冷静に、いかめしく、情け深い猛禽《もうきん》類を思わせつつ。

わたしはサールウォールには行かず、砂丘を越えて海まで歩いていった。その日の海は穏やかどころではなかった。それは、荒れ狂い、一面灰色で、トラフに落ちこんでは、轟音《ごうおん》とともに砂利浜にぶつかっていた。浜のはるか彼方では、アメリカ空軍の士官候補生の一団が、集合ラッパの練習をしていた。その甲高い調べ、調子っぱずれな音が、風に乗ってわたしのもとへと運ばれてくる。なんの理由もないのに、半ば忘れかけていた黒人霊歌の歌詞が頭のなかで何度も何度もこだましました。

世のすべては主の御手に、
世のすべては主の御手に……

つぎの週、実験はさまざまなプログラムを使って、三日ごとに繰り返された。マックとわたしは交替で操作を担当した。わたしはすぐにそれに慣れ、その風変わりな行事はあたりまえの日常業務となった。

マックの言っていたとおり、あの子供がいるとつらさはいくらか軽減された。その場合は、父親が実験室に彼女を連れてきて、わたしたちに託していく。ケンはすでに位置に就き、催眠状態に入っている。子供は彼の隣の椅子にすわるが、その頭上にも彼女の言葉を採録するためマイクが下がっている。彼女はケンは眠っているのだと告げられる。そして今度は、彼女自身がカローンからの呼び出しとケンとは別の番号を受信して、催眠状態に入る。ふたりが一緒にやるときは、プログラムは別のものだ。カローンはケンに時間をさかのぼらせ、ニキと同じ年のころまでもどらせる。声は言う。「あなたは七つ。ニキが遊びに来ています。ニキはあなたのお友達です」そして同じメッセージが子供にも送られる。「ケンが遊びに来ています。彼はあなたと同い年の男の子です」

そのあとふたりは、カローンにさえぎられることなく、おしゃべりをする。その結果はすばらしかった。わたしの見たところ、これは過去数カ月のあいだに確立された関係なのだが、ふたりはいまや〝時を超えた〟大親友で、お互いに秘密はひとつもなく、ごっこ遊びをしたり意見を言い合ったりする。意識があるときは、頭の鈍い陰気なニキが、催眠状態では活気づき、陽気になった。録音された会話は、ふたりの親密度が増していくさまを記録するために、また、その後のプログラム作成の参考にするために、毎回、事後にチェックされた。意識のあるとき、ケンはニキをジェイナスの愚鈍な娘、別におもしろくもない可哀そうなちっちゃなやつとしか思っていない。自分が催眠状態にあるとき何が起きているか、彼はまったく知らないのだった。ニキのほうはどうなのか、わたしにはわからなかった。直感が彼女をケンに引きつけているように思えた。機会さえあれば、彼女はケンにまとわりつくのだ。

わたしはロビーに、ジェイナス夫妻は実験についてどう思っているのか訊ねてみた。

「あの人たちはマックのためならなんだってしますよ」彼は言った。「それにふたりは、あれでニキがよくなると信じているんです。ほら、双子のもう一方はふつうだったんですから」

「彼らはケンのことに気づいているのかな」

「ケンがもうすぐ死ぬことに、ですか?」ロビーは言った。「話は聞いているはずですが、ちゃんとわかっているのかどうか。いまの彼を見たら、とても信じられませんからね」

わたしたちはバーにおり、その席からは隣室で卓球をするケンとマックの姿が見えた。

十二月の初旬、恐ろしいことが起きた。政府から、〈サクスミア〉での実験がどうなっているか、問い合わせの手紙が届いたのだ。状況確認に人をやってもいいでしょうか？　わたしたちは協議を行い、結果として、わたしがロンドンに行って、彼らを思いとどまらせることになった。そのころにはわたしも、マックのしていることすべてを全力で応援するようになっていた。そしてわたしは、ロンドンでの短い滞在のあいだに、当局の連中を納得させるのに成功した。現時点での視察はまだ早すぎますが、クリスマス前にはきっと何かお見せできますよ。彼らの関心はもちろん、カローン2号の爆破能力にあった。マックのプロジェクトのことなど彼らは何も知らないのだ。

ロンドンからもどり、三カ月前とはまるでちがう気分で駅に降り立ったとき、例のモリスはそこでわたしを待っていたが、運転席にケンの陽気な顔はなかった。代わりにいたのはジェイナスだった。彼は元来話し好きな男ではなく、わたしの質問に肩をすくめた。

「ケンは風邪を引いたんです」彼は言った。「ロビーが大事をとって寝かせてるんですよ」

到着するなり、わたしはまっすぐ若者の部屋に行った。彼はちょっと顔が赤かったが、いつもどおり元気そうで、ロビーの措置に不平たらたらだった。

「ほんとになんでもないのに」彼は言った。「湿地で鳥を追っかけていて足を濡らしただけなんですから」

わたしはしばらく、ロンドンや政府をネタに冗談を言ったりしながら、彼のそばにいた。それから、マックのところに報告に赴《おもむ》いた。

「ケンは少し熱があるんだ」開口一番、マックはそう言った。「ロビーが血液検査をしたがね。あまり思わしくないんだよ」彼はちょっと間をとった。「そろそろかもしれない」

わたしは急に寒気を覚えた。少ししてから、わたしはロンドンでのことを報告した。マックは短くうなずいた。

「何があろうと」彼は言った。「いま連中をここに来させるわけにはいかない」

ロビーは実験室で、スライドガラスや顕微鏡を前にあれこれやっていた。彼は仕事に没頭しており、わたしの相手をする時間はあまりないらしかった。

「まだなんとも言えませんね」彼は言った。「いまから四十八時間が山でしょう。右肺に感染が見られるんです。白血病だと、それが命取りになりかねません。とにかくケンを楽しませてやってください」

わたしは若者の寝室に携帯用の蓄音機を持っていった。おそらく十何枚かレコードをかけたと思う。ケンはとても快活だった。やがて彼はうとうとしはじめ、わたしはどうしたものかわからず、ただそこにすわっていた。口が乾いた感じがして、絶えず唾をのみこまずにはいられなかった。わたしのなかの何かがずっと言いつづけていた。「食い止めるんだ」

夕食の席での会話はぎこちないものだった。マックはケンブリッジ大学の院にいたころの話をし、ロビーは過去のラグビーの試合を振り返った。彼は、ガイズ病院ラグビー・クラブのスクラムハーフだったのだ。わたし自身は何も話さなかったと思う。あとでわたしはケンにおやすみを言いに行ったが、彼はすでに眠っていた。そばにはジェイナスがついていた。自室にもどったわたしは、ベッドに体を投げ出して、本を読もうとしたが、集中できなかった。海には霧が出ており、海岸端の灯台からボーッという霧笛の音が数分ごとに聞こえていた。それ以外、物音はひとつもしなかった。

翌朝、八時半にマックが部屋に来た。

「ケンの容態が悪化した」彼は言った。「ロビーがこれから輸血を行うよ。助手はジェイナスが務める」ジェイナスは訓練を受けた看護師でもあるのだ。

「ぼくは何をしたらいいでしょう？」

「カローン1号と3号の準備を手伝ってくれ。ケンが持ち直さなかったら、ステュクス作戦の第一段階を実施することになるかもしれない。ミセス・Jにも、子供が必要になりそうだと知らせてある」

着替えをしながら、わたしは何度も自分自身に言い聞かせた。過去二カ月半、ぼくたちが訓練を積んできたのはこのときのためなんだぞ。だが無駄だった。わたしはコーヒーを飲み下し、コントロール・ルームに行った。実験室へのドアは閉まっていた。ケンはそこに運ばれ、輸血を受けているのだ。マックとわたしは二基のカローンを点検し、あらゆる部分が完璧に機能するよう、また、いざというときいかなる故障も起きないよう調整を行った。プログラム、テープ、マイク、すべての準備が整った。あとはロビーが報告に来るのを待つだけだった。そして十二時半ごろ、その報告が入った。

「少し持ち直しました」彼らはケンを部屋にもどしていた。ジェイナスがケンの看護をつづけ、わたしたち三人は軽い食事をとった。その日は、無理に会話をする必要もなかった。目の前の仕事でみんな頭がいっぱいだった。わたしは少し落ち着きを取りもどしていた。朝の作業がわたしに活を入れたのだ。昼食後、マックが卓球をやろうと言った。前夜だったら、わたしはその提案に唖然としただろう。でもその日は、それこそすべきことだという気がした。ゲームの合間に窓に目をやると、ニキがミセス・ジェイナスと一緒に外をうろうろしているのが見えた。当惑顔のおかしな子供が、人形用のおんぼろ乳母車に棒切れや石ころを詰めこんでいる。彼女は十時からここにいるのだった。

四時半にロビーが娯楽室に入ってきた。その表情から、状況がよくないことはすぐわかった。マックがもう一度、輸血をしてはどうかと言うと、ロビーは首を振った。時間の無駄でしょう、と彼は言った。

「意識はあるのかい?」マックが訊ねた。

「ええ」ロビーは答えた。「そちらの準備ができたら、連れてきます」

マックとわたしはコントロール・ルームにもどった。ステュクス作戦の第二段階。処置台を運びこみ、三基のカローンのあいだに置き、酸素吸入器を隣に並べてつなぐ。マイクはすでに所定の位置に設置してあった。この作業はこれまでも頻繁に行ってきたが、その日、わたしたちは最速記録を二分更新した。

「上出来だ」マックが言った。

彼はこの時を何カ月も、いや、おそらくは何年も心待ちにしていたのだ。そんな考えが不意に頭に浮かんだ。彼が準備完了の合図のボタンを押すと、四分もしないうちに、ロビーとジェイナスがケンを手押し車で運んできて処置台に乗せた。わたしにはそれがケンだとはわからないくらいだった。いつもきらきら輝いているあの目は、憔悴《しょうすい》した顔に埋没しかけていた。彼は戸惑っているように見えた。マックが、左右のこめかみにひとつずつ、さらに胸と首にいくつか、電極パッドを手早く貼って、ケンをカローン3号につないだ。そのあと、彼は若者の上に身をかがめた。

「大丈夫だよ。いくつか検査をするために、実験室に来てもらったんだ。リラックスして。すぐによくなるからな」

ケンはマックをじっと見あげた。それから彼はほほえんだ。わたしたちはみな、それが意識のある彼の見納めになることを知っていた。実は、それはさよならだったのだ。マックがこちらに目を向けた。わたしがカローン1号を起動すると、明瞭かつ正確に声が響いた。「こちらカローン……こちらカローン……」ケンは目を閉じた。彼は催眠状態に入っていた。ロビーがその横に立ち、脈を調べた。わたしはプログラムをスタートさせた。わたしたちは、ファイルのなかのそのプログラムにXと番号を振っていた。それは他のものとはちがうからだ。

「気分はどうですか、ケン?」

マイクが口もとにあるというのに、わたしたちにはその答えがほとんど聞きとれなかった。

「気分がどうかはよく知ってるだろ」

「そこはどこですか、ケン?」

「ここはコントロール・ルームだ。ロビーが暖房を切りやがった。どういうことかわかったぞ。ぼくを凍りつかせようっていうんだな。ちょうど肉屋の肉みたいにさ。ロビーに暖房をつけるように言ってくれよ……」長い間があった。それから彼は言った。「ぼくはトンネルの前にいる。とにかく見た感じはトンネルだ。望遠鏡の反対側かもしれない。物がすごく小さく見えるよ……ロビーに暖房をつけるように言ってくれよ」

わたしの隣で装置の操作に当たっていたマックが、調整を行った。プログラムは音声なしで先に進み、あるところに至ると、ふたたびケンに聞こえるよう音量を上げた。

「あなたは五つです、ケン。どんな気分か教えてください」

長い間があった。心の準備はできていたはずなのだが、ケンが悲しげな声をあげたとき、わたしは恐怖を覚えた。「ぼく、気持ち悪い。遊びたくないよ」

マックがボタンを押すと、部屋の向こうのドアが開いた。ジェイナスが娘を室内に押しこんでドアを閉めた。マックはすぐさま、専用の呼び出し信号でニキを催眠状態に入らせた。彼女は台の上のケンには気づかず、ただ自分の椅子にすわって目を閉じた。

「ここにいるってケンに言いなさい、ニキ」

わたしは子供が椅子の肘掛けをぎゅっとつかむのを見た。

「ケンは病気なの」彼女は言った。「泣いているよ。遊びたくないって」

カローンの声は容赦なくつづけた。

「ケンに話をさせなさい、ニキ」

「ケンは話なんかしない」子供は言った。「お祈りするんだから」

ケンの声がマイクを通し、スピーカーからかすかに聞こえてきた。早口なので、言葉は不明瞭だった。

じひぶかきイエス、いとやさしきかたよ
おさなおお見守りたまえ
わがむちをあわれみ
わをみもとにまあらせたまえ

そのあとまた長い間があった。ケンもニキも何も言わなかった。わたしは調節つまみに手をかけたまま、マックがうなずいたらすぐプログラムを続行できるよう待機していた。ニキが足をトントンやりだした。唐突に彼女は言った。「あたし、ケンについていかない。このトンネルは暗すぎるもの」

患者を見守っていたロビーが顔を上げた。「昏睡状態に陥りました」

マックがわたしに、カローン1号を再スタートさせるよう合図した。

「ケンを追いかけなさい、ニキ」声が言った。

ニキは抗議した。「なかは真っ暗だよ」彼女はいまにも泣きだしそうだった。それでも椅子のなかで背を丸め、這うような動きを見せた。「行きたくない」彼女は言った。「長すぎるもの。

ケンは待っててくれないし」

ニキはぶるぶる震えはじめた。わたしはマックのほうを見た。彼はロビーに視線を向け、目顔で問いかけた。

「昏睡状態のままです」ロビーは言った。「もう最期かもしれません」

マックが酸素吸入器を始動させるよう指示し、ロビーがケンにマスクをかけた。マックはカローン3号のところへ行って、モニターのスイッチを入れた。少し調整をすると、彼はわたしにうなずいた。「あとはわたしがやろう」

子供はまだ泣いていたが、カローン1号のつぎの指示はほんのいっときも彼女を休ませなかった。「ケンのそばについていなさい」声は言った。「何が起きているのか教えて」

マックが自分のしていることをわかっていればいいのだが、とわたしは思った。もしこの子まで昏睡状態に陥ってしまったら？　彼には、この子を呼びもどすことができるのだろうか？

椅子のなかで背を丸めたまま、彼女はケンと同様にじっと動かない。その生気のなさもほぼ同じだ。ロビーが彼女に毛布をかけ、脈を見るようわたしに言った。脈は弱いが安定していた。

もう一時間以上、なんの変化もなかった。電極はケンの脳の弱まりつつあるインパルスを伝えており、わたしたちは画面上のちかちかする不安定なシグナルを見守っていた。

その後、ずっとあとになって、ニキが身じろぎし、体をひねるような奇妙な動きを見せた。

彼女は胸の前で腕を交差させ、膝を引き寄せた。頭がストンと前に落ちた。わたしは、彼女もケンのように子供っぽいお祈りをしているのだろうかと思った。それから、気づいた。彼女の姿勢は、生まれてくる前の胎児のものだ。その顔からは個性が消えていた。彼女はしなび、年老いたように見えた。

ロビーが言った。「彼が逝きます」

マックが制御盤の前に就くようわたしに手招きした。ロビーはケンの上にかがみこんで脈を取った。画面上のシグナルはさらに弱まり、とぎれがちだったが、突如、それらが一気に上昇し、その瞬間、ロビーが言った。「終わりです。彼は死にました」

シグナルはいま、規則正しく上昇と下降を繰り返していた。マックが電極を取りはずし、振り返って画面を見つめた。シグナルのリズムにまったく変化はない。それは、鼓動のように、脈拍のように、上下運動をつづけていた。

「やったぞ！」マックが言った。「ああ、とうとう……われわれはやったんだ！」

わたしたちはそこに立ち尽くしていた。三人そろって、一瞬もパターンを変えないシグナルを見つめながら。それは、その自信に満ちた律動に、生命のすべてを包含しているようだった。

わたしたちはどれくらい、そこにそうしていたろうか。数分のようにも、数時間のようにも思える。ついにロビーが言った。「あの子は？」

わたしたちは、かつてケンだった静かに安らぐ骸《むくろ》のことを忘れていたように、ニキのことも忘れていたのだ。彼女は相変わらず、額を膝に寄せ、奇妙な縮こまった姿勢で横たわっていた。わたしはカローン1号の制御盤のほうに行き、音声の操作をしようとしたが、マックは手を振ってわたしを退けた。

「起こす前に、彼女が何を言うか聞いてみよう」彼は言った。

ニキがいきなり目覚めないよう、マックはごく弱く呼び出し信号を送った。わたしはすぐさま音声を流し、それはプログラムの最後の指示を繰り返した。

「ケンのそばについていなさい。何が起きているのか教えて」

初めはなんの反応もなかった。それからのろのろと、ぎこちないおかしな動きで、ニキは体を開いた。両の腕が脇にストンと落ちた。彼女は、画面の波動を追うように、ぐらぐらと前後に体を揺らしはじめた。話しだしたとき、その声は鋭く甲高かった。

「ケンは行きたがっている」彼女は言った。「あの子はもう行きたいの。行きたい……行きたい……行きたい」なおも体を揺らしながら、彼女は苦しげにあえぎだし、両手を上げて拳で虚空を打ち据えた。

「行きたい……行きたい……行きたい……行きたい」

ロビーが強い口調で言った。「マック、この子を起こさなくては」

画面上のシグナルのリズムは速くなっていた。子供は息をつまらせだした。マックの指示も待たず、わたしは音声を流した。

「こちらカローン……こちらカローン……起きなさい、ニキ」

子供は身を震わせた。顔から赤みが退いていった。呼吸が正常になった。彼女は目を開けた。そして、いつもどおり無関心にわたしたちひとりひとりを見つめると、鼻をほじりはじめた。

「トイレに行きたい」彼女は不機嫌に言った。

ロビーが彼女を部屋から連れ出した。子供の爆発のあいだ、加速していたシグナルが規則正しい上下運動を再開した。

「なぜスピードが変わったんでしょう?」わたしは訊ねた。

「きみがパニックに陥って彼女を起こしたりしなければ、どうしてなのかわかったかもしれんな」マックは言った。

その声はひどく冷ややかで、まるで彼らしくなかった。

「マック」わたしは抗議した。「あの子は窒息して死ぬところだったんですよ」

「いや」彼は言った。「いや、わたしはそうは思わない」

マックはこちらに向き直った。「あの子の動きは誕生の瞬間のショックを模したものだよ。あのあえぎは、生きようとしてもがく嬰児《えいじ》の最初の呼吸だったのさ。昏睡のさなか、ケンはあの瞬間にもどっていたんだ。そしてニキも彼と一緒だったんだよ」

そのころにはわたしにも、催眠状態下ではほとんどなんでもありうることがわかっていた。それでも納得はできなかった。

「マック」わたしは言った。「ニキがもがきだしたのは、ケンが死んだあと、カローン3号に新しいシグナルが現れたあとですよ。ケンが誕生の瞬間にもどったわけはありません。だって彼はすでに死んでいたんですから」

マックはすぐには答えなかった。「わたしにもわけがわからない」彼は言った。「もう一度、彼女を催眠状態にもどすべきだと思う」

「いいえ」ロビーが言った。わたしたちが話しているあいだに、部屋に入ってきていたのだ。「あの子はすでに充分やったんです。もう家に帰しましたよ。母親に、寝かせてやるよう言っておきました」

わたしは、彼がこれほどきっぱりものを言うのを聞いたことがなかった。電源の入ったままの画面から台の上に静かに横たわる遺体へと、彼は視線を移した。「われわれ残りの者にとっては、これでいいわけですよね？」彼は言った。「みんな、もう充分やったんじゃありませんか？　あなたは自説の正しさを証明したんです、マック。明日お祝いしましょう。でもそれは今夜じゃない」

彼は参りかけていた。全員がそうだったのだと思う。わたしたちは朝からほとんど何も食べておらず、ジェイナスはもどってくると、わたしたちの食事の支度にかかった。彼はケンの死の報せを、いつものように冷静に受け止めていた。彼によれば、子供はベッドに入ったとたん、眠りこんだとのことだった。

すると……これですべて終わったのだ。反動、疲労、感情の鈍麻。この三つが同時に襲ってきた。ニキのように、眠りによって完全に解放されたい。わたしはそう切望していた。

ベッドに体を引きずっていく前に、わたしは全身を疼《うず》かせる圧倒的な疲労以上に強力ななんらかの衝動により、コントロール・ルームに引きもどされた。何もかも、わたしたちが出ていったときと同じだった。ケンの遺体は毛布に覆われ、台に横たわっている。モニターは電源が入ったままで、シグナルが規則正しく上下に脈動している。わたしはしばらく待った。それから、制御盤の上にかがみこみ、最後に子供が爆発するところまでテープを巻きもどした。揺れ動く頭、自由を求めて闘う一対の手を思い出し、わたしはスイッチを入れた。

「ケンは行きたがっている」甲高い声が言った。「あの子はもう行きたいの。行きたい……行きたい……行きたい」ここで苦しげなあえぎが入り、また同じ言葉が繰り返された。「行きたい……行きたい……行きたい……行きたい」

わたしはスイッチを切った。あの言葉はなんなのか。シグナルは、ケンの死の瞬間に捕えられた、ただの電気エネルギーにすぎない。子供がこれを自由を求める叫びと解釈するわけはない……

わたしは顔を上げた。部屋の入口からマックがじっと見ていた。犬が彼と一緒だった。

「ケルベロスがそわそわしていてね」マックは言った。「寝室をずっとうろつきまわっているんだよ。ちっとも眠らせてくれないんだ」

「マック」わたしは言った。「いまあの録音を再生してみたんです。何か変ですよ」

彼はわたしのところにやって来た。「何か変とはどういう意味だね？　録音は結果に影響を与えない。実験は百パーセント成功だった。われわれはやろうとしたことを成し遂げたんだ。エネルギーはそこにある」

「そう、エネルギーはそこにある」わたしは答えた。「でもそれだけでしょうか？」

わたしはもう一度、テープを再生した。わたしたちは一緒に、子供のあえぎとあの言葉に耳を傾けた。「行きたい……行きたい……」

「マック」わたしは言った。「子供があぁ言ったとき、ケンはすでに死んでいたんです。したがって、彼らのあいだにはもうコミュニケーションはなかったはずです」

「それで?」

「それならなぜ、ケンの死後、あの子は彼という人格――『行きたい……行きたい……』と言う人格に自分を同化できたんでしょう?　もしかすると――」

「もしかすると?」

「ありえないはずのことが起きたんじゃないでしょうか。ぼくらが見ているもの、画面上に囚われているものは、ケンの本質なのでは?」

マックは懐疑的なまなざしでわたしを見つめた。そしてわたしたちはもう一度、シグナルに目を向けた。それは突然、新たな意味、新たな重要性を帯び、同時に、われわれの胸に兆《きざ》した苦悩と恐れの象徴となった。

「マック」わたしは言った。「ぼくたちは何をしてしまったんでしょう?」


翌朝、ミセス・ジェイナスが電話をよこし、ニキが目を覚まして妙な行動をとっていると告げた。彼女は前後に激しく体を揺らしつづけているのだという。夫人は娘を落ち着かせようとしたが、何を言っても効果はないとのことだった。いいえ、熱はありません。問題は、ずっと体を揺らしていることなんです。あの子は朝食も食べないし、何もしゃべりません。マックにたのんで呼び出し信号を送ってもらえませんか?　それで落ち着くかもしれませんから。

電話に出たのはジェイナスだった。彼が妻の話を伝えに来たとき、わたしたちは食堂にいた。ロビーが立ちあがって、電話のところに行った。彼はすぐにもどってきた。

「ぼくが行ってきます」彼は言った。「きのう起きたこと――ぼくはあんなことを許すべきじゃなかったんだ」

「リスクは承知の上だったろう」マックが答えた。「われわれはみんな、最初からリスクを承知していた。きみはずっと害はないと請け合っていたろう」

「ぼくはまちがっていたんです」ロビーは言った。「いや、実験に関してじゃありませんよ……あなたは確かにやりたかったことをやり遂げた。それに、実験の成否は気の毒なケンにはなんの影響も及ぼさない。彼はすでにこの一件とは縁が切れているんですから。しかし、あの子を巻きこむのを許したのは、ぼくのまちがいでした」

「あの子なしでは成功は望めなかった」マックが答えた。

ロビーは出ていった。やがて、彼が車のエンジンをかける音が聞こえてきた。マックとわたしはコントロール・ルームへと向かった。わたしたちの前に、ジェイナスとロビーがそこに行ってケンの遺体を運び去っていた。室内はかたづけられ、日常業務に必要最小限の物しかない元の姿にもどっていたが、ただひとつ例外があった。貯蔵ユニット、カローン3号は、昨夜から夜通し稼働しつづけ、いまも変わらず稼働していた。シグナルは規則正しく上下運動を繰り返している。気がつくとわたしは、いつかそれが止まるのではないかという不合理な期待から、こそこそそちらを盗み見ていた。

ほどなく電話が鳴り、わたしが応答した。それはロビーからだった。

「あの子はよそにやるべきだと思います」すぐさま彼は言った。「緊張型精神分裂病のような症状が見られますし、暴れていてもいなくても、ミセス・Jにはとても対処できませんから。マックの指示があれば、わたしがガイズ病院の専門病棟に連れていきますよ」

わたしはマックを手振りで呼び寄せ、状況を説明した。彼はわたしの手から受話器を奪い取った。

「いいか、ロビー」彼は言った。「わたしはニキを再度、催眠状態にするつもりだ。効果のほどはわからないが」

議論がつづいた。どうやらロビーが言うことをきかないらしい。マックのいらだたしげなしぐさから、わたしにはそれがわかった。確かにロビーは正しい。子供の精神はすでに取り返しのつかないダメージを受けているかもしれないのだ。とはいえ、ニキを病院に連れていった場合、ロビーにどんな説明ができるだろう?

マックがわたしに、代われと合図した。

「ロビーにスタンバイするよう言ってくれ」彼は言った。

わたしは部下だ。彼を止めることはできない。マックはカローン2号の発信機のところへ行って、セッティングを行った。呼び出し信号の送信が始まった。わたしは受話器を取り、ロビーにマックの指示を伝えた。そして待った。

ロビーがミセス・ジェイナスに向かって叫ぶのが聞こえた。「どうしたんです?」つづいて、受話器がガチャンと落ちる音がした。

しばらくは何事もなく、ただ遠くで声がするばかりだった。たぶん、ミセス・ジェイナスの哀願の声だったのだろう。やがて、彼女がロビーにこう訴えるのが聞こえた。「お願いです、試させてください」

マックはカローン1号のほうに移動して、あれこれ調節を行った。それから、わたしに合図して、コードの限界まで電話を近づけさせ、受話器に手を伸ばした。

「ニキ」彼は言った。「聞こえるかい？　マックだよ」

わたしは彼のそばに行き、受話器からのささやきに耳をすませた。

「うん、マック」

ニキは戸惑い、怯えているようでさえあった。

「どうしたのか教えてくれない、ニキ？」

ニキはぐずりはじめた。「わかんない。どこかで時計がチクタクいってるの。それがいやなの」

「その時計はどこにあるの、ニキ？」

彼女は答えなかった。マックは質問を繰り返した。ロビーの抗議の声が聞こえた。彼はニキのすぐそばに立っていたのだ。

「そこらじゅうに」ようやく彼女は言った。「頭のなかでチクタクいってるの。ペニーもいやがってるよ」

ペニー？　ペニーとは誰だろう？　それからわたしは思い出した。双子の死んだ片割れだ。

「どうしてペニーはそれがいやなの？」

もう耐えられない。ロビーの言うとおりだ。マックはあの子をこんな目に遭わせるべきじゃない。わたしは彼に首を振ってみせた。マックはそれを無視して、もう一度、質問を繰り返した。子供がわっと泣きだすのが聞こえた。

「ペニー……ケン……」彼女はすすり泣いた。「ペニー……ケン」

マックはただちにカローン1号のテープの音声に切り替え、前日のプログラムの命令を与えた。「ケンのそばについていなさい。何が起きているのか教えて」

ニキは絶叫した。彼女が倒れたにちがいない。ロビーとミセス・ジェイナスのあっという声と電話が落ちる衝撃音が聞こえた。

マックとわたしは画面に目を向けた。波動のリズムがぐんぐん速くなっていく。シグナルがピクッピクッと動いている。ロビーが向こうで受話器を拾いあげた。

「子供が死んでしまいます、マック」彼は叫んだ。「後生ですから……」

「彼女、何をしている？」マックは訊ねた。

「きのうと同じです」ロビーは叫んだ。「前後に体を揺らしつづけています。彼女、息をつまらせていますよ。ちょっと待って……」

彼はまた受話器を手放したようだった。マックは呼び出し信号に切り替えた。画面上の脈動が安定しだした。そして長い間があったあと、ふたたびロビーの声が聞こえてきた。

「ニキが話したがっています」彼は言った。

少し間があった。子供の声が単調に生気なく言った。「あの子たちを放して」

マックはゆっくりと電話を切った。わたしたちはそろって、もとの速度にもどったシグナルを見つめた。

「それで？」わたしは言った。「このことは何を示しているんです？」

マックは急に老けこんだように見えた。それにひどく疲れているようだ。しかしその目には、これまで見たことのないあるものが宿っていた。好奇心に満ちた半信半疑の色が。それはまるで、彼の持つすべて、感覚、肉体、脳が、身内の考えを打ち消し、拒んでいるようだった。

「きみが正しかったということかもしれない」彼は言った。「これは、肉体の死後も知性は生き残るということかもしれないね。われわれが大発見をしたということかも」

その考え、その衝撃的な意味に、ふたりとも声を失っていた。マックが先に気を取り直した。彼は画像に目を据えたまま、カローン3号のところに行った。

「あの子が話しているとき、波動が変わるのを見たろう」彼は言った。「しかしニキ自身にそんな変化が起こせるわけはない。あのパワーはケンの〝第六の力〟から来ているんだ。それに、双子の死んだ片割れから。パワーはニキを介して伝えられる。しかし他の誰もそれを伝えることはできない。わかるかね……」彼は不意に言葉を切ると、新たな興奮の芽生えとともに、くるりと振り向いてわたしを見た。「ニキが唯一のパイプなんだ。あの子をここに連れてきて、カローンをプログラムし、あれこれ訊いてみないといけない。もしわれわれが知性とパワーを手中に収めたなら……」

「マック」わたしはさえぎった。「あの子が死んでもいいんですか？　いや、もっと悪くすると、精神病院行きになっても？」

躍起になって、マックはもう一度、画面に目をやった。「わたしは知らなければならないんだ、スティーヴ。もしも知性が生き延びるなら、〝第六の力〟が物質を超えるなら、死を克服した人間はひとりだけじゃない、太古から全人類がそうだったんだ。どんなかたちかはともかく、不死は確かなものとなり、この世の生の意味そのものが変わってくるわけだよ」

そのとおりだ、とわたしは思った。永遠に変わってしまう。最初は喜ばしい科学と宗教の融合。それにつづく幻想からの目覚め。そして、科学者と聖職者はともに気づくのだ。永遠が保証されているのなら、この世の人間はもっと簡単に消費できる。障害者、老人、弱者は処分しろ、世界そのものを破壊しろ。別のどこかでの充足が約束されているのなら、命になんの意味がある？

「マック」わたしは言った。「ニキがなんと言ったか聞いたでしょう？　彼女はこう言ったんですよ。『あの子たちを放して』」

電話がまた鳴った。今度はロビーからではなく、ジェイナスがホールから内線でかけてきたのだ。彼は、お邪魔してすみませんと詫び、政府のかたがふたり来ているのですと告げた。会議中だと伝えたが、先方は急用だと主張し、いますぐミスター・マクリーンに会いたいと言っているという。

バーに行ってみると、ロンドンでわたしが会った役人が連れと一緒に立っていた。この第一の男は、申し訳ないと詫びたうえで、実は、〈サクスミア〉のあなたの前任者がわれわれを訪ねてきて、自分が辞めたのは現在進行中のマクリーンの仕事に疑念を抱いたからだと打ち明けたのです、と言った。ここでは、政府のあずかり知らぬ実験が行われているのだとか。ついては、ただちにミスター・マクリーンとお話がしたいのですが。

「マクリーンはすぐに来ます」わたしは言った。「とりあえず、何かお訊きになりたいことがあれば、わたしからご説明しますが」

男たちは目を見交わした。そして二番目の男が口を開いた。

「こちらでは振動の研究をしているのでしょう？」彼は訊ねた。「振動と爆発の関係を？　ロンドンであなたはそう話されたんですよね？」

「そのとおりです」わたしは答えた。「いい結果も出ていますしね。しかしこの前お話ししたとおり、やるべきことはまだまだあるんですよ」

「われわれがここに来たのは」男は言った。「成果を見せてもらうためなのです」

「すみません」わたしは言った。「ぼくがもどって以来、作業は中断されているんです。不幸にしてスタッフのひとりを失ったものですから。これは、実験やそれに関連する研究とはなんの関係もないことですが。きのう、ケン・ライアンという青年が白血病で亡くなったんですよ」

男たちはふたたび目を見交わした。

「その青年の具合がよくないということは聞いていました」第一の男が言った。「あなたの前任者が教えてくれたのです。われわれの聞いた話では、進行中の実験は、政府に報告もないまま、青年の病気を利用して行われているとのことでしたが」

「それはまちがいです」わたしは言った。「実験は青年の病気とはまったく関係ありません。まもなく医師がもどってきます。彼なら医学的な説明ができますよ」

「ぜひマクリーンに会いたいですね」二番目の男が主張した。「それに、電子工学科も見せていただきたい」

わたしはコントロール・ルームに引き返した。わたしが何を言おうと、彼らを止められないことはわかっていた。わたしたちは処罰されるのだ。

マクリーンはカローン2号の前に立って、制御盤に何かしていた。彼からカローン3号へと、わたしはすばやく視線を移した。画面はまだ明るかったが、シグナルは消えていた。わたしは何も言わず、ただマクリーンを見つめた。

「そう、解体したよ」彼は言った。「すべての接続を切ったんだ。〝第六の力〟は失われた」

即座に覚えた安堵感が同情に変わった。何カ月も、何年もかけた研究を、五分で――それも自らの手で――無にした男への同情に。

「まだ終わったわけじゃない」彼はわたしの目を見て言った。「これは始まりにすぎないよ。そう、確かにその一部は終わった。カローン3号はもう使えないし、何があったか知る者はわれわれ三人だけに留まるだろう――もちろんロビーとは情報を共有せねばならないからね。われわれは驚天動地の大発見の一歩手前にいる。しかしまだそこに至ったわけじゃない。われわれふたりがまちがっている可能性も大いにあるんだ。あの子の昨夜の発言、今朝の発言は、単に無意識下の精神のゆがみによるものなのかもしれない。わたしにはわからない。本当にわからないよ……しかし、あの子の言葉に従い、わたしはエネルギーを解き放った。あの子は自由だ。ケンも自由だ。彼は行ってしまった。どこか、究極の終着点へ。おそらくわれわれが決して知ることのない場所へ。しかし――スティーヴ、これはきみとともにということだし、本人がその気ならロビーも仲間に加えてだが――わたしは死ぬその日まで探求をつづけるつもりだよ」

ここでわたしは、政府の役人たちの言葉を伝えた。マックは肩をすくめた。

「連中には、実験はすべて失敗に終わったと言おう」彼は言った。「そして辞職を願い出るよ。ここからは、スティーヴ、われわれは独立してやるんだ。不思議だな――どういうわけか、わたしにはこれまでよりケンが身近に感じられるよ。ケンだけじゃない、過去に逝った誰もがだ」マックはちょっと口をつぐみ、向こうを向いた。「ニキはよくなるだろうよ」彼はつづけた。「あの子のところに行ってもらえるかな？　そして、ロビーをこっちに送り返してくれ。政府の調査員の相手はわたしがするよ」

わたしは裏口からそっと外に出ると、沿岸警備隊のコテージをめざし、湿地を進んでいった。ケルベロスもわたしについてきた。彼はもう昨夜のようにハアハアあえいだりあたりをうろついたりはせず、勇んで先に飛んでいき、ときおり駆けもどってきては、わたしがちゃんとついてきているかどうか確かめていた。

わたしは、すでに起きたことに対しても、この先起こることに対しても、もうなんの感情も残っていないような気がした。昨日からきょうの夜明けまで、わたしたちを駆り立て、走らせてきた一縷《いちる》の証拠を、マックは自らの手で破壊してしまった。死の意味を解き明かすというあらゆる科学者の究極の夢を、わたしたちはほんの数時間、つかんでいた。わたしたちはあのエネルギーを捕え、それは火花を放ち、そこから先には大発見に次ぐ大発見が待っているように思えた。

しかし……いま、わたしの信念は揺らぎだしている。自らの激情と怯えた子供の苦しみに惑わされ、わたしたちは勘ちがいしたのではないか。わたしたちにも、他の誰にも、究極の謎は決して解き明かせないのではないか。

左右に広がる湿地は後方に退いていき、わたしは灌木の茂る丘をのぼって、沿岸警備隊のコテージをめざした。犬は吠えながら前方を走っていく。右手の彼方では、崖っぷちの上にくっきり輪郭を浮かびあがらせ、あのアメリカ軍の士官候補生どもがまた集合ラッパの練習をしていた。そのやかましい調子っぱずれな音が、キンキンと空気を引き裂いている。連中はよりによって起床ラッパの旋律を吹こうとしていた。

ジェイナス一家のコテージからロビーが出てくるのが見えた。ニキも彼と一緒だ。どうやらあの子は元気らしい。前に駆け出てきて、犬に挨拶した。それから、起床ラッパの音に気づき、彼女は両手を差しあげた。テンポが次第に増していくと、子供はリズムに乗って揺れ、笑いながら、踊りながら、両手を頭上に掲げたまま、崖のほうに駆けていった。犬がその足もとで吠えている。士官候補生たちが振り返って、一緒に笑いだした。すると、すべてが消え去り、そこにあるのは、吠えている犬と、踊っている子供と、空気を貫くあのか細くて甲高いラッパの音だけとなった。

The Break Through

解　説

山崎まどか

　二十代半ばの頃、ＶＨＳテープで『赤い影』（一九七三年）という映画を見た。ちょうど、フラッシュ・バックとフラッシュ・フォワードという編集の手法が使われている六〇年代終わりから七〇年代の映画作品に、興味があった頃だ。映画では過去の一場面を現在進行形のシーンに差し込むモンタージュ手法をフラッシュ・バック、その反対に未来に起きるはずのシーンを差し込むことをフラッシュ・フォワードと呼ぶ。その二つを同時に使うと映画の時系列は曖昧《あいまい》になり、観客は混乱状態や（ドラッグ等で）トリップしているような感覚を経験することになる。『キャッチ22』（一九七〇年）や『殺しの分け前／ポイント・ブランク』（一九六七年）、物語の設定上、この手法が不可欠な『スローターハウス５』（一九七二年）など、フラッシュ・バック＆フォワードを使った映画の傑作は多い。

　ビートルズの『ハード・デイズ・ナイト』（一九六四年）や『ナック』（一九六五年）で知られるリチャード・レスターも、ジュリー・クリスティ主演の『華やかな情事』（一九六八年）という映画でこの手法を用いている。フラッシュ・バック＆フォワードを多用したせいで普通のメロドラマのはずの物語が脱構築され、筋がまったく頭に入ってこないという珍品だが、私はこの映画が大好きだった。『赤い影』を見たのは、『華やかな情事』の撮影監督だったニコラス・ローグ監督がジュリー・クリスティを主演の一人に迎えたこの映画で、やはり効果的にフラッシュ・バックとフラッシュ・フォワードを使っているということをどこかで読んだからだ。『赤い影』は、建築家のジョンとローラの夫婦が、幼い娘を水難事故で失うシーンから始まる。水面下の赤いコートの少女の遺体のイメージと、ジョンが見ているヴェネチアの大聖堂の写真の上に広がる血痕のイメージが鮮烈だ。舞台はそのまま冬のヴェネチアに移り、二人はレストランでスコットランド人の奇妙な姉妹と会う。姉の方は視力を失ってから霊的な力が宿るようになったという話だ。彼女は夫婦と一緒にいる幸せな娘の姿が見えたと言ってローラを喜ばせるが、ジョンはこの邂逅《かいこう》に何故か不吉なものを感じる。姉妹は、ヴェネチアにいるとジョンの命が危ういと彼らの亡くなった娘が伝えているというのだが…。

ヴェネチアの河の水面が、現在進行形で起きている連続殺人事件とジョンとローラの過去、そして未来をイマージュのように映し出す、ダークで幻想的な作品だ。フラッシュ・バックとフラッシュ・フォワードの手法にも、意味が隠されている。現在、多くの映画人が影響を受けた一本として名を挙げるのも納得の傑作である。

手法の他に、この映画で私が気になっていたことがもうひとつある。原作がダフネ・デュ・モーリアだということだ。

ローティーンの時に『レベッカ』を読んで以来、その名前は私の心の特別なところにあった。『赤い影』という作品の持つ、暗くて危険なのに魅惑的なムードは、原作となったダフネ・デュ・モーリアの短編に起因するものに違いないと確信していた。

『レベッカ』は一九三八年に発表され、その二年後にアルフレッド・ヒッチコックによって映画化されている。ヒッチコックは更に一九五二年に発表されたデュ・モーリアの短編集の中から「鳥」をピックアップして、一九六三年に同名映画を発表している。どちらも映画史に残る名作だ。デュ・モーリアの作品には、優れた映画作家を駆り立てるものがあるのだろう。

私は『赤い影』を見てからずっと、その原作となったデュ・モーリアの作品を読んでみたいと思っていた。その待望の作品が、この短編集の冒頭に収録されている「いま見てはいけない」である。

デュ・モーリアのキャリアは長く、三〇年代から七〇年代までの長きにわたるが、私は『赤い影』を見たとき、霊媒師やヴェネチアの街が醸《かも》し出すクラシカルなムードから、勝手に三十年代か四〇年代に書かれた古い作品が元になっていると思い込んでいた。この短編集は一九七一年に発売されたDon't Look Now and Other Storiesを底本にしているが、インターネットで調べたところ、「いま見てはいけない」の初出は一九六六年にDoubleday and Companyから出たこの本と同名の短編集のようだ。表題作以外の収録作品は、この本とはまた違うらしい。

発表は六〇年代終わりだが、描かれている時代はいつ頃だろう。ジョンが短く刈り込まれた老姉妹の髪型を見て、自分の母親の時代にイートン・クロップと呼ばれていたスタイルだと考える場面がある。イートン・クロップというのはショート・カットをヘア・クリームなどで固めてサイドに流した髪型で、イギリスでは一九二〇年代の半ばから後半にかけてこのヘア・スタイルが流行っていたらしい。ジョンの母親はその時代に、二十代から三十代だったと考えられる。結婚していて、寄宿舎に住まわせる程度の年齢の子どもがいることから推測するに、ジョンの年齢を三十代半ばから四十代はじめといったところだろう。そうすると、「いま見てはいけない」の時代設定は書かれた時期とそう変わらない、六〇年代のどこかだと思って間違いがなさそうだ。「いま見てはいけない」と『赤い影』の時代は、隔たっていないのである。

読んでみて、設定に細かい変更はあるものの、改めて、ニコラス・ローグが原作の持つエレメントやムードといったものをいかに大事にしているか分かった。映画は主演のドナルド・サザーランドとジュリー・クリスティの大胆なベッド・シーンが話題だったが、あれほど直接的ではないものの、夫が肉体的なつながりで夫婦の再生を確認しようとする場面はちゃんと原作にも織り込まれている。しかし、双方に触れて映画や小説の謎が解けるかというと、そうではなく、その謎とミステリアスな空気は一層深くなる。小説では気配だったものが、映画では生生しい肉体を持って描かれ、小説では主人公の意識としてはっきりと語られていたものが、映画では曖昧にぼかされている……ダフネ・デュ・モーリアの「いま見てはいけない」と映画の『赤い影』の関係は単なるアダプテーションではなく、それぞれの世界に映る影のようだ。

映画の方は未見だという人には是非ともこの短編を読んだ後、『赤い影』を見て欲しいと思う。逆もまた然りだ。

「いま見てはいけない」という作品の世界と、ヴェネチアの街は切り離せないが、この本の収録作は他にも、旅先のエキゾチックな風景をバックにしたものが多い。

「真夜中になる前に」は、絵を描くのが趣味の真面目な教師が、休暇で訪れたギリシャのクレタ島でいかがわしい夫婦に出会い、人生を狂わされる物語だ。サスペンスだが、ギリシャ神話が織り込まれていて、ストーリーに超自然的な力の気配を及ぼしている。ストール夫人に半人半山羊のシレノスの顔がついた角杯を一方的に贈られた主人公が見る、非常にホモ・エロティックな夢が印象的だ。

「ボーダーライン」では、父を亡くした娘が謎めいたその級友を訪ねて、アイルランドまで旅をする。そこで彼女を待っていたのは、残酷なラブ・ストーリーだ。メロドラマティックな話だが、そのメロドラマ的な要素がどうしようもなく魅惑的で、そこがデュ・モーリアの作品らしいと思う。

「十字架の道」はエルサレムにツアーで来た英国人たちを描く群像劇。急に引率役の代役を頼まれた若い司祭、孫を連れた上流階級の夫婦、教会が生き甲斐の老婦人、成金の企業家の夫婦、上手くいっていない新婚カップルと、顔ぶれからして一悶着《もんちゃく》ありそうなメンバーである。ロビン少年が言う「ニサンの十三日」とはユダヤ暦でキリストが処刑された前日、最後の晩餐の日のことだ。彼はそれで、キリストがその弟子と最後の晩餐の後に祈りを捧げたゲッセマネの園に行きたがる。ロビン少年はその後、「復活」が見られるかと期待する。大人たちの方は旅を通して恥辱や困難を経験し、そこからもう一度どうにか立ち直ろうとする。それもまた復活の形なのだろう。

最後の「第六の力」は、他の作品と少し趣が違うサイエンス・フィクションになっている。

発達障害の子どもを媒介に使い、死にゆく青年の生命エネルギーをコンピューターに取り込もうとする研究者グループの話だが、彼らがとんでもないものをコンピューターに閉じ込めてしまうという展開が、ジョニー・デップ主演の映画『トランセンデンス』を思わせる。

デュ・モーリアの豊かな物語世界に触れることが出来て、大満足な作品集だ。

検印
廃止

訳者紹介　英米文学翻訳家。訳書にオコンネル『クリスマスに少女は還る』『愛おしい骨』『氷の天使』『アマンダの影』『死のオブジェ』『天使の帰郷』『魔術師の夜』，デュ・モーリア『鳥』『レイチェル』，キングスバリー『ペニーフット・ホテル受難の日』などがある。

いま見てはいけない
デュ・モーリア傑作集

2014年11月21日　初版
2021年3月12日　3版

著　者　ダフネ・デュ・モーリア

訳　者　務　台　夏　子

発行所　（株）東京創元社
代表者　渋谷健太郎

162-0814/東京都新宿区新小川町1-5
電　話　03・3268・8231-営業部
03・3268・8204-編集部
URL　http://www.tsogen.co.jp
振　替　00160—9—1565
暁印刷・本間製本

乱丁・落丁本は，ご面倒ですが小社までご送付ください。送料小社負担にてお取替えいたします。

ISBN978-4-488-20604-8　C0197

2011年版「このミステリーがすごい！」第1位

BONE BY BONE ◆ Carol O'Connell

愛おしい骨

キャロル・オコンネル

務台夏子 訳 創元推理文庫

◆

十七歳の兄と十五歳の弟。二人は森へ行き、戻ってきたのは兄ひとりだった……。

二十年ぶりに帰郷したオーレンを迎えたのは、過去を再現するかのように、偏執的に保たれた家。何者かが深夜の玄関先に、死んだ弟の骨をひとつひとつ置いてゆく。

一見変わりなく元気そうな父は、眠りのなかで歩き、死んだ母と会話している。

これだけの年月を経て、いったい何が起きているのか？

半ば強制的に保安官の捜査に協力させられたオーレンの前に、人々の秘められた顔が明らかになってゆく。

迫力のストーリーテリングと卓越した人物造形。

2011年版『このミステリーがすごい！』１位に輝いた大作。